T0283949

TIERRA DE NIEVE Y FUEGO

TIERRA DE NIEVE Y FUEGO

BRENNA WATSON

Papel certificado por el Forest Stewardship Council®

MIXTO
Papel procedente de
fuentes responsables
FSC® C117695

Penguin
Random House
Grupo Editorial

Primera edición: septiembre de 2022

Printed in Spain – Impreso en España

ISBN: 978-84-666-7373-0
Depósito legal: B-11.875-2022

Compuesto en El Taller del Llibre, S. L.

Impreso en Black Print CPI Ibérica
Sant Andreu de la Barca (Barcelona)

BS 7 3 7 3 0

A Juan,
cómplice de todas mis aventuras,
que me encuentra cuando me pierdo
y me guía en la oscuridad

PRIMERA PARTE

Chicago

Prólogo

Chicago,
noche del 8 al 9 de octubre de 1871

Olió el humo antes de verlo, antes de asomarse siquiera a la ventana de su cuarto y ver aquel cielo de color naranja que se le atravesó en la garganta y en las pupilas. La parte sur de la ciudad ardía en llamas. Distinguió las lenguas de fuego lamer las panzas de lo que parecían jirones de nube y que no podían ser otra cosa que condensaciones de humo denso y azulado. El fuego estaba lejos, tan lejos de hecho que más parecía un sueño que otra cosa. Solo que Violet Montroe sabía que no se encontraba en su cama, sino de pie frente al ventanal abierto, con los pies descalzos sobre una alfombra que no lograba mitigar el frío de la madera que cubría. Todo en Chicago estaba hecho de madera, hasta las calzadas, fabricadas con travesaños que crujían con el paso de los carros y los caballos.

Sin embargo, no había sido el pavoroso incendio lo que la había despertado cerca de la una y media de la madrugada. Habían sido las voces de sus padres, discutiendo en el piso de abajo. Que ella recordara, era la primera vez que los oía alzar la voz de aquella manera. Su madre tenía una extraña forma de mostrar su desacuerdo con algo: hacía un mohín con la boca y apretaba mucho los labios. Durante minutos, u horas, no decía nada, y todo lo realizaba con movimientos bruscos, hasta que se le pasaba el enfado. Tampoco su padre tenía por costumbre gritar, como mucho soltaba alguna frase contundente —especialmente, a alguna de sus tres hijas— antes de encerrarse también en un mutismo menos rudo que el de su esposa. Así que aquella era una situación extraordinaria, y dos hechos tan extraños en la misma noche —el incendio y la discusión— no podían ser una casualidad.

Se echó un chal por encima de los hombros y bajó las escaleras, con el estómago contraído y apenas sin respiración. En ese momento se había hecho un inusitado silencio, denso como la mantequilla. Apenas hacía tres meses que se habían instalado en aquella espaciosa vivienda y Violet aún no se había hecho a sus ruidos, a sus corrientes de aire ni a aquellos peldaños que crujían levemente bajo sus pasos.

Vio la luz del salón pequeño encendida y se dirigió hacia allí. Su padre permanecía en pie junto a su madre, que había tomado asiento y se cubría el rostro con las manos. ¿Estaba llorando? No recordaba haberla visto llorar jamás.

—Violet me acompañará —dijo entonces su padre al verla aparecer—. Así iremos más rápido.

—¿Es que te has vuelto loco, Dashiell?

Violet se dio cuenta de que su padre estaba completamente vestido, con pantalones, camisa, chaleco y botas. ¿A dónde tenían que ir a aquellas horas de la noche?

—Vístete, Violet —le ordenó.

—¿Qué?

—Rápido, no podemos perder ni un minuto. Tenemos que ir al taller —la apremió su padre.

—¿Al taller? —Violet echó un vistazo a través de la ventana para cerciorarse de nuevo de que aún era de noche.

—Se ha declarado un incendio más al sur y podría alcanzar el negocio. Hay que ir a buscar las herramientas y algunos materiales valiosos.

—Dashiell, por favor... —suplicó su esposa.

—Margaret, querida, no hay otro remedio. Nos ha costado mucho llegar hasta aquí y no podemos perderlo todo en una sola noche. —El hombre acarició con ternura el rostro de su esposa—. Tú prepara las maletas y despierta a las niñas. Si el fuego sigue avanzando tendremos que salir de la ciudad.

—Dios mío...

—Violet, ¡corre! —insistió su padre, con voz potente.

Ella se dio la vuelta y subió los escalones de dos en dos, con el corazón martilleándole las sienes.

—Dashiell... —oyó decir a su madre antes de que su voz se convirtiera en un susurro inaudible—, es solo una niña.

«Tengo doce años», le habría gustado responder a Violet. Niñas eran sus hermanas Flora y Rose, de nueve y siete años, que dormían en sus habitaciones sin imaginar que en unos minutos tendrían que levantarse y ayudar a su madre a preparar el equipaje. Oh, Dios. ¿Y si el fuego alcanzaba realmente la casa nueva y perdían todo cuanto tenían? La preciosa vivienda, de dos plantas y con un amplio desván, estaba situada en la calle Halsted, en la zona norte. Apenas poseía un rectángulo de jardín en la parte delantera, pero estaba ubicada en un buen barrio y Violet disponía al fin de una habitación para ella sola. Hasta hacía poco habían vivido en la parte superior del taller de ebanistería y carpintería de su padre, y las tres habían compartido cuarto desde siempre.

Las primeras noches en la nueva casa habían sido las más difíciles. Flora y Rose no se acostumbraban a dormir solas y se levantaban de sus camas para colarse en la habitación de su hermana mayor, hasta que su madre decidió tomar las riendas del asunto. No se habían mudado a una zona mejor y a una casa más grande para terminar viviendo hacinados de nuevo. Le dolió reconocer que las echaba de menos tanto como ellas a Violet, pero terminó acostumbrándose y en ese momento se sentía muy feliz con su espacioso dormitorio y sus cosas siempre recogidas.

Se vistió deprisa con la ropa más usada que encontró y bajó de nuevo como una exhalación. Su padre se había puesto un gabán y se encontraba junto a la puerta, aguardándola.

El aire que la recibió en el exterior era cálido, más cálido de lo que debería haber sido a aquellas alturas del año. Echó un vistazo hacia arriba y al resplandor rojizo que pintaba el cielo hacia el sur. El fuego debía de ser enorme si había alterado la temperatura de aquel modo.

O estar mucho más cerca de lo que parecía.

—Cogeremos la carreta y la llevaremos todo lo cerca que podamos del taller, así podremos cargar con más cosas —le dijo él, mientras se dirigía al pequeño cobertizo situado en un lateral.

Unos minutos más tarde, ambos iban subidos al pescante del carro que su padre utilizaba para entregar sus encargos o para transportar los materiales con los que fabricaba sus muebles, pero no pudieron avanzar tanto como les habría gustado. Las calles estaban abarrotadas con cientos de personas y vehículos como el suyo cargados hasta los topes, huyendo de las llamas hacia el norte. Dashiell giró por un callejón, se bajó y ató los caballos a una de las farolas de gas que todavía alumbraban la calzada.

—Iremos caminando desde aquí —la informó su padre.

Estaban en la calle Pearson, a cinco manzanas del taller, situado en Clark con Ontario. Cinco manzanas eran apenas un paseo, pero no en aquellas circunstancias.

El olor a madera quemada y al alquitrán que cubría los techos de los edificios era mucho más fuerte allí, mezclado con otros que Violet fue incapaz de distinguir. Casas y negocios de todo tipo, situados varias calles más al sur, estaban siendo engullidos por el fuego, que arrojaba una miríada de efluvios al aire. Tosió para aclararse la garganta, pero aquella mezcolanza se le adhirió al fondo del gaznate y ya no fue capaz de arrancársela de allí. Se limitó a seguir a su padre, que iba esquivando a la muchedumbre, a veces a codazo limpio.

Los ojos de Violet no daban más de sí. Nunca había visto a tanta gente en un mismo lugar. Algunos ni siquiera se habían vestido, y veía sus camisones por debajo de abrigos y gabanes. Aferraban bultos entre las manos, con los ojos tan desorbitados como debían estar los suyos. En la esquina de Clark con Huron se detuvo, atónita. Un grupo de jóvenes, con los rostros cubiertos por pañuelos, lanzaban piedras contra el escaparate de una tienda. En cuanto el cristal se vino abajo, los vio entrar en el interior y salir después con los brazos abarrotados de productos.

—¡¡¡Eh!!! —les gritó.

Ni siquiera parecieron escucharla, porque echaron a correr hacia el norte con su botín, sin mirar atrás. Otros establecimientos de la zona habían corrido la misma suerte, comprobó con más consternación que rabia. Conocía a casi todos los dueños de esas tiendas, ella se había criado en esas mismas calles.

Se volvió hacia su padre, quizá él podría hacer algo, pero no estaba con ella. Seguro que ni se había dado cuenta de que ya no lo seguía. Violet continuó avanzando hacia el sur, esquivando a la marabunta que se desplazaba en dirección contraria, aunque con mucho menos fortuna que su progenitor. Cuando llegó al fin frente al taller, vio la puerta abierta y entró.

—¡Papá!

—¡Aquí!

Escuchar la voz de su padre fue como un bálsamo que la tranquilizó de inmediato. Allí dentro, en la penumbra, el silencio la asaltó. Hasta ese momento no se había dado cuenta del ruido que había fuera. Gritos, voces, llantos, caballos y carros, piezas de loza o cristal estrellándose contra el suelo, hierros contra hierros, y un rugido de fondo que era como tener un enjambre de abejas metido en la cabeza.

Su padre apareció con media docena de tablones de madera de ébano, sin duda los más valiosos que tenían. Los había adquirido para fabricar una cómoda para la esposa del alcalde Mason, y no pensaba dejar que ardieran.

—Coge las piezas más pequeñas —le ordenó.

Violet hizo lo que le pedía y entró en la trastienda, donde tenían el taller. Sabía perfectamente dónde se encontraba cada cosa. Había pasado casi tanto tiempo allí como en la escuela. Le encantaba ver trabajar a su padre y a sus dos ayudantes y, con el tiempo, incluso había aprendido los rudimentos del oficio. «Lástima que no seas un chico —le decía a menudo—. Habrías sido un ebanista excelente».

Esos cumplidos siempre la hacían enrojecer de placer, lo mismo que la hacían lamentar su condición femenina. Pese a todo, procuraba mostrarse útil en todo momento, y lo mismo hacía recados que lijaba listones, barnizaba las piezas, diseñaba molduras o llevaba las cuentas. Las matemáticas se le daban francamente bien, y su padre delegaba en ella cada vez con mayor asiduidad. ¿Qué iba a ser de ellos si el local ardía hasta los cimientos?

—¡Violet! —Su padre la llamó desde el exterior.

Con las tablillas entre los brazos corrió hacia él. Por suerte, el viaje hacia el carro fue más rápido esta vez. No solo iban en la dirección adecuada, el caudal de personas también había disminuido. Cargaron las maderas en el vehículo y regresaron al taller.

Al final de la calle Clark, que ahora recorrían, se apreciaba el puente que cruzaba el río hasta el lado sur de la ciudad. Y fue entonces, mientras avanzaban en aquel sentido, cuando apreció las voraces llamas que se tragaban los edificios.

—Papá, tenemos que volver a casa. —Agarró con fuerza el brazo de su padre. Sentía los dedos rígidos.

—Aún tenemos tiempo —le aseguró—. El río retendrá el incendio.

Aquello tenía sentido. El fuego no caminaba sobre las aguas. Quizá, después de todo, el taller se salvaría.

Una vez accedieron de nuevo al interior, vio cómo su padre seleccionaba las maderas más nobles, el pan de oro para adornar las molduras, piedras semipreciosas para algunos adornos —sobre todo para los pomos— y todo cuanto le pareció de valor. Ella, entretanto, cogió un par de bolsas de arpillera y las llenó con las herramientas más valiosas. Sierras, martillos, mazos y cepillos chocaron contra cinceles, limas, tornillos, punzones y abrazaderas. Terminó arrastrando las bolsas por el suelo, incapaz de alzarlas debido a su elevado peso. Cuando finalizó, aún aguardó unos minutos a que su padre acabara con su inspección en busca de qué llevarse. Prácticamente nada de lo que había expuesto en la tienda podían acarrearlo sin ayuda, y allí se quedaban cómodas y roperos, cajoneras y mesitas de noche ricamente trabajadas y ornamentadas. Solo cogió algunos objetos pequeños y los colocó sobre una enorme pila. Violet pensó que era imposible que pudieran llevarse todo aquello. Ella ni siquiera era capaz de cargar con las herramientas. Necesitarían la noche entera para trasladarlo todo hasta el carro.

Su padre pareció darse cuenta también y ambos intercambiaron una mirada significativa. Ella se tragó sus propias lágrimas en cuanto adivinó las que anegaban los ojos de su padre.

—Cargaremos con lo que podamos —anunció él, con la voz estrangulada.

—Sí, papá.

De haber podido, Violet habría congregado a un ejército para que lo sacara todo de allí con tal de no ver el gesto de derrota y de tristeza en aquel rostro tan querido. Les llevó unos minutos seleccionar lo que les pareció esencial. El apremio por salir de allí cuanto antes le mordía los tobillos, pero Dashiell Montroe ni siquiera parecía ser consciente de que un monstruo de mil cabezas aguardaba al otro lado de la puerta.

En cuanto el aire caliente de la calle les azotó la cara Violet se dio cuenta de que el fuego, después de todo, sí que podía caminar sobre las aguas. Los edificios de su lado del puente ardían y las llamas ya no estaban más que a tres manzanas de distancia. ¿Cómo podían avanzar tan rápido?

Su padre había cogido una de las carretillas que usaban en el taller y la había cargado hasta los topes con las herramientas y otros enseres. La había sujetado con unas correas que luego se había pasado por los hombros, para tener las manos libres con las que cargar con más cosas aún. Violet acarreaba cuanto cabía entre sus huesudos brazos, que se resentían con el peso que soportaban. Con el fuego rugiendo tras ellos avanzaron por las calles ahora desiertas, Dashiell resollando y ella mordiéndose los carrillos para no quejarse.

—¡Los libros! —Su padre se detuvo y echó la vista atrás.

—¿Qué?

—No podemos dejar los libros ahí.

—Papá, no...

—Violet, ahí están nuestros encargos, el dinero que nos deben nuestros clientes, las facturas firmadas... Sin eso no cobraremos ni un centavo.

Ambos miraron hacia atrás. Ya habían recorrido una manzana, pero el fuego parecía no haberse movido de su sitio.

—Volveré en un segundo.

—¡No! —El temor a quedarse sola allí, y atrapada, fue superior a sus fuerzas.

—Espérame aquí, no te muevas. Te juro que estaré de regreso antes de que te des cuenta.

Dashiell dejó los bultos que cargaba en el suelo, se deshizo de las correas —que quedaron tiradas sobre el pavimento como dos serpientes sin cabeza—, y corrió de vuelta al taller. Casi como en un sueño, Violet contempló su cabello rojo brillando incandescente a la luz del fuego y se preguntó si el suyo, del mismo color, brillaría del mismo modo. Era la única de todas las hermanas que había heredado aquel rasgo de su padre, el cabello rojo y los ojos grises.

Lo vio desaparecer por la puerta y aguantó la respiración. Un remolino de calor le revolvió las faldas y vio cómo el fuego se retorcía y extendía sus tentáculos hacia ella. En un instante, el local junto al de los Montroe comenzó a arder.

«Papá, sal ya, por favor», rogó, tan asustada que no era capaz ni de moverse.

El tiempo se estiró como una lengua de lava. Algo había ocurrido, estaba segura. Los libros estaban en la trastienda, en un armarito que se cerraba con llave. ¡La llave! Su padre se la llevaba a casa todas las noches, y no estaba segura de haberla visto colgada de su cuello. Sin duda estaría tratando de abrir el mueble con lo que tuviera a mano, solo que la mayoría de las herramientas con las que podría haberlo hecho estaban allí, en la carretilla. Dejó su carga en el suelo y hurgó en las bolsas de arpillera, hasta que dio con un formón y un mazo. Si hacían cuña, podrían abrir el mueble en un instante. Abandonó todas las pertenencias en mitad de la calle y corrió en dirección al taller, mientras las llamas salían ya de las ventanas del edificio colindante.

No había recorrido ni la mitad de la distancia cuando una potente deflagración cortó el aire, al tiempo que una llamarada barrió la calle, tragándose de una vez casi toda la manzana. Violet se volvió por instinto y la onda expansiva la arrojó a varios metros de distancia. Sintió un dolor en el costado tan fuerte que no podía ni respirar, y el olor a carne quemada inundó sus fosas nasales. Escuchó gritos a lo lejos y pensó en su padre, hasta que se dio cuenta de que era ella misma quien profería aquellos alaridos. ¡Se estaba quemando viva y no podía moverse!

Por el rabillo del ojo vio aproximarse una sombra. Era el fuego, pensó, que venía a por ella, a finalizar el trabajo que había comenzado. En cambio, fue algo pesado y húmedo lo que la cubrió por completo, y el alivio se mezcló con el dolor más atroz que había experimentado jamás.

Luego el cielo volvió a aparecer sobre su cabeza, lleno de rojos, naranjas y púrpuras, y recortado contra él un rostro masculino y barbudo que reconoció de inmediato.

—¿Violet? —preguntó el hombre.

Ni siquiera supo si fue capaz de asentir. Percibió unos brazos que la envolvían y la alzaban del suelo, y el sonido de unas voces alrededor, algunas de ellas conocidas. Aquel era el señor Williams, el dueño de la zapatería de la calle Erie.

Violet quiso preguntar por su padre, aunque conocía de sobra la respuesta a la pregunta que se moría por hacer. Solo que la oscuridad la atrapó antes y la sumergió en un mundo de tinieblas.

Allí donde el fuego ya no podía alcanzarla.

1

Heaven, Colorado. Marzo de 1887
15 años y 5 meses después

Violet se despertó con el sol desparramado sobre su almohada y pestañeó un par de veces, hasta que sus ojos se habituaron a la luz. Echó un vistazo alrededor y no reconoció el lugar en el que se encontraba.

Ya no estaba en Chicago, su ciudad natal, pensó, y ella ya no era Violet Montroe.

Recordó los últimos días de su vida, el fastuoso viaje en tren a bordo de uno de aquellos coches Pullman de los que tanto había oído hablar. Rememoró los sillones ricamente tapizados, el vagón restaurante donde había comido y cenado durante el viaje, la cama que el mayordomo del tren le había preparado, y los pasajeros con los que había compartido aquellas horas de su vida. A continuación, su llegada a Denver, una ciudad que le pareció casi tan grande como Chicago, pero que apenas tuvo tiempo de ver antes de tomar un nuevo tren con destino a Pueblo, más al sur. Y luego el interminable viaje en diligencia, en compañía de un comerciante y de una señora anciana que había desoído la norma de no utilizar perfume durante el trayecto para no molestar a los pasajeros. Violet se había pasado la mayor parte del recorrido mareada, hasta llegar a aborrecer —creía que para siempre— el aroma de las rosas. ¿Es que la gente no era consciente de que las reglas estaban para algo?

Al llegar por fin a su destino, el pueblo de Heaven, casi era noche cerrada y ella estaba tan agotada que se dejó caer sobre la mullida cama de la habitación del hotel, sin querer tomar ni un bocado.

Y ahora ahí estaba, despierta, a medio vestir y con un hambre voraz.

Se levantó y se tomó su tiempo para lavarse y vestirse. Solo entonces se aproximó a la ventana.

En la casa de huéspedes en la que había vivido los últimos quince años disponía de una habitación lo bastante alta como para poder observar los tejados que la circundaban y las copas de algunos árboles, que el viento mecía casi a diario. No estaba preparada para la visión que en ese momento se extendía frente a ella, la inmensa pradera nevada que se vislumbraba más allá de los confines del pueblo, con las Montañas Rocosas recortándose al fondo. Ahogó un suspiro, mitad admiración, mitad aprensión. Jamás había visto una extensión abierta de tamañas dimensiones, una extensión que la hacía pensar en espacios infinitos e inabarcables. Aquel iba a ser su nuevo hogar.

Bajó los ojos hasta el nivel de la calle, donde varios transeúntes se desplazaban de un lugar a otro, y vio un carromato detenido frente a la entrada del hotel. Un hombre salía en ese instante del interior con un baúl que ella conocía muy bien y lo colocaba en la parte trasera del vehículo. Lo vio detenerse y alzar la vista. Durante unos segundos, dejó que sus miradas se encontrasen antes de alzar la mano y saludarlo.

Ese era el hombre con el que se había casado. El hombre que la había convertido en Violet Anderson.

Un hombre al que, tres semanas atrás, ni siquiera conocía.

Chicago, tres semanas antes

Hacía frío. Acurrucada bajo las mantas y con la cabeza descubierta, Violet contempló los jirones de vaho que escapaban de su boca con cada respiración. Irguió un poco la cabeza para comprobar que, en efecto, el brasero de su diminuta habitación estaba apagado. El carbón debía de haberse agotado en algún momento durante la noche, como solía suceder con más asiduidad de lo aconsejable. «Algún día pillarás una pulmonía», solía decirle su madre, pero Violet evitaba por todos los medios aproximarse a nada que pudiera arder, quemar o engullir. Así que la mitad de los días amanecía envuelta en un sudario helado, y la otra mitad en uno de escarcha. De todos modos, se decía siempre, tampoco disponían de muchas reservas para su uso privado. La prioridad eran los huéspedes, algo que no lograba inculcar en las cabezas de su madre y su hermana Rose. Ambas usaban el carbón a discreción y la pila que guardaban en el cobertizo, que en otro tiempo había albergado una carreta y un par de caballos, menguaba a pasos agigantados. Si aquel terrible invierno no finalizaba pronto, se quedarían sin reservas.

A través del ventanuco del desván comprobó que ya había amanecido, y no necesitó mirar las manecillas del reloj de su mesita para cerciorarse de que ya era hora de abandonar su cama. Aspiró un par de bocanadas y luego contuvo la respiración mientras se levantaba de un salto. Se lavó, se vistió a toda prisa, y salió del cuarto.

Permaneció unos segundos en el diminuto distribuidor al que daban las demás estancias situadas en el desván, que ocupaban desde que habían decidido convertir su preciosa y espaciosa vivienda en una casa de huéspedes. Ningún sonido provenía de los dos cuartos situados frente al suyo, e intuyó que ni su madre ni su hermana se habían levantado aún. No se molestó en comprobar el contiguo al suyo, donde Flora, la mediana de las Montroe, había vivido hasta hacía unos meses, antes de casarse y marcharse lejos.

Con una mueca de fastidio, bajó por las empinadas escaleras hasta el primer piso, echó una ojeada rápida a la puerta del que había sido su dormitorio —con un pellizco en el corazón, como cada día—, y continuó hasta la planta principal. Escuchó trajinar en la cocina y supuso que Susie, la joven que habían contratado dos años atrás para que las ayudara, ya habría encendido los fuegos.

El señor Boyd, empleado de banca y su huésped más antiguo, no tardaría en aparecer por el comedor antes de acudir a su empleo, y Violet tenía que prepararle el desayuno: huevos revueltos, dos salchichas y tres tiras de beicon. Ni una más ni una menos.

—Buenos días, Susie —saludó a la joven bajita y delgada como un alambre en cuanto entró en la cocina.

—Buenos días, señorita Violet.

—Ya sigo yo —le dijo, en cuanto comprobó que la muchacha había llenado la cocina de hierro con carbón suficiente—. ¿Podrías encender la chimenea del comedor?

—Sí, señorita.

Violet no sabía por qué todavía necesitaba decirle a Susie lo que debía hacer. En el tiempo que llevaba con ellas sin duda conocía todas las rutinas a la perfección. Primero la chimenea del comedor, y dos horas más tarde la de la salita, donde la señora Milton y su hija se instalarían tras su desayuno, mucho más frugal que el del señor Boyd. Ya no debían preocuparse por la pequeña biblioteca donde a la anciana señorita Lowen le gustaba refugiarse durante la mañana. Había sido huésped de las Montroe durante cinco años, y había fallecido un par de semanas atrás, plácidamente en su cama. Tras su muerte, disponían de cuatro habitaciones libres. Demasiados huecos en una casa que necesitaba tanto mantenimiento.

En cuanto llegase la primavera la situación mejoraría, y en verano estarían al completo, como cada año. Chicago se había convertido en un destino atractivo para muchos turistas de la costa Este, que acudían a ver aquellos enormes edificios de piedra, acero, mármol y cristal que se habían construido en la ciudad en los últimos años. La madera había quedado relegada a los interiores de aquellas construcciones que el fuego no podría vencer. O al menos eso pensaba todo el mundo.

La mañana se desarrolló según lo previsto. El señor Boyd se tomó su desayuno y le dio las gracias con suma amabilidad, como siempre. Media hora más tarde bajaron su hermana y su madre y, casi una hora después, las Milton. Margaret Montroe era quien se ocupaba de servirles y Violet lo prefería así. La señora Milton no era precisamente una mujer agradable. Tras quedarse viuda y sin muchos recursos no podía permitirse mantener una casa propia, y su hija y ella se habían instalado en casa de las Montroe hacía ya varios meses. Siempre encontraba algo desagradable que decir. Si no era por la comida, era por la capa de polvo que aseguraba haber visto sobre los muebles de la salita —aunque Violet se ocupaba de mantenerla siempre impoluta— o por la falta de suavidad de las toallas, que, aseveraba, le arañaban la piel. Su hija Meredith, en cambio, era una tímida y agradable muchacha de dieciséis años que apenas se atrevía a abrir la boca en presencia de su madre. Sus rizos oscuros casi siempre le ocultaban el rostro y era difícil adivinar lo que pensaba. Esas dos mujeres eran quienes se alojaban en el antiguo dormitorio de Violet, el más grande desde que habían dividido en dos las antiguas habitaciones de sus padres. Eso era, quizá, lo que más la molestaba, que su precioso cuarto lo ocupase una persona que no se lo merecía, o al menos una de ellas.

Con tan pocos ocupantes en la casa, las tareas de la mañana les llevaron poco tiempo, y aún habrían tardado menos si Rose no fuese tan remolona. Cerca del mediodía, las tres mujeres Montroe estaban sentadas a la mesa de la cocina, tomando una taza de té.

—El carbón comienza a escasear —comentó Violet.

—Pues compra más —replicó su hermana, como si aquella información fuese demasiado insignificante para prestarle atención.

—¿Con qué dinero?

—Oh, vamos, seguro que hay fondos de sobra.

—Estamos en febrero, aún quedan muchas semanas de frío, y la muerte de la señorita Lowen nos va a dejar con menos ingresos.

Violet echó un vistazo a su madre, que bebía el té a pequeños sorbos. Esperaba algún comentario de su parte, pero, como casi siempre, permaneció en silencio. Contempló las marcadas arrugas que circundaban su boca, y la línea que se dibujaba en su entrecejo, más hendida de lo que le habría gustado. Ni siquiera sus ojos de un dulce color castaño, lograban mitigar la dureza de su rostro. Desde la muerte de su padre, parecía haber perdido toda la alegría, y con los años había ido delegando cada vez más en su hija mayor.

—Solo digo —insistió Violet— que sería conveniente ahorrar un poco de combustible. No hace falta llenar el brasero cada noche.

—¡Pero hace frío en mi habitación! —se quejó Rose.

—¿Y crees que en la mía no? Me despierto helada todas las mañanas.

—Yo también.

—¿Tú? —Violet alzó las cejas—. La última mañana que entré en tu dormitorio creí que había llegado el verano sin darme cuenta.

—Eres una exagerada.

—Rose, ni siquiera estabas usando la manta que siempre tienes a los pies de la cama.

—Compra más carbón, Violet. —La voz de Margaret, mucho más grave que las de sus hijas, reverberó en las paredes de la cocina—. Ninguna de nosotras tendría que pasar frío en su propia habitación. Bastantes cosas hemos perdido ya.

Violet estaba de acuerdo, pero esa no era la cuestión. Si utilizaba parte de los ahorros para comprar más carbón, se vería obligada a recortar en otras partidas, como en el aceite de las lámparas o en la calidad de los productos que adquiría en el mercado. Y no quería ni imaginarse lo que diría la señora Milton si los ingredientes de sus comidas no estaban a la altura de lo que pagaba. Sin embargo, no dijo nada. Se limitó a asentir, sabiendo que aquella era una de tantas batallas perdidas.

Permaneció taciturna el resto de la jornada, repasando mentalmente las cuentas de la casa. Disponían de una pequeña reserva, una cantidad que ella siempre ahorraba para hacer frente a los imprevistos o por si el verano no resultaba ser tan bueno como esperaban. Echaría mano de esos fondos con la esperanza de reponerlos en unos meses.

El día se fue oscureciendo, y la mortecina luz de las farolas bañó los montículos de nieve de las calles. Apenas eran las cuatro de la tarde y casi era noche cerrada. Violet se disponía a instalarse en el pequeño despacho de la planta baja para repasar al fin los libros. Cuando se dirigía hacia allí, alguien llamó a la puerta principal. No podía tratarse del señor Boyd, que disponía de su propia llave y que, recordó, había regresado del trabajo una hora antes. Tal vez, pensó con un atisbo de esperanza, se trataba de un huésped nuevo. La respuesta a sus plegarias.

Se alisó la falda y acudió a abrir. Al otro lado del umbral había un hombre de elevada estatura, delgado, pero de anchas espaldas. Su pelo rubio, que llevaba a la altura de los hombros, se meció con la brisa de la noche, y enmarcó un rostro bronceado y atractivo, en el que destacaban los ojos más azules que Violet había visto jamás.

—Buenas noches, señora. ¿Es esta la casa de huéspedes Montroe? —preguntó, con una voz tan varonil que a ella le temblaron las pestañas.

—Eh, sí.

—En la estación, alguien me ha recomendado que acudiera aquí. Necesito un lugar donde alojarme unos días.

—Oh, sí, claro, por supuesto. —Violet reaccionó con lo que le pareció una actitud de lo más profesional—. Pase, por favor.

Mientras cerraba la puerta a espaldas de aquel individuo, se preguntó de dónde habría salido aquel dios nórdico.

Christopher aún no se había acostumbrado a no sentir el ajetreo del tren bajo los pies, y la sensación de ingravidez había aumentado en cuanto aquella puerta se abrió y la figura menuda de aquella mujer lo recibió en su casa. Apenas le llegaba a la altura del hombro, pero todo en ella irradiaba fortaleza, desde el cabello rojo, peinado en un moño bajo, hasta los ojos grises y la firme línea de la mandíbula. No sabía por qué había supuesto que aquella casa de huéspedes la manejaría una viuda entrada en años y en carnes, y no aquella joven exquisita y más bonita de lo que convenía a su salud mental.

La siguió hasta el modesto mostrador de recepción, situado no lejos de la puerta. Tras él, un panel de madera albergaba pequeños rectángulos vacíos —imaginó que para el correo— y una serie de ganchos con las llaves de las habitaciones. La idea de no tener que volver al exterior mejoró sustancialmente su humor.

—¿Cuántos días tiene pensado alojarse en nuestra casa?

—Lo cierto es que aún no lo sé. Dos, tal vez tres, pero no se lo puedo asegurar. ¿Es un inconveniente?

—No, en absoluto —contestó la joven, que extrajo un pesado libro de debajo del mostrador y lo abrió frente a ella—. ¿Su nombre?

—Anderson, Christopher Anderson.

La vio garabatearlo en una de aquellas columnas, con una caligrafía de lo más cuidada. Ni siquiera se atrevió a decirle que su apellido, en realidad, se escribía con dos eses. Casi todo el mundo había dado siempre por supuesto que solo llevaba una y, con el tiempo, se había incluso habituado a verlo escrito de esa manera.

—¿Procedencia?

—Heaven, Colorado.

Ella alzó la cabeza y las cejas.

—Viene de muy lejos, señor Anderson.

—Y en mitad del invierno más frío de los últimos años, lo sé —contestó él, con una sonrisa.

—Bienvenido a Chicago. —Ella también sonrió, mostrando una perfecta hilera de dientes blancos y pequeños—. Ocupará la habitación número tres, si le parece bien. Tiene las mejores vistas.

Christopher pensó que, con suerte, podría ver parte de la ciudad y de aquella infinidad de edificios de piedra, aunque de ningún modo podría considerar aquello como un paisaje apetecible. No viniendo de donde venía.

—Muy considerada por su parte, señorita Montroe —dijo en cambio.

Ella se limitó a asentir, cogió la llave correspondiente, salió de detrás de la barra y le pidió que la siguiera hasta el piso de arriba.

—Solo servimos desayuno, entre las seis y las diez de la mañana, y cena a las siete —comenzó a explicarle mientras subía por la escalera. Christopher apenas era capaz de concentrarse en otra cosa que no fuera el delicioso vaivén de sus caderas—. La puerta principal se cierra a las nueve de la noche y no están permitidas las visitas más allá de esa hora.

—Comprendo.

—Si el horario no se adapta a sus necesidades podemos hacerle entrega de una llave de la entrada principal.

—Creo que no será necesario.

La joven torció a la derecha, abrió la primera puerta y se apartó para dejarlo pasar. Era una habitación espaciosa, más de lo que esperaba, con una cama grande y mullida, un par de butacas, un pequeño escritorio, un ropero de considerable tamaño y dos mesitas de noche a juego.

—Pediré que le enciendan el fuego ahora mismo —le dijo la chica señalando la chimenea. Junto a ella había apilados un buen número de leños.

—Puedo hacerlo yo mismo.

—Como prefiera entonces. ¿Cenará con nosotros esta noche?

—Si no es inconveniente... —Christopher esperaba que no lo fuera, porque tenía apetito y unas ganas enormes de probar comida de verdad después de tantos días de viaje.

—Ninguno —sonrió ella—. Pondré un cubierto más en la mesa.

La joven se despidió y él se quedó a solas por fin. Colocó la bolsa de viaje sobre la cama y resistió la tentación de tumbarse también. Sabía que, si lo hacía, ya no despertaría hasta el día siguiente. Optó por una de las butacas, donde se dejó caer como si fuese un fardo de heno, y cerró los ojos unos minutos.

Unos años atrás, Violet había comprado un mapa de Estados Unidos y lo había colgado en el recibidor. A los clientes, sobre todo a los que venían de lejos, les gustaba comprobar en él la distancia que habían recorrido desde su lugar de origen o cuántos estados habían cruzado para llegar a Chicago. Y a ella también, aunque eso no se lo había comentado nunca a nadie. Le fascinaba recorrer el trayecto con el dedo desde Virginia, Massachusetts o Connecticut, o desde el oeste, Oregón, California, Nevada... Que ella recordara, nunca habían tenido a nadie de Colorado hospedado allí. Comprobó que los separaban dos estados, Iowa y Nebraska, y calculó que la distancia rondaría las mil millas.

Violet no había salido jamás de Chicago y lo más cerca que estaba de poder hacerlo era a través de aquel mapa de metro y medio de largo. Disfrutaba imaginando cómo serían otros lugares de Estados Unidos, cuanto más lejanos mejor, qué cosas tendrían en común y qué los diferenciaría. Algunos huéspedes no tenían reparo en comentar las costumbres de sus regiones y ella no perdía detalle, aunque nunca se habría atrevido a interrogar a alguien al respecto.

Le gustaba pensar que su casa era un lugar con clase y de reputación intachable, y jamás habría consentido que la tomaran por una chismosa.

Comprobó la hora en el reloj que siempre llevaba en un bolsillo de su falda —herencia de su padre— y decidió que ya no tenía tiempo de encerrarse en el despacho, donde a buen seguro se le echaría el tiempo encima. Lo mejor sería que comenzara con los preparativos de la cena.

Al entrar en la cocina se detuvo unos instantes. Allí, cómodamente instalado a la mesa que ocupaba el centro de la estancia, se encontraba Allan Crawford, disfrutando de una copita de jerez y de unos frutos secos que sin duda su madre, sentada a su derecha, habría sacado de la despensa. Frente a ellos, con los codos sobre la mesa, los observaba su hermana Rose.

—Allan, no me dijiste que vendrías esta noche —lo saludó con una sonrisa.

—Querida, no podía pasar ni un día sin verte. —El joven se levantó, se aproximó a ella y le tomó la mano para besársela, como si fuese uno de esos caballeros que aparecían en las novelas.

—Oh, Violet, ¿no te parece que Allan es de lo más romántico? —Su hermana miraba al joven como si este estuviera revestido de oro.

—Tú siempre me ves con buenos ojos, Rose —contestó él en su lugar, al tiempo que soltaba su mano.

—Tenemos un nuevo huésped —le comentó Violet a su madre, mientras se dirigía a los fogones.

—Estupendo, estupendo... —La atención de Margaret Montroe volvió a centrarse de nuevo en el joven—. El señor Crawford nos estaba contando cómo le había ido el día en el despacho.

—Señora Montroe, ya le he dicho en más de una ocasión que puede llamarme Allan. Somos casi familia, ¿no?

Violet se dio la vuelta mientras su hermana y su madre coreaban las palabras de aquel hombre que siempre parecía sentirse como en su propia casa. No era de extrañar, pensó ella, si cenaba allí casi todas las noches. En teoría, acudía a cortejarla y mostraba un interés que parecía sincero en su persona, aunque hasta la fecha no había mencionado la palabra compromiso y mucho menos matrimonio. Sin embargo, su madre estaba convencida de que eso no tardaría en suceder. A fin de cuentas, llevaba más de cuatro meses visitándola casi a diario, y haciendo alusiones veladas a un posible futuro juntos.

«Él sería la solución a nuestras plegarias», insistía Margaret Montroe, aunque Violet no tenía ni idea de a qué plegarias se refería. Allan Crawford era un joven abogado de veintiséis años que aún estaba labrándose un futuro, aunque, por cómo hablaba y se daba importancia, esa parecía ya una meta conseguida. A ella no le gustaba el modo en el que se vanagloriaba de sus pequeños logros y tenía la sensación de que era mucho menos inteligente de lo que pretendía aparentar, pero, al mismo tiempo, también era un hombre amable y divertido. Quizá por eso consentía que continuara visitándola, aunque a aquellas alturas no tenía muy claro si su presencia alegraba más a su familia que a ella. Aún no sabía cuál sería su contestación si algún día él daba el paso definitivo y le proponía matrimonio. Y no tenía nada que ver con que fuese dos años menor que ella, ni siquiera con que su situación económica fuese menos boyante de lo que presumía. Simplemente, creía que no lo amaba, y que esos sentimientos no cambiarían en el futuro, por mucho que su madre insistiera en lo contrario. Tal vez esa tibieza que se le instalaba en el pecho en algunas ocasiones, cuando él le rozaba la mejilla con los labios o la tomaba de la mano, fuese suficiente. Quizá el amor era precisamente eso, una sensación agradable, reconfortante y efímera. En esas cuestiones, tal vez su madre sabía más que ella.

Solo que Violet había experimentado algo muy diferente unos años atrás, algo que su madre había terminado tachando de capricho y de locura pasajera, y que ella había terminado por aceptarlo como cierto. No había otra razón que explicara por qué se había dejado engatusar por un joven huésped hasta el punto de mantener una relación íntima con él durante varias semanas, con la falsa promesa de un matrimonio que, por supuesto, jamás llegó a celebrarse. Habían transcurrido nueve años desde aquello, y aún había días en los que, al mirarse al espejo, esperaba reencontrarse con aquella joven risueña y feliz que creía que el mundo era un lugar maravilloso.

Y que su futuro le pertenecía.

2

Margaret Montroe sostenía que la cena era la comida más importante en una familia, el momento en el que todos estaban juntos. Por eso tenía por costumbre celebrarla con todos sus huéspedes, alrededor de una misma mesa, como si en ese breve lapso de tiempo todos los que habitaban bajo un mismo techo compartieran algo más que una concatenación de azares o circunstancias. Violet habría preferido que el gran comedor contara con varias pequeñas mesas para que los clientes pudieran disfrutar de cierta intimidad, pero su madre nunca había estado de acuerdo con esa idea.

A las siete de la tarde en punto, las dos hermanas comenzaron a sacar las fuentes de comida: crema de calabaza y puerro, pescado sazonado con pimienta y perejil, patatas al horno y un pudin de manzana que tenía una pinta deliciosa. Los comensales habituales ya ocupaban sus puestos y, en el momento en el que ella misma dejaba la humeante sopera en el centro de la mesa, el señor Anderson apareció bajo el umbral. Su imponente figura se recortó un instante bajo el vano de la puerta, atrayendo la atención de los demás. Dio las buenas noches y acomodó su envergadura en la única silla que permanecía vacía, entre el señor Boyd y Allan Crawford.

Violet presentó al recién llegado, escuchó suspirar a su hermana y, aún más increíble, a la joven Meredith Milton, que agachó la cabeza tan pronto como el aire escapó de sus labios. El señor Boyd lo saludó con su amable sonrisa y Allan gruñó algo ininteligible al tiempo que fruncía las cejas. La señora Milton alzó una de las suyas y evaluó de un vistazo al nuevo inquilino y Margaret Montroe la imitó con tanto tino que, durante un instante, y pese a que físicamente no se asemejaban en lo más mínimo, parecieron hermanas. Violet fue la única que no reaccionó ante la aparición de aquel hombretón rubio y atractivo, al menos no de modo que pudiera llamar la atención de alguien. Por dentro, sin embargo, sintió una especie de latigazo, como si ese hombre fuese un imán gigantesco y ella un simple pedazo de hierro.

A Christopher le había extrañado la disposición de aquella mesa. Había supuesto que tendría la fortuna de cenar a solas, y ni siquiera se había planteado la posibilidad de encontrarse rodeado de desconocidos. Tampoco era necesario que socializara con ellos, se dijo. Con que se mostrara razonablemente amable y especialmente callado sería suficiente. Si todo iba bien, en unos minutos estaría de regreso en su habitación.

Pero las cosas nunca salen como uno las concibe.

—¿Viene usted de muy lejos, señor Anderson? —Ronald Boyd era un hombre curioso por naturaleza, y la presencia de aquel hombretón en la casa de huéspedes era sin duda un hecho llamativo.

—De Heaven, Colorado.

—Vaya, un largo viaje.

—Supongo. —Christopher no tenía interés alguno en alargar aquella conversación más de lo necesario.

—¿Y qué le trae por nuestra ciudad?

—Negocios —contestó de forma escueta.

—¿A qué se dedica, si no es mucho preguntar?

—Poseo un rancho.

—Oh, ¿es usted uno de esos que se han hecho ricos con las vacas? —preguntó la más joven de las hermanas Montroe.

—¡Rose! —la riñó Violet.

—No me va mal —contestó Christopher, con un atisbo de sonrisa—. Pero no sé si podría considerarme un hombre rico.

—¿Cuántos acres de tierra posee? —insistió Boyd.

—Unos veinte mil.

—Caramba, esa es mucha tierra.

—¿Cuánto son veinte mil acres? —preguntó Rose.

El señor Boyd se mordió el labio un instante mientras efectuaba algunos cálculos mentales.

—Alrededor de una séptima parte de Chicago —contestó al fin.

El silencio se hizo alrededor de la mesa mientras Violet servía la crema. Que un solo hombre tuviera en sus manos tal cantidad de terreno le parecía casi absurdo. Durante unos segundos, los comensales se centraron en el contenido de sus platos.

—La crema está deliciosa, señora Montroe. —Boyd siempre tenía una palabra amable para las dueñas de la pensión.

—Un poco sosa para mi gusto, Margaret —sentenció la señora Milton, que arrugó un poco la nariz al dirigirse a la dueña del establecimiento.

—La ha cocinado Violet —replicó Rose—, y a mí me parece excelente.

Violet le dedicó un guiño a su hermana por defenderla del comentario malintencionado de la señora Milton.

—¿De dónde es usted, señor Anderson? —volvió a la carga Boyd.

—De Colorado. Ya me lo había preguntado —contestó Christopher, un tanto confuso.

—Oh, no —rio el hombre—. Me refería a de dónde proviene su familia. Imagino que no es usted oriundo de allí, no hace tanto que Colorado forma parte de la Unión.

—Cierto, nací en Nueva York.

—Nueva York —suspiró Rose—, siempre he querido ir allí. ¿Es tan bonita como Chicago?

—Yo... lo cierto es que no lo sé —contestó Christopher—. La última vez que estuve allí acababa de cumplir los cinco años.

Y Christopher, que al inicio de la noche no tenía intención de charlar más de lo estrictamente necesario, se vio arrastrado a explicar parte de sus orígenes, mientras el señor Boyd y Rose lo acribillaban a preguntas, con alguna que otra intervención de Allan Crawford, que no había dejado de observarlo con recelo durante toda la velada.

Les habló de su abuelo, Isak Andersson —con dos eses, recalcó—, que había llegado de Suecia con el inicio del siglo. Y de su padre, Gustav, que decidió ir en busca de fortuna cuando se encontró oro en Colorado en 1858, y dejó a sus padres, a su esposa y a su hijo en Nueva York. De cómo había obtenido unas buenas ganancias con las que, en lugar de regresar al Este, había decidido invertir en la compra de un rancho, y luego los había ido a buscar. No les contó, sin embargo, que los comienzos habían sido difíciles, porque apenas sabían nada sobre ganado y habían tenido que contratar a un capataz, ni de lo mucho que les había costado superar los fríos inviernos y los tórridos veranos.

—Un rancho familiar entonces —comentó el señor Boyd, a quien pareció agradarle la idea.

—En realidad, ahora solo quedo yo. Mis padres fallecieron y mi hermana se casó y vive en Montana.

—Oh, lo siento mucho.

—¿Por mí o por mi hermana? —bromeó Christopher, que trató de quitarle importancia al asunto.

—Por todos, imagino —sonrió el señor Boyd.

Le gustaba aquel hombrecillo, pensó el vaquero. Era curioso, pero no impertinente, amable, pero no condescendiente, y parecía tener sentido del humor.

—No sé si yo podría vivir solo y en un lugar tan alejado de todo —comentó entonces Allan Crawford.

—No estoy solo. Otros seis hombres trabajan conmigo, y el pueblo no está lejos.

—Ya... —Allan chasqueó la lengua—. Creo que ni aun así. Me temo que soy incapaz de imaginarme todo el día con las botas llenas de estiércol.

El joven soltó una risotada, convencido de que había hecho una gracia, pero lo más que obtuvo fue una sonrisa temblorosa de Rose.

—Tengo la sensación de que hay más estiércol en Chicago que en Colorado —dijo Christopher, que hizo una pausa de lo más elocuente—. En la pradera, los excrementos de reses y caballos se dispersan en un área muy grande, y el viento y el sol los secan enseguida. Aquí, en estas calles estrechas donde imagino que apenas debe entrar la luz del día, el continuo paso de los caballos debe dejar...

—Les recuerdo que estamos cenando, caballeros —los cortó la señora Milton, con un mohín de disgusto.

—Tiene razón, señora. Mis más sinceras disculpas —dijo un Christopher contrito, que lamentaba haberse dejado provocar por aquel petimetre de piel pálida y manos pequeñas.

Un rato más tarde, cuando estaban a punto de comenzar con el postre, el señor Boyd trató de hacerle hablar un poco más sobre su vida, pero Christopher decidió que, por esa noche, ya había hablado demasiado. Sus escuetas respuestas fueron suficiente para que el hombre abandonara definitivamente el tema, y Christopher pudo al fin disfrutar de verdad de la cena, la más deliciosa que había tomado en mucho tiempo.

—¿No te parece que has sido un poco maleducado con el nuevo huésped? —regañó Violet a Allan más tarde, después de que ella y su hermana hubieran recogido la cocina.

—Me estaba poniendo enfermo con sus aires de superioridad.

—¿Qué aires?

—¿No lo has visto? —le reprochó él—. Hablando de su rancho, de sus tierras... como si nos importara.

—Te recuerdo que ha sido el señor Boyd quien le ha preguntado.

—Violet, a veces eres tan ingenua... —le dijo él, que acarició su mejilla con el dorso de la mano.

—No seas paternalista, Allan. Te recuerdo que soy mayor que tú —contestó con más aspereza de la que pretendía.

—Para algunas cosas no lo eres en absoluto —insistió él—. Ese hombre solo trataba de presumir delante de vosotras, y que no hayas sido capaz de verlo es prueba suficiente de tu inocencia.

Violet hizo una mueca. No coincidía en absoluto con la opinión de Allan. El señor Anderson en ningún momento le había parecido un hombre que necesitara presumir de algo, y menos delante de un puñado de personas a las que, con toda probabilidad, no volvería a ver una vez finalizase su visita a Chicago. Sospechaba, más bien, que Allan se había sentido intimidado por ese hombre interesante y atractivo que, por una noche, le había robado el protagonismo.

—Creo que ya se ha hecho un poco tarde —dijo en cambio.

—Cierto. —Allan se aproximó un poco más a ella—. ¿Me acompañas a la salida?

—¿Has olvidado el camino? —inquirió con sorna.

Violet sabía muy bien que Allan solo buscaba unos minutos a solas con ella, para robarle un par de besos, pero esa noche no le apetecía ni un poco, y seguía molesta con él por el modo en el que se había comportado durante la cena.

—De acuerdo, como quieras —masculló él.

Allan se despidió de Margaret y de Rose, que cosían en un rincón de la cocina, y abandonó la estancia. Violet se quedó secando los cacharros e hizo caso omiso a los comentarios de su hermana, que le recriminaba que no hubiera acompañado a su pretendiente hasta la puerta.

En ese momento se sintió culpable.

Aunque solo un poco.

Más de veinte años atrás, al sudeste de la ciudad, se había creado la Union Stock Yards, un gran complejo pensado exclusivamente para la recepción del ganado procedente de todos los rincones del país. Allí, el producto final era procesado, empaquetado y enviado a sus destinatarios finales. Christopher había oído comentar que el ochenta por ciento de la carne que se consumía en Estados Unidos pasaba por Chicago. Él siempre había pensado que aquellas cifras eran exageradas, al menos hasta que estuvo frente a la entrada principal de aquel distrito. La puerta que daba acceso al complejo era una construcción de piedra caliza y techos a dos aguas, con una gigantesca entrada principal —imaginó que para el paso de los animales— y dos más pequeñas, no totalmente simétricas. En la parte superior, destacaba con nitidez una cabeza de novillo esculpida, lo que daba clara cuenta de lo que uno podía encontrarse en su interior.

Sin embargo, Christopher Anderson no estaba preparado para lo que lo aguardaba una vez traspasó aquella frontera: corrales hasta donde se extendía la vista, la mayoría de ellos vacíos a esas alturas del año, y un sinfín de construcciones de todo tipo, desde hoteles y tabernas hasta oficinas. Calculó que todo aquello debía de ocupar una extensión de al menos trescientos acres. Era como una ciudad dentro de otra ciudad. Pensó que tal vez habría podido alojarse en alguno de aquellos hoteles, para estar más próximo al lugar que pretendía visitar, solo que el fuerte olor que parecía impregnar las paredes y la tierra apisonada de caminos y corrales —a orines, miedo, sangre y vísceras— habría sido superior a él. Más que nunca, echó de menos los espacios abiertos de Colorado.

Tras preguntar a un muchacho con marcado acento irlandés dónde se hallaban las dependencias de la Armour & Co., se detuvo al fin frente a uno de los edificios más grandes del complejo. Una vez traspasó la puerta, se encontró en un amplio recibidor, decorado con más elegancia de la que esperaba. Detrás de un largo mostrador, un joven de abundante bigote y cabello peinado hacia atrás le preguntó qué deseaba. Christopher permaneció unos segundos poniendo en orden sus pensamientos.

—Quisiera ver al señor Bradford.

—El señor Bradford estará de viaje hasta la próxima semana —le indicó el empleado—. Si viene en busca de trabajo puede rellenar el formulario que...

—Soy ganadero —se apresuró a contestar Christopher.

—Ah, en ese caso puede usted hablar con el agente que corresponda a su zona.

—No, no lo entiende. Necesito hablar con el señor Bradford en persona.

—Ya le he dicho que está ausente. —El joven parecía a punto de perder la paciencia.

—¿Cuándo puedo encontrarlo en su oficina?

—No lo sé, pero no recibe a nadie sin cita previa.

—De acuerdo, pues deme usted una cita.

Con cierto fastidio, el recepcionista extrajo un libro muy parecido al que el día anterior Violet Montroe había extraído de su modesto mostrador. Tras solicitar su nombre y su lugar de origen, le preguntó por el motivo de su reunión.

—Quiero venderle mi ganado.

El joven dejó la pluma que sostenía sobre la pulida superficie de madera y lo miró con el ceño algo fruncido.

—Si quiere vender su ganado, debe usted ponerse en contacto con el agente asignado a su zona —le repitió.

—No puedo hacer tratos con ese hombre.

—¿Tiene alguna queja contra uno de nuestros trabajadores?

—¿Qué? No, ni siquiera lo conozco.

—Pero no desea hacer negocios con él.

—Preferiría no hacerlo. Por eso necesito hablar con Bradford.

—El señor Bradford no trata directamente con los ganaderos.

—Antes lo hacía.

—¿Cómo?

—Lo conocí hace tiempo en Denver —aclaró Christopher—. Entonces él era el agente asignado a aquella zona.

—Debió de ser hace bastantes años.

—Diez al menos —contestó. En aquel tiempo, supuso, aquel joven aún debía de llevar pantalón corto.

—Ahora el señor Bradford es un hombre muy ocupado.

—¿Demasiado como para dedicarme unos minutos?

—¿De cuántas reses estamos hablando?

—Ochocientas cabezas, tal vez novecientas.

—Oiga, ¿tiene idea de cuánto ganado pasa por The Yards cada año? —La paciencia de aquel joven se había esfumado por completo, y su tono de voz se había endurecido—. Varios millones cada temporada entre cerdos, ovejas, vacas y caballos, que proporcionan empleo a más de veinte mil personas.

—Comprendo —dijo Christopher, un tanto abrumado por aquellas cifras—. Aun así, insisto en hablar con el señor Bradford.

—Como quiera —bufó el empleado, que volvió a coger la pluma—. Tomaré nota de su nombre, pero no le garantizo que pueda recibirlo.

—Está bien.

—¿El próximo miércoles le parece bien?

—¡Pero si hoy es miércoles! —respondió, airado—. ¡Es una semana entera!

—Ya le he dicho que el señor Bradford...

—Es un hombre muy ocupado, sí —finalizó la frase por él.

Christopher tuvo que hacer un esfuerzo por no borrarle de un puñetazo aquella sonrisa de suficiencia. No tenía pensado pasar tanto tiempo lejos del rancho. Por algún motivo que no alcanzaba a comprender, había supuesto que aquello le llevaría un par de días a lo máximo. Solo que allí todo resultaba infinitamente más grande y complejo de lo que habría podido sospechar. Pese a ello, observó con cierto regocijo cómo el joven anotaba su nombre y su apellido en aquel libro.

El camino de vuelta hacia la casa de huéspedes se le antojó más largo que el de ida, quizá porque arrastraba el desánimo con él. El viento frío arremolinaba los montones de nieve que cubrían parcialmente las aceras, transitadas por gentes de todo tipo, muchas de ellas con prisa. Él, en cambio, no tenía nada que hacer. ¿En qué iba a ocupar su tiempo hasta el siguiente miércoles?

Iba pensando en ello cuando alcanzó la entrada de la

casa de huéspedes. De ella salía, abrigada hasta las cejas, Violet Montroe.

—Buenos días, señor Anderson —lo saludó—. ¿Ha salido a dar un paseo?

—A hacer unas gestiones.

—El fuego del salón está encendido. Rose le preparará un té enseguida, o una taza de café si lo prefiere.

—¿Va usted a salir?

—Sí, tengo que hacer unas compras —contestó ella, que alzó una bolsa de mano cuidadosamente plegada.

—¿Le importa si la acompaño?

—¿Cómo dice?

—Podría ayudarla a traer la compra.

Ella lo miró con aquellos ojos grises completamente abiertos, seguro que tan sorprendida como él mismo con su inusual proposición.

—Y tal vez podría enseñarme un poco la ciudad —añadió.

—Oh, me temo que no va a ser un paseo muy turístico —sonrió al fin, visiblemente más cómoda—. Además, Susie me acompaña, saldrá enseguida.

—Por favor... —insistió—. No tengo nada que hacer, nada en absoluto. Me gustaría sentirme útil.

—No está acostumbrado a estar ocioso, ¿verdad? —Su tono de voz sonaba ligeramente divertido.

—Así es.

—En ese caso acepto su ayuda encantada —accedió ella al fin, tras una breve pausa.

Christopher reprimió el gesto de llevarse los dedos de la mano a su sombrero Stetson, que se había quedado en el rancho, y optó por inclinar un poco la cabeza en señal de agradecimiento. Al menos durante un rato podría alejar aquella sensación de fracaso que lo acompañaba desde que había salido de las oficinas de Armour & Co.

3

La ciudad más grande que Christopher había visitado —Nueva York no contaba, porque apenas recordaba nada de ella— era Denver. Había surgido casi al pie de las Montañas Rocosas para proporcionar servicios a los mineros que horadaban sus laderas en busca de oro y plata, y había crecido a golpe de metales preciosos primero y del ganado después. Allí todo era nuevo, a veces incluso desproporcionado, como si algunas personas quisieran dejar su impronta para la posteridad.

Chicago era más antiguo. Christopher no necesitó que nadie se lo dijera, ni consultar libro alguno. Era palpable en sus edificios y en sus calles, y hasta las gentes que circulaban por sus aceras parecían formar parte de su historia.

Acompañó a Violet Montroe a la carnicería, al colmado y finalmente a una quesería que lo dejó momentáneamente sin habla. Ni en sus más osados sueños habría podido imaginar que existía tal variedad de quesos, de aromas y hasta de colores diferentes.

No fue un paseo particularmente distendido. Él no sabía de qué hablar con una joven como ella, y a Violet tampoco se le ocurría qué podía preguntarle para destensar un poco el ambiente. Pero fue Christopher el primero en romper el hielo.

—¿Hace mucho que vive en Chicago? —le preguntó.

—Nunca he vivido en ningún otro lugar.

—¿Y le gusta?

—Sí, supongo que sí. Tampoco puedo compararlo con otra cosa, ¿comprende?

—Cierto.

—Aunque mi hermana dice que, comparado con Cleveland, es mucho más bonita. Ella vive allí desde que se casó.

—No sabía que tuviera otra hermana.

—Sí, Flora.

—¿Flora? —preguntó Christopher con una sonrisa algo pícara.

—¿Lo encuentra gracioso?

—Todas ustedes tienen nombre de flor —señaló él.

—A mi madre le pareció apropiado, dado que ella se llama Margaret —comentó Violet, también sonriendo.

—Un pequeño jardín.

—Más bien un pequeño ramillete —lo corrigió—. Tengo entendido que, de haber tenido más hijas, las habría llamado Hyacint y Daisy.

—¿Y si hubiera sido un varón?

—Prefiero no imaginarlo —contestó ella, divertida—. ¿Narciso? ¿Crisantemo?

Christopher se rio con discreción.

—¿Y llevan mucho tiempo regentando la casa de huéspedes?

—Casi desde que murió mi padre.

—Oh, lo siento. No sabía que...

—No importa. Fue hace muchos años. En el incendio del 71.

—¿Su padre murió en el gran incendio de Chicago? —Christopher había oído hablar de él, como casi todo el mundo.

—Murió mucha gente en aquellos dos días. Más de un tercio de la ciudad quedó destruido, y más de cien mil personas perdieron su hogar.

Recitó aquellos datos como si los hubiera repetido un millar de veces, y Christopher imaginó que, a lo largo de los años, era muy probable que hubiera contestado de la misma manera a todo aquel que hubiera preguntado al respecto. Datos, estadísticas, números fríos que no la comprometían a nada y que no permitían vislumbrar su propia tragedia personal.

—Discúlpeme, no pretendía hacerle recordar algo tan doloroso. —Christopher la tomó un instante del brazo, como si quisiera transmitirle con el contacto lo mucho que lamentaba haber sacado el tema.

—Ya le he dicho que fue hace mucho. —Ella le restó importancia, pero no se apartó de él.

Christopher recordaba cómo se había sentido su hermana Leah tras la muerte de su padre, tan triste y abatida que tardó más de una semana en abandonar su cuarto. Y ya era una mujer hecha y derecha. Imaginarse a Violet y a sus hermanas, que no debían de ser más que unas niñas, enfrentándose a una catástrofe de tales dimensiones, mientras la ciudad ardía a su alrededor, le resultaba descorazonador.

—Yo estaba con él, ¿sabe?

Violet ni siquiera sabía por qué había pronunciado esas palabras. La disculpa del señor Anderson había dado el tema por zanjado, solo que ella necesitaba decírselo. En los años que habían transcurrido desde aquella noche, apenas lo había comentado con nadie. Allan Crawford, de hecho, no lo sabía. Sí que su padre había perecido en el fuego, pero nada más. Tal vez, pensó, su confidencia se debía a que la noche anterior el señor Anderson había comentado que había perdido a su padre unos años atrás. No mencionó cuántos, pero ella quiso pensar que, tal vez, era tan joven como lo había sido ella.

—Señorita Montroe...

—No pude hacer nada.

—Debía de ser usted una niña.

—Tenía doce años. Podría haber hecho mucho. —Violet apretó las mandíbulas, convencida de lo que decía.

—¿Como qué?

—Como evitar que entrara en la tienda, por ejemplo. El fuego estaba cerca, muy cerca. Debí haber insistido más.

—¿Y su padre la habría escuchado? —Christopher alzó una ceja.

—En todas las escenas que me he imaginado desde entonces, lograba convencerlo.

—Es fascinante el poder que tiene la imaginación para reescribir nuestra propia historia.

—No me cree.

—Oh, sí que lo hago. Pero su padre era un hombre adulto, dueño de sus actos. Dudo mucho de que usted, pese a su insistencia, hubiera logrado impedirle hacer algo.

—Eso dice el reverendo Rowland.

—¿Quién?

—El pastor de nuestra iglesia. Habla usted igual que él.

—Seguro que es un buen hombre —comentó Christopher, tratando de bromear.

—Usted también.

Christopher se perdió un instante en la profundidad de aquellos ojos grises que, de repente, le parecieron insondables. Era consciente de que ella le había hecho un cumplido, aunque no lograba adivinar de qué modo se había hecho acreedor de tanta consideración.

—¿Estará muy ocupada mañana? —le preguntó, sin detenerse a considerar la posible implicación de sus palabras.

—¿Cómo dice?

—Mañana. ¿Sería demasiado pedir que me mostrara un poco la ciudad? He de permanecer varios días aquí y he pensado que podría enseñarme algún lugar de interés.

—Señor Anderson, no creo que sea apropiado.

—Pagaré por su tiempo, y por el de Susie, que imagino nos acompañará.

Ambos miraron hacia atrás. La joven caminaba a varios pasos de ellos, concentrada en observarlo todo con atención, como si no hubiera salido de la casa en meses.

—Yo no... —comenzó a decir Violet.

—Si prefiere que nos acompañe su hermana Rose, o incluso su madre, no tengo inconveniente.

—Hace demasiado frío como para pasar el día fuera.

—¿Tal vez solo un rato, por la mañana? Podría alquilar un carruaje.

Violet estuvo tentada de volver a negarse, pero, en el último instante, cambió de idea. ¿Cuánto tiempo hacía que no disfrutaba de un rato de asueto? ¿De un paseo agradable en buena compañía? Se pasaba el día metida en la casa de huéspedes, limpiando y cocinando, esperando las visitas vespertinas de Allan y rogando por que sucediera algo distinto.

—Será un placer, señor Anderson —dijo al fin.

A Violet no le había costado decidir qué quería enseñarle a su nuevo huésped y lo llevó a Lincoln Park, uno de los parques más grandes de la ciudad y que se encontraba relativamente cerca de la casa. Si el frío aumentaba o si no se encontraban a gusto, no tardarían mucho en regresar. Y ni siquiera era necesario alquilar un carruaje, podían acercarse hasta allí dando un paseo. Después de servir los desayunos y realizar las tareas indispensables, Susie y ella se encontraron con el señor Anderson en el vestíbulo.

No le había comentado ni a su madre ni a su hermana lo que tenía pensado hacer, porque sabía que se opondrían o, incluso, que le presentarían toda clase de trabas, así que se limitó a decirles que tenía que realizar unos recados y que no sabía a qué hora regresaría. Como siempre era ella quien se ocupaba de las gestiones, no les extrañó. Sin embargo, justo cuando los tres iban a salir por la puerta, apareció su madre proveniente de la cocina y se quedó inmóvil, como si no supiera cómo interpretar aquella escena.

Violet sintió encenderse sus mejillas, pero continuó abrochándose el abrigo como si tal cosa, como si salir en compañía de uno de los huéspedes fuese lo más normal del mundo. Hizo caso omiso al ceño fruncido de su madre y cruzó el umbral en primer lugar, seguida por Susie y por el señor Anderson, que cerró la puerta a sus espaldas. Solo entonces se permitió aspirar una profunda bocanada de aire frío que casi le quemó los pulmones.

El cielo lucía despejado y apenas soplaba viento. En cuanto comenzaron a caminar, con Susie a su derecha y el señor Anderson a la izquierda, Violet sintió revigorizarse todo su cuerpo. El ranchero se mostró tan amable como el día anterior e incluso se interesó por la joven criada, con quien intercambió algunas frases. Era evidente que no deseaba que se sintiera excluida.

Alcanzaron el límite de Lincoln Park y se internaron en el parque siguiendo uno de los múltiples senderos trazados.

—Más adelante hay un camino que bordea el lago —le dijo Violet—. Tiene unas vistas excelentes.

—¿Viene a menudo por aquí?

—A veces, aunque nunca cuando hace tanto frío.

En algunos puntos la nieve se había derretido, mostrando parches de hierba e incluso fragmentos de la piedra que cubría algunos lugares. Apenas había visitantes, lo que no era de extrañar.

—Tal vez no ha sido una buena decisión venir aquí —confesó ella, un tanto azorada—. No es un lugar muy apropiado en estas fechas.

—Podemos ir hasta el lago y regresar —propuso Christopher, que por nada del mundo deseaba volver a encerrarse en la casa de huéspedes.

—¿Hay lugares así donde usted vive? —intervino Susie.

—¿Así cómo? —preguntó él.

—Parques tan grandes como este.

—Donde yo vivo casi todo es naturaleza. Praderas, bosques, montañas...

—Oh, Dios —se lamentó Violet.

—¿Qué sucede? —Christopher la miró con un atisbo de preocupación.

—Ni siquiera lo había pensado —contestó ella—. Quiero decir... Para nosotros, que vivimos en la ciudad, venir aquí es casi un modo de acercarnos a la naturaleza... a usted debe de parecerle ridículo.

—En absoluto. En mis tierras no hay bancos tan bonitos donde poder sentarse, ni estos senderos tan bien trazados, ni estatuas, ni... Oh, vaya, ¿ese no es Abraham Lincoln?

Christopher señalaba una estatua de bronce a la que se iban aproximando, de casi cuatro metros de altura. La figura del antiguo presidente de Estados Unidos se encontraba en pie, frente a una silla de la que parecía haberse levantado para pronunciar un discurso. El brazo izquierdo permanecía oculto a su espalda, y la mano derecha sujetaba la solapa de su levita. Sobre los hombros y el cabello, así como sobre el asiento, resplandecía una fina capa de nieve.

—Es... fabulosa —musitó Christopher, asombrado por el realismo de la escultura. Luego se volvió hacia ella—. ¿Por eso el parque lleva su nombre?

—Oh, no, el nombre del parque es muy anterior —contestó Violet—. La estatua la colocaron aquí el octubre pasado. Fue una ceremonia grandiosa, con miles de asistentes.

—Incluso vino el nieto del presidente Lincoln —añadió Susie.

—No sabía que tuviera nietos —reconoció Christopher.

—Yo tampoco —confesó Violet—. Era un muchacho bastante bien parecido, de unos trece o catorce años. Yo no aprecié semejanza física alguna con su abuelo, la verdad, y parecía sentirse bastante cohibido. Aunque, claro, ¿quién no se sentiría así a su edad? El peso de un apellido como ese debe de ser casi insoportable de llevar, y en un acto de esa envergadura, con tanta gente pendiente de él...

Christopher asintió. A los trece años, él andaba cabalgando por las llanuras, ayudando a su padre con el ganado, libre como el viento y sin que nadie observara cada uno de sus movimientos. No, ser el nieto de Abraham Lincoln no debía de ser nada fácil.

Rodearon la estatua y continuaron hasta el lago, cuya superficie congelada refulgía bajo el tímido sol. Christopher jamás había contemplado una extensión de agua de ese tamaño, y la imagen era sobrecogedora. Cerca de la orilla, unas cuantas personas se deslizaban por la superficie enfundadas en una especie de botas que llevaban algo similar a una cuchilla en la suela.

—Son patines —le susurró Violet, que interpretó a la perfección su gesto de sorpresa—. Se usan para moverse sobre el hielo.

—Nunca los había visto.

En ese momento, uno de los presentes realizó una especie de pirueta, dio un salto en el aire y aterrizó sobre la superficie con suma elegancia, extendiendo los brazos. Christopher trató de imaginarse a sí mismo intentando hacer algo parecido, y la imagen lo hizo reír.

—Yo me rompería la crisma al primer intento —confesó.

—Solo es cuestión de práctica —le dijo ella.

—¿Usted sabe utilizar esos... trastos?

—Un amigo de mi padre los fabricaba y nos enseñó a usarlos —le dijo—, aunque los primeros que tuve tenían la cuchilla de hueso.

—Es usted una joven peculiar, señorita Montroe.

—¿Usted cree? —Ella sonrió, halagada por lo que interpretó como un cumplido—. Creo que soy una persona de lo más normal.

—Es posible que su definición de normal no encaje con la mía.

Christopher pensó que, en ese momento, los ojos grises de Violet Montroe parecían una extensión del lago Michigan. Tenían el mismo color y brillaban del mismo modo.

—Tengo frío —musitó Susie junto a ellos.

—Oh, por supuesto —se disculpó Christopher, que rompió el contacto ocular con Violet—. Tal vez podríamos ir a tomar algo caliente.

—¿A la casa de huéspedes? —preguntó la muchacha, que apenas pudo evitar una mueca de desilusión.

—No —contestó él—, a cualquier lugar donde ninguna de ustedes dos tenga que prepararlo.

—Conozco una chocolatería cerca de aquí —señaló Violet, a quien la idea de una taza de chocolate caliente le templó el cuerpo con antelación.

A Christopher le pareció una excelente propuesta y les ofreció el brazo. Mientras salían de Lincoln Park, pensó que Chicago, después de todo, no estaba tan mal.

—¿Cuánto tiempo más se va a hospedar el señor Anderson en nuestra casa? —Margaret Montroe movía la cucharilla dentro de su taza de té con más vigor del acostumbrado.

—No lo sé —contestó Violet, que en ese momento preparaba un puré de patatas y zanahorias para la cena.

—No me parece apropiado que salgas tan a menudo con él.

—Madre, solo lo he acompañado a ver algunas cosas de la ciudad —se disculpó.

—Ese no es tu cometido.

Violet lo sabía muy bien, así que optó por no responder. Al día siguiente de la visita a Lincoln Park, habían ido juntos a la Sociedad Histórica y el domingo las había acompañado a la iglesia. La tarde anterior, martes, habían visitado el Art Institute en Lake Park. Allí ella le había vuelto a hablar del incendio, porque parte de aquella zona se había ganado al lago a fuerza de rellenar una franja de terreno con los escombros de la catástrofe. Christopher Anderson era un hombre discreto e inteligente, buen conversador y amable. E increíblemente atractivo.

—No sé qué pensará Allan sobre tus salidas con ese hombre —insistió la mujer.

—¿Qué tiene que ver Allan con esto? —Se volvió hacia su madre con una ceja alzada.

—¿De verdad crees que no le importaría saber que te ves con un extraño?

—¿Un extraño? El señor Anderson es un huésped, madre.

—Del que no sabemos nada.

—Lo suficiente.

—¿Lo suficiente para qué?

—Pues para confiar en él.

Violet lo dijo convencida de sus palabras, a pesar de

que, en su fuero interno, estuviera parcialmente de acuerdo con ella. Aunque hablaban de muchas cosas, el señor Anderson apenas le había comentado nada sobre su vida en Colorado. Casi todo lo que sabía sobre su lugar de origen era gracias a las acertadas preguntas del siempre curioso señor Boyd. De hecho, ni siquiera conocía aún el motivo por el que se encontraba en la ciudad. «No le has preguntado por ello», pensó, no sin cierto sentimiento de vergüenza. ¿Qué clase de anfitriona era que ni siquiera se había molestado en averiguar algo tan simple?

Ese miércoles por la mañana, el señor Anderson había salido bien temprano y, cuando se habían despedido la tarde anterior, no había mencionado nada sobre otra visita a la ciudad. ¿Significaba eso que no tardaría en marcharse?

—Allan no va a esperarte siempre. —Su madre cortó el hilo de sus pensamientos.

—¿Cómo?

—Es un joven de buena familia, con un trabajo importante —contestó Margaret—. Tal vez si lo animaras un poco, se declararía de una vez.

—¿Animarlo? Madre, ¡no pienso acostarme con él!

—Por Dios, Violet, ¡yo no he sugerido tal cosa! —se quejó—. Bastante tuvimos ya con...

—Lo sé —la cortó.

—Solo insinúo que, si te mostraras más cariñosa y receptiva...

—Lo pensaré.

—Pues hazlo rápido.

—¿Qué tienes que hacer rápido, Violet? —preguntó Rose, que en ese momento entraba en la cocina.

—El puré —contestaron las dos a un tiempo.

En otras circunstancias, a Violet le habría hecho gracia que su madre y ella hubieran contestado lo mismo.

4

Christopher comenzaba a pensar que su viaje a Chicago había sido una absoluta pérdida de tiempo. Esa mañana se había presentado de nuevo en The Yards y tampoco había podido ver al señor Bradford. Al parecer, iba a estar fuera toda la jornada, aunque no supieron —o no quisieron— indicarle dónde podía encontrarlo. El mismo joven de la semana anterior volvió a insistir en que hablara con el agente de su zona y Christopher, temiendo perder la paciencia, optó por guardar silencio y solicitar otra cita. Esta vez, sin embargo, no anotaron su nombre en ningún lado, alegando que no sabían dónde iba a estar el señor Bradford en los días siguientes.

Mientras abandonaba el complejo se preguntó si todo aquello no sería una especie de estrategia para hacerlo desistir. Ellos debían de saber que no podía permanecer en Chicago de forma indefinida. Quizá, se dijo, contaran con ello. Se planteó visitar alguna empresa de la competencia, pero sospechaba que el trato no sería muy distinto, y tampoco tenía contactos que le facilitaran el acceso.

Deambuló por la ciudad sin un destino fijo y sin el interés que había mostrado los días anteriores con Violet

Montroe. En esta ocasión ella no se encontraba a su lado y en su lugar no había más que aire frío. De improviso, se sintió solo, solo y lejos de su hogar, de los suyos.

Decidió regresar a la casa de huéspedes y, cuando al fin cruzó la puerta a primera hora de la tarde, lo reconfortó la agradable calidez del establecimiento. Permaneció unos minutos indeciso, como si no supiera qué dirección tomar, si buscar la intimidad de su cuarto o el confort de una taza de algo caliente en la salita. Allí, por lo que había visto los días anteriores, solían refugiarse la señora Milton y su hija por las mañanas, y luego regresaban un par de horas antes de la cena. Con un poco de suerte, en ese momento estaría vacía.

Pero no lo estaba, y tampoco le importó. Violet Montroe se encontraba allí, sentada a la pequeña mesa camilla situada en un rincón, con lo que parecía un libro de cuentas abierto frente a ella.

—Buenas tardes, señor Anderson —lo saludó con su amabilidad acostumbrada.

Christopher vio que la joven cerraba el libro y tomaba la pluma y el tintero que había junto a él.

—No es preciso que se marche —le dijo, adivinando sus intenciones—. De hecho, preferiría que no lo hiciera.

—No acostumbro a trabajar aquí —se disculpó—, pero es la habitación más caliente de la casa.

Christopher asintió, se dirigió hacia una de las butacas y se dejó caer sobre ella, olvidando sus modales. En ese momento, se dijo, le importaban un ardite.

—¿Ha comido, señor Anderson?

—No, pero no tengo apetito —contestó—. ¿Sería mucho pedir una taza de té?

—En absoluto. Yo misma iba a preparar uno para mí.

—Se lo agradecería.

Violet abandonó la estancia y se dirigió a la cocina. La

casa estaba tranquila a esa hora, su favorita del día. Puso el agua a calentar, sacó de la alacena un bizcocho de nueces que había preparado esa mañana y cortó una generosa porción. La colocó en un plato y añadió unas cuantas galletas de jengibre. Pese al aspecto alicaído que presentaba el señor Anderson, no podía consentir que permaneciera con el estómago vacío hasta la cena.

Unos minutos más tarde, regresó a la salita con una bandeja llena con todo lo necesario. Cogió la pequeña mesita de centro de una de las esquinas y la colocó frente a él. Sobre ella situó la bandeja y comenzó a servir el té. El señor Anderson no dijo nada cuando vio que le había traído bizcocho y galletas, pero le dirigió una mirada de agradecimiento que fue más que suficiente. Violet no quería dejarlo solo, así que se sirvió su propia taza y se sentó en otra de las butacas. Durante unos segundos, ninguno de los dos dijo nada, aunque ella observó con deleite que el hombre daba buena cuenta de los dulces.

—Parece haber tenido un mal día —le dijo al fin.

—Peor de lo que me esperaba —contestó él, con los hombros hundidos.

—¿Tiene que ver con el motivo de su visita a Chicago?

—En efecto. Las cosas no están saliendo como deberían.

—Si puedo hacer algo...

Christopher apenas la había mirado desde que había tomado asiento, pero en ese momento sí lo hizo. Su ofrecimiento no lo pillaba por sorpresa, ya se había dado cuenta de que aquella joven era amable por naturaleza. Su cabello rojo flameaba junto al fuego, y los ojos grises se habían transformado en dos volcanes en erupción. Hasta sus labios, llenos y rosados, habían adquirido una tonalidad anaranjada de lo más sugerente. No era una mujer hermosa según los cánones establecidos, pero su rostro expresaba fuerza y determinación y era agradable y simétrico, incluso delicado.

—Me temo que no, pero gracias. —Se atragantó con su propia saliva y tuvo que carraspear varias veces para aclararse la garganta—. He venido a ver a alguien que, al parecer, no quiere recibirme.

—Oh, no sabe cuánto lo lamento. —Ella hizo una pausa, sin saber qué más podía decirle—. ¿Es por su rancho?

—Sí. Tenía intención de vender mi ganado, pero mis reses no parecen interesar a nadie.

—¿A quién se las ha estado vendiendo hasta ahora?

—Es una larga historia... —Christopher hizo un gesto con la mano, como restándole importancia al asunto—. Y no quisiera aburrirla.

—Créame, cualquier cosa será mejor que revisar las cuentas de la casa.

Él la miró y comprendió que, en realidad, la joven estaba deseando que se la contara. Habían salido unas cuantas veces de paseo —unos paseos en los que ella había invertido un tiempo que luego se negó a cobrarle— y se había establecido cierta amistad entre ambos. En ningún momento se le había pasado por la cabeza que pudiera interesarle su vida de ranchero en un lugar tan lejano como Colorado.

—Hace años —comenzó—, mi padre conducía sus propias reses hasta Denver y allí las vendía al agente de ganado, con el que previamente había acordado un precio. Cuando murió, yo era bastante joven y apenas poseía experiencia. Entonces hice como el resto de mis vecinos y comencé a entregar mis animales a Samuel Marsten... —Christopher hizo una pausa, algo aturdido—. Hummm, quizá debería haber comenzado por explicarle cómo es Heaven.

—¿Cree que es necesario? —Violet sonrió.

—Tal vez no —convino—. El hecho es que el dueño de uno de los dos mayores ranchos de la región se encarga de reunir a todas las reses de la zona y conducirlas cada año hasta Denver. Con ello se ahorran costes y hombres, y todo el mundo parece conforme.

—Menos usted.

—Menos yo, o al menos eso creo. Hace tiempo que sospecho que los acuerdos a los que llega con los agentes no son los mismos que luego nos traslada a nosotros. Entiendo que descuente cierta cantidad para cubrir sus gastos y para que el negocio le salga rentable. No tengo nada en contra de eso, ¿comprende?

—Perfectamente.

—Este país se está construyendo sobre las espaldas de la gente emprendedora, y ese hombre sin duda lo es. El pasado verano, sin embargo, coincidí en la feria estatal con un ranchero de Kansas, y los precios que estaba obteniendo por su ganado eran muy superiores a los que percibíamos nosotros. Pregunté con discreción a otros ganaderos y obtuve respuestas muy similares, en algunos casos hasta de medio centavo por libra.

—No parece una cantidad muy relevante.

—Un buey en buenas condiciones puede alcanzar fácilmente las ochocientas libras de peso. A tres centavos y medio la libra, son veintiocho dólares por cabeza. Multiplique eso por mil reses.

—¡Es una fortuna!

—Ahora imagine que yo cobro esos tres centavos y medio, pero a usted solo le pago tres con veinticinco.

—Eso serían veintiséis dólares por animal, veintiséis mil en total —dijo Violet, que era casi tan rápida con los números como el propio señor Boyd.

—Y yo me quedo con los otros dos mil. Un beneficio casi neto.

—¿Ese hombre se ha quedado con dos mil dólares suyos? —Violet se sentía mareada solo al pensar en esas ingentes cantidades de dinero.

—A decir verdad, con muchos más, míos y de mis vecinos. El pasado año, condujo a Denver más de seis mil cabezas. Y el anterior algunas más.

—Pero eso es... eso es un delito, ¿no?

—Solo si pudiera demostrarlo, y es evidente que no puedo —contestó Christopher—. Tengo la sospecha de que ha llegado a algún tipo de acuerdo con el agente de ganado de Armour & Co., que probablemente debe de estar llevándose una buena comisión por mantener la boca cerrada.

—Y usted quiere denunciarlo.

—Solo quiero un nuevo agente, o la posibilidad de vender mis reses en otro lugar. No busco una guerra abierta con mi vecino, mientras pueda evitarla.

—¿Va a consentir que continúe obrando de ese modo?

—Si consigo colocar el ganado en otro sitio, mis vecinos me seguirán, y entonces ese hombre ya no podrá continuar aprovechándose de nosotros.

—Hummm, comprendo. Para eso ha venido a Chicago.

—Sí, pero aún no he conseguido reunirme con la persona capaz de arreglar el asunto, y no puedo permanecer aquí de forma indefinida.

—¿Qué va a hacer ahora?

Christopher se reclinó en la butaca. Llevaba toda la mañana pensando en su próximo paso y estaba barajando varias opciones, aunque ninguna de ellas lo convencía del todo.

—¿Sabe lo que haría yo en su lugar? —le preguntó ella—. Volvería mañana, y pasado mañana, y al día siguiente. Y me sentaría allí hasta que ese hombre me recibiera.

—Acabarían echándome.

—¿Y qué? ¿Acaso tiene algo que perder?

—No, supongo que no.

—Y si no funciona, siempre puede apostarse en la salida. En algún momento, tendrá que entrar o salir del complejo.

La joven tenía razón, se dijo. ¿Qué podía perder? Si acababan por expulsarlo de las oficinas, esperaría al señor Bradford en la salida, aunque el intenso frío acabara convirtiéndolo en una estatua de hielo. Lamentó que una solución, en apariencia tan simple, no se le hubiera ocurrido a él mismo.

—Creo que tiene razón.

Violet asintió, satisfecha. Odiaba las injusticias, y la historia del señor Anderson la había soliviantado.

—Me temo que ahora he de volver a mis propios números —le dijo mientras se levantaba.

—Muchas gracias, señorita Montroe. Me ha sido de gran ayuda.

—Que pase una buena tarde, señor Anderson.

La joven abandonó la estancia y Christopher dejó que su mirada se recreara en el crepitante fuego de la chimenea.

Ahora tenía un plan.

Allan Crawford cenaba esa noche de nuevo en la casa de huéspedes. El señor Anderson había optado por no acompañarlos y Allan había vuelto a ser el centro de atención. Narró una anécdota bastante divertida sobre uno de sus clientes, que pretendía dejar su herencia a su caballo y a un loro que le habían traído del Amazonas, y Violet tuvo que reconocer que el joven poseía gracia y encanto. Hasta la señora Milton soltó una risita contenida.

Después de la cena y de que las dos hermanas dejaran todo recogido, Allan acompañó a las Montroe a la salita, donde los cuatro disfrutaron de una infusión de valeriana. El joven tomó asiento en la butaca que esa misma tarde había ocupado el señor Anderson, y Violet se sentó frente a él. En el sofá que había un poco más allá, lo hicieron su madre y su hermana, ambas con una labor de costura en el regazo.

Violet se encargó de servir las tazas y, cuando le hizo entrega de la suya, el joven acarició sin disimulo el dorso de su mano. El breve contacto la recorrió como una ola y, cuando se sentó, sentía las mejillas ardiendo.

Rose le preguntó a Allan por una velada a la que había acudido con su familia, y a Violet la sorprendió que su hermana conociera esa información y ella no. Quizá el joven lo había mencionado en algún momento, aunque no fuese capaz de recordarlo. Tal vez sí era cierto que se mostraba demasiado esquiva con él, como si, de algún modo, pretendiera protegerse de un nuevo desengaño.

Mientras él comentaba los pormenores de la pequeña fiesta a la que había sido invitado, ella se limitó a observarlo. Era un hombre bien parecido, no demasiado alto pero de medidas proporcionadas, con unos dulces ojos castaños y el cabello oscuro y grueso. El rostro, de suaves facciones, lucía pálido, adornado con un fino bigote que le proporcionaba cierto aire distinguido.

—Estoy deseando que acabe el invierno —suspiró Rose— para poder salir a pasear, al parque, al teatro...

—El parque también está bonito en esta época del año —comentó Violet.

—Entre la nieve y el barro, debe de ser un lodazal. —Allan le dio un sorbo a su taza—. Aquí están ustedes muy bien.

—Oh, seguro que su casa también será un sitio muy agradable —comentó la señora Montroe—. Espero que a sus padres no les moleste que nos acompañe usted con tanta frecuencia.

—En absoluto —contestó el joven—. De hecho, no vivo en la casa familiar desde hace casi un año.

Violet alzó una ceja. ¿Allan no vivía con su familia? Hasta la fecha, jamás había mencionado nada sobre ese particular, y de eso podía estar bien segura.

—La cena de esta noche estaba deliciosa, señora Montroe. —Allan se levantó de la butaca—. Creo que se ha hecho un poco tarde ya.

Se alisó los pantalones y estiró los faldones de su chaqueta. Violet se levantó para acompañarlo a la puerta y aguardó hasta que se despidió de su madre y de su hermana.

El pasillo estaba en penumbra y en el vestíbulo solo había una lamparita encendida, que lo bañaba todo con una luz cálida y tenue.

—Ignoraba que no vivía con su familia —comenzó Violet.

—Mi padre considera que debo aprender a vivir por mi cuenta, y a administrar mis ingresos —contestó él, que se encogió de hombros—. Dice que eso fortalecerá mi carácter. Ya sabe, cosas de viejos.

—Claro.

—No tiene importancia, puedo regresar cuando lo desee. Y en el bufete me va muy bien, seguro que me harán socio muy pronto.

—Seguro que sí. —Violet le dedicó una sonrisa. Allan era una persona muy optimista, una de las cosas que más le gustaban de él.

—¿De verdad quiere hablar sobre eso en este momento? —le susurró él, que barrió la distancia que los separaba de un solo paso. Violet notó su aliento cálido muy cerca de la mejilla—. Había pensado que podríamos despedirnos con un beso...

Ya se habían besado en otras ocasiones, y a Violet le había parecido una experiencia muy agradable. Cuando sus bocas se encontraban, la recorría una sensación cálida bien conocida, que se concentraba especialmente en la zona de su vientre. Esa vez no fue distinta. Allan posó sus labios sobre los de ella, y Violet se sujetó a las solapas de su chaqueta mientras él exploraba su boca, con una mano cerrada en torno a su nuca.

Cuando se separaron, Violet suspiró y él posó un beso casto sobre su frente.

—Hasta pronto, señorita Montroe —musitó él junto a su oreja.

Violet no contestó, se quedó allí mientras él cogía su abrigo y salía a la fría noche de Chicago.

A ella la aguardaba su propio frío en el último piso.

5

El plan había dado resultado, y solo le había llevado tres días conseguirlo. Tal y como le había sugerido Violet Montroe, Christopher acudió el jueves a las oficinas de Armour & Co., donde, al serle denegada una nueva cita, tomó asiento casi toda la jornada. En el vestíbulo habían dispuesto media docena de sillas de aspecto cómodo y se dispuso a esperar allí el tiempo que fuese preciso.

Desde el mostrador, el joven recepcionista lo miraba de tanto en tanto con cierto aire de reproche, sobre todo cuando llegaban otros clientes o proveedores, que compartían un rato de espera con él y desaparecían tras las puertas dobles que daban a las entrañas de la compañía. El viernes repitió la operación, y lo mismo hizo el sábado, cada vez con menos esperanzas de lograr su objetivo. Sin embargo, a media tarde, el joven desapareció de su puesto durante un cuarto de hora y, al regresar, se dirigió directamente hacia él.

—El señor Bradford lo recibirá el martes por la tarde —le anunció.

Christopher tuvo que hacer un esfuerzo para no levantarse con una pirueta. No sabía qué había ocurrido, si el recepcionista se había apiadado de él o si su presencia había llamado la atención de alguien más, pero no pensaba discutir los detalles de la nueva cita, para la que aún faltaban otros tres días. Con mucho mejor talante regresó a la casa de huéspedes. Apenas había visto a Violet Montroe esa semana, y ni siquiera había bajado al salón, tratando de evitar las preguntas de sus compañeros de hospedaje. Había cenado a solas en su habitación gracias a algunas compras hechas en el barrio, aunque nada tan sabroso como lo que preparaba aquella mujer.

Al llegar a la casa de huéspedes, se dirigió directamente al despacho en el que ya la había visto en otras ocasiones. Era una estancia pequeña, situada entre la puerta principal y el mostrador y cuya puerta casi siempre permanecía abierta. Tal y como esperaba, la vio con la cabeza inclinada sobre unos papeles que imaginó serían facturas.

—Señorita Montroe...

—Señor Anderson. —Alzó la vista y clavó en él sus increíbles ojos grises y una sonrisa deslumbrante—. ¿Qué tal le ha ido hoy?

—Me recibirá el martes por la tarde.

—Oh, ¡eso es estupendo! —Su entusiasmo le pareció sincero—. Enhorabuena.

—Gracias.

—Eso significa que nos dejará en breve.

Christopher creyó detectar cierta desilusión en su voz, aunque bien podían ser imaginaciones suyas.

—Me temo que sí.

—¿Me creería si le dijera que lo lamento, por mucho que me alegre por usted?

—Yo también, por muchas ganas que tenga de volver a mi rancho.

Ambos se sostuvieron la mirada un instante, dos instantes.

—Siempre es un placer hospedar en nuestra casa a personas de su valía.

—Me halaga usted, señorita Montroe. De todos modos, aún no me he marchado.

—Cierto, tiene toda la razón. —Ella volvió a sonreír.

—Había pensado que, si el lunes no está muy ocupada, tal vez podríamos salir a dar un paseo. Es posible que no vuelva a tener otra oportunidad...

—Oh, claro, por supuesto. Será un placer.

A Christopher le habría encantado entrar en aquella estancia y tomar asiento en una de las butacas situadas frente a ella, para explicarle con detalle lo acontecido esos últimos días, pero sabía que no sería apropiado. Que hubieran entablado cierta amistad de circunstancias no los convertía en íntimos, así que se despidió de ella y subió a su cuarto. Después de varias noches en las que apenas había pegado ojo, estaba deseando cerrar los párpados unas horas.

Antes de caer rendido al sueño, aquel cabello rojo como el fuego fue lo último que ocupó su pensamiento.

Violet no había mentido al señor Anderson. Lo iba a extrañar. Era, con diferencia, el huésped con quien más tiempo había compartido, exceptuando a aquel joven de su pasado en el que prefería no pensar. Anderson era un hombre no solo atractivo y de físico imponente; también era una buena persona, honesto y con sentido del humor. Le resultaba tremendamente sencillo charlar con él, como si se conocieran de mucho tiempo atrás.

No le gustaba encariñarse con sus huéspedes, porque, cuando se marchaban, le quedaba un extraño vacío durante días, incluso semanas. A la mayoría no los volvía a ver jamás y, en ocasiones, se preguntaba cómo les iría. Recordaba a una pareja de recién casados de Springfield, Beth y

Ron Stiller, tan jóvenes que parecían dos adolescentes, que se habían alojado allí hacía más de un lustro. También a ellos les había mostrado algunas cosas de la ciudad e incluso los había acompañado al teatro. Y se acordaba muchas veces del señor Talbot, uno de los primeros clientes que habían tenido, que se había hospedado allí cuando ella tenía catorce años y que había viajado a Chicago para asistir al entierro de su único vástago. Violet había lamentado la muerte del hijo desconocido de aquel hombre y, durante los tres días que el señor Talbot se alojó en la casa, no podía mirarlo sin que las lágrimas le estrangulasen la garganta. Recordaba su aire abatido, aquella voz rota que apenas era un murmullo y aquellas manos grandes y callosas con las que le acarició el rostro al marcharse para agradecerle su compasión. Había personas que pasaban brevemente por su vida y que dejaban en ella una huella indeleble, y estaba convencida de que el señor Anderson formaría parte de ellas. Con los años, se preguntaría también por él, por cómo le iría en el rancho y por si habría logrado desenmascarar al villano de su historia.

Durante la cena de ese sábado, en la que él no bajó al comedor, Violet se descubrió mirando su silla vacía y se preguntó cuánto tardaría en olvidar que ese hombre la había ocupado. Todavía le costaba asimilar que la señorita Lowen, que se había hospedado allí durante cinco años, ya no volvería a compartir cena con ellos. Y la vieja costurera no le resultaba ni la mitad de simpática que el señor Anderson.

«Es ley de vida», se decía Violet con frecuencia. Gran parte de su trabajo consistía en despedirse una y otra vez, en una especie de bucle que parecía no tener fin.

Ese domingo, como muchos otros, Allan Crawford acudió para acompañarlas a la iglesia y luego comer con ellas, y no parecía importarle hacerlo en la cocina, la estancia más modesta de la casa. Allí disfrutaba de las exquisiteces que Violet cocinaba a instancias de su madre, que aseguraba que el camino más directo para llegar al corazón de un hombre pasaba primero por su estómago. Ella no estaba muy convencida de ese axioma, porque ya había preparado sus mejores recetas sin que el joven pareciera más inclinado que al principio a solicitar su mano o, al menos, el permiso para cortejarla de manera oficial.

Habían regresado del oficio caminando uno junto al otro, seguidos muy de cerca por Margaret y Rose, aunque una inesperada ventisca les había impedido disfrutar del paseo. Ya en el interior de la casa, tomaron un té bien caliente y unos dulces en la salita, hasta que Violet tuvo que retirarse a la cocina para comenzar con los preparativos del almuerzo. Horneó un pollo con patatas y preparó una ensalada de lechuga, zanahoria y remolacha, que sabía que a él le gustaba mucho. Su madre asomó la cabeza para decirle que subía a estirarse un rato antes de comer y Violet apenas la escuchó. Estaba demasiado atareada, porque el domingo era el día de descanso de Susie y le faltaban manos para todo. Fue entonces cuando decidió ir en busca de Rose y Allan, que se habían quedado solos en la salita. Lo lamentó por su hermana, que se habría visto obligada a darle conversación a su posible futuro cuñado, y lo sintió un poco menos por él, porque seguro que habría encontrado un público receptivo para sus muchas historias.

Violet había adquirido con los años la capacidad de moverse por la casa en absoluto silencio. Sabía qué tablas estaban sueltas, qué puertas chirriaban y qué peldaños de la escalera crujían al pisarlos. Con el propósito de no molestar a los huéspedes había aprendido a esquivar todos esos incómodos sonidos, y esa fue la razón de que ni su hermana ni Allan la oyeran llegar.

La boca se le secó de inmediato, ahogando cualquier palabra que fuese a pronunciar. Allan estaba sentado sobre la butaca de siempre, junto al fuego, y sobre su regazo se encontraba Rose, ambos besándose como si el mundo se fuese a resquebrajar de un momento a otro. Las manos de Allan no estaban a la vista. Una la había hundido en el cabello de su hermana y la otra se perdía bajo su falda. Desde su posición, Violet pudo ver sin dificultad las pantorrillas de Rose, cubiertas con unas finas medias de seda, pese al frío que hacía y lo costosas que eran. Aquello solo podía significar que esperaba ese tipo de encuentro, y que seguramente no era la primera vez.

En la estancia, solo se escuchaban el crepitar del fuego y los gemidos ahogados de los dos amantes, que no habían reparado en su presencia. Con el mismo sigilo con el que había llegado, Violet se retiró y regresó a la cocina. Necesitó unos minutos para convencerse de que lo que había visto era real, de que no se trataba de un mal sueño. Las lágrimas de rabia le asaetaban las mejillas mientras movía los cacharros de la cocina sin ningún miramiento, ansiosa por romper cosas, por destrozar cuanto encontrara en su camino.

¿Por qué no había reaccionado? ¿Por qué no había irrumpido en la habitación como un vendaval para enfrentarse a ellos? ¿Para acusarlos de deslealtad, de falsedad, de traición?

Sintió la bilis ascender por su garganta, y apenas tuvo tiempo de cruzar la puerta trasera que daba al jardincillo para vomitar todo el contenido de su estómago sobre un montón de nieve sucia. Se quedó allí, aterida de frío, durante unos minutos, sin saber cómo debía actuar a continuación. Pensó en subir a hablar con su madre, pero tenía dudas sobre cuál sería su reacción. ¿La acusaría de no haber animado lo suficiente a Allan, y de haberlo empujado a los brazos de Rose? «Oh, Dios», se dijo. «¿Eso era lo que había ocurrido?».

Regresó a la cocina temblando, con las manos agarrotadas por el frío y el rostro insensible. Aún no había decidido cómo iba a comportarse, pero lo que sí tenía claro era que no iba a quedarse allí preparándoles la comida para luego sentarse con ellos como si nada hubiera pasado, como si Rose aún fuese su querida hermana y Allan su futuro prometido.

Se quitó el delantal, lo arrojó sobre la mesa y salió de la cocina. Subió la escalera casi a la carrera hasta el desván y, una vez allí, llamó a la puerta de la habitación de su madre. Tuvo que insistir y, cuando finalmente abrió, no encontró las fuerzas para explicarle nada. Se limitó a decirle que no se encontraba bien y que entre ella y Rose deberían finalizar el almuerzo. Apenas quedaba más que vigilar que el asado no se quemara en el horno y aderezar la ensalada.

Margaret Montroe pareció preocuparse un instante, e incluso le tocó la frente con el dorso de la mano para cerciorarse de que no tenía fiebre, aunque Violet sentía su cuerpo arder como una hoguera.

—Seguro que has cogido frío —le dijo su madre—. Anda, acuéstate. Luego te subiré un poco de sopa caliente.

—No tengo hambre. —La idea de echar algo a su estómago le produjo náuseas.

—Pues descansa un poco, seguro que más tarde te encontrarás mejor.

Violet asintió, incapaz de decirle que luego no se sentiría mejor.

Ni luego ni, posiblemente, nunca.

A Christopher le había extrañado que Violet Montroe no se encontrara en el comedor esa noche y aceptó sin cuestionarla la explicación de la señora Montroe, que comentó que su hija se hallaba indispuesta desde esa mañana. A él ya no le quedaban muchos más días en la ciudad y había pensado que estaría bien compartir al menos la cena del domingo, por lo que lamentó de veras que ella no se encontrara allí. Sí estaba, sin embargo, aquel joven melifluo que, por lo que intuía, era un amigo especial de la familia, aunque no tenía muy claro a cuál de las dos hermanas pretendía. Por una vez, estuvo de acuerdo con la señora Milton a la hora de criticar los platos: el pescado estaba seco, los guisantes duros y la compota de manzana llevaba demasiado azúcar.

Por todo ello le sorprendió comprobar que, a la mañana siguiente, ella lo esperaba para dar ese prometido paseo por Chicago. Su rostro lucía pálido y profundas ojeras opacaban el perenne brillo de sus ojos.

—Señorita Montroe, no es necesario que me acompañe si aún no se encuentra bien —le dijo.

—Dudo mucho de que vaya a encontrarme mejor en breve, señor Anderson —contestó ella, de forma enigmática—. Además, me vendrá bien dar un paseo.

—¿Susie no nos acompaña? —Christopher miró por encima del hombro de la joven y no vio a la muchacha allí.

—Está ocupada.

—¿Su hermana entonces? ¿Su madre?

—Lo cierto es que preferiría no ver a nadie de mi familia hoy. Si no tiene inconveniente en que salgamos solos...

—No, en absoluto.

Christopher le abrió la puerta y ambos salieron a las frías calles de la ciudad. No pudo evitar replantearse —dadas las respuestas de la señorita Montroe— que su indisposición se debiera de hecho a una causa de índole física. Durante gran parte de la mañana recorrieron las calles de Chicago y se acercaron hasta la Old Patrick Church, la iglesia más antigua de la ciudad que, milagrosamente, se había salvado del incendio de 1871. Visitaron también la catedral, regresaron a Lake Park, el enorme parque que se había construido junto al lago, y comieron en un puesto ambulante. Y en todo ese tiempo apenas intercambiaron un puñado de palabras que no tuvieran relación con los lugares que estaban visitando.

A primera hora de la tarde, iniciaron el regreso a la casa de huéspedes. Habían pasado juntos casi todo el día y a ella no había parecido importarle abandonar sus obligaciones. El aire seguía siendo frío, pero no soplaba viento y, tras varias horas moviéndose por la urbe, apenas notaban las bajas temperaturas. Aun así, él insistió en alquilar un carruaje que los condujera de vuelta, y ella se negó.

—¿Le gusta vivir en Chicago? —le preguntó Christopher tras unos minutos en silencio.

—En este momento no.

—¿No le gusta el invierno?

Ella se limitó a encogerse de hombros y ambos continuaron con su paseo.

—Señorita Montroe, intuyo que algo la preocupa y, en la medida de lo posible, me gustaría ayudarla —se sinceró—. Soy consciente de que no voy a permanecer aquí mucho más tiempo, pero si en algo puedo serle útil...

—Ojalá yo pudiera irme tan lejos como usted —le dijo ella, que lo miró a los ojos por primera vez en todo el día. Lo que Christopher vio en ellos no le gustó ni un ápice. Sin embargo, ella retiró la vista de inmediato—. Discúlpeme, señor Anderson, me temo que hoy no soy muy buena compañía.

—Ha sido usted una compañía excelente.

Christopher hablaba en serio. A pesar de que se mostraba taciturna y retraída, su silencio no lo incomodaba y disfrutaba de la sensación de sentirla cerca. En ocasiones, incluso, debía esforzarse para evitar tomarla del brazo al cambiar de acera o al llegar a alguna intersección. Sus manos se elevaban y permanecían un instante en el aire, antes de darse cuenta de que no podía tocarla, de que no debía hacerlo.

Violet era muy consciente de la presencia del señor Anderson a su lado, y salir de la casa de huéspedes le había permitido respirar por primera vez desde el día anterior. Seguía sintiéndose igual de herida que unas horas antes, pero el aire fresco había logrado despejarle la mente embotada.

Paseaban por Hyde Park, uno de sus barrios favoritos, y casi ni se dio cuenta de que el señor Anderson se detenía hasta que hubo avanzado unos pasos. Echó la vista atrás y lo vio parado frente a un establecimiento, una librería.

—¿Podemos entrar? —le preguntó.

—Por supuesto —contestó ella—. Jamás hubiera dicho que fuese usted un hombre aficionado a la lectura.

—En general, apenas tengo tiempo de leer —reconoció Christopher—, pero en invierno no hay mucho trabajo en el rancho, y el mal tiempo nos obliga a pasar muchas horas encerrados. De hecho, es costumbre que los rancheros nos intercambiemos los ejemplares entre nosotros. En esos meses, un libro puede ser una excelente compañía.

Violet estuvo de acuerdo con él, aunque no era una mujer muy dada a la lectura. Prefería ocupar su tiempo en otras actividades menos lúdicas.

Entraron en el establecimiento, un edificio de dos pisos, con el suelo ajedrezado y con estanterías que cubrían las paredes desde el suelo hasta el techo.

—Nunca había visto tantos libros —musitó él.

—Deduzco que no hay librería en su pueblo.

—Hay una sección en el almacén de Grayson, y siempre había pensado que no estaba mal para una localidad de nuestro tamaño, pero esto... esto es otra cosa.

Christopher se había detenido justo en la entrada, apabullado ante la ingente cantidad de volúmenes. Ni siquiera sabía a qué estante dirigirse.

—¿Puedo ayudarlos en algo? —Un hombre de mediana edad, con la espalda encorvada y lentes de montura redonda, se había aproximado hasta ellos.

—No lo sé —reconoció Christopher—. Querría comprar unos libros, pero...

—¿Conoce el título que busca? ¿El autor?

—Me temo que no busco nada en concreto.

—Hummm, ¿misterio?, ¿historia?, ¿aventuras?...

—Aventuras estaría bien, sí. Algo como *Los tres mosqueteros* tal vez.

—Alejandro Dumas, buena elección. —El hombre sonrió—. Acompáñenme.

El librero se internó por el segundo pasillo, de cuyo techo colgaba un cartel que indicaba «Novedades», y comenzó a sacar libros de los estantes: *Moby Dick*, *La isla misteriosa*, *El conde de Montecristo*... En unos minutos, los brazos de Christopher estaban llenos de volúmenes.

—Eh, no pretendía llevarme tantos ejemplares —comentó, azorado—. Dos o tres quizá.

—Por supuesto, señor. Si me permite, le dejaré varios títulos sobre esa mesa de ahí para que pueda echarles un vistazo y elegir los que prefiera.

Christopher asintió y se volvió para comprobar si la señorita Montroe estaba bien. La vio junto a un estante más alejado, con un libro abierto entre las manos. Un tímido rayo de sol se colaba por la ventana y bañaba su pelo de cobre, y supo que esa imagen sería la única que se llevaría con agrado de esa ciudad.

Al final escogió cuatro títulos, porque le había resultado imposible descartarlos, y se dirigió al mostrador. Comprobó que la señorita Montroe no se había movido del sitio y que parecía realmente absorta.

—¿Una lectura interesante? —le preguntó al acercarse.

—Lo cierto es que sí. —Ella alzó la vista y el brillo de sus ojos volvía a estar allí.

—¿Me permite? —Christopher estiró la mano y cogió el tomo. *Mujercitas*, de Louisa May Alcott.

Ni siquiera le preguntó, se dirigió directamente al mostrador y colocó el volumen sobre su pila de libros.

—Señor Anderson, no es necesario que... —comenzó a hablar ella.

—Por favor, permítame que le haga un pequeño obsequio por todas sus atenciones, ya que no ha consentido que le pagara por su tiempo.

—Es usted muy considerado. —Las mejillas de Violet se encendieron.

—Así se acordará de mí cuando me haya ido —le dijo él con un guiño.

Violet lo observó mientras abonaba su compra e intercambiaba unas últimas palabras con el librero.

Era la primera vez que un hombre le hacía un regalo y supo que, pasase lo que pasase en el futuro, jamás olvidaría al señor Anderson.

6

Al final, Christopher había conseguido cumplir con el objetivo que lo había llevado a Chicago y la reunión con el señor Bradford, aunque no se había desarrollado justo como él esperaba, tampoco lo había defraudado. Una vez salió de The Yard, se acercó hasta la estación y compró un billete a Denver en el tren que salía los jueves.

Para cuando llegó a la casa de huéspedes, la tarde se había convertido en noche. Susie le abrió la puerta y él se dirigió con premura al pequeño despacho para compartir las buenas nuevas con Violet. Se detuvo cuando comprobó que la puerta estaba cerrada. Decidió llamar antes de descartar que ella se encontrara allí, pero no alcanzó a hacerlo. Desde el otro lado le llegó con claridad la voz de Violet. Y a continuación las de Rose y la madre de ambas.

Christopher nunca se había considerado un hombre chismoso, pero no pudo evitar quedarse allí mismo. Algo de lo que había oído le había llamado poderosamente la atención y necesitaba cerciorarse de que no se había equivocado. A medida que escuchaba la acalorada discusión fue comprendiendo el extraño comportamiento de la joven el día anterior, y alimentando una rabia contra el mequetrefe del señor Crawford. ¿Cómo se había atrevido a fingir cortejar a una de las hermanas mientras seducía a la otra? Recordaba a la perfección cada pequeña afrenta del leguleyo, dándose ínfulas por vivir en una gran ciudad y desempeñar un empleo que él consideraba de suma importancia, en lugar de vivir en mitad de ninguna parte y rodeado de vacas. Había tenido la decencia de expresar sus opiniones con cierta elegancia, la suficiente como para que Christopher no se levantara y le rompiera la nariz de un puñetazo delante de las dueñas de la casa y de los demás huéspedes. «Este tipo no vale ni la boñiga de uno de mis bueyes», se dijo, antes de retirarse de la puerta. Ya había escuchado lo suficiente.

Violet se sentía enferma. Su hermana, entre lloros y disculpas, había confesado estar enamorada de Allan desde hacía semanas, aunque no se había atrevido a hacer nada al respecto. Al menos hasta que su madre la había animado a tantear al joven, viendo que este no acababa de decidirse a pedir la mano de Violet. Saber que su madre, la persona en la que más confiaba en el mundo, había propiciado todo aquello le provocaba dolor de estómago, de cabeza y de corazón. Margaret Montroe, de nuevo, había insistido en que ese joven podía solucionarles la vida, ya que su familia poseía cierta fortuna. Violet ni se molestó en comentarles que, por lo que ella intuía, los padres no parecían muy felices con su vástago y que habían optado por obligarlo a independizarse. Por eso iba a verlas con cierta frecuencia, porque era un modo —rastrero— de ahorrarse unos dólares a la semana en comida.

Desde que Violet los había descubierto juntos no había hecho otra cosa que pensar, pensar en qué se había equivocado, en qué podía haber llevado a Allan a seducir a su hermana, o a dejarse seducir por ella. Reconocía que nunca había puesto mucho empeño en aquella relación, pero no podía evitar sentirse humillada. Traicionada.

La discusión acabó subiendo de tono y les dijo algunas cosas bastante feas tanto a su madre como a Rose —de las que más tarde seguro que se arrepentiría—, y luego salió del despacho. Que se apañaran ellas con la cena, y con el desayuno del día siguiente, y con la limpieza... Ella no pensaba salir de su habitación en semanas, en meses. Tal vez nunca.

Antes de subir, llenó un cubo de carbón hasta el borde. No iba a volver a pasar frío en aquella casa.

Violet, ciertamente, no tenía frío. Pero estaba muerta de hambre. Era casi medianoche y los rugidos de su estómago no le permitían conciliar el sueño. Aguzó el oído y se cercioró de que en la casa no se oía ni un ruido. Se cubrió bien con un grueso chal y bajó hasta la cocina, donde se preparó un plato con un poco de pan, un trozo de queso y una manzana. Se instaló en la salita, junto a los rescoldos de la chimenea, y encendió una de las lámparas más pequeñas. No iba a necesitar mucha luz. Se quitó las zapatillas y se arrellanó en una butaca. En un santiamén había dado buena cuenta de su improvisado ágape, pero no había saciado todo su apetito. «¿La tristeza te da más hambre?», se preguntó, al tiempo que se levantaba y regresaba a por algo más que echarse al estómago. En el pasillo, junto a la puerta que conducía a la cocina, se sobresaltó al encontrarse de frente con el señor Anderson, que portaba una lámpara de aceite en la mano.

—No quería asustarla —se disculpó en un murmullo—. He bajado a por un poco de agua.

—Oh, cuánto lo lamento. Olvidé rellenar las jarras de las habitaciones —se disculpó ella a su vez. Estaba descuidando sus obligaciones por primera vez en... por primera vez, reconoció.

—¿Se encuentra bien?

—Tenía hambre. —Violet alzó el plato vacío—. Tenía pensado servirme un poco de bizcocho, si es que aún queda. ¿Le apetece acompañarme?

Lo vio alzar una ceja y luego mirarla de arriba abajo. Sí, estaba en camisón —aunque la cubriese un chal—, llevaba el cabello suelto e iba descalza. Era una situación tan increíblemente absurda que Violet sintió ganas de echarse a reír.

—Puedo hacer también un poco de té, si le apetece —le dijo en cambio.

—Un pícnic de medianoche. —El señor Anderson sonrió—. Cuente conmigo.

Cinco minutos después ambos estaban de regreso en la salita, donde él echó un leño al fuego antes de que este se extinguiese por completo. Violet se enfundó las zapatillas de inmediato, un gesto un tanto absurdo si tenía en cuenta todo lo demás, pero que la hizo sentir casi vestida. En los primeros instantes, ninguno de los dos pronunció palabra.

—¿Qué tal ha ido su reunión? —preguntó ella al fin, recordando que era martes. No solo estaba descuidando sus obligaciones, también sus buenos modales.

—Bastante bien, supongo.

—¿Ha conseguido una oferta por su ganado?

—Sí.

—¿Y no era eso lo que pretendía?

—En efecto.

—Entonces ha ido bien.

Él asintió, sonrió y se llevó la taza a los labios. Violet se fijó en sus manos, grandes y fuertes, y seguramente también callosas. Dudaba mucho que un hombre que pasaba a caballo la mayor parte del día tuviera unas manos tan suaves como Allan. Chasqueó la lengua, molesta con sus propios pensamientos. ¿Por qué había tenido que pensar en ese miserable?

—Señorita Montroe... —La voz del señor Anderson sonó suave, apenas más alta que el crepitar del fuego. Ella lo miró, sin saber muy bien qué esperar—. ¿Ha pensado en lo que va a hacer?

—¿Cómo?

—Yo... esta tarde fui a verla al despacho.

—Oh, vaya. Grité demasiado, ¿no es así? —Violet sonrió con amargura—. Imagino que los huéspedes no tardarán en enterarse de todos modos. Tendré que aprender a lidiar con ello.

—¿Va a quedarse aquí?

—¿Y a dónde quiere que vaya?

Violet también se había hecho esa pregunta, hasta la saciedad, hasta perder el juicio. ¿Iba a soportar continuar viendo a Allan casi a diario, con su hermana? ¿Preparando la cena para ellos? ¿Las comidas, el té? ¿Acudiendo juntos a la iglesia? ¿Volviendo a sorprenderlos en la salita o en cualquier otro lugar? ¿Un día tras otro?

—Podría venirse a Colorado, conmigo.

A Violet le tembló la taza entre las manos y se apresuró a dejarla sobre una mesita.

—Señor Anderson, ¿ha bebido?

—¿Se lo parece?

—Bueno, no lo conozco lo suficiente como para saber si está borracho.

—Créame, no lo estoy.

—Entonces su propuesta aún me parece más descabellada.

—¿De verdad lo es? Miles de personas se trasladan cada año de un lugar a otro en este enorme país. ¿Por qué no puede ser usted una de ellas?

—Señor Anderson, soy una mujer decente, y soltera. ¿Cree que me iría con un desconocido a un lugar que ni siquiera sé dónde está?

—Tiene razón, discúlpeme.

—No pasa nada, yo...

—Cásese conmigo.

—¡¿Qué?! —Violet se levantó como si una mano gigante la hubiera alzado de la butaca, y vio que él también se ponía en pie—. No se acerque.

—No voy a hacerle nada. —Él alzó las manos desnudas.

—Está usted completamente loco.

—Creo que es evidente que me siento atraído por usted, señorita Montroe, y me atrevo a asegurar que yo no le soy indiferente —le dijo, con una voz pausada y grave—. Necesito una esposa en el rancho y usted un lugar nuevo en el que vivir. Muchos matrimonios han empezado con menos.

—¡Pero si no le conozco de nada!

—¿Usted cree? Porque yo he pasado con usted más tiempo que con la mayoría de mis conocidos y de buena parte de mis amigos.

Violet no podía pensar. Bueno, en realidad, podía hacerlo, pero a una velocidad tan vertiginosa que le causaba vértigo. Comenzó a sentir un ligero vahído y tuvo que volver a sentarse.

—Señorita Montroe...

—Será... Será mejor que regrese a su habitación, señor Anderson —balbuceó.

—Como guste, pero piénselo al menos —accedió él—. Me marcho el jueves por la mañana.

Violet no dijo nada, solo se envolvió bien en el chal, con tanta fuerza que los nudillos se le pusieron blancos. Escuchó cómo él salía de la habitación y ni así fue capaz de volver a relajarse.

Cogió la taza de té y aspiró con fuerza. Aún quedaba un poso del líquido, pero hasta ella no llegó ningún olor extraño, ni de alcohol ni de otra sustancia desconocida que él le hubiera añadido sin que ella se percatase.

Era la única explicación que se le ocurría para una proposición tan extravagante. Esa o que el señor Anderson se hubiera vuelto loco durante su estancia en Chicago.

Violet comenzaba a pensar que la loca era ella. Llevaba toda la mañana pasando por delante del enorme mapa de Estados Unidos y echando un vistazo de reojo a Colorado. Estaba lejos, era cierto, pero no tanto como California o Texas.

No comió con su familia y bajó a media tarde para no encontrarse a Allan y a Rose en la cocina. Él ni siquiera se había disculpado ni le había ofrecido explicación alguna, como si el puñado de besos que habían compartido no significasen nada. Regresó a su cuarto con la boca llena de bilis y el estómago de nuevo vacío.

Tampoco había vuelto a ver al señor Anderson y había hecho todo lo posible por evitar encontrarse con él. Supuso que, como era la última cena antes de su partida, se reuniría con los demás, y ella no quería estar allí, en la misma habitación que él, con aquella insólita propuesta baileteando entre ambos.

Aguardó a que cayera la noche y a que la casa quedara nuevamente en silencio. Bajó a la cocina y se preparó un plato con las sobras de la cena, del que dio buena cuenta allí mismo. No iba a arriesgarse a encontrarse con él de nuevo, y había procurado rellenar las jarras esa misma tarde, por si acaso. Una vez sació su apetito decidió regresar a su cuarto. Sabía que él se marcharía temprano, antes incluso de que ella se levantara, y su madre la había informado de que ya había liquidado su cuenta. Unas horas más y el señor Anderson sería historia.

Al pasar junto al mapa, se detuvo de nuevo y alzó la lámpara que llevaba en la mano. Illinois, Iowa, Nebraska, Colorado. Y justo en ese momento, cuando estaba a punto de reanudar el camino, recordó una historia que su padre le había contado siendo niña y que luego había oído repetir muchas veces hasta que murió. Una historia que había pasado de generación en generación y que, tras su fallecimiento, todas parecían haber olvidado. «Gabrielle Montroe», musitó Violet en el vestíbulo vacío. Su antepasada. Una joven, mucho menor que ella, que había cruzado media Europa en el siglo XIV vestida de chico para reunirse con su familia paterna. Desde el centro de España hasta los confines de Escocia, donde había encontrado el amor y formado su propia estirpe. En un tiempo en el que viajar era infinitamente más complicado y peligroso que en ese momento. Y no había tenido miedo, o al menos así la había imaginado cada vez que escuchaba el relato. ¿Qué pensaría su tatarabuela, a la que tanto había admirado, si pudiera verla en ese momento? ¿Qué consejo le daría?

«Márchate», susurró el aire a su alrededor, y Violet dio un respingo. Nunca había creído en fantasmas ni en criaturas sobrenaturales, pero notó erizársele el vello de la nuca y un ligero escalofrío. Sabía que solo era el viento colándose por algún resquicio y su mente agotada encargándose del resto, pero la sensación no la abandonó. Contempló el mapa una vez más. Illinois, Iowa, Nebraska, Colorado. ¿Qué distancia habría entre Castilla y Escocia? De repente, le pareció una información relevante. Se dirigió a la biblioteca, buscó el atlas que su padre les había comprado siendo niñas y localizó un mapa de Europa occidental. Con la ayuda de la escala situada en el margen derecho calculó la distancia aproximada, unas mil trescientas millas, tal vez mil cuatrocientas. Estaba incluso más lejos que Chicago de Denver, y con un mar de por medio.

Se sentó en una de las butacas y dejó que sus ojos recorrieran aquellos estantes, los muebles un tanto deslucidos y la gastada, aunque confortable, alfombra.

Y volvió a pensar en Gabrielle Montroe.

Christopher todavía no había logrado dormirse. Llevaba horas dando vueltas y vueltas en la cama. No había visto a Violet Montroe en todo el día, ni siquiera a la hora de la cena, e intuyó que lo estaba evitando. Le estaba bien empleado, por hacerle una proposición tan imprevista y tan poco preparada. No lo lamentaba, pero reconocía que se había dejado llevar por un impulso irrefrenable y que, con algo más de tiempo, igual podía habérsela presentado mejor.

La señorita Montroe era una joven muy capaz, y estaba convencido de que encajaría en su rancho a la perfección. También era muy hermosa e intuía que apasionada, cualidades más que deseables en una esposa. Era dulce e inteligente, hacendosa y divertida, y tenía los pies más blancos y más bonitos que había contemplado jamás. Ella era la segunda mujer a la que le proponía matrimonio e intuía que también sería la segunda que lo rechazara. Christopher ya tenía treinta y dos años. A ese paso, sus hijos lo llamarían abuelo en lugar de padre.

Los párpados comenzaban a pesarle y se preparó para que el sueño lo venciera. Unos suaves golpecitos en la puerta lo espabilaron de golpe, y supo de quién se trataba sin necesidad de abrir. Se puso la camisa a toda prisa y se abrochó unos cuantos botones antes de girar el pomo, no quería que se arrepintiera y huyera antes de haber podido recibirla.

Allí estaba Violet Montroe, con un vestido sencillo y el pelo recogido. No verla de nuevo en camisón le causó cierta decepción, que desapareció tan pronto como, para su sorpresa, cruzó el umbral y cerró la puerta.

—¿Sigue en pie su ofrecimiento? —le preguntó, sin preámbulos.

—¿Cómo?

—¿Todavía quiere casarse conmigo? —Se mostraba un tanto impaciente—. ¿O solo fue un arrebato, algo dicho en un momento de debilidad?

—No soy un hombre débil.

—Ya me entiende.

—A la perfección. Fue un arrebato, lo confieso, pero sigo pensando que es una buena idea.

—Tengo varias condiciones.

—¿Qué? —Christopher no pudo evitar sonreír. Parecía decidida y asustada al mismo tiempo, una combinación de lo más sugerente.

—Me gustaría casarme cuanto antes y partir tan pronto como sea posible.

Él pensó en ese billete que guardaba en el bolsillo de su chaqueta y que ya no iba a usar.

—De acuerdo.

—No me acostaré con usted antes de la boda.

—Ni yo se lo pediría.

—De acuerdo, porque hay algo más que quiero decirle. —La vio hacer una pausa, azorada, y desviar la vista—. No soy virgen. ¿Supone algún problema?

—Yo tampoco lo soy.

—Ya, pero en su caso es diferente. Usted es... es...

—¿Un hombre?

—Sí, eso.

—Y usted una mujer. ¿Vamos a seguir hablando de obviedades?

Ella alzó una ceja, como si estuviese valorando si él hablaba en serio o no.

—No me desnudaré delante de usted.

—¿Qué?

—Ya me ha oído. Haremos el amor siempre que a ambos nos apetezca, pero no me quitaré la camisola.

—¿Puedo preguntar por qué no...?

—No puede. Esas son mis condiciones. ¿Las acepta?

—Eh...

—Ah, una última cosa.

—Claro, dígame.

—¿Podré tener un jardín? Aunque sea pequeño, no pretendo inaugurar un parque en ese pueblo suyo.

—Un jardín.

—Me gustan las flores y yo... siempre he querido tener un jardincito, tal vez con un par de mecedoras y una valla blanca, lleno de flores y de plantas. Tengo muchas semillas, ¿sabe? Llevo años comprando semillas, ¿no le parece absurdo? —Christopher comprendió que estaba nerviosa y que por eso parloteaba de repente—. Aquí no tenemos espacio y tampoco tengo mucho tiempo de cuidarlas, pero allí en el rancho puedo...

—Tendrá su jardín, tan grande como quiera.

—Bien. —Ella se cogió las manos y las apretó.

—Bien —repitió él, divertido y conmovido a partes iguales.

—¿Usted desea poner alguna condición?

—Me gustaría besarla, ahora a poder ser.

—¿Qué?

—Va a ser mi esposa, me gustaría comprobar qué sabor tienen sus labios.

—Señor Anderson...

—Christopher. —Él se acercó y recorrió con el pulgar la línea de su mandíbula—. Christopher es mi nombre.

Ella alzó la vista y él vio aquellos ojos grises empañados.

—Todo irá bien, Violet —le aseguró, tuteándola por
primera vez—. Yo cuidaré de ti.

—Lo sé.

—¿Lo sabes? —inquirió, sonriendo de nuevo.

—Es una locura, pero sí, lo sé.

Christopher acarició su mejilla con la punta de los dedos, aquel cutis cremoso y suave salpicado de diminutas
pecas, y su mirada recorrió el contorno de sus labios.

—Ahora voy a besarte.

—De acuerdo —accedió ella—. Si no le gusta, ¿va a re-
chazarme?

—En absoluto —musitó junto a su boca—. Si no me
gusta... repetiremos. Hasta que ambos aprendamos a hacerlo bien.

Por más que a Christopher le hubiera gustado pasar el
resto de la noche besando a aquella mujer, solo le hizo falta
hacerlo una vez para saber que iba a ser una esposa perfecta.

7

La palabra locura sonó muchas veces en aquella casa en las horas que siguieron. Su madre, su hermana, la señora Milton... Hasta el señor Boyd parecía tener una opinión al respecto, al menos hasta que se encerró con Christopher en el despacho y salió de él de otro talante. Incluso Allan, que hablaba con ella por primera vez desde que Violet lo había descubierto con Rose, le hizo saber que no tenía por qué casarse con un desconocido por despecho e irse a vivir tan lejos. Violet sintió ganas de escupirle.

—Esto no lo hago por ti —le espetó, antes de dejarlo con la palabra en la boca.

Christopher consiguió una licencia especial y dos días más tarde se casaron en el ayuntamiento. No era la boda con la que Violet había soñado. Ni siquiera contaba con su familia. Rose y su madre se habían negado a asistir, como si su ausencia fuese a persuadirla. Solo el señor Boyd los acompañó, en el papel de padre sustituto.

—Cuídela bien, señor Anderson —le dijo a Christopher una vez salieron al exterior—. La señorita Montroe es una joya y si descubro que es usted un mal hombre, yo mismo iré a Colorado y le pegaré un tiro. ¿Me ha comprendido?

Christopher le sacaba una cabeza a aquel hombrecillo, que a buen seguro no habría visto un arma de fuego en su vida, pero apreció el gesto y se lo tomó tan en serio como las circunstancias requerían.

—Escriba con frecuencia, Violet. —El señor Boyd se había vuelto hacia ella—. Y háganos saber de su vida. La casa de huéspedes no va a ser lo mismo sin usted...

Violet sintió deseos de abrazar al empleado de banca y echarse a llorar sobre su pecho. Durante un breve instante, el miedo a lo desconocido la asaltó sin previo aviso, y se arrepintió de lo que había hecho. Estuvo por pedirle al señor Anderson —Christopher, se repetía mentalmente una y otra vez— que rompiera aquel documento que ahora los identificaba como marido y mujer. Deshacer lo que habían hecho y quedarse donde estaba. Sin embargo, no lo hizo. Porque, pese a sus miedos, desde que había tomado la decisión, su viaje al Oeste se le antojaba toda una aventura, y estaba dispuesta a vivirla con todos los sentidos.

La tarde anterior había terminado de empacar sus cosas, al menos las que se iba a llevar en ese viaje. Christopher había hablado con su madre para que enviara en unos días el resto de sus pertenencias, y la mujer accedió, aunque a regañadientes. Después de la boda regresaron a la casa de huéspedes, donde aguardaba el vehículo que él había alquilado, y lo cargaron con lo que ella consideró indispensable.

—¿Se puede saber qué diantres llevas en esta caja? —le preguntó él mientras cargaba en el carruaje el más pequeño de los tres baúles que ella llevaba consigo.

—Algunos libros, recuerdos... —contestó sin mirarlo.

—Podrían haber viajado más tarde.

—No, esos no.

Christopher la miró con las cejas alzadas, pero ella no añadió nada más y él terminó por colocar el bulto en su lugar. Sabía que aquel era un momento importante y delicado. ¿Qué importancia podía tener el peso de uno de aquellos baúles en comparación con todo lo que ella iba a dejar atrás?

Violet entró en la casa para despedirse de su familia.

—Mamá...

Margaret Montroe estaba en la salita, junto a Rose, que no paraba de llorar.

—Esto es una locura, Violet. —La mujer se levantó de la butaca y la zarandeó—. Has perdido el juicio por completo.

—Me he enamorado del señor Anderson, de Christopher, y me voy con él a Colorado —dijo, muy segura de sí misma, repitiendo aquellas palabras por enésima vez.

—Ya sabía yo que tantas salidas juntos no iban a acabar bien —murmuró su madre.

—Violet, lo siento tanto... —hipó Rose.

—Estaré bien, no os preocupéis por mí.

—Violet, aún se puede arreglar —insistió Margaret.

—¿Arreglar el qué, mamá?

—Pues... eso que habéis hecho. Casaros. Se puede deshacer, a fin de cuentas, no os habéis casado en la iglesia.

—Pero es igual de legal, y no, no vamos a deshacer nada.

—Hija, yo...

Violet no estaba dispuesta a continuar con aquella conversación. Llevaba escuchando los mismos argumentos desde que había anunciado su inesperado compromiso, y ya estaba cansada. Se abrazó a su madre y se permitió derramar un par de lágrimas, porque el dique que las contenía comenzaba a resquebrajarse sin remedio. Luego abrazó a su hermana, a la que iba a echar terriblemente de menos. Lo que había sucedido con Allan no había sido ciertamente culpa de nadie. Rose se había enamorado de él, y Violet sabía que en ningún momento había pretendido hacerle daño a ella, aunque al final hubiera acabado hiriéndola.

Se separó de Rose y le limpió las lágrimas con los dedos. Quiso decirles a ambas que todo iba a salir bien, que se marchaba en busca de su felicidad, y un sinfín de frases hechas que pretendían hacerlas sentir mejor, pero las fuerzas comenzaron a flaquearle y lo único que pudo decir fue que no la acompañaran hasta la salida.

En el vestíbulo se detuvo frente al mapa por última vez. Illinois, Iowa, Nebraska, Colorado. «Allá voy, Gabrielle», musitó al aire. Y luego miró alrededor, despidiéndose de aquella casa que había sido su hogar durante quince años, recordando primero a su padre y luego una larga sucesión de rostros que habían pasado por ella, hasta que los ojos se le nublaron tanto que ya no fue capaz de ver nada más.

Solo entonces salió por la puerta.

En 1870, Potter Palmer, uno de los hombres más ricos de Chicago, había construido un hotel, el Palmer House, como regalo de bodas para su entonces novia Bertha Honoré. Apenas estuvo abierto un año antes de que el incendio de 1871 lo devorara.

En 1873 inauguró el Segundo Palmer House, en una ubicación distinta y, como habían anunciado todos los periódicos de entonces, a prueba de incendios. Construido en piedra, ladrillo y acero tenía una altura de siete pisos y ocupaba casi una manzana en la mejor zona de la ciudad. Christopher había reservado una habitación en él para su noche de bodas, y Violet se quedó pasmada cuando el carruaje alquilado se detuvo frente a la suntuosa entrada principal.

Desde que el hotel había abierto sus puertas por primera vez, Violet había pasado junto a él, soñando con la idea de utilizar la entrada reservada a las mujeres para tomar un té o un almuerzo en su lujoso comedor, rodeada de las damas más selectas de Chicago. No lo había hecho, desde luego; su bolsillo no podía permitírselo. Ahora iba a acceder por la puerta principal en compañía del hombre que se había convertido en su esposo, y no se atrevía ni a imaginar el dinero que supondría pasar una noche allí.

—Señor Anderson, ¿no preferiría un lugar más... discreto? —le preguntó, volviendo la cara hacia él, sentado a su izquierda.

—Es nuestra noche de bodas, Violet. —La tomó de la mano y la apretó en un gesto tranquilizador—. He pensado que, por una vez, estaría bien que fueses la destinataria de todas las atenciones, y tengo entendido que este es uno de los mejores hoteles de la ciudad.

—Pero debe de ser muy costoso...

—¿Te preocupa que no pueda permitírmelo? —inquirió, casi divertido.

—¿Es así?

—En absoluto —sonrió.

—¿Y por qué no se ha hospedado aquí durante su estancia en Chicago?

—Que pueda pagar por algo no significa que tenga que hacerlo. La casa de huéspedes era un lugar encantador y, de haberme alojado aquí, no te habría conocido.

—Cierto.

—Violet, creo que nos están esperando.

Ella se volvió hacia la portezuela del carruaje, sostenida por uno de los porteros del hotel. Christopher se levantó, pasó por delante de ella y bajó en primer lugar. Extendió la mano para ayudarla a descender del vehículo y, tomados del brazo, accedieron al interior del edificio.

—Violet —le susurró.

—¿Sí?

—Llámame Christopher.

Violet trataba por todos los medios de parecer una mujer mundana, habituada a frecuentar lugares tan sofisticados como aquel, pero era incapaz de retener el vaivén de sus ojos, que repasaban todos los detalles. Las escaleras y los suelos de mármol, las elegantes lámparas, las mullidas alfombras, las cornisas, los adornos dorados y plateados, todo pulido y resplandeciente, como si acabaran de colocarlo. El ascensor, sin embargo, fue lo que más llamó su atención. Había escuchado hablar de aquellos aparatos, y algunos establecimientos de la ciudad ya contaban con él, pero jamás había subido en uno, y lo hizo con cierta aprensión. Por muy bruñida y brillante que fuese aquella caja metálica, no dejaba de ser exactamente eso, una caja movida por algún ingenioso sistema que los permitió acceder a su habitación, situada en el quinto piso, en unos segundos.

Volvió a quedarse sin habla cuando reparó en las dimensiones de aquella estancia, y en las vistas que podían contemplarse desde las ventanas. Decorada con un gusto exquisito, contaba con un pequeño saloncito y un dormitorio presidido por la cama más grande que había visto nunca. La idea de que en pocas horas se encontraría bajo aquellas sábanas con el hombre que la acompañaba la hizo enrojecer, y disimuló su azoramiento aproximándose a uno de los ventanales. Un mar de tejados se extendía ante su vista, con el lago Michigan de fondo, bañado por la luz de la tarde. Permaneció allí unos minutos mientras un par de botones subían el equipaje, y no se dio la vuelta cuando la puerta se cerró y supo que se habían quedado a solas.

—Podríamos dar un paseo antes de cenar —sugirió Christopher, que intuyó su nerviosismo.

—Claro —contestó, aunque no le apetecía ni lo más mínimo volver a enfrentarse al frío del exterior.

—O podemos recorrer el hotel, creo que hay muchas cosas que ver.

—Mucho mejor, sí. —Violet sonrió.

Él le ofreció el brazo y ella lo tomó, con el ánimo más templado. El cuerpo de Christopher transmitía un calor reconfortante y se pegó un poco más a él, a pesar de que la temperatura de la habitación era más que agradable.

Todo lo que Violet hubiera podido imaginar acerca del Palmer House se quedó corto. Desde el *hall* hasta los comedores, la sala de lectura, el salón de baile, las balconadas y, por supuesto, las estancias reservadas exclusivamente a los hombres, que pudo atisbar gracias a que Christopher abrió las puertas para ella: la sala de los billares y la barbería, donde podía haber cabido casi toda la planta baja de su antigua casa. El suelo estaba cubierto de baldosas en forma de diamante, unidas unas a otras con brillantes dólares de plata encapsulados. Hasta él pareció un tanto impresionado con aquella muestra de despilfarro.

Tomaron un té en uno de los salones más pequeños mientras la noche caía al otro lado de los ventanales. Violet comenzó a ver a refinadas damas y distinguidos caballeros dirigirse hacia los comedores, todos elegantemente vestidos, como si acudieran a algún tipo de gala, y no pudo evitar una mueca de fastidio.

—¿Qué sucede? —le preguntó Christopher.

—No tengo ropa apropiada para esta noche —confesó.

Ni el mejor de sus vestidos podría competir con aquel derroche de sedas, tules y terciopelos.

—Me temo que yo tampoco dispongo de un traje adecuado. —Christopher contemplaba aquel desfile con mucho menos aprensión que ella—. Aun así, no creo que haya ningún problema.

Violet no estaba tan segura. ¿Y si les prohibían el acceso al comedor por no ir debidamente vestidos? Se moriría de vergüenza. Oh, diantres, ¿por qué Christopher no había escogido un lugar menos ostentoso?

—Puedo pedir que nos sirvan la cena en nuestra habitación —sugirió él.

—¿De verdad? ¿Se puede hacer eso?

—Creo que aquí se puede hacer casi cualquier cosa.

Ella asintió, conforme, aunque eso significara regresar arriba y volver a ver aquella cama que luego tendrían que compartir.

Violet no se atrevía a abrir la puerta que comunicaba el saloncito —donde aguardaba su esposo— con el dormitorio. Christopher le había proporcionado la intimidad suficiente como para que pudiera desvestirse a solas y ella, después de lavarse a conciencia en un cuarto de baño que parecía un cuento de hadas, se puso el camisón más bonito que tenía, en color crema y con unos lacitos azules en la pechera y el bajo. Luego se cepilló el pelo, que dejó caer suelto por su espalda, y se preparó para recibir la visita de su marido. Solo que, una vez se aproximó a la puerta, no encontró las fuerzas para alzar la mano y girar el pomo.

La exquisita cena que habían tomado un par de horas antes se había convertido en una bola en su estómago y, aunque la temperatura del cuarto seguía siendo agradable, llevaba encima tan poca ropa que había comenzado a temblar.

Siempre había supuesto que, llegado el momento, mostraría más confianza en sí misma. A fin de cuentas, poseía cierta experiencia, como muy bien le había hecho saber. Solo que había pasado una década desde la última vez y no estaba enamorada del hombre que la aguardaba en la habitación contigua.

—¿Violet? —La voz masculina llegó desde el otro lado—. ¿Estás bien?

—Sí —musitó, y repitió la contestación más alto, segura de que él no habría podido escucharla.

—¿Puedo entrar?

Ella asintió con la cabeza y luego no pudo evitar soltar una risita nerviosa al darse cuenta de que él no podía verla. Alzó la mano y giró el pomo al fin.

Al otro lado del umbral, Christopher, en pantalones y mangas de camisa, la observó un instante. Violet había apagado casi todas las lámparas del dormitorio, pero había luz suficiente como para poder contemplarla a placer. El recatado camisón se transparentaba, algo que con toda seguridad ella desconocía, y le permitía apreciar el contorno de su cuerpo menudo, pero bien proporcionado. El fuego de su cabello lanzaba destellos dorados y los ojos grises parecían dos invitaciones al abismo. La vio rodearse con los brazos e intuyó que tenía frío, así que se aproximó y la envolvió con su cuerpo.

—Si quieres podemos dejarlo hasta que hayamos llegado a casa. Así habremos tenido tiempo de conocernos un poco mejor. —Decidió ofrecerle una salida, aunque ardía en deseos de fundirse con ella.

—No... está bien.

Christopher le acarició el cabello, mucho más suave y sedoso de lo que esperaba, y comenzó a depositar una cadena de besos desde su coronilla hasta su frente, sus mejillas y su mentón. Violet movía la cabeza, permitiéndole el acceso, con los ojos cerrados y disfrutando de la delicadeza con la que él la trataba. Notaba sus manos moverse por su espalda y su cintura, apretándola contra su cuerpo musculoso, y se aferró a su cuello como si tuviera miedo de caerse.

Él alcanzó la comisura de su boca, y ella entreabrió los labios, mecida por la cadencia de sus caricias, y al fin sus alientos se encontraron.

El primer beso que él le había dado, en la habitación de la casa de huéspedes, la había conmocionado, pero no estaba preparada para el fuego que la recorrió en ese momento, mientras él profundizaba aquel beso infinito lleno de gemidos y promesas. Sin despegarse de ella, la alzó en brazos, la depositó en la cama y continuó asaltando sus sentidos. Violet percibió una de sus manos recorriendo su pierna y arrancando a su paso un destello de sensaciones. Se sujetó con más fuerza aún y arqueó el cuerpo, anhelante de un contacto más profundo, mientras los dedos de Christopher alcanzaban su cadera y continuaban su ascenso.

Violet se tensó, y le sujetó la muñeca con fuerza, impidiendo su avance. Él la miró, confundido, y ella guio su mano hasta uno de sus senos antes de volver a requerir su boca.

Christopher se centró en aquella protuberancia que reclamaba atención y, sin dejar de besarla, se quitó la camisa y pegó su torso desnudo al de ella. Dios, era exquisita. Se removía bajo él como si le faltara el aire, echando la cabeza hacia atrás y ofreciéndole aquel cuello níveo y delicado.

Su mano se movió hasta sus muslos y alcanzó al fin su zona más íntima, caliente y húmeda. Recorrió aquellos pliegues con sus dedos, al tiempo que ella aumentaba el ritmo de sus gemidos, y se centró en la pequeña protuberancia que los coronaba.

Se levantó de un salto, se quitó el resto de la ropa y volvió a tumbarse junto a ella. Estaba lista para recibirlo. Con el camisón cubriendo la parte central de su cuerpo, las piernas abiertas y temblorosas, los senos al descubierto y el cabello desparramado sobre la almohada, era la imagen más sensual que había contemplado jamás, y temió no aguantar dentro de ella el tiempo suficiente como para llevarla a la cumbre.

Pero sí lo hizo. Se hundió en ella con suavidad antes de comenzar a moverse, con más brío a medida que ella reclamaba más, y casi alcanzaron juntos el pico más elevado. No salió de ella mientras recuperaba el ritmo de la respiración, y tampoco cuando la alzó con un solo brazo y la elevó para cubrirlos a ambos con la ropa de cama para que no cogiera frío. Era tan menuda en comparación con él que solo necesitó la fuerza de uno de sus brazos para moverla. Solo entonces se atrevió a abandonar aquella cálida hendidura, que provocó un nuevo gemido por parte de ambos.

Estaba listo para amarla de nuevo, toda la noche si era preciso, hasta que el amanecer los obligara a levantarse para tomar el tren con dirección a Denver. Sin embargo, al mirarla a los ojos se contuvo. Parecía cansada, satisfecha pero agotada, y decidió que ya dispondrían de más momentos juntos. Toda una vida en realidad. Así que él también se atrevió a cerrar los ojos, con el cuerpo de ella acurrucado junto a su costado, y se durmió acunado por el aroma a vainilla de su pelo.

Violet tardó un poco más en rendirse al sueño, todavía asombrada por todo lo que ese hombre la había hecho sentir. ¿También había sido así con Peter? Recordaba encuentros apresurados y muchas veces incompletos, promesas a media voz y caricias interminables en la oscuridad de su cuarto, pero no guardaba memoria de aquella explosión de sensaciones, de notar la piel en carne viva y la falta de aire en los pulmones. Y ese era solo el comienzo. El hombre que ahora dormía a su lado era su esposo, y a lo largo de los años tendrían muchas más noches como esa. Quizá, después de todo, había tomado una decisión acertada. Con el tiempo, y comenzaba a pensar que no sería mucho, llegaría a amar a ese hombre.

Se pegó a su cuerpo cálido y se dejó mecer por el sonido acompasado de su respiración. Aún faltaban unos días para llegar a su nuevo hogar, unos días que de repente se le antojaban demasiados.

Mientras el sueño la encontraba, repasó mentalmente el itinerario, deseando poder chasquear los dedos y que todo hubiera pasado ya. Por la mañana tomarían el tren a Denver, donde llegarían algo más de veinticuatro horas después. Luego otro tren a Pueblo, una ciudad situada más al sur, y allí la diligencia que los llevaría a Heaven. Tres días de viaje en total, si no se presentaban contratiempos.

Tres días para iniciar su nueva vida.

SEGUNDA PARTE

Colorado

8

Heaven, Colorado, marzo de 1887

Christopher por fin había regresado a casa. Apenas hacía tres semanas que se había marchado, pero tenía la sensación de llevar varios meses fuera. En otras circunstancias, habría partido hacia el rancho nada más bajar de la diligencia frente al hotel, pero no volvía solo, y recorrer aquella distancia en mitad de la noche no se le antojó el mejor modo de conducir a su esposa al que sería su nuevo hogar.

Su esposa. Todavía no había llegado a asimilar que se había convertido en un hombre casado. Si a él seguía asombrándole ese hecho, no era de extrañar que el dueño del hotel, el señor Henderson, se hubiera quedado con la boca abierta en cuanto entraron en el establecimiento e hizo las presentaciones. La sorpresa se alargó mientras Christopher solicitaba una de las habitaciones con la intención de pasar la noche. Solo perdió la intensidad cuando el señor Henderson se ofreció a prestarle el carromato para que pudieran trasladarse al día siguiente hasta el rancho. Christopher le agradeció el gesto, así no tendría que dejar sola a Violet mientras iba y volvía a caballo en busca de su propio transporte.

Por la mañana se levantó temprano y bajó a prepararlo todo, casi impaciente. Con gusto la habría despertado para ponerse en marcha cuanto antes, ansiaba llegar por fin a su casa, pero después de tantas horas de viaje decidió dejarla descansar. De hecho, había pensado que, antes de abandonar el pueblo, bien podrían dar un paseo para que lo conociera, para que supiera el tipo de lugar en el que iba a vivir a partir de ese día. Por muy orgulloso que se sintiera Christopher de su comunidad, aquel no dejaba de ser un villorrio en mitad de ninguna parte, con más carencias que virtudes, pero albergaba la esperanza de que fuese suficiente para ella, de que no añorase su Chicago natal.

Cuando regresó a la habitación, encontró a Violet aguardándolo, ya vestida y peinada, con el poco equipaje que había deshecho por la noche debidamente empaquetado.

—He pensado que tal vez te apetecería conocer Heaven antes de irnos —le dijo al tiempo que tomaba la bolsa de viaje de encima de la cama.

—¿Es necesario?

—¿Necesario? —Qué pregunta tan extraña, pensó—. En absoluto, solo he pensado que igual te apetecería.

—¿A qué distancia está el rancho?

—Algo más de una hora en carromato.

—Entonces no, prefiero que partamos ya. Tengo ganas de conocer tu casa.

—Nuestra —la corrigió.

—Sí, nuestra.

Ella sonrió con cierta timidez. Tampoco parecía haberse acostumbrado a pensar en ellos como en un todo.

—El rancho no va a moverse de su sitio.

—Lo sé. Es solo que... estoy un poco nerviosa y me gustaría instalarme antes de conocer a nadie más.

—Claro.

Christopher la acompañó con un café mientras ella tomaba un desayuno frugal en el comedor del hotel, y luego se despidieron del señor Henderson y subieron a la carreta. Hacía frío a pesar de que brillaba el sol, y la cubrió con una manta de cuadros mientras él se sentaba a su lado en el pescante y tomaba las riendas. Mientras abandonaban la población, Christopher ignoró los gestos de confusión de algunos de sus conocidos y vecinos, extrañados de su insólita compañía. Ya habría tiempo para las explicaciones y presentaciones, se dijo, azuzando los caballos.

Violet había comenzado a temblar, y no solo a causa de las bajas temperaturas, muy inferiores a las de su ciudad. La nieve cubría gran parte de las praderas, acentuando la sensación de frío y, aunque el cielo estaba bastante despejado, el viento arrastraba pequeños remolinos de copos helados que se le pegaban a la ropa, humedeciéndola. Las ondulantes llanuras estaban salpicadas de pequeños grupos de árboles y, de tanto en tanto, le parecía vislumbrar el tejado de alguna casa, cuyos penachos del humo de las chimeneas ensombrecían el inhóspito paisaje.

No había mentido a Christopher cuando le había dicho que estaba nerviosa. En breve iba a llegar a su nueva casa, a un lugar en el que iban a estar los dos solos. Por un lado, se sentía ansiosa por conocer el que sería su hogar, y por el otro le habría gustado alargar lo inevitable un poco más, hasta estar convencida de no haber cometido el mayor error de su vida. Nada hasta ese instante la llevaba a pensar así, pues él se había mostrado generoso y considerado, y cada vez se encontraba más cómoda en su presencia. Sin embargo, había cruzado medio país. Su familia y todo lo que había conocido hasta entonces quedaban tan lejos ahora que era casi un mal chiste. ¿A dónde iría si las cosas se torcían? ¿Quién la protegería si Christopher Anderson no resultaba ser el hombre que ella suponía? ¿Qué sucedería si no lograba adaptarse a aquella tierra nevada e interminable?

—Si tienes frío hay otra manta en la parte de atrás. —La voz de Christopher la devolvió a la realidad.

—No es necesario, pero gracias.

—Estás muy callada.

—Yo... no sé qué decir.

—¿De verdad? —La miró burlón—. En el tren hasta Denver casi no paraste de hablar.

—Es que aquel vagón es una de las cosas más impresionantes que he visto nunca. Era como una casa con ruedas, aunque la cama que nos prepararon no era muy cómoda.

—Un poco estrecha, aunque, dadas las circunstancias, más que suficiente para descansar unas horas, ¿no te parece?

—El viaje en diligencia, en cambio, fue un absoluto horror —rio ella al recordar a la anciana excesivamente perfumada que los había acompañado.

—Creí que tendría que echar a aquella señora del vehículo.

—Oh, ojalá lo hubieras hecho.

—Lo tendré en cuenta la próxima vez. —Su marido le dedicó un guiño.

Violet asintió, algo más relajada. El viento movía el cabello suave y dorado de Christopher y resistió la tentación de acariciarlo con los dedos. También aguantó las ganas de rozar su mandíbula, cubierta de una barba incipiente en un tono más oscuro, y que le proporcionaba un mayor atractivo, si es que eso era posible. No había duda de que se había casado con un hombre de lo más apuesto, y el recuerdo de su torso desnudo barrió de golpe cualquier sensación de frío.

—¿Aquí siempre nieva en invierno? —preguntó, con la intención de cambiar de tema y dejar de pensar en el cuerpo sin ropa de su esposo.

—Sí, aunque este año ha sido especialmente intenso. Ya en noviembre tuvimos fuertes ventiscas que convirtieron la nieve en hielo, y no han cesado hasta ahora. Estos meses hemos superado con creces los veinte grados bajo cero.

—¡Dios santo!

—Dicen que más al norte aún ha sido peor.

—Debe de ser muy peligroso.

—Lo es. Durante semanas no pudimos salir del rancho —y luego se apresuró a añadir—: aunque no es lo habitual, no te asustes, por favor.

—No estoy asustada —reconoció ella, a quien la idea de quedarse unos días incomunicada en compañía de Christopher se le antojó casi un regalo de la naturaleza—. En Chicago también nieva cada año, aunque no tanto como aquí.

—Cierto, aunque contáis con recursos para mantener las calles despejadas.

Violet contempló el camino por el que transitaban, parcialmente cubierto de nieve y con abundantes zonas enfangadas que aumentaban el ya de por sí incómodo traqueteo del carromato. Trató de imaginar en qué estado se encontraría en lo más crudo del invierno, totalmente oculto por las nevadas, y la recorrió un escalofrío.

—¿Qué hacéis si sufrís un accidente en mitad del invierno? —preguntó.

—Procuramos que eso no suceda.

—¿Pero y si pasa?

—Disponemos de un par de trineos, nuestros caballos son fuertes, y hay dos médicos en el pueblo.

—Me alegra saberlo.

—También tenemos veterinario —la informó.

Violet no pudo aguantarse la risa.

—¿Crees que necesitaré uno?

—El último corte de uno de mis chicos se lo curó precisamente él.

—No estás bromeando —constató Violet, muy seria.

—No, aunque la mayoría de las veces nos apañamos nosotros solos. Uno tiene que aprender lo indispensable para sobrevivir en lugares aislados.

—Claro.

Violet se mordió el labio, cada vez más consciente del hecho de encontrarse a una gran distancia de cualquier parte con un mínimo de civilización. Decidió que no iba a dejarse amilanar por un hecho que ya era irremediable y optó por centrarse en las ventajas que iba a reportarle su nueva vida. Entre ellas, que por fin iba a cocinar y limpiar para una sola persona y... «Oh, Señor».

El cuerpo de Violet se agarrotó y tomó a Christopher con fuerza del brazo.

—¡¡¡Oh, Señor!!! —repitió, ahora en voz alta.

Él siguió el curso de su horrorizada mirada. Sobre una suave loma, a un centenar de metros de distancia, se recortaba la figura de un animal.

—¡¡¡Es un lobo!!! —Violet apretó aún más su brazo.

—Sí, Lobo —contestó él, con calma.

—¡Acabo de decírtelo, Christopher!

—No, quiero decir que su nombre es Lobo.

—¿Tiene...? ¿Tiene dueño?

—Más o menos.

—Pues no parece haberse quebrado mucho la cabeza para buscarle un nombre apropiado —dijo, más calmada.

Christopher tiró de las riendas y los caballos se detuvieron. Luego bajó del vehículo y caminó unos metros en dirección a la loma. El lobo alzó las orejas unos segundos y comenzó a descender a toda velocidad. Violet sintió su cuerpo estremecerse, imaginándose aquellas terribles fauces cerrándose en torno a su garganta. El animal llegó a la altura de Christopher y comenzó a dar saltos a su alrededor, moviendo la cola y con las orejas plegadas. Él le acarició la cabeza y aceptó de buen grado aquellas muestras de entusiasmo. Si a Violet le hubieran dicho que iba a contemplar una escena semejante, no se lo habría creído.

Después de un intercambio de mutuo afecto, su marido regresó al carromato y volvieron a ponerse en marcha.

—Parece tenerte aprecio —señaló ella, cuyo semblante se transformó en una mueca de horror en cuanto echó la vista atrás—. ¡Nos está siguiendo!

—Vuelve a casa, con nosotros.

—¿Es tuyo? —Alzó las cejas, con los ojos tan abiertos que notó tirante la piel de las sienes.

—Yo lo crie cuando su madre y sus hermanos murieron.

—Oh.

—Cuando me voy, desaparece, durante días, y no vuelve hasta que regreso.

—¿Y a dónde va?

—No tengo ni idea.

—¿Es... peligroso?

—Es un lobo. Procura no acercarte a él y no te hará daño.

—Ya, claro.

—Te lo garantizo.

—No puedes garantizar algo así.

—Si en algún momento te sientes verdaderamente amenazada por él, te doy mi permiso para pegarle un tiro.

Violet lo miró, medio horrorizada y sin atreverse a decirle que ni siquiera sabía cómo utilizar un arma.

Cuando Christopher abandonó el camino principal y tomó otro que se desviaba hacia la derecha, Violet intuyó que estaban próximos a su destino. Aún transcurrieron más de diez minutos antes de que se adivinaran los contornos de las construcciones del rancho, un conjunto de varios edificios de distinto tamaño rodeados de un puñado de árboles de copa frondosa. El carromato se detuvo poco después frente a la casa principal, una sólida construcción de dos plantas construida en piedra y madera, con el techo a dos aguas, y a la que se accedía por una escalinata de cuatro peldaños. Los escalones daban acceso al porche delantero, lo bastante amplio como para albergar una mesa y varias sillas, además de una mecedora en la que Violet se imaginó en las tardes de verano. No le hizo falta ver la vivienda por dentro para saber que se trataba de una casa espaciosa, mucho más de lo que ella había supuesto. Además, se ubicaba lo bastante lejos del resto de las edificaciones, sin duda establos o graneros, como para disponer de cierta intimidad.

Mientras su esposo la ayudaba a bajar, vio emerger de una de ellas una figura masculina, de la que no fue capaz de distinguir los rasgos. Comenzó a caminar en dirección a ellos cojeando ligeramente de su pierna derecha y, conforme se aproximaba, vio que se trataba de un hombre que rondaría los sesenta años, con el cabello corto y cano, y una barbita que alternaba el rubio oscuro y el gris. Violet se preparó para las presentaciones. A su lado, Christopher aún no se había percatado de nada, ocupado como estaba en descargar los baúles del carro.

—¡Chris!

La voz grave del recién llegado retumbó en el estómago de Violet, que compuso su mejor sonrisa, aunque él apenas le dirigió una mirada desinteresada. Su marido se dio la vuelta.

—Hola, Jan.

—Has tardado una eternidad en regresar.

—Las cosas se complicaron un poco.

Solo entonces la mirada del tal Jan se centró en ella, como si Violet fuese la complicación de la que hablaba Christopher, al menos eso parecían indicar su ceño fruncido y el brillo de sus ojos azules, fríos como dos diamantes.

—Jan, te presento a mi esposa, Violet. —Christopher la tomó del brazo—. Violet, este es Johannes Ehrstrom, uno de mis capataces, aunque todos le llamamos Jan.

—¿Es una broma, chico? —preguntó el viejo.

Christopher no pronunció una palabra y al final el otro hombre extendió una de sus callosas manos y Violet se la estrechó, con tan poco entusiasmo como él.

—Mucho gusto, señora.

—Violet, por favor —le pidió ella. No quería comenzar con mal pie su andadura en aquel lugar.

—Luke querrá verte enseguida. —Jan se desentendió de ella de inmediato, como si se hubiera evaporado—. Está junto al Barranco del Hombre Muerto.

—¿Ha ido solo? —Christopher lo miró, serio.

—Sean y Gideon están con él.

—De acuerdo, iré en cuanto pueda. Y Jan, encarga a uno de los chicos que mañana devuelva la carreta de Henderson.

Jan asintió y se alejó de ellos, sin despedirse ni dedicarles ni una mirada de más.

—¿No los has avisado sobre nuestra boda? —le preguntó ella en voz baja.

—No se me ocurrió. —Christopher se encogió de hombros—. Fue todo demasiado rápido.

—Podrías haber enviado un telegrama...

La puerta de la casa se abrió en ese instante y un joven, con una preciosa melena castaña rozando sus hombros, se los quedó mirando desde el umbral. En las manos llevaba un sombrero de ala ancha y una gruesa chaqueta forrada de pelo, que se colocó mientras bajaba los escalones, con una sonrisa de oreja a oreja. Tenía el rostro lleno de pecas y los ojos de un verde musgo.

—¡Chris! —Estrechó con energía la mano de su esposo—. Veo que llegas en buena compañía.

El joven se inclinó hacia ella.

—Es usted muy guapa, señorita —le dijo, zalamero.

—Liam, cierra la boca —le riñó Christopher—. Te presento a Violet, mi esposa.

—¿Tu qué?

—¿Es que has perdido el oído desde que me marché?

—Eso parece, porque he creído oírte decir que te has casado.

El chico soltó una carcajada, pero, en cuanto vio que Christopher no la secundaba, se quedó callado y los miró de nuevo. Las mejillas se le encendieron.

—Señora Anderson, yo... lo siento... no creí que...

—No tiene importancia —lo excusó ella. Aquello no era culpa del muchacho sino de Christopher, que se había olvidado de anunciar que no volvería solo.

—Tengo mucho que hacer, será mejor que... —comenzó a decir el joven.

—Sí, será mejor —lo cortó Christopher, en tono hosco.

Liam se puso el sombrero y se dirigió con premura en dirección a los establos, como si le ardieran los pies. Si las circunstancias hubieran sido otras, Violet se habría echado a reír.

—Deberíamos entrar —anunció Christopher.

Ella asintió, deseosa ya de cruzar aquella puerta, y siguió a su marido hacia la casa. Lo vio empujar la puerta con ahínco un par de veces antes de que esta cediera. Aquella aventura no había tenido el mejor de los inicios, pero seguro que mejoraría, fue el pensamiento que la acompañó mientras ascendía los peldaños.

El pensamiento, sin embargo, se vino abajo en cuanto se encontraron en el interior de la vivienda.

Aquello era un caos. Un absoluto y verdadero caos.

En un banco junto a la puerta había una montaña de distintas ropas de abrigo y todo tipo de calzado, lleno de barro y nieve. El suelo estaba tan sucio que apenas se distinguía la madera original. Al fondo pudo ver una escalera que conducía al piso superior, de cuya barandilla colgaban todo tipo de enseres.

Christopher entró en la primera estancia situada a la derecha, que resultó ser el salón principal. Varios sofás y butacas desperdigadas de forma caótica llenaban el amplio y luminoso espacio, cuyas paredes de piedra conferían calidez al conjunto. Un vivo fuego ardía en la gran chimenea, iluminando todo el caos que reinaba a su alrededor. Había prendas de ropa desperdigadas por todas partes, revistas tiradas por el suelo e incluso algún libro, herramientas de todo tipo sobre las superficies, tazas y vasos sucios... Y por encima de todo aquel desorden, un intenso olor a cuadra impregnando el ambiente.

En el comedor, situado enfrente, el escenario no era mejor. La superficie de la larga mesa, con ocho sillas alrededor, estaba grasienta, y sobre ella había un par de platos con restos de comida. El suelo, pensó, era mejor no mirarlo siquiera, y notó cómo las suelas de sus botines se iban quedando pegadas a la superficie.

—Los chicos son un poco descuidados —le dijo él, con una sonrisa algo tímida—, aunque ahora ya estás tú aquí.

Cuando entraron en la cocina, situada a continuación, a Violet le dieron ganas de gritar y llorar, ambas cosas al mismo tiempo. El fregadero de piedra estaba lleno de platos sucios, y las sartenes usadas se amontonaban unas sobre otras sobre la mesa central, cubierta de restos de harina y de otras cosas que no se atrevió a identificar.

—Como ves, tampoco la cocina forma parte de nuestras habilidades...

—Ya veo —musitó ella, en estado catatónico, mientras contemplaba los churretes de las puertas de los armarios.

—Te mostraré el piso de arriba.

A Violet le habría encantado negarse y decirle que ya había tenido suficiente, pero aun así continuó pegada a su espalda, evitando tocar las superficies o centrar la mirada en las nutridas telarañas de las esquinas. La parte superior de la casa contaba con cinco habitaciones y Christopher le explicó cómo estaban distribuidas limitándose a señalar las puertas. En la más pequeña dormía Jan, y Luke —su otro capataz— en la que quedaba justo enfrente. Las otras dos estancias las ocupaban Gideon y Liam por un lado, y Sean y Cody por el otro.

El dormitorio principal, situado al fondo y que había pertenecido a sus padres, sería el que ambos compartirían.

—Puedes cambiar todo lo que desees —le dijo él una vez se encontraron en el interior.

Aunque aquel cuarto no presentaba un aspecto tan desordenado como el resto, era evidente que necesitaba una buena limpieza a fondo. Violet echó la vista atrás, al pasillo, incapaz de pensar en otra cosa que no fuesen montones de ropa y enseres por todas partes, una capa de polvo cubriéndolo todo, suelos deslucidos y llenos de pisadas, y huellas sucias en todas las superficies.

—Christopher... —balbuceó.

—Desde que mi hermana Leah se casó esto ha sido un caos —le dijo él—, pero ahora...

—Ahora ya estoy yo aquí —finalizó ella la frase por él.

—Hummm, sí...

Mientras Violet, abrumada, trataba de poner en orden sus pensamientos, echó un vistazo a la habitación, espaciosa y luminosa: la enorme cama de matrimonio, las mesitas de noche a juego con una cómoda y un ropero, un arcón a los pies del lecho, una mecedora junto a la ventana y dos butacas al fondo, frente a una pequeña chimenea.

—Bueno, voy a buscar los baúles —anunció él, y desapareció antes de que ella hubiera tenido tiempo de reaccionar.

Violet no tardó en seguirlo, todavía aturdida.

Cuando llegó abajo, la puerta principal se abrió con estrépito, antes de que su marido hubiera podido alcanzarla.

—Maldita puerta —masculló un joven de estatura media y piernas arqueadas. Alzó la vista y vio a Christopher frente a él—. ¿Es verdad?

—Cody... —lo saludó su jefe.

El joven reparó entonces en Violet, parada a escasos dos metros de su marido. Se sintió un tanto incómoda con el escrutinio, quizá debido a que los ojos con los que la miraba tenían distinto color. Uno era claramente azul y el otro poseía una tonalidad entre verde y marrón de lo más desconcertante.

—Cody Price a su servicio, señora Anderson —la saludó quitándose el sombrero—. Así que es verdad, viejo —añadió dirigiéndose a Christopher y propinándole una palmada en la espalda—. Te juro que pensé que Liam me estaba tomando el pelo otra vez.

—¿Quieres algo, Cody? —Christopher parecía un tanto incómodo.

—Tenemos que ir al Barranco del Hombre Muerto —contestó, con el rostro serio de nuevo.

Christopher se tomó un instante para evaluar la situación y se volvió hacia ella, con el semblante preocupado. Violet asintió. Aquello parecía urgente. Además, su ausencia le permitiría poner en orden sus pensamientos para la conversación que esperaba mantener con él después.

—Ayúdame a meter los baúles y nos vamos —le pidió Christopher a Cody.

—Eso está hecho —contestó el joven, risueño—. Y bienvenida a Heaven, señora Anderson.

9

Aquello era mucho peor de lo que Christopher hubiera podido imaginarse. Era consciente de que aquel invierno infernal iba a menguar su ganado, aunque no hasta ese extremo. En compañía de Cody se había desplazado hasta el barranco, lo bastante próximo al rancho como para que la todavía abundante nieve no les impidiera llegar. Un trayecto que en verano habrían recorrido en apenas quince minutos les llevó casi una hora de pesada marcha. Cuando descendió del caballo y se aproximó al pequeño valle que formaba la hondonada, sintió que el aire abandonaba sus pulmones. Ante sus ojos se adivinaban los contornos de una masa amorfa y cubierta de hielo y, si no hubiera sido por los cuernos que asomaban aquí y allá, le habría costado averiguar qué se ocultaba bajo la nieve.

Junto al borde se encontraba Luke Nyman, su capataz y mejor amigo, con el rostro pétreo. Junto a él, Sean y Gideon, dos de sus peones, presentaban el mismo semblante austero.

—Calculo que habrá unas cincuenta reses ahí abajo —musitó Luke.

—Tal vez más —aventuró Christopher.

Para refugiarse de las gélidas temperaturas, los animales habían buscado aquel refugio, sin saber que iba a convertirse en su tumba. Y ni Christopher ni sus hombres habían podido evitarlo. En los meses previos, y con gran esfuerzo, habían logrado transportar balas de heno a distintos puntos de la extensa propiedad con relativa frecuencia, y se habían ocupado de mantener los abrevaderos en condiciones, pero, cuando la ventisca soplaba como lo había hecho esas semanas, desplazarse se convertía en un suicidio. ¿Cómo proteger de las inclemencias del tiempo a cientos de reses?

—Hasta que no llegue el deshielo no sabremos si son todas nuestras —dijo Luke.

—Es muy probable, estamos demasiado cerca del rancho.

—Maldita sea.

—¿Habéis localizado al resto del ganado?

—Es imposible, aún hay demasiada nieve —contestó su amigo—, aunque sí hemos visto un pequeño grupo más al oeste.

—¿Vivos?

—Eso parecía.

Christopher alzó la vista y contempló las montañas, tan blancas como el resto de la pradera. Habían padecido inviernos fríos, pero aquel era sin duda el más intenso de cuantos recordaba. Aquella era una tierra próspera y feraz, pero también despiadada. Se preguntó si, cuando la nieve se hubiera derretido, conservaría ganado suficiente como para seguir adelante.

—¿Crees que podemos llegar hasta la Hondonada? —le preguntó a Luke, refiriéndose a otra depresión de similares características que recorría una parte de sus tierras, más al norte.

—Lo dudo mucho. Hace tres o cuatro días, Cody y yo tratamos de acercarnos y la nieve casi nos sepulta.

Christopher temía encontrarse con un escenario muy similar al que se desplegaba bajo sus pies, y necesitaba cerciorarse con urgencia de que no hubiera otro grupo de animales congelados esperándolo allí.

—Pero podemos volver a intentarlo hoy —sugirió Luke, sin duda tan preocupado como él.

—Vamos.

Los hombres se dieron la vuelta y subieron a sus monturas. Había que desplazarse con cuidado, porque las irregularidades del terreno no se apreciaban bajo aquel manto blanco, y un paso en falso habría acabado con la pata de algún caballo rota. Y todos sabían lo que eso significaba: un caballo con una pata rota era un caballo muerto.

En las dos horas siguientes, apenas recorrieron un tercio de la distancia, hasta que Christopher comprendió que era absurdo empeñarse en un imposible. Corrían el riesgo de agotar en exceso a los animales, así que decidió dar media vuelta. Unos cuantos días más tan soleados como aquel y la nieve dejaría de ser un problema. Ya tendría ocasión entonces de comprobar el alcance de los daños.

Cuando llegaron al fin a los establos, la tarde había comenzado a caer. En el interior los aguardaban Jan y Liam, y este último tomó las riendas del caballo de Christopher. En un minuto, los puso al corriente de lo sucedido en el Barranco del Hombre Muerto, cosa que no pareció sorprenderles mucho, al menos al viejo.

—¿Hablaste con Bradford? —preguntó Jan, cambiando de tema.

—¿No podemos esperar a la cena para hablar de estas cosas? —preguntó Gideon—. Estoy muerto de hambre.

—Mejor aquí —aseguró Jan. Y nadie contradecía a Jan. A veces, ni siquiera Christopher.

—Sí, hablé con Bradford, aunque me costó lo mío —comentó Christopher—. De hecho, al principio no quiso ni recibirme.

—Maldita sabandija. —Jan escupió al suelo.

—Unos cuantos centenares de reses son una minucia para él —continuó al tiempo que comenzaba a cepillar su caballo.

—¿Y bien?

—Me ha garantizado 3,3 centavos por libra.

—Eso es más de lo que nos paga Samuel Marsten —intervino Luke, que sabía que el ranchero que se ocupaba de llevar los animales hasta Denver les había ofrecido 3 el año anterior.

—Sigue siendo una miseria —Jan volvió a escupir—. En tiempos de tu padre se pagaban a más del doble.

—Lo sé —bufó Christopher, cansado de escuchar siempre la misma cantinela—. Pero esos tiempos se acabaron, hace mucho, además. Solo hay un inconveniente... Hay que llevar las reses hasta Cheyenne.

—¿A Wyoming? —Luke alzó ambas cejas—. ¿Por qué?

—No quiere problemas con sus agentes de Denver.

—Pero eso significa que habrá que cruzar medio estado —se quejó Jan—. ¿Cuándo habéis acordado entregar el ganado?

—A mediados de julio.

—Hará un calor de mil demonios —gruñó Luke.

—Soy consciente, pero es el único modo de garantizar ese precio. —Christopher los miró a todos, de uno en uno—. Si es que nos quedan reses para vender.

—No seas cafre, muchacho —le dijo Jan—. De peores hemos salido.

—¿Tú crees?

En el duro invierno de 1871-72, aún en vida de su padre, muchas reses habían muerto congeladas. En la terrible sequía del 83, con Christopher ya manejando el rancho, habían perdido a un tercio de los animales, y eso que habían sido cuidadosos a la hora de mantener un número apropiado de cabezas. Otros rancheros, ávidos por obtener elevados ingresos con rapidez, habían solicitado préstamos a corto plazo para adquirir muchas más reses de las que los pastos podían mantener. Cuando los ríos y arroyos se quedaron sin agua, y los abrevaderos tan secos como un erial, perdieron lo invertido y no pudieron hacer frente a las deudas.

Tampoco habían sido buenas las abundantes lluvias del verano y el otoño de 1886, apenas unos meses atrás, que habían anegado los pastos. Y luego ese maldito invierno para rematar la cadena de desastres. Ellos habían sobrevivido, era cierto, pero a un precio muy elevado. Confiaba en que su suerte no cambiara.

—3,3 centavos por libra —comentó Luke—. Tu viaje a Chicago no ha ido tan mal, después de todo.

—Yo diría que le ha ido más que bien —bromeó Cody.

—¡Oh, mierda! —exclamó Christopher.

—No me digas que te has olvidado de tu flamante esposa —rio Cody.

—¡¿De su qué?! —Luke se atragantó con su saliva.

—¿De quién? —Gideon miró a su hermano Liam, que sonreía de oreja a oreja.

—El jefe se ha casado —contestó con retintín.

—Como no sea contigo... —le respondió Gideon, siguiendo la chanza.

—Hablo en serio.

—Sí, yo... —Christopher se pasó la mano por el cabello revuelto. ¿Cómo era posible que hubiera olvidado por completo que ahora tenía una esposa, a la que había dejado abandonada durante todo el día?—. Será mejor que vuelva a la casa.

No aguardó respuesta y salió del establo con paso apresurado.

—¿De verdad se ha casado? —Luke interrogó a Jan. Parecía un tanto molesto porque Christopher no le hubiera comentado nada.

—Eso parece.

—¿Y cómo es? —se interesó Gideon.

—Guapa, muy guapa —respondió su hermano.

—Y pelirroja —comentó Jan, que escupió una vez más al suelo—. Todo el mundo sabe que las mujeres pelirrojas no son de fiar.

—A mí me ha gustado —comentó Cody.

—A ti te gustan todas. —Sean, el más callado de todos los hombres del rancho, había permanecido un tanto alejado de los demás, como casi siempre.

—Será por mis ojos. —Cody aleteó las pestañas, provocando la risa de los hermanos y una leve mueca en el rostro de Sean.

—Y encima es de ciudad —continuó Jan.

—No veo el problema —dijo Luke, a quien comenzaban a irritar los prejuicios del viejo capataz.

—Ya veremos el tiempo que tarda en querer volver a Chicago. —Jan se metió las manos en los bolsillos—. Este no es lugar para mujeres como ella.

Luke miró hacia la puerta del establo por el que había salido su amigo. ¿El viejo tendría razón? Porque, si era así, aquel iba a ser un matrimonio muy corto.

En cuanto se había quedado sola, Violet había dejado escapar toda su rabia y su frustración en forma de maldiciones, de las que los estibadores del puerto de Chicago se habrían sentido muy orgullosos. Conforme volvía a recorrer la vivienda, ahora ella sola, su ira fue arreciando hasta convertirse en un huracán. Solo que no tenía a nadie con quien descargar esa furia, únicamente aquella casa sucia y maloliente.

Una de las cosas que más detestaba Violet era la suciedad. Le seguía, muy de cerca, el desorden. En su casa de Chicago era incapaz de permanecer quieta si había algo que limpiar o adecentar, y aquel antro habría sido el sueño de cualquier obseso del orden. Por eso, en lugar de aguardar sentada el regreso de Christopher, bien podía aprovechar el tiempo. De todos modos, no parecía existir ningún lugar lo bastante decente donde acomodarse hasta su vuelta.

Subió al dormitorio, donde habían dejado los baúles, buscó la ropa más vieja que tenía y se puso manos a la obra. Primero dedicó su atención al comedor, recogiendo los restos de comida y enjabonando y limpiando la mesa y las sillas a conciencia. Luego le tocó el turno al suelo, y tuvo que ponerse de rodillas para arrancar los restos de barro y comida pegados a él. A continuación, se metió en la cocina, porque si iba a cocinar algo para aquellos brutos, era la tarea más apremiante. Le llevó casi todo el día lavar la vajilla —tres veces—, incluso los platos y las fuentes que estaban guardados en uno de los armarios, casi ninguno en buenas condiciones. Luego le tocó el turno a ollas y sartenes, y el sudor acabó empapando su espalda de tanto frotar. La grasa y el hollín habían formado una película tan densa en el fondo de los cacharros que ni dejándolos en agua caliente durante un par de horas logró arañar más que la superficie. Por suerte, la casa contaba con una bomba de agua justo en la cocina, aunque, a su pesar, se vio obligada a encender la estufa de leña para calentarla. No encontró a nadie en las cercanías a quien pedirle que hiciera los honores y le costó varios intentos lograr su objetivo. Fregó los frontales de las puertas del escaso mobiliario y, por último, se metió en la alacena a comprobar las provisiones con las que contaban. Legumbres, arroz, harina, café y azúcar en abundancia, algunos vegetales en conserva, un tarro de mermelada, tres quesos, una buena porción de mantequilla, una docena de huevos y un enorme pedazo de carne ahumada colgando del techo. Eso era todo. Recordó con añoranza la alacena de la casa de huéspedes, bien surtida de todo tipo de ingredientes, y un mordisco de nostalgia la pilló tan de sorpresa que tuvo que sostenerse del marco de la puerta. Retiró las manos de inmediato, asqueada por la superficie grasienta, y se las limpió en el delantal, a esas alturas tan lleno de mugre como ella misma se sentía.

Cogió algunos productos y preparó carne con alubias, que aderezó con tomate en conserva, unas hojas de laurel y unos granos de pimienta. Con la harina y unos huevos preparó unas tortas para acompañar y horneó un bizcocho sencillo para el postre. Aquellos olores que tan bien conocía invadieron la estancia y casi logró alejar la oscuridad que se había cernido sobre ella.

Cuando lo tuvo todo listo, lo dejó sobre la mesa del comedor, cubierto con unos paños que parecían medianamente limpios, y calentó más agua para subir y lavarse un poco. Estaba cansada y, al mismo tiempo, satisfecha con su trabajo, que había logrado mitigar un poco su mal humor.

Mientras volvía a vestirse, vio a través de la ventana cómo llegaban los hombres y se metían en lo que imaginó eran los establos. Identificó a Christopher y a los dos empleados que había conocido esa mañana, Cody y Liam, aunque el más joven parecía haberse cambiado de ropa por completo. Si vivía en la casa, como su marido le había dicho, ¿de dónde habría sacado aquellas prendas?

Decidió esperar en su habitación, porque no deseaba hallarse en el comedor cuando empezaran a llegar, por si acaso Christopher no iba con ellos.

Tomó asiento en la mecedora y se balanceó mientras observaba todos los detalles de la habitación. Bien mirado, era probable que aquella fuese la estancia más limpia de toda la casa, aunque eso no era decir mucho. Repasó mentalmente todo lo sucedido en los últimos días y se preparó para lo que estaba por venir.

El cansancio se fue apoderando de ella y cerró los ojos unos instantes, mecida por el dulce vaivén, hasta que perdió la noción del tiempo.

—Violet. —Su nombre le llegó lejano, como si alguien lo pronunciara desde el otro lado de un espejo—. Violet.

Abrió los párpados, sobresaltada, y vio a Christopher junto a ella, con la mano suavemente apoyada sobre su antebrazo. Sonreía. El muy canalla sonreía.

Violet se levantó de golpe mientras él daba un paso atrás, confuso por su reacción.

—Eres un ser despreciable —le espetó, con la furia naciéndole de nuevo de las entrañas.

—¿Has tenido una pesadilla?

—¡Tú eres mi pesadilla! —le gritó—. Necesito una esposa —imitó su tono de voz, imprimiendo toda la burla de la que fue capaz.

—¿Qué?

—Eres un embaucador. No necesitas una esposa, ¡necesitas una criada!

—Violet... —Christopher trató de sujetarla, pero ella lo apartó de un manotazo.

—¡No! Me engañaste, me hiciste creer que... no sé lo que me hiciste creer, pero desde luego no... esto. —Hizo un gesto con los brazos que abarcaba mucho más que la habitación—. Ni siquiera me dijiste que no viviríamos solos, que no seríamos marido y mujer como dictan las costumbres...

—Nunca te he mentido —se defendió él, que apretó los labios con fuerza.

—Mentiste por omisión, Christopher.

—Te dije que otros seis hombres se ocupaban del rancho conmigo.

—¡Pero no que vivían en la misma casa!

—¿Y qué querías que te dijera? —le gritó él, a su vez.

—¿Qué tal la verdad?

—¿Habrías venido de haberlo sabido?

—¡Por supuesto que no! O tal vez sí, no lo sé —rectificó—. Pero ahora nunca lo sabremos, ¿verdad?

—Yo necesitaba una esposa y tú un lugar al que marcharte, lejos de Chicago. No veo dónde está el problema.

—¿En serio, Christopher? ¿En serio no lo ves? —Violet sentía la furia recorrerla en oleadas.

—Aquí no harás nada muy distinto a lo que hacías en la casa de huéspedes, ¿cuál es la diferencia?

—Si no la ves, no voy a ser yo quien te abra los ojos.

—¡Te proporcioné la oportunidad de irte, que era lo que tú querías!

—¡Pues ahora quiero volver a Chicago!

—¿Estás loca? ¡No pienso llevarte de vuelta!

Violet apretó con fuerza las mandíbulas. De hecho, ella tampoco quería regresar, no de momento al menos. Apenas hacía una semana que se habían casado, ¿cómo iba a presentarse en su casa, aceptando que había cometido el mayor error de su vida?

—Violet, tal vez no hemos comenzado con buen pie, pero...

—¿Tal vez? —le espetó ella con sorna.

—De acuerdo, nuestro inicio no ha sido muy prometedor, pero estoy convencido de que este matrimonio puede funcionar.

—¡Ja!

—Por favor, te ruego que no tomes decisiones precipitadas. Espera un tiempo, quizá hasta el verano... —insistió él—. Hasta que haya vendido las reses.

—¿Por qué? —Lo miró con los ojos entornados.

Christopher se pasó una mano por el cabello.

—No lo sé —reconoció—. Quizá así dispondrás de tiempo para olvidar lo de tu hermana y ese tal Clifford, ¿no?

—Crawford. Se llama Allan Crawford.

—¡Me da igual cómo se llame! —gritó, contrariado. Guardó silencio unos segundos y luego continuó, más calmado—. Y yo... bueno, yo no quedaré como un idiota frente a mis hombres y a todos los que conozco. —Christopher clavó en ella sus ojos azules—. Si para entonces aún quieres volver a Chicago, te llevaré de vuelta, o te pagaré el billete si no quieres que te acompañe.

Violet lo miró de hito en hito y se dejó caer sobre la butaca.

—Lo pensaré —accedió al fin.

—De acuerdo. —Christopher relajó los hombros.

—Aún falta por determinar qué voy a hacer hasta entonces. Pero si querías una criada, eso es justo lo que tendrás. Me pagarás un sueldo como a los demás miembros de tu cuadrilla mientras esté aquí.

—No quiero una criada, Violet... —Christopher, con los brazos en jarras, la miró entre sorprendido y desconcertado, y luego se volvió con brusquedad hacia la puerta—. Por favor, bajemos a cenar. Luego podemos continuar hablando de esto.

—¿Luego?

Christopher echó un vistazo a la habitación y ella comprendió a lo que se refería.

—Si piensas que voy a volver a dormir contigo estás muy equivocado —le dijo ella con tanto desdén como determinación.

—Pero este es mi dormitorio, y tú eres mi mujer.

—Pues búscate otra cama, porque te garantizo que esta no la vas a volver a usar, al menos mientras yo esté aquí.

Lo vio apretar los labios de nuevo hasta que no fueron más que una fina línea sobre su perfecto rostro, y resistió el peligroso brillo de sus ojos azules, que parecían dos témpanos de hielo a punto de clavarse en los suyos.

—Entiendo que en este momento estás muy enfadada —le dijo él, taciturno—, pero ahora me gustaría que bajaras para presentarte a los demás.

Violet quiso negarse, pero lo que sucedía entre Christopher y ella no tenía por qué airearse a los cuatro vientos, al menos de momento. Asintió con un gesto enérgico de la cabeza y lo siguió fuera de la habitación.

A medida que bajaban, el estruendo que provenía del comedor se hizo más evidente y, cuando llegaron hasta él, Violet se quedó paralizada. Los seis hombres que se habían sentado alrededor de la mesa, con las fuentes en medio, engullían como si no lo hubieran hecho en años, cogiendo la comida con las manos y masticando a dos carrillos.

—Esto está delicioso, señora Anderson —le dijo Liam, el joven que había conocido esa mañana.

Un hombre bien parecido, con el cabello corto castaño claro y los ojos verdosos, se levantó y se acercó. Tras limpiarse las manos en las perneras del pantalón, extendió una de ellas en su dirección.

—Soy Luke Nyman —se presentó—, uno de los capataces del rancho.

Violet miró aquella mano un instante antes de estrechársela y luego resistió el impulso de restregársela contra el vestido. Otro hombre se colocó a su lado, este de cabello lacio y oscuro y los ojos castaños, que se presentó como Sean. Una fina cicatriz recorría la parte superior de su ceja derecha y ella apenas fue capaz de apartar la vista de ella. Por último, le llegó el turno a Gideon, y solo entonces Violet comprendió lo que había visto a través de la ventana un rato antes. Liam y Gideon eran gemelos, tan idénticos que pensó que jamás llegaría a distinguirlos. El mismo cabello castaño y largo, los mismos ojos verdes de brillo divertido y las mismas pecas distribuidas por el rostro.

Enseguida volvieron a ocupar sus asientos y a centrarse en la comida, como si ella hubiera dejado de tener importancia.

—La verdad es que todo tiene una pinta deliciosa —le dijo Christopher a su lado, en un tono amable que a ella le supo a hiel.

Él le hizo un gesto con el brazo para que ocupara una de las sillas, pero Violet dio un paso atrás. Aquella escena le provocaba náuseas. Jamás había visto a gente devorar de esa manera, sin un mínimo de modales y sin que la presencia de una mujer los frenara siquiera un poco.

—No tengo apetito —dijo—. La verdad es que estoy un poco cansada. Ha sido un viaje muy largo —disimuló.

Se dio la vuelta y, sin añadir nada más, abandonó el comedor y se refugió en el dormitorio principal.

Su último reducto.

10

Christopher no hizo nada por detenerla. Entendía que se sintiera ofuscada y sobrepasada por las circunstancias, y era culpa suya. Tal vez ella tenía razón, y él debería haber sido claro al hablarle de su vida en el rancho, pero entonces ella jamás habría accedido a acompañarlo. Quería que ella aceptara la idea de irse con él y Christopher había obviado ampliar los detalles para no hacerla cambiar de idea. Porque, en realidad, era cierto que necesitaba una esposa, o quizá una criada, como ella misma había asegurado. Desde que su hermana Leah se había mudado a Montana con su marido, nadie se había ocupado de la casa como era debido, y ellos acababan agotados la mayor parte de los días como para luego dedicarse a las tareas domésticas. El problema era que ninguna mujer decente se avendría a instalarse en una casa llena de hombres, a menos que uno de ellos fuese su marido. Allí Violet sería la dueña y señora, y no tendría que verse obligada a tratar continuamente con desconocidos. ¿No comprendía que iba a estar mucho mejor que en Chicago?

Por otro lado, desde que ella había aceptado convertirse en su esposa, Christopher se había sorprendido a sí mismo imaginando un sinfín de escenas llenas de calidez. Se veía llegando a su casa reluciente y con olor a limpio, donde lo aguardaba un delicioso asado del que disfrutaría en compañía de su mujer, con la que intercambiaría los detalles de la jornada y a cuyo cuerpo se abrazaría por las noches hasta que despuntara el alba. En sus ensoñaciones no aparecían sus ruidosos compañeros, que en ese momento rebañaban los platos, aunque sí figuras menudas y difusas, probablemente sus propios hijos. Quería formar una familia, una auténtica, fuerte y a ser posible numerosa. No deseaba que, el día de mañana, ninguno de sus hijos se sintiera tan solo como él mismo se sentía a veces.

—Tu esposa parece una mujer delicada —comentó Jan, que se llevó a la boca un trozo de torta embadurnada en salsa.

—Que no te engañe su apariencia —le aseguró—. Es más fuerte de lo que imaginas.

—Al menos cocina como una diosa. —Cody se relamía los dedos.

—No sé si yo diría tanto —dijo Jan—. Para mi gusto estaba todo un poco soso.

Christopher no pudo evitar acordarse de la señora Milton y de sus continuas críticas a la comida que se servía en la casa de huéspedes. ¿De verdad solo habían transcurrido unos días desde que había salido de Chicago?

—A mí me ha parecido todo muy rico. —Gideon comenzó a balancearse sobre las patas traseras de la silla, con las manos apoyadas sobre su estómago hinchado.

—¿Tenéis alguna queja sobre mi cocina? —Jan, que era quien se había ocupado de esa parte desde la marcha de Leah, los miró a todos con el ceño fruncido.

—En absoluto —terció Luke, que intercambió una rápida mirada con Christopher—. Pero por una vez está bien no comer *köttbullar*.

—¡Pero si hago unas albóndigas estupendas!

En eso llevaba parte de razón. La mayoría de las veces, Jan era capaz de elaborar aquella receta típica sueca con bastante acierto, cuando no se le quemaban o se quedaban pegadas al fondo de la sartén. Lástima que en todo lo demás sus dotes culinarias brillaran por su ausencia. No se lo habían dicho nunca, claro. Daban gracias por que alguien se ocupara de esos menesteres.

Nadie había rebatido la afirmación del viejo, se habían limitado a asentir con la cabeza, dándole la razón. Por suerte, Gideon se convirtió en el nuevo protagonista de la noche cuando la pata trasera de su silla se partió y él acabó en el suelo. Su hermano Liam soltó una risotada, señalando la cara de sorpresa de su gemelo, que se frotaba uno de los glúteos con una mano.

—¿Cuántas veces te hemos dicho que no hicieras eso con la silla? —le dijo Luke, aguantándose la risa a duras penas.

—Ay... no sé...

—Estos malditos muchachos... —musitó el viejo Jan, moviendo la cabeza de un lado a otro.

Había veces, como en ese momento, en el que Christopher se preguntaba si Jan había sido joven alguna vez. La caída de Gideon marcó el final de la cena y todos recogieron sus platos para llevarlos a la cocina, donde acabaron formando una precaria pila junto al fregadero. La imagen mortificó a Christopher un instante, en cuanto pensó que Violet tendría que lavarlos al día siguiente.

Bueno, no hacía ni una hora que le había pedido un sueldo por su trabajo, ¿verdad? Pues ya podía comenzar a ganárselo.

Más turbado que otra cosa, se dirigió al salón, donde todos se reunían tras la cena. Hacía frío en la casa y solo entonces se dio cuenta de que ninguna de las chimeneas estaba encendida. ¿Por qué su mujer no se había ocupado de ello? A buen seguro debía de haberse helado allí dentro durante todo el día. En ese momento, Luke apilaba unas cuantas ramitas junto a un par de leños medio consumidos y, en un instante, el fuego comenzó a chisporrotear con fuerza.

Sean ocupó una desvencijada butaca en un rincón, como siempre, y cogió una revista manoseada que habría leído ya una docena de veces. Era el que menos tiempo llevaba allí y todavía no lograba sentirse cómodo del todo. Christopher era consciente de que, aunque siempre aparentaba estar pendiente de su lectura, no perdía detalle de lo que se hablaba en aquella habitación.

Cody se lio un cigarrillo, Jan se sirvió su acostumbrado vasito de whisky y los gemelos se tumbaron sobre la mullida alfombra colocada frente a la chimenea. Luke se aposentó en el sofá, con los pies cruzados sobre la mesita situada enfrente, y Christopher se dejó caer sobre la butaca de su padre, un armatoste de madera y piel situado cerca del fuego.

—¿Vas a contarnos más cosas sobre Chicago? —le preguntó su amigo.

—Ya os he dicho lo más importante.

—Que te reuniste con Bradford, sí —insistió Luke—. Has estado fuera tres semanas. ¿Eso es lo único que tienes que decirnos?

—Eso, ¿cómo conociste a la bella señora Anderson? —Cody sonrió con picardía.

—Era la hija de la dueña de la casa en la que me alojé.

—A mí me interesa más saber cómo la convenciste para que se casara contigo —comentó Luke con malicia.

Christopher no tenía intención de relatarles los pormenores de su relación con Violet, así que desvió la atención con cierta destreza y les habló de algunas de las cosas que había visto en la ciudad. Recordó también los libros que aún permanecían guardados en su bolsa de viaje, los que había comprado aquella tarde con Violet, pero decidió que no era el momento de mencionarlos. Si alguno de ellos mostraba interés, se vería obligado a subir a buscarlos, y esa noche no deseaba volver a ver a su esposa.

—Así que no vas a contarnos nada realmente suculento —comentó Cody una vez que Christopher finalizó de narrar todas sus peripecias en Chicago.

—Creo que no es asunto vuestro.

—Bueno, ha sido un relato muy interesante, pero yo me voy a la cama —anunció Jan, que se levantó con cierta dificultad de su asiento.

El hombre se quedó inmóvil unos instantes. Por norma habitual, ese solía ser el momento en el que todos se levantaban a la vez y subían a sus dormitorios, solo que aquella noche sus compañeros parecían remolonear. Ninguno le sostuvo la mirada, así que, más sorprendido que molesto, abandonó la estancia.

—¿No os vais a dormir? —preguntó Christopher.

—¿Y tú? —Liam lo miró con una ceja alzada.

—No estoy cansado.

—Claro, después de varios días cruzando medio país... —bromeó Luke a su lado.

—No te habrás olvidado otra vez de que hay alguien esperándote arriba, ¿verdad? —El tono burlón de Cody le raspó la piel.

—Por supuesto que no —masculló.

—Tened compasión de los solteros de la casa —continuó Cody— y no seáis muy ruidosos esta noche.

—¿Es verdad que las mujeres aúllan? —preguntó Gideon con una risita.

—¡¿Qué?! —Christopher lo miró, atónito, mientras Luke soltaba una carcajada y Cody lo secundaba. Por el rabillo del ojo, vio que Sean sonreía, con los ojos clavados en la revista. ¿Se habría dado cuenta de que la tenía del revés?

—Cody dice que...

—Muchachos, por vuestro bien os aconsejo que no os creáis ni una sola palabra de lo que os diga este tipejo.

Gideon, con las mejillas acaloradas por las burlas de sus compañeros, le lanzó a Cody lo primero que encontró a mano, que resultó ser el cojín sobre el que había recostado la cabeza hasta ese momento.

—Entonces tampoco será verdad que hay que azotarles las nalgas antes de empezar, para que se estén quietas —comentó Liam, casi tan desconcertado como su hermano.

—¡Jesús! —exclamó Christopher, que fue incapaz de no unirse a las risas generalizadas.

—Cody Price, algún día nos las pagarás por esto —sentenció Gideon con una sonrisa socarrona.

El momento pasó y todos volvieron a quedarse en silencio, cada uno sumido en sus propios pensamientos. Los de Christopher tenían nombre propio, solo que en ese momento no estaba preparado para enfrentarse a ellos.

—Creo que ya va siendo hora de que os vayáis a dormir —les dijo.

—Se está bien aquí —comentó Luke.

—No tengo sueño. —Cody comenzó a liarse otro cigarrillo.

Los gemelos ni siquiera contestaron y, desde luego, tampoco Sean, que solo intercambió una breve mirada con su jefe antes de volver a centrarla en la revista. Fue entonces cuando se dio cuenta de que la tenía bocabajo y, de un rápido movimiento, que solo Christopher pudo apreciar, le dio la vuelta.

Era evidente que no se iban a ir a la cama hasta que lo hiciera él, y que hasta el último momento iban a bromear sobre lo que suponían que iba a suceder en el piso de arriba. El problema era que le costaba mantener los ojos abiertos y que se sentía tan agotado como si hubiera llevado a cuestas a su caballo todo el día.

Aquello tenía que terminar de alguna manera, así que se puso en pie y se desperezó con grandes aspavientos.

—Bueno, me temo que por hoy ya he tenido suficiente.

Sus compañeros lo miraron, pero ninguno hizo ademán de moverse, así que se obligó a mover las piernas hacia la puerta, esperando escuchar el ruido de sillas y pisadas tras él. Para su sorpresa, ninguno parecía querer moverse de su sitio.

«Malditos bastardos», musitó.

Subió la escalera y, cuando se encontró frente a la puerta de su dormitorio, dudó un instante. Solo uno. Luego abrió con fuerza y se metió dentro.

El estómago de Violet rugía con tanta furia que, durante buena parte de la noche, temió que pudieran escucharlo desde el piso inferior. Hasta allí arriba solo llegaba el rumor lejano de las conversaciones y el eco de algunas risas, pero poco más. No sabía de qué estaban hablando ni si ella sería el motivo de las chanzas. La boca se le hacía agua al imaginar la cena que había preparado con esmero, que aquellos desharrapados se estarían zampando sin miramientos, y procuró pensar en otras cosas para calmar el hambre. El problema era que lo único que parecía llenar su mente era Christopher Anderson, el hombre que la había engañado y la había llevado hasta allí con malas artes.

En su estado, le resultaba imposible permanecer parada, así que se dirigió a la cama y casi arrancó todo lo que la cubría. Las sábanas habían visto tiempos mejores, pero no estaban tan sucias como había imaginado. Abrió uno de los armarios y descubrió, con cierto placer, que había ropa de cama en abundancia, y algunas de buena factura. Probablemente, Christopher la habría heredado de su madre, una mujer a la que apenas había mencionado desde que se conocían.

Decidió que, en ese momento, no le importaba ni un poquito ningún miembro de la familia Anderson, y escogió el juego de sábanas que le pareció más valioso, de un suave algodón y con un bordado de florecillas en la parte superior y en las fundas de los almohadones. Tras hacer la cama, formó un hatillo con las prendas sucias y lo dejó en un rincón. Se desvistió de forma brusca, casi a zarpazos, se puso un camisón y un chal grueso, y se metió en la cama. Ahuecó los almohadones justo en medio y se recostó, tapada hasta la barbilla y tratando de vencer al frío que dominaba la estancia. Estaba convencida de que Christopher subiría esa noche, tal vez esperando que ella hubiese cambiado de opinión, y quería estar despierta y alerta para enfrentarse a él, dejándole claro al mismo tiempo que ella y solo ella iba a ocupar esa cama.

De forma distraída comenzó a juguetear con los anillos de su dedo anular y casi se sorprendió al descubrirlos allí. Hacía tan poco tiempo que los llevaba que aún no se había acostumbrado del todo a verlos brillar en su mano. Recordaba a la perfección el momento en el que Christopher había aparecido en la casa de huéspedes con ellos, a la noche siguiente de que ella aceptara convertirse en su esposa. Le había llevado todo el día encontrar lo que buscaba, o eso le dijo. Cuando abrió la pequeña cajita de terciopelo, Violet reprimió un suspiro y luego alzó una ceja, extrañada. En el interior había tres aros de oro, cada uno distinto, pero a juego, como si se tratase de una única pieza dividida en tres fragmentos.

—En Suecia es costumbre regalar a la esposa tres anillos en lugar de dos —le aclaró él—. Uno al prometerse, otro al casarse y el tercero al tener el primer hijo.

Violet no se atrevió a preguntar qué sucedía en aquellos casos en los que los hijos no llegaban, y aceptó que él le colocara el primero de ellos. Lo contempló un instante brillando en su dedo y experimentó una oleada de emoción recorrerla entera. Se había prometido, con un hombre guapo, trabajador y honesto. Al menos eso fue lo que pensó en ese instante. Los dos primeros adjetivos continuaban siendo ciertos, pero con el último se había equivocado por completo. Ahora llevaba en su dedo los dos anillos, y en esos momentos albergaba serias dudas de que el tercero fuese a unirse a ellos.

Dejó caer la cabeza hacia atrás y cerró los ojos con fuerza. Las imágenes de su madre y su hermana diciéndole que su precipitado compromiso era una locura regresaron a su mente, y sintió la bilis ascender por su garganta.

En ese momento la puerta se abrió de sopetón y Christopher entró en la estancia. Cerró tras él y se quedó allí muy quieto, mirándola. El pulso de Violet se aceleró y se preparó para la confrontación que tanto había aguardado.

—Será mejor que no digas nada —masculló él, al tiempo que alzaba una mano, con la palma abierta hacia ella.

—¡¿Qué?!

Su marido abandonó su posición junto a la puerta y recorrió la habitación en tres zancadas. Parecía de mal humor. Abrió la ventana de par en par y el aire helado se coló en la estancia.

—Puedes cerrar cuando haya salido —le dijo, hosco.

«¿Cuando haya salido de dónde?», se preguntó ella.

Totalmente atónita, Violet vio cómo él pasaba una pierna por encima del alféizar y luego la otra. ¿Pero es que aquel hombre se había vuelto loco? Se bajó de la cama y, cuando llegó hasta la ventana, él ya había alcanzado el extremo del tejadillo que cubría el porche delantero de la casa y se agachaba para descolgarse hasta el suelo.

Unos segundos después, lo vio alejarse en dirección al granero, con Lobo trotando a su alrededor.

Mientras cerraba de nuevo la ventana, Violet recompuso la breve y confusa escena en su cabeza. Con toda probabilidad, pensó, Christopher no iba a consentir que sus hombres supieran que su esposa no lo quería en su dormitorio. Y por suerte tampoco había pretendido forzarla a compartirlo con él, ni siquiera a tratar de convencerla de dormir en el suelo o sentado sobre una de las dos butacas del rincón.

Pese a todos los sentimientos negativos que Christopher Anderson le inspiraba, no pudo dejar de admirar su templanza.

Volvió a la cama, con los pies congelados y el cuerpo tiritando. Apagó la lámpara y se cubrió hasta la coronilla. Antes de cerrar los ojos se preguntó si Christopher tendría ropa suficiente para aguantar toda la noche en el granero, porque había salido de la casa en mangas de camisa.

«No es asunto mío», se dijo.

Pero le costó dormirse, mientras el viento aullaba por la pradera.

11

A Jan Ehrstrom no le gustaban los cambios, aunque quizá gustar no era la palabra más adecuada. Tal vez odiar estaba mucho más cerca del sentimiento que le inspiraban los sucesos que rompían su rutina. No siempre había sido así, claro. Cuando Gustav Andersson le había propuesto acompañarlos a él y a su familia hasta Colorado, no se lo había pensado dos veces. Aquella tierra primero le había machacado el alma y los huesos y luego se le había colado entre los resquicios hasta convertirse en su hogar.

A esas alturas, ya no esperaba mucho de la vida. Nunca se había casado ni formado su propia familia, y Christopher y Leah Andersson eran lo más parecido a esos hijos que nunca tendría. Leah se había marchado lejos, tan lejos que a veces tenía la sensación de que no volvería a verla jamás. Chris era el último de los Andersson en aquel rincón del mundo, y también su responsabilidad.

Ahora se había presentado con una extraña, con una mujer de Chicago a la que acababa de conocer y que parecía demasiado delicada para aquella tierra tan dura. El muchacho no había querido entrar en detalles, pero Jan sabía lo suficiente del mundo como para percibir que entre ellos no existían lazos profundos, lo que en cierto modo lo satisfacía. Cuando ella se hartase y regresara a su lugar, el joven no se quedaría con el corazón destrozado. Mientras tanto, Jan se vería obligado a lidiar con su continua presencia invadiendo sus antiguos dominios, la cocina en la que preparaba el desayuno y la cena, y el salón donde al atardecer aguardaba el regreso de los demás. Desde su accidente, eran pocas las ocasiones en las que se podía permitir acompañarlos. Aguantar interminables horas sobre el caballo le agarrotaba los músculos de la pierna durante días, así que se limitaba a hacer las tareas más próximas al rancho y a cuidar de las gallinas y los cerdos, del huerto, de los caballos, y a realizar pequeñas tareas aquí y allá... más que suficiente para un hombre que cada vez se movía más despacio. Que cada vez se sentía más cansado.

Esa mañana, como cada mañana de los últimos años, fue hasta el gallinero a recoger los huevos y a dar de comer a los animales, y luego se dirigió a la casa con su frágil carga bien protegida en un cesto de mimbre. Y allí estaba ella, en el salón, con el cabello recogido en un pañuelo y la escoba entre las manos, cuyo extremo había envuelto con un paño. Jan no podía asegurar de qué color era el lienzo, porque estaba cubierto casi por completo de telarañas y pelusas. Ella se volvió en cuanto detectó su presencia.

—Le he traído huevos —le dijo, al tiempo que alzaba la cesta.

—¿Podría dejarlos en la cocina, por favor? —le preguntó.

Él se limitó a asentir.

—¿A qué hora debe estar lista la comida? —se interesó la mujer.

—No comemos juntos —le explicó él—. Cada uno se apaña con lo que lleve en las alforjas hasta la noche. Y los desayunos los preparo yo.

—Ah, comprendo.

Jan se dio la vuelta para ir a dejar los huevos.

—Por favor, ¿sería tan amable de encender luego la chimenea? —le pidió ella, que había vuelto a su quehacer—. Y, si no tiene inconveniente, me gustaría que se encargara de ello cada día, ¿sería posible? En esta casa hace mucho frío.

Pues claro que hacía frío. ¿Es que no se había fijado en que fuera había más de un palmo de nieve? ¿Y por qué le pedía a él que lo hiciera? Bastante trabajo tenía ya. ¿Acaso ella no era capaz de realizar una tarea tan sencilla? «Quizá no sabe», pensó. Igual allá en Chicago las casas ya no tenían chimenea y obtenían el calor de aquellas enormes estufas de hierro que había visto anunciadas en los periódicos, que usaban carbón en lugar de madera. «Perfecto», se dijo. A saber cuántas cosas más no sabría hacer y cuánto tardaría en darse cuenta de que allí no pintaba nada.

Esperaba que no demasiado.

Violet no había podido dormirse hasta la madrugada, repasando una y mil veces la conversación que había mantenido con Christopher, y recordando al hombre al que había conocido tan lejos de allí. Cuando había aceptado su proposición, ella también estaba convencida de que, con el tiempo, ambos podían formar un buen matrimonio, crear una bonita familia. Ahora ya no estaba tan segura. ¿Cómo se puede construir algo sobre unos cimientos defectuosos?

La noche anterior, él le había pedido unos meses de tiempo para reconsiderarlo y ella había prometido pensarlo. Casi no había hecho otra cosa desde entonces, hasta llegar a la conclusión de que era una propuesta a tener en consideración. Dispondría de ese tiempo para averiguar si su matrimonio tenía alguna posibilidad y, en caso de no ser así, volvería a Chicago, aunque fuese con el estigma de ser una mujer divorciada. Al menos habría tenido la oportunidad de viajar, conocer una tierra que se le antojaba fascinante, y, de paso, ganar unos cuantos dólares en el proceso. No, bien mirado no era una propuesta descabellada. A fin de cuentas, ¿qué eran cuatro o cinco meses en el largo transcurrir de una vida?

Una vez se adecentó y bajó a desayunar, la casa ya estaba vacía. No sabía cuándo se levantaban allí, y había dormido tan profundamente esas últimas horas que ni siquiera los sonidos provenientes de siete hombres bajo el mismo techo habían logrado despertarla.

El desastroso aspecto de la cocina, con los platos amontonados y las sartenes sucias de la cena y del desayuno, casi la hizo regresar a su habitación y volver a refugiarse bajo las mantas. Tenía la sensación de que todo el trabajo del día anterior había sido inútil. Casi se olvidó del hambre que tenía hasta que sus tripas reclamaron atención de nuevo. Picoteó un poco de aquí y de allá y decidió que comenzaría quitando las telarañas de las esquinas. Sería un buen modo de entrar en calor, porque la casa estaba helada, tanto que se formaban pequeñas nubes de vaho frente a su boca con cada respiración.

La inesperada visita de Jan le produjo un alivio inmediato, pese a la antipatía que él parecía profesarle. Su plan para ahuyentar el frío no estaba funcionando muy bien y sentía los dedos congelados alrededor del palo de la escoba. Pensó varias veces en subir a ponerse prendas más gruesas, pero ello le habría impedido moverse con soltura, y se le antojaba extraño desplazarse por el interior de la vivienda envuelta en un abrigo. Allí no tenía a ninguna Susie que se encargara de esa labor, y se preguntó cómo iba a manejarse ella sola en el futuro. La simple idea de aproximarse demasiado a las llamas le provocaba tal pavor que prefería morir congelada.

Cuando finalizó su tarea, la casa había adquirido cierta calidez gracias a los fuegos que Jan había encendido, que ardían en el salón y en el comedor. Trató de abrir la puerta para sacudir el trapo en el porche. Estaba tan lleno de mugre que tendría que lavarlo, pero la puerta no cedió ni un milímetro y, durante un segundo, pensó que la habían encerrado allí dentro. Un sudor frío le cubrió el cuerpo mientras se imaginaba las llamas de las chimeneas escapando de sus hogares y extendiéndose cual tentáculos por toda la vivienda. Recordó entonces que el día anterior a Christopher le había costado un par de intentos abrirla, así que redobló sus esfuerzos y al cuarto logró que la madera cediera con un desagradable crujido. Con un suspiro de alivio y una risita nerviosa salió al porche.

La recibió una bofetada de aire frío y vigoroso, que le coloreó las mejillas en un santiamén. Alzó la vista y el magnífico paisaje le robó la respiración. Las ramas de los árboles que rodeaban la casa estaban cuajadas de nieve, inclinadas como si fueran a besar el suelo. Los edificios desperdigados alrededor, pintados de rojo, se coronaban de tejados nacarados. Más allá se extendía la pradera, que moría a los pies de un bosque cuyos contornos solo se adivinaban y, justo detrás, las montañas recortándose contra un cielo cuajado de nubes gordas y de un blanco desvaído. Era una vista hermosa, no podía negarlo, y, al mismo tiempo, le resultaba abrumadora. Volvió a echar de menos su vida sencilla en Chicago, rodeada de edificios conocidos, de calles una y mil veces transitadas, de espacios manejables y seguros, familiares. Su antepasada, Gabrielle Montroe, acudió de nuevo a su memoria. ¿Ella también se habría sentido así de sola y confundida en su nueva tierra? ¿Habría lamentado, como lo hacía ella ahora, haber abandonado su hogar?

Violet se limpió de un manotazo la única lágrima que

había logrado escapar de sus ojos y regresó al interior de la casa.

Aún tenía mucho trabajo que hacer.

A Christopher y a sus hombres les llevó casi todo el día reparar uno de los molinos, que las ventiscas y la nieve acumulada habían medio derribado. A esas alturas del año ya no se esperaban nevadas de gran magnitud, y más adelante estarían demasiado ocupados con las reses. Aquellas elevadas torres de madera coronadas de aspas eran el método más económico y sencillo de extraer el agua de la tierra, y su rancho, como los de toda la zona, contaba con un par de ellos. El río Huérfano, afluente del Arkansas, no poseía caudal suficiente para dar de beber a tantos animales, al menos en verano. A él acudían las reses de los siete ganaderos de la región, sin contar con que también servían para regar los extensos campos de cultivo situados más al sur.

Christopher apenas había intercambiado un puñado de frases con sus compañeros durante la jornada, y todos lo conocían lo suficiente como para saber que no estaba de buen humor. Cody trató de hacer una broma al respecto, aludiendo a las supuestas actividades de la noche anterior en el dormitorio conyugal, pero la mirada desafiante de Christopher le cerró la boca de inmediato. Ni siquiera el descanso que hicieron a mediodía para comer un poco de queso, cecina y pan —que Jan compraba en el pueblo dos veces por semana— logró mejorar su estado de ánimo. Había dormido mal, aguijoneado por las briznas de heno que habían atravesado la delgada manta con la que pudo cubrirse, y resistiendo a duras penas el frío que se colaba por los intersticios de los tablones. Ni el cuerpo de Lobo, tumbado a su lado, logró mitigar del todo la sensación de estar durmiendo a la intemperie.

Sospechaba que esa situación iba a alargarse al menos unos días más. Ya conocía lo suficiente a Violet como para intuir que su enfado no se disiparía en tan poco tiempo. Iba a necesitar agenciarse de mantas y ropa de abrigo si no quería morir congelado a escasos metros de su propia cama. Lo cierto es que nunca, hasta ese instante, había apreciado con tanta intensidad las cuatro paredes de su cuarto.

Finalizaron el trabajo a primera hora de la tarde e iniciaron el camino de regreso al rancho. Christopher soñaba con un plato de comida caliente y con un rato de solaz junto al fuego, era lo único a lo que podía aspirar en ese instante. Sentía los músculos de la espalda doloridos y envidiaba la energía de los dos gemelos, que, pese a haber trabajado con tanto ahínco como él, aún disponían de energía suficiente como para retarse y bromear entre ellos.

La calidez del hogar lo recibió con los brazos abiertos y, durante un segundo, se imaginó a su hermana Leah saliendo de la cocina para recibirlos. Extrañaba a su hermana, mucho más de lo que estaba dispuesto a reconocer y, aunque sabía que ella era feliz en Montana, maldecía al hombre que se la había llevado tan lejos. Aunque en otro tiempo ese hombre hubiese sido uno de sus mejores vaqueros e incluso un buen amigo.

Tampoco Violet estaba allí, aunque su presencia en la casa ya era palpable. Echó un vistazo rápido alrededor y se dio cuenta de que había estado limpiando. Todo parecía más... reluciente, como si durante los últimos tiempos las superficies se hubieran cubierto de una capa de polvo y tristeza que ella había eliminado. El aire estaba impregnado del aroma a pan recién hecho y a un guiso que hizo que sus tripas rugieran con entusiasmo. En el comedor se encontraron la mesa puesta y un par de humeantes fuentes en el centro, pero no había ni rastro de su esposa.

Se quitó la chaqueta y el sombrero, los colgó junto a la entrada y fue al piso de arriba. Esta vez, llamó antes de entrar, y aguardó a que ella le diera permiso. Cuando entró, la vio sentada en una de las butacas, con una bandeja de comida sobre el regazo y cubierta con un chal.

—No has encendido la chimenea —le dijo—. La habitación está helada.

—Estoy bien —aseguró ella.

—¿Bien? —La miró, inquisitivo—. Fuera hay al menos diez grados bajo cero.

Con un bufido, se aproximó hasta la chimenea y la encendió. Apenas le llevó un par de minutos y luego se situó frente a ella, con los brazos cruzados a la altura del pecho.

—¿Vas a cenar aquí sola todas las noches? —le preguntó.

—Buenas noches a ti también —contestó ella con frialdad—. ¿Has tenido un buen día?

—No demasiado. ¿Vas a responder a mi pregunta?

—¿Acaso te importa?

—Eres mi mujer, claro que me importa.

Ella lo miró, pero no dijo nada, y se llevó un pedazo de pan a la boca.

—No puedes ignorarme eternamente, ni a los demás tampoco —insistió él—. Eres mi esposa, y este rancho ahora también te pertenece.

—Mañana quisiera ir al pueblo.

—¿Qué? —El cambio de tema lo desconcertó.

—Mañana. Al pueblo.

—Ya te he oído. ¿Para qué?

—¿Cómo que para qué? —Los ojos de Violet centellearon—. Necesito hacer algunas compras.

—Puedes preparar una lista y cualquiera de los chicos puede ir a buscar todo lo que precises.

—Quiero hacerlo yo. Y necesito conocer cuál es vuestro presupuesto.

—¿Nuestro... presupuesto?

—Sí. Cuánto gastáis en comida, en ropa para la casa o para vosotros, en productos de higiene o limpieza. En fin, ese tipo de cosas.

Christopher la miró con los ojos entrecerrados.

—No tienes ni idea de lo que estoy hablando, ¿verdad? —continuó ella.

—Compramos lo que necesitamos cuando lo necesitamos.

—Y en grandes cantidades, ya lo he visto.

—Así no tenemos que ir al pueblo con tanta frecuencia.

—Esa sería una medida inteligente si no fuera porque hoy he tenido que tirar medio saco de legumbres con gusanos —le dijo con retintín—. Me gustaría disponer de una alacena bien provista, si no es un inconveniente, y eso para empezar.

—Claro, no hay ningún problema —accedió él, a quien le estaba gustando verla hacer planes para el futuro, aunque fuese el futuro inmediato.

—Y quisiera disponer ya de algo de dinero para mis propios gastos. No cuento con muchos ahorros y me gustaría que me adelantaras mi sueldo.

La nueva alusión a aquella estúpida idea de que ella cobrara un jornal, como si fuese uno de sus empleados, lo soliviantó.

—Tenemos cuentas abiertas en todos los establecimientos de Heaven, puedes adquirir todo lo que desees.

—Pero eso significa que tú sabrás en qué lo he empleado.

—Bueno... no lo sé, imagino que sí.

—Entonces no.

—¿Qué? No lo entiendo, yo...

—No quiero tener que justificar el dinero que pueda gastar en productos personales —le espetó ella.

—¡Yo no necesito que justifiques nada! Ya te he dicho que puedes gastar lo que se te antoje. —Christopher no lograba entender las reticencias de aquella mujer tan testaruda.

—Prefiero que no sepas algunas cosas...

—¿Qué tipo de cosas? —Empezaba a perder la paciencia.

—Pues... —Violet se mordió el labio, indecisa.

—¿Violet? —insistió—. ¿Qué cosas?

—No quiero que sepas cuándo compro paños para la menstruación, o si necesito alguna crema, o un perfume, o ropa interior...

—De acuerdo, de acuerdo —la interrumpió.

Christopher alzó las manos. Aquello era demasiado íntimo incluso para él. Aún no habían alcanzado aquel grado de confianza. Se levantó y fue hacia la cómoda. Abrió el primer cajón y, del fondo, extrajo una cajita de madera. La colocó sobre el mueble, la abrió y sacó un fajo de billetes.

—¿Tendrás suficiente con esto para empezar? —le tendió un puñado.

—Christopher, por Dios, ¡esto son doscientos dólares!

—¿Es poco?

—¿Cuánto le pagas a los demás?

—No estoy casado con ninguno de ellos.

—Esa no es la cuestión, y lo sabes muy bien —le dijo—. ¿Cuánto cobran Gideon y Liam?

—Veinte dólares al mes.

—De acuerdo.

Violet contó ese dinero y le devolvió el resto. Christopher lo cogió a regañadientes y volvió a meterlo en su lugar.

—Ya sabes dónde está la caja —le dijo mientras la colocaba en su sitio—. Puedes usar el dinero a tu discreción.

—Con respecto a mañana... —empezó a decir ella.

—Yo te llevaré al pueblo.

Violet asintió, conforme, y Christopher no supo qué más decirle, así que optó por dejarla a solas. Aunque en algún momento de la conversación había logrado volver a sentirla cercana, apenas había cambiado nada entre ellos.

—¿Y Violet? —le preguntó Luke en cuanto se reunió con los demás.

—Está algo cansada —la disculpó.

Para su sorpresa, aún no habían comenzado a cenar.

—Les pedí a los chicos que aguardaran un poco. —Luke sonrió.

—Estoy famélico —se quejó Cody, situado junto al fuego y con un brazo apoyado sobre la repisa de la chimenea—. ¿Esa mujercita tuya va a bajar?

—Esta noche no.

Christopher oyó cómo Jan chasqueaba la lengua y vio cómo los demás intercambiaban miradas curiosas, pero prefirió ignorarlos. Ocuparon sus asientos y se abalanzaron sobre la cena. A ninguno pareció importarle que se hubiera enfriado un poco, porque estaba francamente deliciosa. Incluso él la disfrutó, aunque los primeros bocados le supieron amargos.

—Mañana iré al pueblo —los informó.

—¿Para qué? —preguntó Luke.

—Violet quiere hacer algunas compras.

—¿Qué compras? ¡Tenemos de todo! —comentó Jan.

—Si alguno necesita algo, que me lo diga. —Christopher hizo caso omiso al viejo.

Cody pidió tabaco de liar, Sean una revista nueva, y los gemelos se pasaron parte de la cena pidiendo cosas absurdas y riéndose de sus estúpidas ocurrencias, pero al menos eso logró disiparle el mal humor que venía arrastrando todo el día.

Una hora más tarde, cuando Jan se levantó de su butaca en el salón para ir a acostarse, los demás lo imitaron, como casi cada noche. Solo Sean y Christopher permanecieron en su lugar, al menos unos minutos. Luego, el joven se levantó y, cuando llegó a la altura de su jefe, se detuvo y lo miró con aquellos ojos oscuros y profundos. A la luz del fuego, la cicatriz de su ceja derecha brillaba como si fuese de cera.

—Te aconsejo que esta noche te hagas con un par de buenas mantas —le comentó—, o cualquier mañana de estas te encontraremos congelado en el granero.

A Christopher no se le ocurrió nada que decirle, y lo vio alejarse sin haber podido siquiera abrir la boca. Sean era un hombre callado y, en ocasiones, incluso taciturno, pero no perdía detalle de nada. Cómo lo había averiguado era algo que escapaba a su comprensión, pero sabía a ciencia cierta que no lo comentaría con nadie.

Apagó los fuegos y las lámparas y subió al dormitorio principal. Esta vez, antes de volver a salir por la ventana, se hizo con una buena provisión de ropa de abrigo, mientras Violet lo observaba en silencio y con el rostro hierático.

Aquello no podía durar mucho. Lo esperaba por su bien.

Por el de ambos.

12

The Heaven's Gazette
11 de marzo de 1887

Nuestro ranchero Christopher Anderson se ha casado con una beldad pelirroja, queridos conciudadanos, o al menos eso aseguran nuestras fuentes. Su esposa y él llegaron en la diligencia del martes y se hospedaron en el hotel de Henderson antes de viajar hasta el rancho al día siguiente. Aunque la noticia aún no ha sido confirmada por parte de este periódico, todo parece indicar que uno de los solteros más codiciados de Heaven ya no está disponible. Seguiremos informando.

El almacén de los Grayson era un edificio de dos plantas pintado de azul pálido en la que parecía ser la arteria principal de Heaven. El hotel en el que se habían hospedado la primera noche no quedaba más que a un par de manzanas, y a ambos lados de la calle se alineaban negocios de todo tipo: la consulta de un médico —cuyo letrero de madera se balanceaba con suavidad—, el banco, una herrería, una barbería, una farmacia, un restaurante... Más allá del almacén, destacaba la imponente figura de un hotel de lujo que no habría desentonado en ninguna de las calles de su ciudad natal, y Violet se preguntó qué tipo de clientela se alojaría en un lugar como aquel en mitad de las llanuras. Casi en diagonal, una pequeña iglesia de madera pintada de blanco anunciaba con sus campanadas las diez de la mañana.

Tras un largo viaje casi en silencio, Christopher y ella habían llegado al pueblo y enseguida había sido consciente de la curiosidad que su presencia despertaba entre los ciudadanos. Algunos incluso se acercaron para presentarse en cuanto su marido la ayudó a descender del carromato, y Violet sonrió con amabilidad mientras trataba de retener sus nombres.

Luego la acompañó al interior del almacén y le presentó a Paul y Ruby Grayson, los dueños del establecimiento. Él era un hombre enjuto y de ojos hundidos, y ella una mujer rolliza y vivaracha, ambos tan amables que se sintió arropada de inmediato. Violet había confeccionado una pormenorizada lista la noche anterior, que se vio obligada a ir reduciendo a medida que comprobaba que en el almacén no disponían de muchos de los artículos que había apuntado en ella. A pesar de todo, era un edificio de considerables dimensiones y bien surtido, al menos en productos básicos y de primera necesidad. Lo que sí encontró, para su sorpresa, fue una abundante muestra de productos con la imagen impresa de la Primera Dama como reclamo, desde ceniceros o perfumes hasta calendarios, cremas o pastilleros. A pesar de la distancia que separaba Colorado de Illinois, todos esos objetos le resultaban sumamente familiares.

El verano anterior, la joven y hermosa Frances Folsom, de veintiún años, se había casado con el presidente Grover Cleveland, de cuarenta y nueve, en una ceremonia celebrada a puerta cerrada en la Casa Blanca. Desde entonces, la muchacha no había dejado de aparecer en diarios y revistas, que se referían a ella como «Frankie» —un diminutivo que Violet detestaba—. Las mujeres imitaban sus peinados y sus vestidos, y su imagen se había explotado hasta el delirio en todo tipo de artículos comerciales. Si una empresa deseaba vender un nuevo modelo de piano, no tenía más que encargar una ilustración con la Primera Dama sentada frente a sus teclas. Si un comerciante quería agasajar a sus clientes, les enviaba una felicitación con Frances Cleveland utilizando alguno de sus productos. Que Violet supiera, aún no existía ley alguna que prohibiera el uso indiscriminado de la propia imagen, y dudaba mucho de que la esposa del presidente viera con buenos ojos aquel abuso. En Chicago había visto no hacía mucho una caja de puros con el mismo retrato en la tapa, a pesar de que no se le ocurrió qué podían tener en común el tabaco con aquella refinada mujer.

—Podemos encargar cualquier cosa que necesite. —Ruby Grayson se había acercado a ella—. Tenemos el catálogo de Montgomery Ward y puede echar un vistazo siempre que quiera.

Violet había oído hablar en varias ocasiones del famoso catálogo, conocido popularmente como «El Libro de los Deseos», y lo había visto alguna vez, un tomo de más de doscientas páginas y con más de diez mil artículos a disposición de cualquiera, en cualquier rincón del país. En Chicago nunca se había visto en la necesidad de recurrir a él, era una de las ventajas de vivir en una ciudad grande, pero gran parte de Estados Unidos estaba compuesto por pequeñas poblaciones como aquella, donde era imposible acceder a todo lo que una gran urbe ponía a disposición de sus ciudadanos.

En un momento dado, la mujer se alejó unos pasos para atender a otra clienta, que no había dejado de observarlas con curiosidad mal disimulada, y Violet aprovechó para fisgonear un poco a su antojo.

—Puedes esperarme fuera —le dijo a Christopher.

Sospechaba que él no estaba disfrutando de aquella visita tanto como ella, y no deseaba tenerlo pegado a su espalda y mirando por encima de su hombro. La rápida aquiescencia de su esposo casi la hizo sonreír, y ni siquiera levantó la vista cuando él se alejó en dirección a la puerta, aunque no pudo evitar que se le escapara un suspiro.

—Es imposible ir de compras con el propio marido, ¿verdad? —le dijo Ruby, que había regresado a su lado por si necesitaba ayuda.

—Usted parece tenerlo fácil. —Violet miró a Paul Grayson, que reponía productos en una de las estanterías.

—No se deje engañar, querida —la mujer sonrió—, incluso mi Paul pierde la paciencia en cualquier otro establecimiento que no sea este.

Con la lista en la mano, ambas mujeres fueron recorriendo los diferentes pasillos hasta que Violet se dio por satisfecha. Sobre el mostrador principal se alineaban un montón de productos, sin contar con los saquitos de harina, azúcar y legumbres que el señor Grayson apilaba junto a él.

—He de confesarle que ha sido una auténtica sorpresa lo de su matrimonio con Chris Anderson —le comentó la mujer al fin. Violet se imaginó que llevaba rato mordiéndose la lengua—. Ni siquiera sabíamos que tenía novia.

—Oh, ha sido todo muy reciente. —No quería explicarle los pormenores de su breve relación.

—¿De dónde es usted?

—De Chicago.

—Ah, entonces quizá nuestro humilde almacén le parezca muy poca cosa. Casi todos los visitantes de las grandes ciudades se quejan de la falta de artículos, y no llegan a sentirse muy cómodos aquí. De todos modos, cualquier cosa que necesite podemos conseguírsela, no lo olvide.

—No lo haré.

—¿Me permite ahora sugerirle un par de prendas de abrigo para usted?

—¿Cómo?

—Esto no es Chicago y, aunque estamos más al sur, las Rocosas están muy cerca. Los inviernos son duros en la pradera, especialmente en un lugar tan alejado como el Rancho Anderson. Disponemos de camisolas y camisetas de señora de lana y algodón, muy confortables. Puede probarse alguna si quiere.

Violet volvió la vista hacia la ventana y vio a Christopher en el exterior, charlando con un par de hombres. Decidió que podía tomarse unos minutos más, así que acompañó a la señora Grayson y aceptó probarse una de aquellas prendas, cuyo tacto le resultó tan cálido como la mujer le había señalado. Una vez la sintió sobre la piel, ya no quiso quitársela, y pidió otras dos. Aquello la ayudaría a mantener el frío a raya.

Aceptó también unos guantes de lana, mucho más funcionales que los que ella había traído de Chicago, y medias gruesas, a pesar de que el invierno no tardaría en finalizar.

Mientras el matrimonio colocaba las provisiones en varias cajas, Violet echó un vistazo a la sección de librería y prensa. Como Christopher le había comentado durante una de sus salidas, no era muy amplia, y tampoco la sección dedicada a periódicos y revistas. Entre ellas descubrió el *Peterson's Magazine*, la única publicación para mujeres que ella leía en Chicago. La alegró comprobar que allí también tendría oportunidad de conseguirla. Había también un periódico de Denver, otro de Colorado Springs, uno de Pueblo y el que parecía ser el diario local: *The Heaven's Gazette*. Era considerablemente más delgado que sus compañeros de estante, y lo ojeó por encima. Las primeras páginas parecían dedicadas a las noticias del Estado y el resto a las locales. Sus ojos se abrieron con desmesura cuando vio la pequeña noticia que encabezaba la sección local, con el anuncio del matrimonio entre Christopher y ella. Lo cerró y lo llevó hasta el mostrador para añadirlo a la cuenta. A simple vista, su nombre no parecía figurar en el artículo, pero lo leería con calma más tarde. ¿Cuándo se había convertido en un personaje lo bastante importante como para que un periódico, aunque fuese local, hablase de ella?

Decidió salir para avisar a Christopher de que ya había terminado. Lo encontró en el mismo lugar donde lo había visto desde la ventana del almacén, pero en una compañía muy diferente. Una mujer preciosa y elegantemente vestida estaba con él, tan cerca que parecía a punto de echarse a sus brazos, y ambos se miraban y sonreían. Reparó entonces en que Christopher le sostenía la mano, en un gesto tan íntimo que Violet se sintió casi una intrusa.

¿Quién era esa mujer y qué hacía con su marido?

Christopher había creído que sus ojos le jugaban una mala pasada cuando la había visto aproximarse hacia él y, hasta que no la tuvo bien cerca, no estuvo convencido. Pero era ella, habría reconocido sus ojos castaños y de largas pestañas en cualquier lugar.

—Amy... —susurró—. Amy Reid...

—Chris...

Ella le había sonreído, y Christopher se había visto catapultado a su niñez y a su adolescencia, cuando Amy era tan parte de su vida como su padre, su hermana o Luke. La tomó de la mano y se la estrechó con afecto.

—Me alegro mucho de verte... —musitó él.

—Yo también... —susurró ella, que se acercó un poco más a su cuerpo.

Christopher se sintió un tanto incómodo ante su proximidad, aunque continuó sosteniéndole la mano.

—Estás preciosa.

—Filadelfia me ha sentado bien —reconoció ella con un guiño.

No podía negar lo evidente. La joven con las rodillas llenas de arañazos y el pelo siempre enmarañado se había transformado en una mujer sofisticada y elegante, demasiado para un pueblo como aquel.

—No sabía que hubieras vuelto a Heaven —le dijo.

—Llegué hace apenas una semana —contestó ella—. Mi padre está enfermo.

—Lo siento, no sabía nada. —Le apretó la mano con fuerza—. Entonces solo estás de visita.

—Aún no lo he decidido. —Ella lo miró con calidez y Christopher sintió un tirón en el estómago—. Chris, yo... lamenté mucho la muerte de tu padre. Quise escribirte unas líneas, pero...

Él apartó la vista un instante, no quería ver compasión en aquellos ojos, y fue cuando vio a Violet, parada frente a la puerta del almacén, mirándolos confundida. Solo entonces fue consciente de que aún sostenía la mano de Amy, y la soltó con delicadeza.

—Amy, me gustaría presentarte a mi esposa...

Violet siempre había sabido distinguir cuándo estaba de más en algún lugar, y era evidente que aquel era uno de ellos. La misteriosa mujer, que Christopher había presentado como Amanda Weston, le estrechó la mano y le dedicó una sonrisa condescendiente antes de volver a centrarse en su marido. Observó su piel delicada y sus labios bien delineados, y aquellas pestañas por las que cualquier mujer habría dado lo que fuera. Hasta su nariz, pequeña y ligeramente puntiaguda, era preciosa.

—Y dime, Chris, ¿cómo están los demás? ¿Luke, Leah...?

¿Y Jan? ¿Sigue tan gruñón como siempre? —preguntaba la tal Amy, con aquella voz dulce y profunda.

—Peor —rio su esposo—. Y Leah se marchó.

—Oh, vaya. —La mujer hizo un mohín de lo más encantador.

—Se casó con un vaquero y se mudó a un rancho en Montana, donde él trabaja como capataz.

—¿Leah vive en Montana? —Violet apretó las mandíbulas mientras Amanda Weston reía como si llevara cascabeles en la garganta.

—Sí, ¿te lo puedes creer?

—Tenemos que ponernos al día, Chris. —Violet la vio apoyar su mano enguantada en seda sobre el brazo de su esposo.

—Ya sabes que puedes venir al rancho cuando quieras...

—Me encantará.

Ambos se sostuvieron la mirada un instante, mucho más largo de lo que habría deseado. La incomodidad que sentía iba aumentando por momentos. Finalmente, la mujer se despidió con efusividad de Christopher y le dedicó a ella una frase de cortesía antes de alejarse calle abajo con un grácil contoneo. Violet se aguantó las ganas de preguntar sobre lo que acababa de ocurrir y se limitó a informar a su marido de que ya había concluido las compras. Permaneció junto a la carreta mientras lo veía cargar las cajas de provisiones con la ayuda de Paul Grayson, y luego aceptó su mano para subir al pescante.

Abandonaron Heaven de nuevo en silencio, solo que uno mucho más tenso. A Violet le quemaban las palabras en la boca, y le era imposible tragárselas.

—¿Esa mujer es tu amante? —preguntó al fin. Se sintió miserable en cuanto aquellas palabras abandonaron sus labios. Sin embargo, después de todo lo sucedido entre ambos, no quería convertirse también en el chisme favorito del pueblo.

—¡¿Qué?! —Christopher se volvió hacia ella, atónito.

—Ya me has oído.

—Amy está casada, felizmente según creo.

—Eso nunca ha sido impedimento para el adulterio. De hecho, creo que es un requisito indispensable.

—Violet, por favor. Amy se casó con un banquero, un tal Weston, el primero que tuvimos en Heaven, y viven en Filadelfia. Hasta hace un rato yo ni siquiera sabía que había venido a visitar a su padre. —La miró de soslayo—. Por nuestra conversación, ya te habrás dado cuenta de que no la había visto en mucho tiempo.

—Eso parecía, aunque en los últimos tiempos acostumbro a no fiarme de las apariencias —repuso ella, sardónica.

—¿Me estás comparando con ese mequetrefe de Chicago?

Violet hizo una mueca. No estaba celosa, se dijo a sí misma, era solo que no quería ser el hazmerreír de aquel pueblo. Al menos necesitaba saber cómo eran las cosas y qué podía esperar del futuro inmediato.

—La conozco desde que éramos niños —continuó él—. Su padre poseía el rancho vecino, el que ahora es de los Peterssen. Luke, ella y yo siempre estábamos juntos. Es una amiga de la infancia, casi como si fuese de la familia.

Violet intuía que aquello no era todo lo que aquella mujer había significado para Christopher, pero decidió que no quería seguir indagando. Sin embargo, no pudo retener sus siguientes palabras.

—¿La querías?

Su marido no la miró, permaneció con la vista al frente, concentrado en conducir la carreta sobre la capa de nieve.

—¿Christopher? —insistió.

—Sí, la quería —contestó sin mirarla.

—Debiste haberle pedido entonces que se casara contigo —le dijo, mordaz.

—Lo hice.

—Oh. —Violet tragó saliva con fuerza y lamentó el tono que había utilizado en su última frase.

—Pero esto no era suficiente para ella —añadió con un atisbo de lo que le pareció tristeza—. Amy siempre quiso vivir en una gran ciudad.

—Lo siento... —se disculpó, al tiempo que lamentaba toda la escena que había provocado con sus sospechas.

—Fue hace mucho tiempo.

—Ya.

—No espero que lo entiendas.

Durante unos minutos, ninguno de los dos dijo nada. Violet se arrebujó más en el chal para protegerse del viento cortante y miró de reojo a su esposo.

—Lo entiendo mucho mejor de lo que piensas —le dijo al fin. Él la miró, con una ceja alzada—. Cuando tenía diecisiete años, tuvimos un huésped en la casa. Había venido a realizar algún tipo de negocio, aunque nunca logré averiguar con exactitud de qué tipo. Era guapo y encantador y, antes de que me diera cuenta, me había enamorado de él. Tuvimos tres o cuatro encuentros en su habitación, que luego lamenté profundamente.

—Ese es el hombre con el que...

—Sí. Hablamos de matrimonio, de cómo sería nuestra vida en Boston, de cosas así, y yo me pasaba el día soñando con ese futuro y las noches haciendo planes con él. Y una mañana, se había marchado. Había liquidado su cuenta con mi madre y había desaparecido. Durante días, semanas incluso, pensé que volvería a por mí, me imaginé mil desgracias que podían haber ocurrido para que tuviera que ausentarse sin despedirse. Al final llegó una carta, sin remite, en la que me decía que yo era una joven encantadora, pero que él se debía a su familia y que se había prometido con la hija de un socio de su padre.

—Bastardo...

—Ya, bueno, no toda la culpa fue suya. Yo me dejé engatusar.

—Eras joven.

—Pero no idiota. —Violet chasqueó la lengua, enfadada consigo misma, como siempre que recordaba aquel triste episodio.

—Imagino que por eso dejaste claro que no querías mantener relaciones antes de casarnos.

—Así es. —Violet hizo una pausa—. No conozco los detalles de tu historia con esa mujer, pero yo también entiendo lo que significa que la persona a la que amas no desee casarse contigo. Lo único que necesito saber es si su regreso va a suponer algún problema.

—Amy solo está de visita —insistió él.

Eso no contestaba del todo a su pregunta. ¿Eso significaba que si esa mujer decidía quedarse por tiempo indefinido sí sería un problema? ¿Y hasta qué punto le importaba? Christopher y ella no habían vuelto a compartir el lecho desde su noche de bodas y, tal y como iban las cosas, era incapaz de aventurar si eso volvería a ocurrir en el futuro. Ni siquiera había decidido aún si iba a quedarse allí para siempre. Sin embargo, seguían siendo marido y mujer, significase lo que significase en ese instante.

13

Christopher y sus hombres habían encontrado otro puñado de reses muertas más al norte, apelotonadas contra unas
rocas. Sus cuerpos ya se habían descongelado lo suficiente
como para poder separarlas, y a ello había contribuido en
buena medida la lluvia caída la tarde anterior. Gran parte
de la nieve se había transformado en un lodazal, y Cody
fue el primero en resbalar y dar con sus huesos en el suelo.
Con barro hasta las orejas, se aproximó a los animales y
comenzó a mover sus cuerpos. Apilaron un poco de leña
de las ramas caídas e hicieron una hoguera en mitad del
pasto, a donde fueron arrojando las vacas muertas. El único que parecía contento con todo aquello era Lobo, que se
estaba dando un festín.

Christopher contó diecisiete cabezas, entre ellas un par
de bueyes que ese año podría haber vendido a buen precio.
Todavía no sabía el alcance de las pérdidas de aquel maldito
invierno, pero intuía que iban a ser catastróficas. Se preguntó si sus vecinos estarían corriendo su misma suerte.
Luke se aproximó a él.

—Voy a enviar a Sean y a Liam al oeste, y a Gideon y
a Cody al este, a ver si localizan al resto del rebaño —le

dijo—. Parece que parte de la nieve se ha derretido, tal vez podamos recorrer la propiedad entera.

—Que tengan cuidado.

Luke asintió y se alejó para dar las órdenes.

—Tú y yo podríamos ir un poco más al norte —le sugirió al regresar.

—No quiero dejar el fuego sin vigilancia.

—Aquí no hay nada que pueda quemar, solo nieve y barro.

—Si el viento cambia, podría llevar las brasas hacia esos árboles —le dijo Christopher, señalando un pequeño grupo de alisos—. Iremos mañana.

Luke asintió y tomó asiento a su lado, sobre una piedra grande. Ambos se quedaron mirando el fuego.

—Amy está en la ciudad —lo informó Christopher.

—¿Amy Reid ha vuelto?

—Parece que solo de visita. Su padre está enfermo.

—Su padre lleva enfermo más de un año.

—¿Tú lo sabías?

—¿Y tú no? —Luke lo miró con una ceja alzada—. De hecho, no sé por qué me extraña, últimamente apenas te has dejado caer por Heaven.

—Tampoco es que tú lo frecuentes muy a menudo.

—Al parecer, más que tú.

En eso, Luke llevaba razón. Durante el invierno apenas habían podido acercarse al pueblo a causa de las intensas nevadas, pero, ya antes de eso, Christopher no solía abandonar el rancho con asiduidad, como si la propiedad no pudiera sobrevivir si él no estaba pendiente de todos los detalles.

—¿Y qué vas a hacer? —le preguntó su amigo.

—¿Hacer? —Christopher lo miró, curioso—. No tengo intención de hacer nada.

—Pero es Amy...

—Que se casó con otro y se marchó de aquí, por si lo has olvidado.

—¿Olvidarlo? —Luke rio—. Te recuerdo que me pasé el primer año consolándote, viejo.

—¿Consolándome? —bufó.

—Bueno, ya me entiendes. Nunca te había visto beber tanto como en aquella época.

—Era joven —afirmó Christopher.

—Y un poco idiota.

—Lo dice quien terminaba cada noche aún más borracho que yo.

—Era endiabladamente difícil seguirte el ritmo. —Luke hizo una pausa—. ¿Sabes si...? ¿Si aún sigue casada?

—Supongo que sí.

—Ya.

—Te recuerdo que ahora yo también estoy casado.

—Con una mujer que ni siquiera se digna a cenar con nosotros. —Luke hizo un mohín de disgusto.

—Violet necesita adaptarse. Solo lleva aquí una semana.

—Claro, lo que tú digas.

Christopher sintió la tentación de contárselo todo. A fin de cuentas, era su mejor amigo. Sin embargo, fue incapaz de encontrar las palabras adecuadas, como si reconocer sus propios fallos fuese a mermar la opinión que Luke tenía sobre él.

Violet sentía sus manos arder. Tenía los nudillos inflamados y algunos de ellos cubiertos de sangre. Se había pasado el día lavando ropa, con aquel jabón de sosa y el agua tan fría que apenas fue capaz de sentir los dedos. En cuanto había visto la montaña de prendas que se apilaban en el lavadero, su único pensamiento fue salir corriendo y dedicarse a otra tarea. Pero, una vez que las inspeccionó con cuidado, se dio cuenta de que, en realidad, no eran tantas, solo que pertenecían a siete personas distintas. Siete personas, más su propia ropa.

Empezó calentando agua hasta llenar un barreño para dejarla en remojo, pero el tiempo que necesitaba para alcanzar la temperatura adecuada era demasiado, así que terminó por hacer la colada con agua fría. Cuando el día comenzó a declinar, se dio cuenta de que había empleado toda la jornada solamente en aquella tarea, y ya solo disponía de tiempo para preparar una cena rápida, a la que tampoco asistió.

En ese momento, acurrucada en la cama, trataba de mitigar el dolor a base de una crema de camomila que en Chicago le había venido muy bien, pero que ahora parecía insuficiente. Tenía ganas de llorar, pero Christopher subiría de un momento a otro, como cada noche, para su particular trayecto hacia el granero, y no quería que la viera en ese estado.

Comenzó a escuchar los pasos de los hombres en la escalera y en el pasillo y supo que su marido no tardaría en aparecer. Unos minutos más tarde, él abrió la puerta y se quedó allí parado un instante, observándola. Como cada noche también. Como si fuese a decirle algo y en el último momento decidiera no hacerlo.

—Buenas noches —lo oyó musitar, mientras comenzaba a cruzar la habitación.

—Christopher...

—¿Sí?

Se volvió hacia ella, un tanto sorprendido. Por norma habitual, ella no decía nada, se limitaba a observarlo hasta que desaparecía y él, desde las sombras, se aseguraba de que ella cerraba la ventana antes de descolgarse hasta el suelo. No quería que se quedara adormilada antes de hacerlo. El frío de la noche podía ser letal.

—Mañana es domingo —le dijo ella.

—Eso tengo entendido. —La vio retorcerse las manos y solo entonces se percató del lamentable aspecto que presentaban—. ¿Qué te ha pasado?

Violet trató de ocultarlas al ver que él había centrado su atención en ellas.

—He estado lavando ropa —contestó.

—¿Con un cepillo de cerdas?

—¿Qué?

Christopher se aproximó y se sentó junto a ella. No había vuelto a tenerlo tan cerca desde que habían llegado al rancho, y su calor la envolvió casi de inmediato. Le tomó las manos con suavidad y las observó, mientras ella se mordía los carrillos para no quejarse.

—Pero ¿cómo...?

—El agua estaba muy fría. —Violet trató de controlar las lágrimas.

—¿No has usado los guantes?

—¿Qué guantes?

—En el lavadero, hay un par de guantes gruesos, como los que usamos cuando marcamos el ganado. Están allí para eso...

¿Y cómo iba ella a saberlo? ¿Cómo iba a saber ella ni una maldita cosa de lo que pasaba allí? Una vocecita interior, que se parecía mucho a la de su hermana Rose, le insinuó que podría haber preguntado.

—¿Y por qué hace tanto frío en la habitación? —Christopher miró hacia la chimenea apagada—. ¿Tienes intención de morirte de una pulmonía?

—No me gusta dejar el fuego encendido.

—Estamos en mitad de la nada, Violet —explicó él, frotándose la frente—. Todas las habitaciones tienen chimenea porque es el único modo de mantenerse caliente en invierno.

Mientras pronunciaba esas palabras, apiló ramitas y un par de troncos, y los prendió. Permaneció contemplando el fuego un rato, hasta que se convenció de que no se apagaría. Solo entonces se volvió hacia ella y vio de nuevo el aspecto de sus manos.

—Ahora vuelvo.

Antes de que ella pudiera replicar, salió de la habitación. ¿Habría ido a buscar los guantes? Porque ella no recordaba haber visto ningunos por allí, aunque, con la cantidad de trastos y de prendas que había, podría haberse ocultado un oso y no se habría dado ni cuenta. Su marido regresó al cabo de unos minutos con un tarro en la mano y volvió a sentarse junto a ella. Abrió el recipiente, que olía a eucalipto y a algo más que no pudo identificar, pero que desprendía un aroma intenso y desagradable.

—¿Qué es eso?

—Una pomada —respondió él—. La usamos cuando nos quemamos las manos con las cuerdas o con la nieve. Es muy efectiva, aunque te va a escocer un poco.

En ese momento a Violet no le habría importado que se las cercenaran si con eso lograba aliviar el dolor, así que dejó que él le cogiera una de las manos y comenzara a aplicarle el ungüento. El picor fue tan intenso que trató de retirarla.

—No, debes dejar que haga efecto.

Él comenzó a soplar mientras continuaba extendiendo la crema y Violet notó cierto alivio. Se negaba a mirarlo mientras él le curaba las heridas, porque contemplarlo en aquella situación, cuidando de ella, le arañaba las tripas. Para su sorpresa, el dolor comenzó a remitir.

—¿Qué... lleva? —le preguntó.

—No conozco los ingredientes —dijo él, muy concentrado en su tarea—, pero uno de ellos es orina.

—¡¿Qué?!

Violet apartó las manos de un tirón, asqueada. Durante un segundo, se imaginó a aquellos brutos orinando en un cubo y luego confeccionando aquella apestosa crema con su contenido. Era asqueroso.

—La venden en la farmacia del pueblo —le aclaró él—, no la hacemos nosotros.

—¿Y cómo sabes lo que contiene? —preguntó, recelosa.

—Luke lo preguntó en una ocasión, aunque no sé si es cierto o si el señor Gower se estaba burlando de él —le dijo, y volvió a cogerle la mano. Violet se dejó hacer, no muy convencida—. Te aliviará, te lo prometo.

Violet se mordió la lengua para evitar decirle lo poco que confiaba ella en sus promesas.

—Mañana es domingo —volvió a decir, en cambio, con ganas de retomar el diálogo inicial.

—Sí, antes lo has mencionado.

—¿A qué hora vamos a la iglesia?

—¿A la iglesia? —Christopher alzó los ojos.

—¿No asistís los domingos al oficio?

—Eh... no. Al menos no con frecuencia.

—¿Por qué no? ¿Sois apóstatas? ¿Herejes? ¿Diablos disfrazados? —bromeó ella, aunque una respuesta afirmativa a cualquiera de esas preguntas no la habría sorprendido lo más mínimo.

—Creo que no, aunque no puedo hablar por los demás —le sonrió, y Violet pudo ver un atisbo del hombre que había conocido en Chicago, al hombre en el que había confiado.

—Me gustaría ir.

—Claro, te llevaré. ¿A cuál?

—¿A cuál? ¿Hay más de una?

—La iglesia católica del padre Stevens, y la presbiteriana del reverendo Cussack.

—Soy metodista.

—Hummm, me temo que no puedo complacerte en eso.

—Entonces creo que da igual.

—¿Prefieres no ir?

—Me refiero a que puedo ir un domingo a la católica y otro a la presbiteriana.

—¿En serio?

—¿Por qué no? Dios está en todas partes, ¿no? Creo que no le importará a cuál de sus casas vaya los domingos por la mañana.

—Cierto.

Christopher ya había terminado de aplicarle la pomada, cuyo frasco dejó sobre la mesita. Luego se levantó y, tras darle las buenas noches, se acercó a la ventana y repitió el ritual vespertino antes de que se lo tragara la oscuridad.

—¿A la iglesia?

Luke estaba apoyado de forma indolente contra la valla. Frente a él se encontraba Christopher, sujetando las bridas de los dos caballos que había uncido al carromato. Se había vestido con sus mejores pantalones, su camisa más nueva y su abrigo, que reservaba para contadas ocasiones.

—A la iglesia, sí. ¿Algún problema con eso? —Christopher hizo una mueca.

—Ninguno, solo que desde que volviste de Chicago haces unas cosas muy raras.

—¿Raras? No sé a qué te refieres.

—Te acuestas más tarde que ninguno y madrugas más que nadie —mencionó Luke—. Cuando bajamos, ya estás vestido y con el café listo.

—Nunca me ha importado madrugar. —Christopher no iba a decirle que se veía obligado a levantarse antes que nadie para que no lo pillaran durmiendo en el granero.

—Y dos visitas al pueblo en la misma semana es demasiado incluso para ti.

—Violet iba a la iglesia todos los domingos antes de llegar aquí —comentó—. No voy a privarla también de eso.

—¿También? —Luke alzó una ceja, extrañado con la elección de palabras de su amigo.

—Ya me entiendes. Ha dejado atrás su vida, su familia...

—Pero tú eres ahora su familia. Nosotros somos su familia.

—Sí, claro. Es solo que aún no os conoce.

—Ya, se está adaptando.

—Exacto —aseveró Christopher, que decidió obviar el tono mordaz de su compañero.

En ese momento, Violet salió de la casa abrochándose la capa sobre un vestido en tonos azules que hacía resaltar el rojo de sus cabellos. Llevaba los guantes puestos, en el mismo color, y él se preguntó cómo estarían sus manos.

—Una cosa no te voy a negar, amigo —le dijo Luke, que comenzó a alejarse en dirección a los establos—. Tienes buen gusto para las mujeres.

Christopher estaba de acuerdo. Violet era una mujer hermosa, no al modo exuberante y salvaje de Amy Reid, pero de rasgos delicados y armoniosos, con los pómulos redondeados y los labios pequeños y carnosos.

—¿Ocurre algo? —Violet lo miró, suspicaz, al llegar a su altura.

—Nada, te estaba esperando.

Christopher le tendió la mano para ayudarla a subir al carro y luego se acomodó junto a ella. Unos segundos más tarde, dejaban el rancho atrás en dirección a Heaven.

Violet se sentía inquieta. Tras la escena de la noche anterior, había soñado con su marido en situaciones que le provocaban sonrojo, y temía que él pudiera adivinar los pensamientos que se le habían colado en la cabeza unas horas atrás. Volver a sentir ahora su cuerpo tan próximo, con el muslo de él casi pegado al suyo, no la ayudaba precisamente a desterrarlos.

—¿Siempre has vivido aquí? —le preguntó, en un intento de llenar su mente con otras cosas—. Después de dejar Nueva York, quiero decir.

—Casi siempre —contestó él—. A los veinte años me fui a Denver una temporada.

—¿Muy larga?

—Cuatro o cinco meses, no lo recuerdo. —Christopher no pensaba decirle que había sido justo después de que Amy se casara con aquel banquero y se fuera de su vida para siempre.

—No te gustó la gran ciudad... —aventuró.

—No me disgustó tampoco. Pero no era mi sitio.

—Quizá no le diste tiempo suficiente.

—Tal vez.

Y esa fue toda la conversación. A Violet la sorprendía que, cuando apenas acababan de conocerse, sus charlas hubieran sido mucho más largas y elaboradas que las que mantenían ahora, que eran marido y mujer. Era evidente que la tensión que existía entre ellos representaba un obstáculo, y con gusto lo habría eliminado si no se sintiera tan dolida, tan manipulada. Sin embargo, no sabía cuánto tiempo permanecería aún en el rancho y la soledad que se había autoimpuesto comenzaba a pesarle. Estaba acostumbrada a charlar con los huéspedes, con los tenderos de su barrio, con Susie, con su madre y su hermana, incluso con el pérfido Allan Crawford. En el rancho, en cambio, apenas intercambiaba un par de frases diarias con Jan, que le traía huevos o alguna otra cosa, y otro par con Christopher. Eso era todo. ¡Pero si la conversación más larga que había mantenido desde su llegada había sido con la señora Grayson en el almacén!

El camino se le hizo inusitadamente largo, tal vez porque el paisaje, aunque de una belleza sobrecogedora, tenía también algo de monótono. Extensiones que parecían no tener fin cubiertas de nieve casi en su totalidad, con pequeños grupos de árboles salpicando la ondulante pradera.

Cuando las primeras casas del pueblo comenzaron a verse sobre la línea del horizonte, reprimió un suspiro de alivio.

Christopher condujo el carromato por la arteria principal de Heaven en dirección a la iglesia que había visto durante su primera visita y, al pasar junto a ella, Violet se tuvo que morder los carrillos. Entre las personas que aguardaban el inicio del oficio dominical destacaba, como una flor en un corral, la esplendorosa belleza de Amanda Weston.

14

De entre todas las personas de Heaven, la última que Amy hubiera esperado encontrar allí era precisamente Christopher Anderson. Que ella supiera, nunca había sido muy dado a frecuentar ninguna de las iglesias del pueblo, y que estuviera allí ese día solo podía deberse a la presencia de su esposa.

Aún no conseguía entender cómo un hombre como Chris, alto, fuerte y tan duro como el acero, podía haberse casado con una mujer tan insignificante como aquella, que apenas le llegaba al hombro y que parecía tan apocada como un corderito. En ese momento ni siquiera recordaba su nombre. Le había parecido tan insustancial que ni se había tomado la molestia de retenerlo en la memoria. Sin embargo, esa misma mujer había logrado que Chris fuera a la iglesia un domingo, lo que todavía no tenía muy claro qué significaba. No podía tratarse de amor, lo sabía muy bien. Apenas los había visto juntos unos minutos, pero ella conocía a ese hombre casi tan bien como se conocía a sí misma. Aún recordaba cómo la miraba años atrás, cómo la tocaba y cómo su cuerpo se tensaba al tenerla cerca, y no había detectado nada de eso en presencia de su esposa. Era

cierto que Chris ya no era el muchacho imberbe de entonces, pero un hombre no podía cambiar tanto en tan poco
tiempo. Al menos ninguno que ella hubiera conocido.

Los vio aproximarse cogidos del brazo, como una pareja bien avenida, aunque ambos con el rictus serio, como
si acabaran de discutir. Amy se adelantó unos pasos para ir
a su encuentro, antes de que se convirtieran en la sensación
de la mañana dominical.

—Chris, jamás hubiera esperado encontrarte aquí... —lo
saludó con una entusiasta sonrisa—. Señora Anderson...

—Tampoco yo imaginaba verte en este lugar... —le dijo
él, también sonriendo.

—Este ya es el segundo domingo que vengo. Ya sabes,
tengo que reintegrarme en el pueblo.

—Creí que solo estabas de visita.

—Todavía no sé cuánto tiempo me quedaré por aquí.
Una temporada de descanso me sentará bien.

—¿Necesitas descansar? —La miró con una ceja alzada
y expresión burlona.

—Ah, querido, la vida social de Filadelfia es de lo más
exigente.

—No he visto aún a tu esposo —comentó él, que elevó
la vista por encima de su cabeza.

—Mi esposo... falleció hace unos meses —le dijo ella—.
Yo... no me atreví a comentártelo el otro día, ya sabes, después de tanto tiempo sin vernos...

—Amy, no sabes cuánto lo siento. —Christopher le
tomó la mano y se la apretó con afecto, lo que hizo que la
recorriera una oleada de satisfacción.

Que ella supiera, Robert Fitzgerald Weston continuaba
vivito y coleando, o al menos lo estaba unas semanas antes,
mientras se estaban divorciando. Solo que eso no pensaba
decírselo a nadie, ni siquiera a Chris. Para todo el mundo,
ahora era una joven y respetable viuda.

A pesar de ello, aceptó las muestras de condolencia de Chris y agradeció las palabras de pésame que le dirigió su insulsa esposa.

En ese momento se aproximaron la señora Grayson y su esposo, y con ellos algunos vecinos más de Heaven, hasta que se formó un pequeño corrillo a su alrededor. Todos parecían ansiosos por conocer a la recién llegada y Amy aprovechó para pegarse un poco más a Chris.

—Me encantaría que vinieras a cenar a casa —le susurró. Él la miró, un tanto confuso—. Seguro que a mi padre le hará feliz verte —añadió.

—Sí, claro, me pasaré a verlo.

—Hasta pronto entonces, vikingo —le dijo, usando el apelativo que habían empleado siendo niños.

—Hasta pronto, Freya.

Amy había aprendido en Filadelfia cuándo debía retirarse de una fiesta o una reunión y aquel era el momento apropiado. Se dio la vuelta y se alejó con su andar refinado, consciente de los ojos de Chris en su espalda.

No, ciertamente los hombres no cambiaban tanto. Al menos los que ella conocía.

Violet no sabía si sentirse furiosa u ofendida. Aquella mujer se había atrevido a coquetear con su marido delante de sus narices, como si ella no estuviera allí, como si fuera uno de los árboles que rodeaban la pequeña iglesia. Y Christopher ni siquiera se había dado cuenta, o había preferido ignorarlo. ¿Todos los hombres eran así de obtusos o solo se trataba del suyo?

Durante el oficio fue consciente de la presencia de Amanda Weston todo el tiempo, como si su envergadura se hubiera multiplicado por diez y ocupara mucho más espacio. Trató de concentrarse en el sermón del reverendo Cussack, que Christopher le había presentado antes de entrar. Era un hombre alto y de pobladas y canosas patillas, con una voz de barítono que retumbaba en el interior del templo. Hablaba sobre las pruebas a las que Dios sometía a sus hijos y sobre la fortaleza que les procuraba para superarlas. Violet prestó atención a medias, concentrada en la figura sentada en diagonal a ella, dos bancos por delante. Contempló su cabello castaño dorado, la suave línea de su mandíbula y su cuello largo y níveo. Hasta contó las plumas y las cuentas de su sombrerito, uno de los más bonitos que había visto nunca. En comparación, Violet se sentía como el patito feo de aquel cuento que su padre les leía siendo niñas, solo que era consciente de que ella jamás se transformaría en un precioso cisne. Ni con toda la fuerza que Dios pudiera proporcionarle.

Christopher tampoco prestaba mucha atención al sermón, y sus ojos, sin saberlo, seguían la misma dirección que los de su esposa. Todavía le resultaba difícil creer que Amy volviera a estar en Heaven y viuda a una edad tan temprana. Le costaba reconocer a la joven de la que se había enamorado en aquella mujer tan sofisticada. Sin duda, su estancia en Filadelfia tenía mucho que ver con ese cambio, y no se trataba únicamente de sus costosos ropajes y abalorios. Era evidente también en su forma de moverse e incluso en la de hablar, con un tono más grave y comedido. Sus ojos sí seguían siendo los mismos, llenos de brillo y promesas. Solo que esas promesas llegaban demasiado tarde. Doce años para ser exactos.

Christopher rememoró la que entonces le pareció la época más sombría de su vida. El momento en el que ella rechazó su propuesta de matrimonio, en el porche de casa de sus padres, mientras él se empapaba bajo una lluvia torrencial que lo ayudó a disimular las lágrimas. Tenía dieciocho años y el firme convencimiento de que Amy Reid era la mujer de su vida. No hacía ni dos meses que se habían acostado por primera vez, en el granero del señor Reid, entre balas de heno y herramientas viejas, y luego habían repetido, una vez incluso en la cama de la propia Amy, que aprovechó un domingo en el que sus padres se habían ausentado para llevarlo a su habitación. Su piel era tan suave y tan cálida que Christopher se sentía desfallecer cada vez que tenían que separarse.

Su rechazo le dolió mucho más de lo que esperaba, pero se dijo a sí mismo que aún eran jóvenes, que con el tiempo ella cambiaría de opinión y comprendería que no existía hombre sobre la tierra que fuese a quererla tanto como él. Sin embargo, su proposición la alejó de él, y durante los meses posteriores, durante años también, lamentaría profundamente haberse precipitado. Amy comenzó a evitarlo y apenas pasaban tiempo juntos, y mucho menos a solas. Cuando año y medio después le anunció que se casaba con aquel banquero con ínfulas y casi veinte años mayor que ella, creyó que se moriría.

Pero nadie se muere de amor, como Luke le había dicho mil veces. Al menos no directamente, porque durante una larga temporada se refugió tanto en la bebida que pensó que el alcohol lo llevaría directo a la tumba. En los cuatro meses que pasó en Denver después de aquello, no estuvo sobrio ni un día completo, y hasta que su padre no fue a buscarlo no regresó al rancho.

El tiempo se encargó de sanar las heridas, de darle perspectiva a las cosas, y llegó a la conclusión de que aquel no había sido más que un amor de juventud. Se centró en su trabajo, al que se dedicó en cuerpo y alma, y entre su padre y él consiguieron convertir el Rancho Anderson en uno de los más prósperos de la zona.

El amor por Amy Reid no lo había matado, pero lo había convertido en el hombre que era.

Christopher Anderson no había sido el único hombre que había amado a Amy Reid, ni el único al que ella le había partido el alma. Luke Nyman recordaba a la perfección el primer día que había visto a aquella niña de trenzas del color del chocolate y aquellos ojos castaños que parecían llevar dentro todas las estrellas del cielo. No debían tener más de ocho o nueve años y ella entró en la escuela envuelta en el sol del otoño, de la mano de la profesora. A esa edad, Luke no sabía lo que era el amor, pero sí fue consciente de que algo en su interior se expandía y se contraía, y apenas fue capaz de apartar la mirada de la nueva alumna.

A la hora del recreo, Chris y él se acercaron a ella, que se había sentado en un rincón. Luke sentía las manos sudorosas y la vieja camisa pegada a la espalda, pero Amy apenas se fijó en él. Cuando sus enormes ojos castaños se posaron en su amigo, Luke supo que el hijo del borracho del pueblo jamás podría competir con el hijo de un ranchero, y dio un discreto paso atrás. Y en ese mismo lugar pasó la década siguiente, un paso por detrás de ellos, participando en sus juegos y en sus correrías, pero la mayor parte del tiempo en segundo plano. Esa perspectiva le permitió ver cómo Amy crecía odiando aquel pequeño pueblo al que sus padres se habían mudado y soñando con marcharse lejos, tan lejos como le fuera posible. Trató de hacerle entender a Chris que Amy jamás aceptaría quedarse en Heaven, como él suponía que haría. A veces, escucharlo trazar planes de futuro con ella lo sacaba de sus casillas, pero era su amigo, prácticamente su hermano.

El padre de Luke había muerto cuando él tenía once años, al caerse desde lo alto de una escalera, borracho como siempre. Tampoco tenía madre, había muerto al dar a luz a la que habría sido su hermana, que tampoco sobrevivió. De repente se encontró solo, sin familia ni un lugar en el que vivir. Gustav Anderson se había hecho cargo de él sin dudarlo y le había ofrecido un hogar y una nueva familia, y Luke se había sentido en deuda desde entonces. Así que, cuando aseguraba que quería a Chris como a un hermano, no exageraba ni un poco. Quizá por eso se guardó su amor secreto por Amy, para no enturbiar aquella historia que veía desarrollarse ante sus ojos y de la que solo él parecía intuir el final.

El día que Amy anunció que se casaba con el banquero, Luke tuvo que consolarlo al tiempo que luchaba por no derrumbarse con él. A esas alturas de su vida, había llegado a la conclusión de que se contentaría con tenerla cerca, aunque fuese de otro, aunque fuese la mujer de su mejor amigo.

Sus heridas también habían cicatrizado y, doce años después, podía asegurar sin temor a equivocarse que Amy Reid era solo cosa del pasado. El tiempo lo había ayudado a comprender que ella no pertenecía a aquel lugar, que nunca lo haría, y que Chris Anderson solo había sido un pasatiempo para ella. Confiaba en que su regreso a Heaven fuese solo temporal.

Temía el desastre que pudiera desencadenar.

Mientras Violet preparaba la cena de ese domingo, trataba de no pensar en Amanda Weston y se concentró en recordar el sermón del reverendo Cussack. ¿Todo lo que había sucedido desde que Christopher Anderson había entrado en su vida era una especie de prueba? ¿Una prueba para la que contaba, según el reverendo, con fuerzas suficientes? Nunca se había considerado una persona débil, ni una pusilánime, y así era exactamente como se sentía con demasiada frecuencia desde su llegada. Motivos no le faltaban. Se encontraba a más de mil millas de su familia y de todo lo que había conocido en su vida, en una tierra extraña y rodeada de gente a la que no parecía importarle demasiado, y sin más propósito que el de cocinar y limpiar para un hatajo de brutos. No es que su vida en Chicago hubiera sido muy distinta, pero allí tenía la sensación de estar haciendo algo valioso con ella, dando cobijo durante unos días a personas que estaban de paso, o convirtiéndose en la familia postiza de quienes decidían convertir aquel refugio en su hogar.

Cuando llevó los platos a la mesa, se dio cuenta de que había cogido uno de más, como si su subconsciente tratara de decirle algo, y permaneció inmóvil unos segundos, calibrando qué hacer a continuación. Era domingo, un día especial, bien merecía un pequeño esfuerzo por su parte. Colocó los ocho servicios, convencida de estar obrando bien, y distribuyó las sillas. Solo había siete y recordó que había visto los restos de una de ellas en el porche, así que tomó prestado el taburete de la cocina. Contempló la mesa puesta y lamentó que su ajuar aún no hubiera llegado. Poseía un par de manteles de hilo con pequeños bordados, una preciosa vajilla de porcelana y una cristalería de lo más elegante. No es que aquellos hombres rudos fuesen a apreciarla, pero a ella le habría encantado ver la mesa bien puesta, aunque fuese por una vez.

Subió a asearse un poco y volvió a ponerse el vestido que había usado esa mañana, sin olvidarse de la ropa interior que había comprado en el almacén de los Grayson, y que había resultado más útil de lo imaginado. Los esperó sentada en el salón, ojeando una revista vieja y con el estómago contraído. Uno de los gemelos fue el primero en entrar.

—Buenas noches, señora Anderson —la saludó, un tanto cohibido con su presencia.

—Buenas noches, Gideon.

—Eh... soy Liam.

—Claro, perdona.

—Señora Anderson, huele de maravilla. —Cody hizo su entrada, alzó un poco la cabeza y arrugó la nariz—. ¿Pollo frito?

—Con mantequilla y maíz —confirmó ella, con una sonrisa—. Y panecillos caseros, puré de patatas y un pastel de calabaza.

—Oh, Dios, me he muerto y he ido directo al cielo —bromeó Cody, que la miró con aquellos extraños ojos de dos colores.

—¿Quién se ha muerto? —El viejo Jan cruzó el umbral y se quedó un instante parado al verla allí—. Señora Anderson...

—Jan...

—Yo me moriré, si no llegan pronto y empezamos a cenar —insistió Cody, que se cubrió el estómago con la palma de la mano.

Un instante después, entraron los demás, con Christopher a la cabeza. Él también se detuvo, sorprendido de encontrarla allí. Violet escudriñó sus gestos, pero no vio en ellos más que aprobación, y se sintió casi aliviada, como si esperara su permiso para sentarse en la misma mesa que ellos. Ese pensamiento la irritó, más consigo misma que con él, y se levantó con ímpetu de la butaca que había ocupado para ir a la cocina. No se dio cuenta de que él la seguía.

—Veo que vas a cenar con nosotros —le dijo su esposo.

—¿Tienes algún inconveniente?

—¿Por qué habría de tenerlo? —La miró con una ceja alzada—. Eres mi esposa, la señora de la casa, tu sitio está aquí abajo.

Ella no dijo nada, tomó una de las fuentes y se la entregó para que la llevara al comedor.

—Tiene una pinta deliciosa... —musitó él.

Violet contempló el contenido y no pudo estar más de acuerdo. Siempre había tenido fama de ser buena cocinera, pero esa noche se había esmerado de forma especial. Por algún motivo que se le escapaba, quería comenzar a formar parte de aquello.

Christopher salió de la cocina y a continuación entró otro de los gemelos.

—¿Necesita ayuda, señora Anderson?

—Gracias, Liam. ¿Podrías llevar los panecillos?

—Claro, señora. Pero, eh... soy Gideon.

Violet bufó. Decididamente, jamás iba a distinguir a aquellos muchachos. Que esa noche ambos llevaran una camisa a cuadros casi del mismo color tampoco había ayudado mucho.

Cuando salió y vio la mesa puesta, reprimió un gemido de satisfacción. A pesar de la ausencia de mantel y de los platos desparejos y descascarillados, todo tenía una pinta fabulosa, incluso hogareña.

Christopher se levantó de la cabecera de la mesa y recorrió la distancia hasta la otra punta, para retirarle la silla. A Violet le pareció un gesto de lo más considerado. Pero fue el último que vio esa noche.

Antes incluso de que sus posaderas hubieran tocado la silla, los hombres se abalanzaron sobre la comida como si acabaran de llegar del desierto. Hicieron caso omiso del cucharón que había colocado para servir el pollo, que cogieron con las manos. Tomaron y dejaron los panecillos en su cesta, buscando los más crujientes, hasta que todos estuvieron llenos de grasa. Al menos, pensó, el puré se lo sirvieron con la cuchara que había hundido en él. Masticaban y hablaban al mismo tiempo, se reían con la boca llena e incluso sorprendió a los gemelos tirándole bolitas de miga a Cody, sentado frente a ellos.

Violet buscó la mirada de Christopher, cuyos modales eran solo un poco mejores, pero estaba demasiado concentrado en una conversación con Luke y Jan. En un momento dado, sus miradas se encontraron y ella trató de hablarle con los ojos, pero lo único que consiguió fue que él frunciera el ceño, sin entender qué podría querer su esposa de él.

Apenas probó bocado y sonrió sin ganas cuando la felicitaron. Miró los restos de comida desparramados por la mesa y agradeció que su ajuar no hubiera llegado todavía. Aquella cena dominical habría arruinado su mejor mantel.

Aguantó hasta el final, pese a las ganas que tenía de levantarse y mandarlos a todos al infierno. Cuando los platos quedaron apilados en la cocina desechó la idea de lavarlos. Lo único que deseaba era volver a su habitación, quitarse aquel condenado vestido y maldecir a gusto durante un buen rato, así que se asomó al salón para dar las buenas noches y subió la escalera.

Iba a necesitar más fuerza si quería sobrevivir en aquel lugar, el tiempo que fuese. Mucha más.

15

The Heaven's Gazette

16 de marzo de 1887

Esta mañana, la señora Miniver se ha personado en esta humilde oficina para denunciar la desaparición de su gata Olimpia. Para aquellos que no la conozcan, se trata de un ejemplar de color blanco, con las patas y el rabo negros, y un triángulo del mismo color sobre la frente.

La señora Miniver ruega que, si alguien la encuentra, la lleve a su casa, en el 21 de la avenida Jefferson. Insiste también en que no le den de comer, porque luego se malacostumbra.

Hacía mucho tiempo que Christopher no sentía aquella casa como un verdadero hogar. Sentado en el pequeño despacho contiguo al salón se había quedado absorto escuchando a Violet tararear mientras limpiaba el salón, del que los separaba solo una pared. Su hermana Leah también lo hacía y nunca se habría imaginado que algo tan simple pudiera insuflar tanta calidez.

Apenas había visto a su esposa desde la cena del domingo, tres días atrás, y tampoco sabía si sería algo que se repetiría en el futuro. ¿Tal vez todos los domingos? Era un comienzo. Reconocía que le había gustado tenerlas sentada a la mesa con ellos, formando parte de aquella familia adoptiva, a pesar del rictus serio que no la había abandonado durante toda la velada. Recordó cómo era ella en Chicago, siempre amable y risueña, sirviendo la cena con una sonrisa y tratando de que todos los huéspedes se sintieran a gusto. Aquella Violet parecía haberse esfumado, y reconocía su parte de culpa en ello. Sin embargo, también pensaba que su actitud era exagerada y que se había casado con una mujer más testaruda de lo que le habría gustado.

—Es lo que sucede cuando te dejas llevar por un impulso —le dijo al vacío de la habitación.

—¿Qué impulso?

Luke estaba apoyado contra el vano de la puerta, que había abierto sin que él se percatara.

—Nada, cosas mías —contestó.

—¿Tienes para mucho aquí?

—No, ¿por qué?

—Quería acercarme hasta el límite con el rancho Marsten. La capa de nieve ha disminuido mucho.

—Dame unos minutos.

Samuel Marsten era uno de los rancheros más ricos de Heaven, el hombre que se ocupaba de conducir el ganado de todos sus vecinos a Denver y la razón por la que Christopher había viajado a Chicago en busca de un trato mejor. Sus tierras lindaban con las suyas en el extremo oriental y Christopher habría preferido a cualquier otro vecino antes que a él. Unos años atrás, cuando había comenzado a extenderse la costumbre en Texas de utilizar alambre de espino para delimitar las propiedades, Marsten se había sumado con entusiasmo a la moda, aunque eso significara privar a otros rancheros de su acceso al río. Allí las reses se movían a su antojo, ya se ocupaban los vaqueros de que los animales no se desperdigaran por terrenos ajenos. Siempre había algunas que cruzaban los límites de una u otra propiedad, pero las marcas que llevaban grabadas a fuego en la piel no dejaban lugar a dudas sobre quiénes eran los propietarios. Christopher no se atrevía ni a imaginar lo que le habría costado a Marsten vallar sus casi treinta mil acres de terreno, aunque, teniendo en cuenta lo que les había sisado en los últimos años, seguro que lo habían sufragado entre todos sin saberlo.

Cerró el libro de cuentas y abandonó la calidez de su despacho. Al salir por la puerta aún escuchó el canturreo de Violet, que lo acompañó durante un buen rato.

Luke y él cabalgaron por sus tierras, donde, en efecto, la nieve había menguado notablemente. A lo lejos, hacia el oeste, vio a una parte de su rebaño comiendo el heno que los chicos estaban repartiendo esa mañana. Los animales estaban desnutridos y más delgados de lo que cabría esperar en esa época del año, pero seguían vivos. Pronto el sobresfuerzo de llevarles comida no sería necesario. En cuanto hubiera brotes verdes, las reses se alimentarían solas.

Junto a la cerca de Marsten, sin embargo, los aguardaba una escena muy diferente. Una docena de animales, aún congelados, se apelotonaban contra el alambre. Habían tratado de buscar refugio contra el frío y aquella abominación les había impedido el paso hacia un lugar más resguardado.

—Maldita sea —musitó Luke a su lado.

Ambos se bajaron del caballo y comprobaron que, en efecto, los animales les pertenecían.

—Lo siento, Luke. Algunas llevan tu marca. —Christopher chasqueó la lengua.

Hacía ya dos años que su amigo disponía de sus propias reses, que se criaban junto a las de Christopher. Aún no eran muchas, pero contaba con ir aumentando su número de forma paulatina hasta disponer de su propia ganadería y de un rancho donde criarlas. Christopher lo había animado a tomar la iniciativa. Luke era un hombre demasiado valioso como para ser su capataz toda la vida. Rogaba a Dios porque, cuando llegara el día de independizarse, no tuviera que irse tan lejos como Leah.

Entre ambos trataron de mover los animales, pero les resultó imposible. El hielo los había petrificado y allí el viento soplaba con fuerza. Ni siquiera el sol que había brillado en los días anteriores había conseguido descongelarlos. Tendrían que regresar en unos días y quemarlos. Christopher llevaba contabilizadas más de noventa reses perdidas. No eran demasiadas, teniendo en cuenta que contaba con más de mil setecientas cabezas, pero solo una parte de ellas estaban listas para la venta. Aún no habían recorrido toda la propiedad y temía que ese número ascendiera todavía más.

Pasaron el resto de la jornada revisando aquella parte del terreno y, cuando volvieron al rancho al atardecer, ya llevaba ciento seis vacas muertas en la cuenta.

Christopher no se dio cuenta de lo que ocurría hasta que estuvo junto a sus hombres. Le había extrañado encontrarlos frente a la escalera que conducía a la casa, y más aún ver a Violet parada frente a la puerta, mirándolos desafiante con un enorme cucharón de hierro en la mano, los brazos cruzados y las piernas abiertas.

Entonces vio, sobre los peldaños, un perol humeante, una pila de platos, vasos y cubiertos, y una cesta con pan. ¿Qué era todo aquello?

—¿Qué es lo que sucede? —preguntó, sin saber si mirar a sus hombres o a ella.

—Todavía no he conseguido averiguarlo —masculló Cody.

—¿Violet? —Christopher elevó la vista hasta su esposa.

—Si vais a comportaros como cerdos en la mesa, comeréis fuera, como ellos.

—¡¿Qué?!

—¡Ya me has oído!

Christopher se adelantó y pisó el primer peldaño antes de que ella hablara de nuevo.

—No des ni un paso más, Christopher Anderson.

—Violet, estoy demasiado cansado para discutir —le dijo él, con la voz grave—. Todos estamos agotados.

—Claro, porque yo me he pasado el día tumbada en un diván —replicó ella, mordaz.

—Yo no he dicho eso.

—Más te vale. —Luego alzó la vista y la dirigió a los demás—. Me paso el día recogiendo la basura que dejáis por la noche, desde el barro de vuestras botas a los restos de comida en la mesa, el suelo e incluso en el techo. ¡En el techo! Hoy he tenido que subirme a una escalera para despegar un engrudo de puré de patatas. Limpio, cocino y lavo vuestra ropa. Por tanto, nadie volverá a sentarse a «mi mesa» hasta que no aprenda modales.

—Señora, esta es nuestra casa —ladró Jan.

—También es mi casa, Jan, y mientras yo la dirija todos seguirán mis reglas. ¿He hablado claro?

Violet había alzado la voz más de lo que tenía pensado, pero en ese momento le resultaba imposible no hacerlo. Lo que no había comentado era que, mientras despegaba aquella cosa del techo, la escalera se había tambaleado y ella había terminado en el suelo, con la espalda dolorida y un pie en el que apenas conseguía apoyarse, tan hinchado en ese momento que lo único que deseaba era volver a entrar y quitarse las botas. Y allí, tirada y lastimada, había tocado fondo. La rabia y la frustración de los últimos días la habían arrollado en forma de lágrimas, sollozos e hipidos y, tras lograr al fin serenarse, decidió que aquello no podía continuar así. Tenía que hacer algo, y tenía que hacerlo ya.

No estaba muy segura de que su treta diera resultado, pero sí de que al menos debía intentarlo, y debía hacerles partícipes de su descontento.

Christopher la miraba con el ceño fruncido y ella le sostuvo la mirada con toda la fuerza que fue capaz de reunir, aguardando a que volviera a tratar de imponerse. Estaba dispuesta a usar aquel cucharón y, por la rabia que sentía en ese instante, se alegró de no haber cogido una sartén, que había sido su primera opción.

—Liam, Gideon, coged el perol y llevadlo al granero —ordenó Christopher, sin apartar los ojos de ella.

—¡Chris! —bramó el viejo.

—Jan, tú y yo nos encargaremos del resto.

—Que me aspen si voy a consentir que...

—¡Jan!

Christopher elevó la voz, todavía sin dejar de observar a su esposa. Su tono fue suficiente, porque el viejo cogió la pila de platos y, refunfuñando, se unió a los gemelos. Cody y Sean fueron tras él arrastrando las botas y solo entonces Christopher retiró el pie del escalón. Se dio la vuelta y, con Luke a su lado, siguió a sus hombres.

—Tu mujercita los tiene bien puestos, amigo —le musitó.

—Lo sé —contestó él, incapaz de ocultar una sonrisa.

Oh, no es que cenar en el granero le hiciera especial ilusión —dormir allí cada noche ya era suplicio suficiente—, ni estaba de acuerdo con la decisión de su esposa, pero que ella hubiera dicho que aquella era su casa y luchara a su modo por ella le resultó alentador. Y muy gratificante.

Jan sentía que lo habían echado de su propia casa, la misma que él había ayudado a levantar con sus manos. Poco después del nacimiento de Leah, Gustav había decidido construir una nueva vivienda y abandonar la modesta cabaña de troncos que había sido su primer hogar. Durante semanas, todos habían trabajado en ella, y su amigo incluso había hecho venir a un grupo de carpinteros y albañiles para que no tuviera ningún fallo, para que su esposa Meribeth se sintiera a gusto.

Que una recién llegada tomara posesión de lo que no le pertenecía y pretendiera imponer sus reglas era algo que no le cabía en la sesera.

—No tendrías que haberlo consentido —gruñó en dirección a Chris.

Los hombres habían colocado balas de heno a modo de asientos y cada uno había llenado su plato.

—Cenar en el granero no es tan malo —la defendió Christopher.

—No se trata de eso. Esa mujer tuya no tiene derecho a...

—¿Y si hubiera sido Leah? —lo interrumpió.

—¿Cómo?

—Si Leah hubiera decidido obligarnos a comer fuera, ¿qué habrías hecho?

—Es diferente. Leah es una Anderson.

—Violet también.

—Leah habría tenido sus motivos.

—Tal vez Violet también los tenga —la defendió Chris de nuevo—. Lo cierto es que, desde que mi hermana se marchó, la casa se ha convertido en una pocilga.

—Solo me faltaría tener que limpiar vuestra mierda.

—Nadie te ha pedido que lo hagas.

—Pero nos ha echado de nuestra casa —insistió Jan, que no entendía por qué Chris se empeñaba en defender a esa mujer.

—En realidad, la casa es de Chris —intervino Luke—, como lo fue antes de su padre.

—Lo sé perfectamente, muchacho, yo mismo ayudé a construirla.

—Y yo ayudé a construir el establo y no considero que sea de mi propiedad.

—¡He vivido y trabajado aquí la mayor parte de mi vida, y no voy a consentir que una recién llegada me arrebate lo que me ha costado tanto trabajo mantener!

Jan se puso en pie y arrojó el plato a un rincón. Los restos de comida volaron por los aires y Lobo, que nunca se separaba de Chris, les echó un vistazo y los ignoró. Algo en el ambiente lo inducía a permanecer junto a su amo, aunque sabía que aquellos hombres junto a los que se había criado jamás le pondrían una mano encima.

—Esa recién llegada es mi esposa, Jan. —La voz de Chris sonó como el restallido de un látigo.

—Si tu padre pudiera verte ahora...

—¿En serio? —Christopher hizo una mueca.

—Te has encaprichado de esa mujer.

—Te recuerdo que mi padre construyó esa casona para mi madre, y que la llenó de cosas que hizo traer desde Denver, Boston y Nueva York. Se gastó una fortuna, y lo sabes tan bien como yo. Y no sirvió de nada. ¡De nada! ¡Ella se marchó de todos modos!

Hacía mucho tiempo que Christopher no pensaba en su madre, en la mujer que los había abandonado cuando Leah tenía apenas tres años y él acababa de cumplir los diez. Recordaba con nitidez las discusiones entre sus padres y las súplicas de su madre tratando de convencer a su marido de regresar al Este. A Nueva York. «¿Para volver a una vida precaria?», le gritaba él. «Aquí tenemos tierra, trabajo, y un futuro». Meribeth Anderson, sin embargo, solo veía una extensión inhóspita y apenas habitada, nada que ver con el barrio donde se había criado y donde aún vivían su familia y sus amigos, donde, pese a las carencias, cada día había algo interesante que hacer. Ni siquiera la casa nueva, pese a todos sus lujos, fue suficiente para ella.

Con los años, Christopher había llegado a comprender los motivos de su madre. Lo que no podía era perdonarla por haberlos abandonado a Leah y a él, por no haber dado más señales de vida que un par de cartas en más de veinte años, como si se hubiera olvidado de ellos igual que se había olvidado de su esposo. Ni siquiera sabía si estaba viva o muerta, y no le importaba. No le importaba ni siquiera un poco. Para él, aquella mujer se había muerto el día que había salido por la puerta, sin más despedida que un corto abrazo y sin decirles que no volverían a verla jamás.

—No lo entiendes, muchacho. —Jan, frente a él, se frotaba la mandíbula—. No entiendes que lo único que intento es protegerte.

—¿Protegerme? —se burló Christopher.

—Ella es como tu madre, Chris. Una mujer que ha vivido en una ciudad toda su vida, que no será capaz de adaptarse a este lugar, y que te dejará destrozado igual que tu madre dejó a tu padre.

—Violet no es como ella.

—¿Estás seguro de eso?

—Absolutamente —mintió Christopher.

Jan asintió con desgana y volvió a ocupar su asiento. Aquel hombre huraño y malcarado era, junto a Luke, lo más parecido a una familia que le quedaba en Colorado, y sabía que, bajo aquella capa de antipatía, se escondía el corazón de un buen hombre.

Solo rogó porque ese hombre estuviera completamente equivocado con Violet.

En cuanto Violet vio cómo Christopher y Luke se alejaban, entró en la casa, se apoyó contra la puerta cerrada y dejó escapar el aire que había estado reteniendo en los pulmones. Aún no sabía cómo, pero su ardid había surtido efecto. Confiaba en que ese fuera el primer paso para cambiar las cosas y, si los hombres tenían que pasarse una semana cenando en el granero, eso sería lo que harían. O un mes. El tiempo que fuera preciso.

Se sirvió su cena, de la que apenas probó bocado, y se escondió en la cocina, con las luces apagadas. Desde allí disponía de una perfecta vista de la zona del granero. Un rato después los vio salir, cargando con el perol y con los platos sucios. Avanzaban con los hombros hundidos, como si la experiencia hubiera sido un terrible trauma. Sonrió y decidió que lo mejor era que se fuera a su habitación. No deseaba hurgar más en la humillación que sin duda todo aquello les había provocado.

Por un día ya habían tenido suficiente.

16

En ocasiones, la sola voluntad no es suficiente para cambiar las cosas; son imprescindibles el trabajo, la constancia y, no pocas veces, el valor. Violet siempre se había considerado una persona agraciada con todos esos dones, pese a sus muchos defectos, y tuvo que echar mano de algunos de ellos esa misma noche.

En cuanto Christopher cruzó el umbral para llevar a cabo la pantomima nocturna, supo que no estaba precisamente contento con lo que había sucedido un rato antes. Que se quedara inmóvil junto a la puerta tampoco la sorprendió, lo hacía casi cada noche, pero sus ojos despedían una intensidad que no había contemplado hasta ese momento.

—No has hecho bien —le dijo, sin alzar la voz, pero con tono firme.

—Oh, ¿de verdad? —se mofó ella—. ¿Y qué pretendías que hiciera? Tus hombres son unos...

—Mis hombres trabajan de sol a sol, y no están acostumbrados a tus finos modales de ciudad.

—Eso es precisamente lo que trato de corregir.

—¿Echándolos de su propia casa?

—¿Se te ocurre algún otro modo? —Violet se cruzó de brazos.

—Para empezar, podrías haber cenado con nosotros desde el principio, y haber intentado corregir esos defectos poco a poco, educándolos en lugar de castigándolos por cosas que ni siquiera saben que hacen mal.

—¿Intentas hacerme creer que no saben que está mal tirar la comida al techo? —inquirió, escocida porque su marido no dejaba de tener parte de razón en la exposición de los hechos.

—No me refiero a eso, y lo sabes muy bien, pero eres tú quien tiene que acostumbrarse a ellos, y no al revés.

—¡¿Cómo?! —Violet se puso de rodillas sobre la cama—. ¿Pretendes que me convierta en... en...?

La rabia hizo presa de ella e intentó salir del lecho, aunque al mover el pie hizo un gesto de dolor y se quedó medio sentada, con la pierna asomando por debajo de las mantas.

—Lo único que quiero es que te integres, y que no trates de cambiar las cosas antes de comprenderlas —le dijo Christopher, que miró con los ojos entrecerrados su extraña postura—. ¿Qué rayos estás haciendo?

—Nada. —Violet se mordió el labio.

—Enséñame las manos.

—¿Qué?

—¿Has estado lavando otra vez sin los guantes?

—Claro que no. —Violet había localizado al fin las susodichas prendas, que le habían resultado de lo más útiles, y no solo para lavar la ropa; para encender el fuego de la cocina también le venían estupendamente. No percibir el calor a la hora de prender el carbón era una notable mejora—. Es solo que me duele un tobillo.

—Dios, ¿qué has hecho ahora? —Christopher se pasó la mano por la frente.

—¿Yo? —preguntó, encendida—. Por si te interesa saberlo, te diré que me he caído de la escalera cuando trataba de limpiar el techo que tus queridos hombres habían llenado de comida.

—Mierda —se acercó a ella, con el semblante mitad preocupado y mitad todavía enfadado—. ¿Y no has sido capaz de decir nada hasta ahora? Enséñamelo.

—¡No!

—¡Que me lo enseñes!

Violet se alzó el camisón de un tirón, con los labios apretados y un destello de desafío en la mirada, y vio cómo su marido abría mucho los ojos. Cuando ella bajó la vista también contempló su tobillo hinchado y amoratado.

—Oh.

—¿Oh? —Christopher se masajeó la cara con las manos—. ¿Eso es todo lo que se te ocurre decir?

—Duele...

El hombre soltó un bufido, se encaminó a la puerta y salió del cuarto.

—No te muevas de aquí —le ordenó antes de desaparecer.

—Como si hubiera algún lugar al que pudiera ir —se mofó ella.

Christopher la ignoró. Aquella mujer era un quebradero constante de cabeza, como si él no tuviera ya bastantes problemas en los que pensar.

Bajó a la cocina, cogió un paño y salió al exterior para llenarlo de nieve. Hizo un rodillo con él y volvió al piso de arriba. Violet había vuelto a meterse en la cama, seguramente buscando calor, pero mantenía la pierna fuera, visible hasta la pantorrilla. Quizá en otras circunstancias, la visión parcial de aquella piel suave y pálida le habría provocado cierta excitación, pero en ese momento solo fue capaz de apreciar la hinchazón y el color morado del tobillo.

No era la primera vez que atendía una lesión semejante y, antes de colocar el paño, le movió el pie en una y otra dirección, ignorando los lamentos de su esposa.

—Necesito comprobar que no te lo has roto.

—Si me lo hubiera roto lo sabría, ¿no te parece?

—No necesariamente —respondió—. Hace años, uno de nuestros hombres se cayó del caballo y sufrió una herida muy similar, pero hacía frío y no le dolía lo suficiente como para quejarse. Así que no lo hizo.

—¿Y qué pasó?

—Tuvimos que amputárselo.

—¡Oh, Dios mío! —Violet se llevó las manos a la cara, espantada, y luego contempló su pie, que de repente parecía presentar muchísimo peor aspecto. Entonces vio cómo su marido sonreía—. ¡Eres un miserable!

—Y tú una crédula —le dijo él, socarrón—. Solo que tuvo que quedarse en cama durante seis semanas.

Violet no podía ni imaginarse lo que sería pasar tanto tiempo sin poder moverse y, durante un segundo, valoró incluso si una amputación no sería preferible.

—Ahora te voy a poner hielo, para bajar la inflamación.

Su marido interrumpió el curso de sus pensamientos y enrolló alrededor de su tobillo aquel trapo lleno de nieve. Violet soltó un gemido en cuanto notó el contacto helado contra la piel, que le provocó un escalofrío que le recorrió la columna hasta la cabeza, pero también cierta sensación de alivio y una incómoda quemazón en la zona.

—Esta noche dormiré aquí —le anunció él, sin mirarla—. Creo que no está roto, pero, si lo está, es posible que más tarde te suba la fiebre, y tendré que llevarte al pueblo o pedirle al doctor Brown que venga.

—No será necesario que...

—No te estaba pidiendo permiso.

Entonces sí la miró, y había tal determinación en su rostro que Violet prefirió no continuar discutiendo. De hecho, casi agradeció que esa noche se quedara a su lado, solo por si acaso. Aunque esperaba que no tuviera intención de acostarse en la misma cama que ella, porque eso sí que no estaba dispuesta a consentirlo.

Christopher se frotó los brazos, miró la chimenea apagada y luego a ella, que esquivó sus ojos. Con un bufido se acercó a encender el fuego y luego se dirigió al armario, sacó un par de mantas y volvió a la cama. Violet abrió mucho los párpados, horrorizada.

—Hace demasiado frío para dormir en el suelo, y aquí no hay heno que me proteja —le dijo él—. Me tumbaré sobre la colcha y mantendré la distancia. Ni se me pasaría por la cabeza cualquier otra cosa.

Oh, pero claro que sí se le había pasado por la cabeza. De hecho, cada noche, antes de salir por la ventana, se permitía un instante para observar a su mujer, siempre cubierta hasta el cuello con la ropa de cama, pero con el pelo desparramado y la cálida luz de la lámpara arrancando fuego de su cabello y de sus ojos. Y cada noche se le hacía un poco más difícil cruzar aquella estancia y volver a salir al frío de la pradera.

Christopher, con el pulso más acelerado de lo que esperaba, se sentó en el borde del colchón y se quitó las botas. Pensó en quedarse en ropa interior, pero imaginó que a su mujercita le daría un pasmo, así que al final se decantó por mantener los pantalones y la camisa. La oía respirar de forma entrecortada tras él, y casi sonrió ante la situación. Sin volver a mirarla, se tumbó de espaldas a ella y se cubrió con las mantas. ¡Dios! ¡Cómo había echado de menos su cama!

—¿Violet? —preguntó sin volverse.

—Eh... ¿sí?

—Creo que ya puedes apagar la lámpara.

La oyó soltar un bufido antes de obedecer y la sintió removerse a su lado, lejos, pero más cerca de lo que la había tenido desde su llegada al rancho. Y cerró los ojos.

Violet apenas era capaz de moverse. Para empezar, aquella cosa que le había colocado en el pie le impedía hacerlo con soltura, y luego, por supuesto, estaba aquella imponente presencia que parecía ocupar todo el lecho. Sin embargo, no tardó en darse cuenta de que el cuerpo de Christopher desprendía un agradable calor, muy de agradecer en aquella habitación siempre tan fría. Primero se acercó unos centímetros y aguantó el aire, pero no percibió ningún cambio ni en la postura ni en la respiración de su marido, así que se aproximó un poco más, y luego otro poco, hasta que sus cuerpos casi se rozaron. Destensó los músculos y se acurrucó junto a él, dejándose envolver por aquella calidez inesperada. Aspiró el aroma masculino, a cuero y jabón, y en menos de cinco minutos se había dormido profundamente.

Christopher aún tardó mucho rato en hacerlo.

Violet no recordaba haber dormido tan bien desde su llegada a Colorado y, al abrir los ojos, casi lamentó que Christopher ya hubiera abandonado la habitación. Remoloneó un poco entre las sábanas, hasta que el dolor de su pie provocó que un gemido escapara de su boca. Se descubrió la zona afectada y comprobó que, en algún momento de esa mañana, su marido había vuelto a rellenar el paño con nieve para envolverle el pie. No debía hacer mucho tiempo, porque el hielo aún estaba compacto y la piel le quemaba. Su tobillo presentaba mucho mejor aspecto. No solo había disminuido la inflamación hasta un límite tolerable, sino que la intensidad del tono morado también había menguado.

Probó a levantarse y, al apoyarlo, descubrió que el dolor que le ascendió por toda la pierna sería soportable si no se excedía durante el día. Se aseó, se vistió y luego abrió la ventana para que la habitación se ventilara mientras se cepillaba y peinaba el cabello. Cuando fue a cerrarla de nuevo distinguió, por entre las ramas de los árboles, el inmenso cercado que había junto al establo. Al menos una docena de caballos se movían por él, con sus lustrosas crines brillando al sol. Se deleitó con la estampa durante unos instantes, consciente de que en Chicago jamás habría tenido oportunidad de contemplar algo semejante.

Después de tomarse un café y un trozo de bizcocho en la cocina, salió de la casa y se aproximó hasta aquel lugar, procurando apoyar el pie con cuidado y, al mismo tiempo, rogando para que su cojera no resultara muy evidente. Por nada del mundo deseaba parecer una mujer frágil.

Conforme se acercaba vio que uno de los gemelos estaba con los animales, en el centro del cercado, animándolos a moverse de un lugar a otro. Uno de ellos elevó la testa en cuanto ella alcanzó el cercado, con las orejas tiesas. El joven se volvió y se acercó.

—Buenos días... ¿Gideon? —lo saludó ella.

—Buenos días, señora.

Había acertado por una vez y eso, por alguna absurda razón, le levantó el ánimo. Durante unos segundos se limitó a contemplar a aquellos increíbles animales, grandes y poderosos, pero, al mismo tiempo, de una delicadeza casi irreal. Un ejemplar de color negro con una mancha en forma de rombo sobre la testuz se acercó hasta ella, y lo vio mover los ollares, de los que salían volutas de vaho. Violet dio un paso atrás, nerviosa, y se acurrucó bajo el grueso chal.

—No tenga miedo —le dijo el muchacho—. Solo quiere conocerla.

—Son unos animales preciosos. —Era sincera, pero no se acercó de nuevo.

—Sí, señora.

—¿Qué hacen fuera del establo?

—Tienen que hacer un poco de ejercicio cada día. No todos tienen la oportunidad de salir a diario —le explicó—. Dentro de un rato sacaré otro grupo.

—¿Otro grupo? ¿Cuántos caballos hay ahí dentro?

Violet miró el edificio, de considerable tamaño.

—Habitualmente, más de una veintena.

—¿También se crían caballos en el rancho?

—No, señora. Pero cada uno de nosotros dispone de dos ejemplares. Su marido y Luke de tres, y luego están los animales de tiro.

Violet alzó una ceja y se preguntó por qué su marido necesitaría tres animales, si solo podía montar uno a la vez. Gideon pareció comprender su gesto de confusión y se apresuró a continuar con su explicación.

—Vivimos apartados de todo, y no es aconsejable disponer de un solo animal. Si sufriera una caída o un accidente, el jinete se quedaría totalmente desamparado.

—Sí, suena razonable.

Contempló cómo el joven chasqueaba la lengua y se movía entre los caballos, haciendo que trotaran siguiendo el perímetro. A cada paso, las pezuñas levantaban una miríada de partículas de barro.

—Se te dan bien.

—El experto es Cody —le dijo—, pero yo espero igualarlo algún día.

—¿Siempre has trabajado con caballos?

—Nada me habría gustado más, pero donde me crie no había animales como estos.

—¿Dónde fue eso?

—En Baltimore.

—¿Maryland?

—Sí, señora. ¿Conoce la ciudad?

—Eh... no. —No la conocía, por supuesto, pero recordaba a la perfección el mapa de la casa de huéspedes, donde se habían alojado varias personas procedentes del mismo lugar—. Has terminado muy lejos de casa.

—Acabé más lejos todavía. —El joven rio, pero ella no entendió a qué se refería—. Antes de llegar aquí estuve en Idaho.

—¿De Baltimore os fuisteis a Idaho y luego a Colorado?

—La verdad es que solo yo estuve en Idaho. A Liam lo mandaron a Texas.

—¿Lo «mandaron»? —A Violet se le antojó una extraña elección de palabras.

—Los dos formamos parte de uno de esos trenes de huérfanos —le dijo como si tal cosa—, y no encontraron ningún lugar que nos aceptara a ambos.

Violet había oído hablar de aquellos trenes que llevaban a jóvenes huérfanos hacia el oeste para ayudar a los granjeros, un modo de aliviar la presión en las grandes ciudades y de ofrecerles un futuro. Sintió una punzada en el pecho cuando pensó en Gideon y en Liam, que no solo habían perdido a sus padres, sino que además se habían visto obligados a marcharse de su ciudad y a hacerlo por separado. Tuvo que morderse los carrillos para mantener las lágrimas a raya.

—Lo siento mucho... —musitó.

—No lo sienta, señora. Mantuvimos el contacto y al final conseguimos encontrarnos de nuevo. Y aquí vivimos muy bien.

Violet contempló sus pantalones, que lucían un par de remiendos que parecían hechos por un carnicero, miró su chaqueta con los filos deshilachados y sus ajadas botas. Solo el cabello, fino y sedoso, parecía limpio y brillante.

—¿Qué edad...? —comenzó a preguntar, aunque se quedó sin saliva en mitad de la frase.

—Perdimos a mi padre incluso antes de nacer, y a mi madre a los siete años —le explicó, sin apartar la vista de los caballos—. Nos criamos en el orfanato hasta que nos enviaron al Oeste. Teníamos once años entonces, doce tal vez, y habíamos aprendido a leer y a escribir. Gracias a eso no nos perdimos la pista.

—Gideon...

—No se preocupe, señora. Fue hace mucho tiempo.

¿Mucho tiempo?, se dijo Violet. ¡Pero si los gemelos no podían tener más de veinte o veintiún años!

—Al menos aquí no tenemos que pelearnos por la comida —añadió el chico con una risa, y sus palabras, sin saberlo, le causaron un hondo pesar.

Violet sintió un deseo tan intenso de abrazar a aquel joven que le dolieron los brazos y todos los huesos del cuerpo. Imaginar a aquellos dos niños solos, sin una madre que los cuidase y los educase, sin un padre que los ayudara a convertirse en hombres de provecho, era superior a sus fuerzas.

—Será... —carraspeó para tragarse la bola de amargura—. Será mejor que vuelva dentro.

—Si necesita algo, estaré todo el día por aquí cerca.

Violet asintió, se dio la vuelta y, mientras desandaba el camino hasta la casa, se limpió una lágrima traicionera con la punta del chal.

Las palabras que Christopher le había dirigido la noche anterior, y que tanto la habían enfurecido, cobraban un nuevo sentido. A saber qué otras historias esconderían los miembros de aquella extraña familia.

17

Violet había preparado guisantes salteados, filetes empanados y pequeñas tartaletas de crema y nueces. Se había pasado casi toda la tarde entre los fogones, pero el resultado no podía ser más satisfactorio. Observó con orgullo el aspecto de las fuentes humeantes y decidió llevarlas a la mesa. En el vestíbulo, se dio cuenta de que alguien trataba de abrir la puerta principal a empujones. Cuando al fin cedió, Christopher y Luke entraron casi de sopetón.

—Tengo que recordarle a Jan que le eche un vistazo a... —Vio a Violet en mitad del recibidor, con la fuente aún en las manos—. Buenas noches, Violet.

—Espero que tengáis apetito —le dijo ella con un atisbo de sonrisa.

Christopher alzó una ceja, un tanto sorprendido por aquella muestra de simpatía. Se preguntó si tendría algo que ver con el hecho de que habían dormido juntos. O casi.

—Huele muy bien, señora Anderson —dijo Luke a su lado.

—Confío en que aún sepa mejor.

—¿Esta noche tenemos que llevar otra vez la cena al granero? —inquirió su amigo.

—Eh... no, claro que no. —Las mejillas de Violet se colorearon, bajó la cabeza y continuó hasta el comedor.

En ese momento entraba Cody por la puerta.

—Esto... ¿volvemos a cenar en la casa? —preguntó en voz baja a su jefe.

—Parece que sí.

—¡Estupendo!

El joven se llevó las manos al estómago y lo palmeó un par de veces mientras alzaba el mentón y olisqueaba el aire.

—Dios, qué bien huele.

—Pues te aseguro que no es por ti. —Liam había entrado también—. ¿Cuándo fue la última vez que te diste un baño?

—El mismo día que tú —contestó con sorna.

—Eso fue el domingo, y te aseguro que yo no apesto.

—Ya, eso es lo que tú crees.

Mientras Liam alzaba los brazos y llevaba la nariz hasta su axila, Gideon y Jan aparecieron también, y el muchacho miró a su hermano.

—¿Qué haces?

—Nada. —Liam se irguió de nuevo.

—¿Hay que llevar algo al granero? —preguntó Sean, que había entrado en último lugar.

—Esta noche no —respondió Cody, muy ufano.

—De acuerdo, ¿y qué hacemos todos aquí apelotonados en la entrada?

Como si esa hubiera sido la señal convenida, todos se movieron unos pasos, tropezando unos con otros, y entraron en el comedor. Le dieron las buenas noches a Violet con cierta timidez y cada uno ocupó su asiento.

Violet se dio cuenta de que había olvidado el pan en el horno y fue a buscarlo. Apenas tardó unos segundos, pero, cuando regresó, encontró las fuentes prácticamente vacías y a los hombres comiendo como si no hubiera un mañana, como siempre. Dio media vuelta, regresó a la cocina y cogió el cucharón con el que los había amenazado la noche anterior. Tras echarle un buen vistazo, decidió que era excesivo y optó por la cuchara de madera que había usado para cocinar.

Dejó la fuente con el pan en medio de la mesa y recibió un par de «gracias» con la boca llena, creyó que por parte de Gideon y de Christopher. Entonces, se fue hasta su sitio en la cabecera de la mesa y permaneció allí unos segundos, sin tomar asiento. Pero ni siquiera eso pareció llamar la atención de los vaqueros, que seguían a lo suyo, así que dio un golpe con la cuchara de madera sobre la superficie de la mesa, que sonó como un restallido, mucho más fuerte de lo que esperaba. Todos dieron un salto en sus asientos y Gideon, que ocupaba el taburete, acabó con una pierna colgando sobre él y con el culo en el suelo.

—No se empieza a cenar hasta que la señora de la casa se haya sentado —les dijo Violet—. Aquí o en cualquier otro lugar.

—¿En qué lugar? —preguntó Cody.

—En cualquiera al que os inviten a cenar.

—¿A nosotros? —Liam miró a sus compañeros y luego soltó una risita.

—Pero tenemos hambre —se lamentó Gideon.

—¿Un hambre que no puede esperar unos segundos? ¡Ya no sois unos niños! Y hay comida de sobra, y si no la hay cocinaré más.

—Sí, señora. —El chico bajó la cabeza.

Violet escuchó bufar a Jan, sentado a la izquierda de su marido, pero ni siquiera le dedicó una mirada.

—¿Va a sentarse ya, señora? —preguntó Cody, expectante, con un trozo de carne pinchado en el tenedor.

—Eh... sí, claro.

Violet ocupó la silla y no tuvo tiempo ni de arrimarla un poco a la mesa que ya todos volvían a comer con voracidad y a hablar con la boca llena. Dio otro sonoro golpe con la cuchara, que volvió a sorprenderlos.

—¿Y ahora qué? —preguntó Jan de malos modos—. Creo que casi prefiero comer en el granero.

—Es usted muy libre de hacerlo, Jan —le dijo Violet—. Puede coger su plato y salir por la puerta, no voy a impedírselo.

Todos guardaron silencio y Christopher, desde el otro extremo, la miró con intensidad.

—En la mesa no se habla con la boca llena ni se come a dos carrillos —los informó ella.

—¿A dos qué? —preguntó uno de los gemelos.

—Así. —Cody imitó el gesto inflando los mofletes y moviendo la mandíbula como si masticara, lo que provocó la risa de los más jóvenes y las sonrisas de los demás, Violet incluida, a su pesar. Era inevitable no reírse con aquel joven.

—Eso lo hacen las vacas —comentó Violet, que no tenía ni idea de si las vacas comían de ese modo o no, aunque le pareció una comparación apropiada—. Las personas mastican por un solo lado y no hablan si tienen comida en la boca.

—¡Pero entonces no acabaremos nunca de cenar! —se lamentó Luke—. Y es el único momento del día en el que estamos todos juntos.

—No estoy diciendo que no podáis hablar, solo que no lo hagáis mientras estáis masticando.

—Creo que ya he tenido suficiente. —Jan se levantó con brusquedad y la silla sobre la que se había sentado se tambaleó ligeramente—. Prefiero cenar en el granero.

Miró a los demás, aguardando a que se unieran a él, pero todos volvieron la vista hacia Christopher, que se mantenía con la espalda erguida y sosteniendo la mirada de su esposa.

—Siéntate, Jan —le dijo él con suavidad, sin apartar los ojos de Violet.

El viejo refunfuñó, pero volvió a ocupar su silla y la arrimó con estrépito, como si dejara claro que solo se quedaba porque su jefe se lo había pedido.

—¿Podemos continuar cenando, querida? —le preguntó Christopher, en un tono engañosamente amable.

—Sí, claro —contestó Violet.

Que su marido no la hubiera desacreditado delante de sus hombres fue un pequeño triunfo para ella, pero decidió que lo mejor sería ir poco a poco. No podía enseñar modales a aquellos brutos en una sola noche, y tampoco deseaba que se produjera un enfrentamiento entre ellos por su causa. Así que el resto de la velada se mantuvo en silencio, aguantándose las ganas de volver a coger la cuchara una y otra vez.

Christopher se quedó solo en el salón, contemplando con aire distraído las llamas de la chimenea. Fuera, el viento ululaba entre los árboles y le dio una inmensa pereza irse al granero a pasar la noche. Valoró la posibilidad de quedarse allí a dormir, sobre el confortable diván. Si alguno de sus hombres lo descubría, podía inventar alguna excusa. Eso suponía que no vería a su esposa esa noche y, si era sincero, lo prefería. No estaba del todo disconforme con el modo en que había llevado las cosas, al menos les había permitido volver a cenar dentro, pero estaba causando cierta fricción entre ellos, al menos entre Jan y él. Y eso no le gustaba. Por otro lado, tampoco deseaba iniciar una nueva pelea con Violet, que sospechaba que era lo que sucedería si subía de nuevo para salir por la ventana. Comenzaba a estar cansado de ese tira y afloja constante. Christopher se consideraba un hombre razonablemente paciente y poco dado a los enfrentamientos, pero en el tiempo que llevaba casado se había visto inmerso en más discusiones que en los cinco años anteriores.

Volvió la vista hacia la entrada del salón, desde donde podía contemplar el primer tramo de escalones. Pensándolo bien, se dijo, ya no era necesario que subiera cada noche para escurrirse como un ladrón. Tras los primeros días de novedad, sus hombres habían vuelto a su rutina habitual y podía salir perfectamente de la casa sin llamar la atención. Claro que eso implicaría no volver a ver a su mujer en ropa de dormir y con el pelo suelto, ese pelo que parecía atrapar toda la luz que hubiera a su alrededor. No sabía si estaba preparado para renunciar a ese pequeño placer diario. Sin embargo, por esa noche, podría vivir sin él. Cogió una de las mantas que descansaban sobre el respaldo del sofá y, sin quitarse siquiera las botas, apagó la lámpara y se tumbó cuan largo era. Los pies le sobresalían por el extremo, aunque sabía que eso no le impediría dormir a pierna suelta.

Pensó en Lobo, que lo estaría esperando fuera y que parecía haberse habituado con facilidad a dormir con él. Al animal no le gustaba estar dentro de la casa, enseguida se ponía nervioso y arañaba la puerta para que lo dejaran salir, así que descartó invitarlo a entrar. Disponía de una pequeña entrada en la parte trasera del granero por si quería refugiarse allí, así que estaría bien.

Christopher dio un par de vueltas, incapaz de encontrar el sueño pese a lo cansado que estaba. Echaba de menos el calor del perro a su lado y su respiración acompasada y, aunque le costara admitirlo, anhelaba especialmente la calidez de Violet pegada a su espalda. Pensó en leer un rato alguno de los libros que había traído desde Chicago y que habían sido recibidos con bastante entusiasmo por sus hombres, pero le dio pereza.

Unos minutos después, incapaz de conciliar el sueño, se levantó casi de un salto, se puso la chaqueta y salió al porche. Allí lo esperaba Lobo, que se puso en pie de inmediato y dio unos cuantos giros sobre sí mismo, feliz.

—¿Nos vamos a dormir, amigo? —le preguntó.

Como si hubiera comprendido sus palabras, el animal saltó y mordisqueó la manga de su pelliza, tratando de arrastrarlo con él. Christopher le acarició las orejas, le dio una palmada cariñosa en la cabeza y bajaron juntos los escalones.

Ambos se perdieron en la noche.

Contemplar el avance de la primavera siempre había sido uno de los espectáculos preferidos de Violet. Cuando era niña, a su padre y a ella les gustaba perderse en los parques de la ciudad para observar los nuevos brotes. Las ramas de los árboles iban perdiendo sus vestidos de invierno, y le encantaba tratar de localizar los puntos verdes que luego se convertirían en hojas y flores. Únicamente su hermana Flora parecía sentir cierta inclinación a compartir con ellos esos momentos, aunque solo los acompañaba una vez de cada cinco, alegando que aún hacía demasiado frío. A Violet, sin embargo, no le importaba. Ataviada con abrigo, bufanda, gorro y guantes, asistía cada año como si fuese el estreno de la temporada en el teatro, al menos había sido así hasta que murió su padre. Luego, apenas regresó a ver nacer la primavera, primero, porque le resultaba demasiado doloroso y, luego, porque estaba demasiado ocupada.

Esa mañana, mientras fregaba los cacharros en la cocina, su vista se perdía más allá de la ventana. Vio trabajar a algunos de los hombres y contempló las cumbres nevadas recortándose en el horizonte. El sol bañaba de luz la pradera, arrancando destellos plateados de los charcos de nieve, y envolvía de oro los árboles más cercanos a la casa, cuyas ramas comenzaban a librarse del abrazo invernal. Una oleada de nostalgia la pilló por sorpresa y tuvo que agarrarse a los bordes de la pila, respirando a grandes bocanadas.

Se secó las manos, cogió su abrigo y salió al porche. Allí aspiró con fuerza el aire casi helado, hasta abrasarse por dentro, y cerró los ojos unos segundos, los suficientes como para que el mundo dejara de tambalearse a su alrededor. Entre las lágrimas que no había podido tragarse y que ahora anegaban sus ojos, distinguió el primer brote verde del árbol más cercano a la casa. Apenas un botón de vida que parecía brillar contra la rugosa rama de la que había surgido.

La primavera, ajena a los sinsabores de humanos y bestias, siempre regresaba.

Desde el granero, Christopher había visto a su esposa salir al porche y permanecer allí unos minutos, mirando hacia los árboles y con los brazos cruzados. Hacía frío, aunque no tanto como en días anteriores, y el gesto lo desconcertó.

Sean, Cody y él estaban cargando un carro con heno para alimentar al ganado, pero Violet en ningún momento miró en su dirección. La vio bajar los escalones y rodear la casa. Aún cojeaba un poco, aunque el pie parecía haber sanado por completo. Cayó en la cuenta de que todavía no le había enseñado la propiedad y, cuando la vio desaparecer, dejó el último fardo sobre la carreta y les dijo a sus hombres que continuaran sin él.

Mientras avanzaba en dirección a la vivienda, se quitó los guantes, los sacudió contra la pernera del pantalón y se los metió en el bolsillo trasero. Vio a Violet bordear la pequeña loma que protegía la parte trasera del rancho y apuró el paso para encontrarse con ella. Se había detenido frente a una construcción que él conocía muy bien, y que quedaba oculta desde la casa principal. Ella lo oyó acercarse y se volvió para recibirlo.

—¿Quién vive ahí? —preguntó, señalando hacia el frente.

—Ahora mismo, nadie —contestó Christopher—. Fue la primera casa que construyó mi padre. Ahí vivimos hasta que cumplí los ocho años, poco después de que Leah naciera.

La rudimentaria vivienda, hecha de adobe y troncos, y de una sola planta, albergaba los recuerdos más felices de su infancia, cuando todavía eran una familia. En ese momento, no presentaba muy buen aspecto. La vegetación había invadido los pequeños huecos y la suciedad se acumulaba a su alrededor como un sudario de desidia.

—¿Podemos verla? —preguntó su mujer.

—Claro —contestó, aunque hacía al menos tres años que no había puesto un pie en ella.

Christopher empujó la puerta, que cedió sin esfuerzo, y el frío y la humedad los envolvieron de inmediato. Violet se estremeció y él hizo un esfuerzo para no imitarla, aunque no a causa de las bajas temperaturas. A veces, olvidaba que, durante un tiempo, había sido feliz, muy feliz.

La casa, pese a su engañoso aspecto, había sido hermosa en sus primeros años, con una cocina totalmente equipada, un salón-comedor amplio y luminoso y tres grandes dormitorios. En uno habían dormido sus padres, en otro sus abuelos paternos y en el tercero él. Acostumbrado a compartir un pequeño cuarto con dos de sus primos, en un apartamento en Nueva York, al principio ni siquiera supo cómo llenar aquel espacio tan grande. La vivienda conservaba casi todos los muebles, cubiertos ahora por sábanas, porque su padre se había empeñado en que todo fuese nuevo en su también nuevo hogar, como si con eso pudiera engañar al destino.

A Violet la asombraba que aquella vivienda, que aún estaba en perfectas condiciones pese a su evidente abandono, estuviera deshabitada. Era espaciosa, recibía mucha luz y daba la sensación de estar bien construida. Con unos pocos cuidados se mantendría en pie durante décadas.

—¿Puedo? —le preguntó a su marido, sosteniendo la punta de una de aquellas sábanas entre los dedos.

Christopher asintió y ella alzó la tela unos centímetros para ver qué ocultaba, y lo mismo hizo con los demás muebles del salón. Lo que vio no debió disgustarla, a juzgar por cómo parecía emocionarse con cada descubrimiento. Sucedió lo mismo cuando le mostró los dormitorios y pasó los dedos casi con reverencia por el marco de la puerta que conducía a su antigua habitación. Allí, grabadas sobre la madera, estaban las marcas que su padre había ido horadando en ella a medida que crecía.

Violet pareció comprender el significado de aquellas señales y le dirigió una mirada que barrió el frío de un manotazo y que a Christopher le calentó hasta los dedos de los pies.

La habitación de sus abuelos era la que se encontraba en peor estado, debido a la aglomeración de cajas y de trastos que habían ido acumulando a lo largo de los años. Ropa vieja, algún juguete antiguo, recuerdos de todo tipo... y todas las cosas que su madre había dejado atrás al marcharse y que nadie había vuelto a mirar jamás.

Su mujer lo miró con una ceja alzada, a modo de pregunta.

—Cosas viejas —le dijo él. Y en un arrebato añadió, señalando las cajas—: Puedes abrirlas si lo deseas y usar lo que consideres conveniente.

—Oh, ¿sí?

Por algún extraño motivo, aquello pareció hacerle ilusión.

—No encontrarás nada de valor.

—Lo que para ti puede ser desechable podría ser útil para alguien.

Christopher se encogió de hombros, no muy convencido, pero no la contradijo. Salieron de nuevo al sol del mediodía, que envolvió de cobre el cabello de fuego de su esposa. Tuvo que hacer un esfuerzo para no alzar la mano y acariciar el mechón que se había escapado de su moño y que se balanceaba al son del viento.

En lugar de regresar a la casa principal, Violet continuó caminando, con Christopher a su lado, como si fuesen una pareja normal paseando por su propiedad en un tardío día invernal. Un pequeño edificio de madera se alzaba a la derecha, y la informó de que era el viejo cobertizo, y más allá había una construcción alargada, aunque a aquella distancia no podía adivinar de qué se trataba.

—Son cabañas para los trabajadores.

—¿Qué? —Ella volvió la vista hacia él.

—Hace años, los empleados del rancho se hospedaban allí. —Christopher captó la mirada de su esposa y se apresuró a añadir—. Resulta más económico calentar una sola casa y de ese modo nos hacemos compañía.

—Entiendo.

Sí, Violet lo entendía. Aun así, habiendo tanto espacio disponible para los hombres que trabajaban en el rancho, todavía le costaba asimilar que vivieran todos bajo el mismo techo.

—De todos modos, aquellos hombres ya no trabajan aquí. Excepto Jan y Luke, todos se marcharon cuando murió mi padre.

—¿Qué? ¿Por qué?

—Nadie pensó que yo fuese capaz de sacar el rancho adelante, así que se fueron. Otros llegaron después, Stephen, el marido de Leah, entre ellos. Cody, Sean y los gemelos llegaron más tarde.

—Debió de ser muy duro.

—Lo fue.

—Pero lo lograste.

—Supongo que sí.

—Lo hiciste.

Violet posó la mano en su antebrazo y se lo apretó a modo de ¿qué? ¿Consuelo? ¿Afecto? ¿Compasión?

—Tengo que volver al trabajo —anunció él de repente.

—Sí, claro. Yo también —dijo ella, que retiró la mano de inmediato.

Durante mucho rato, Christopher sintió el calor que aquella mano había dejado impreso sobre su brazo, como si hubiera atravesado todas las capas de ropa que separaban la mano de Violet de su piel.

18

Susan Miller era maestra en Heaven, y ya llevaba cuatro años viviendo en el pueblo. Había llegado desde Connecticut respondiendo a un anuncio. Era muy difícil para una mujer conseguir empleo como profesora en el Este, excepto para dedicarse en exclusiva a las niñas o a los más pequeños, y ella siempre había soñado con moldear las jóvenes mentes del futuro, los hombres y mujeres del mañana. No tenía muy claro que estuviera logrando su propósito, aunque no perdía la esperanza. El presidente Andrew Jackson había nacido en un pequeño pueblo de Carolina del Norte, y Abraham Lincoln en una granja a las afueras de una diminuta ciudad de Kentucky. ¿Quién podía asegurar que algún futuro presidente de Estados Unidos no se encontraba ya deambulando por las calles de Heaven, Colorado?

Susan se consideraba una mujer inteligente y voluntariosa, y sus únicos vicios —conocidos y ocultos— consistían en devorar novelas románticas —que procuraba alternar con lecturas más serias para mantenerse al día en las materias que impartía— y comer dulces. Dos vicios que llevaban aparejadas sus propias consecuencias: unas lentes de las que apenas se separaba y unos cuantos kilos de más que tampoco la abandonaban, pese a las largas caminatas diarias que se imponía como penitencia. El pecado de la gula, como insistía en llamarlo el padre Stevens, era una manera, un tanto infantil y desesperada, de llenar sus largas y solitarias noches.

Sin duda esa había sido la faceta más ardua de su proceso de adaptación. Se había criado junto a seis hermanos (dos chicas y cuatro chicos), en una casa siempre ruidosa y alegre, y allí había vivido hasta que, a los veintitrés, decidió hacer las maletas y buscar su propio camino. Excepto su hermano George, dos años mayor que ella, nadie había comprendido su necesidad de dedicarse a la enseñanza, y mucho menos su decisión de hacerlo a tantas millas de su hogar. No se trataba de una cuestión económica; su padre era un respetable hombre de negocios y nunca les había faltado de nada, por lo que le costó hacerle entender que ella deseaba hacer algo diferente con su vida que casarse y tener sus propios hijos, que era lo que se esperaba de ella. Al final, tras varias discusiones y negociaciones, había terminado por claudicar, e incluso le había entregado una cantidad de dinero inicial con la que comenzar y le había pedido a George que la acompañara y se quedara con ella las primeras semanas, por si acaso aquello no era lo que su hija esperaba.

Pero Susan se había enamorado de Heaven en cuanto había visto el pueblo recortándose contra el horizonte, y de aquellas praderas infinitas que morían a los pies de las Rocosas. El pueblo había crecido tanto en los últimos años que la necesidad de nuevos maestros era acuciante, y la recibieron con los brazos abiertos. A nadie le importó que fuese una mujer —al parecer, el anuncio no había despertado el interés que ansiaban—, y dejaron a su cargo a los jóvenes de ambos sexos. Con la ayuda de George, alquiló una pequeña casita de dos dormitorios pintada de color blanco, que reacondicionó a su gusto, y con una valla del mismo color rodeando el pequeño jardín. Y comenzó su nueva vida.

Cuatro años después, Susan seguía sintiéndose orgullosa de sí misma, del trabajo que hacía y del hogar que se había construido. Continuaba escribiendo a casa semanalmente, y manteniendo a su familia al corriente del transcurrir de su monótona existencia —había sido una de las condiciones de su padre—, y lo hacía con placer, porque era consciente de lo quebradizos que podían tornarse los lazos familiares con la distancia. Así que, cuando aquel domingo por la mañana vio aparecer a Christopher Anderson en compañía de su esposa para asistir a la misa del padre Stevens, lo primero en lo que Susan pensó fue en que, esa semana, tendría algo interesante que relatar a su familia. Que ella supiera, el señor Anderson no era católico, así que aquella inesperada aparición debía deberse a su esposa, una mujer menuda como un pajarillo, con el cabello rojo recogido en un apretado moño y los ojos grises como un día de invierno.

La congregación católica no era muy numerosa en Heaven, y apenas una veintena de personas aguardaban el inicio de la misa en la pequeña explanada frente a la todavía más pequeña iglesia. El sol calentaba lo justo para que el día no fuese del todo desapacible, y se habían formado algunos corrillos en los que se hablaba, especialmente, sobre el tiempo. En una tierra en la que la meteorología dictaba los destinos de sus habitantes, no era un tema baladí.

La llegada de los Anderson provocó cierta expectación y Susan se recordó a sí misma cuatro años atrás, asistiendo a la iglesia por primera vez y convirtiéndose en el centro de todas las miradas y todos los chismorreos. Probablemente, ninguno malintencionado, a esas alturas había llegado a conocer a sus vecinos lo suficiente como para saberlo y, con alguna excepción, eran personas buenas y amables, solo que para averiguarlo se necesitaba algo de tiempo. Abandonó entonces el grupo en el que se encontraba y se dirigió a los recién llegados.

—Señores Anderson, es un placer verlos por aquí.

—Muy amable, señorita Miller —contestó el ranchero, que se llevó la mano al sombrero—. Permítame presentarle a mi esposa Violet. Querida, esta es la señorita Miller, una de las maestras de Heaven.

—La única que yo sepa —comentó Susan con gracia—. El resto de mis compañeros son todos hombres.

—Mucho gusto, señorita Miller. —La mujer extendió una de sus pequeñas manos, que Susan estrechó con delicadeza, como si tuviera miedo de romperla. A su lado, aún se le antojó más frágil, y eso que Susan no le sacaba más de media cabeza—. El trabajo que desempeñan siempre me ha parecido admirable.

—Oh, gracias, es usted muy amable. —Susan casi enrojeció de placer.

—La posibilidad de moldear a los hombres y mujeres que seguirán nuestros pasos siempre me ha parecido una tarea trascendental. Creo que yo no habría tenido paciencia para ello, en el caso, desde luego, de que hubiera dispuesto de los conocimientos necesarios.

Susan la miró un instante con una ceja alzada, tan sorprendida como halagada ante aquella afirmación que tanto se parecía a sus propios pensamientos. Y cuando la señora Anderson le dedicó una sonrisa amable, tuvo la intuición de que aquella mujer iba a convertirse en una de sus mejores amigas.

The Heaven's Gazette
20 de marzo de 1887

La señora Adams nos comunica que este año no preparará la tarta de frambuesas con la que ha ganado tres premios consecutivos en el Festival de Primavera, así que ofrece gratis su receta a cualquiera que desee cocinarla.

En esta redacción, estamos ansiosos por descubrir con qué nueva delicia nos sorprenderá este año nuestra más famosa repostera.

Violet se sentía más cómoda que el domingo anterior, en la iglesia presbiteriana. Para empezar, Amanda Weston no se encontraba en las cercanías, y el número de feligreses era significativamente menor, lo que conllevaba que no se sintiera tan observada. Era consciente de que su llegada continuaba siendo una novedad, y precisamente el artículo publicado en la gaceta local no había contribuido a que su presencia hubiera pasado desapercibida, pero estaba deseando que sucediera algo nuevo y más sustancioso en lo que los vecinos pudieran centrarse.

Conocer a la señorita Miller había supuesto también un interesante cambio con respecto a su anterior visita. Enseguida había experimentado una corriente de simpatía hacia ella, y tenía la sensación de que el sentimiento era recíproco. Era una mujer bonita y agradable, de fisonomía rotunda, pero de una dulzura que parecía envolverla como un velo, desde la suavidad de su redondeado rostro hasta aquellos ojos castaños que se escondían tras las lentes.

En la casa de huéspedes se habían alojado a lo largo de los años varios maestros, hombres en su mayoría, y a Violet siempre le había resultado fascinante la posibilidad de influir en las vidas de sus alumnos, la idea de dejar su impronta, de sembrar las semillas que florecerían con el paso del tiempo.

Por desgracia, no pudo disfrutar de la compañía de la señorita Miller durante mucho rato, porque el párroco se aproximó hasta ellos y los saludó con efusividad, dándoles la bienvenida a la iglesia. Violet observó al hombre, su cabeza redondeada y cubierta solo a medias por una cabellera blanca que rodeaba la calva de la parte superior, con las patillas invadiendo parte de sus mejillas. Los ojos, tan claros como un día de verano, brillaban con una chispa de alegría que le resultó casi contagiosa. Sus manos regordetas acogieron la de Violet y a través de los guantes percibió la calidez que transmitían. No era un hombre grueso, a pesar de que el abultado abdomen hiciera pensar lo contrario, y se movía con gracilidad sobre las puntas de los pies, como si bailara una danza que solo él pudiera escuchar.

—Siempre es una alegría recibir a nuevos feligreses, señora Anderson —les dijo el padre Stevens, con una voz gruesa y profunda que parecía no encajar con el resto de su persona—. He oído que viene usted de Chicago.

—Así es. —A Violet no le sorprendió que el cura conociera aquella información; a fin de cuentas, Heaven solo era un pueblo.

—No he tenido la ventura de conocer su ciudad, pero espero que nuestra modesta iglesia no la defraude.

—Seguro que no. Parece un lugar acogedor. —Y no mentía. El edificio, construido en madera y pintado de blanco, se coronaba por un estrecho campanario, y junto a la escalinata de la entrada había parterres con arbustos perlados de nieve. Supuso que cuando la primavera hubiera extendido del todo sus alas, se cubrirían de flores.

—Oh, me alegra que le guste. —El sacerdote echó la vista atrás y observó el edificio—. Es modesta, pero Nuestro Señor tampoco necesitó un palacio para hacernos llegar su mensaje. —Volvió la vista hacia ellos—. Creo que el señor Anderson tampoco la conocía, ¿me equivoco?

—Eh, no, aún no había tenido la oportunidad —contestó Christopher, incómodo, mientras cambiaba el peso de un pie al otro.

—Bueno, la iglesia solo lleva en pie dieciocho años —bromeó el cura—. Seguro que, un día u otro, habría encontrado el momento de hacernos una visita.

Un jovencito vestido de monaguillo apareció junto al padre Stevens para decirle que estaba todo listo. El sacerdote se despidió de ellos con una sonrisa que Violet le devolvió sin esfuerzo y que Christopher tuvo que disimular.

—Parece un hombre agradable —comentó Violet.

—Oh, es un hombre encantador —reconoció Christopher—, excepto cuando se junta con el reverendo Cussack.

—¿No se llevan bien?

A Violet le extrañó que existiera animadversión entre dos hombres de iglesia.

—Bueno, son capaces de beber juntos en la misma mesa, siempre y cuando ninguno de los dos hable de religión.

—Imagino que harán lo posible para evitar ese tema.

—Aún no conoces este pueblo, Violet —le sonrió Christopher—. Uno de los pasatiempos favoritos de muchos de sus ciudadanos consiste en preguntarles a uno o a otro sobre alguna cuestión teológica cada vez que están juntos.

—Pero... ¿por qué?

—Por el gusto de verlos discutir, imagino.

—No hablas en serio.

—Me temo que aquí no existen muchas distracciones.

Violet iba a replicar algo sobre el pésimo gusto de los habitantes de Heaven en el apartado de entretenimientos, pero el tañido de la campana ahogó cualquier cosa que fuera a decir y, cogida del brazo de Christopher, entraron en la iglesia.

Tras el oficio, que a Violet se le había antojado un poco largo, Christopher la acompañó hasta la oficina de correos. En el pequeño bolso que llevaba con ella guardaba cartas para su madre, su hermana y el señor Boyd. Pese a que ninguna ocupaba más que una cuartilla, le había llevado días escribirlas. Por nada del mundo deseaba hacerles partícipes de la situación en la que se encontraba y darles con ello la razón, sobre todo a su familia, pero tampoco estaba habituada a mentir, y no encontraba el modo apropiado de conjugar ambas cosas. Al final había optado por una nota sencilla para cada uno en la que informaba de su llegada y de que estaba bien, con cuatro líneas sobre la belleza del paisaje y otras cuatro para hablar sobre el rancho, que describió con los adjetivos más halagüeños que logró recordar.

—He pensado que podríamos almorzar en el pueblo —le decía Christopher en ese momento—. Cerca de la oficina postal hay un pequeño restaurante donde se come muy bien.

—Eso sería fantástico, gracias.

—¿Gracias? — Christopher le sonrió.

—Por haber pensado en ello.

—Imagino que eres consciente de que, en caso de haberlo propuesto tú, tampoco habría supuesto un problema.

—¿De verdad?

Christopher se detuvo en mitad de la calle y se volvió hacia ella con el ceño ligeramente fruncido.

—¿Necesitas preguntarlo? No estás encarcelada, Violet, puedes moverte con total libertad por donde quieras. Solo he pensado que estaría bien que, por un día, no tuvieras que cocinar, pero si no te apetece...

—¡No! —lo interrumpió—. Quiero decir... ¡sí! Sí que me apetece.

—Eres una mujer de lo más extraña —musitó él, ladeando la cabeza.

Violet vio agitarse los mechones rubios por debajo del sombrero Stetson y estuvo tentada de insinuarle que, tal vez, ya iba siendo hora de acudir al barbero. Sin embargo, le gustaba el cabello de su marido y cómo se mecía al compás del viento. Y le encantaba cómo le quedaba aquel sombrero de ala ancha, aunque los primeros días le había costado acostumbrarse a verlo con él.

—Será mejor que nos demos prisa —le dijo Christopher—. La oficina cierra en quince minutos.

Ella asintió y volvió a tomarlo del brazo, aunque mantuvo cierta distancia con el cuerpo de su esposo. De repente, tenía la sensación de que su cercanía la quemaba.

Casi tropezaron con el elegante hombre que salía de la oficina de Correos, casi tan alto y ancho de espaldas como Christopher, pero con veinte años más sobre los hombros. No llevaba sombrero y su cabello castaño claro brillaba bajo el sol, acentuando la intensidad de sus ojos azules.

—Chris, muchacho, me alegro de verte. —El hombre le ofreció la mano y se la estrechó con energía—. Y usted debe de ser la encantadora señora Anderson.

—Violet, te presento a uno de nuestros vecinos, Samuel Marsten.

Violet le ofreció también la mano, que Marsten se llevó a los labios sin llegar a rozarla. Por lo que parecía, era un auténtico caballero. Y entonces recordó cuándo había escuchado su nombre por primera vez.

—Es un placer, señora Anderson —le dijo—. Ya ve usted, ni siquiera sabíamos que el chico tuviera novia.

—Ha sido todo muy reciente —comentó ella, una frase que se estaba convirtiendo en su coletilla habitual. A su lado, notó el cuerpo de Christopher tensarse.

El hombre sonrió y Violet pensó que, si no supiera lo que sabía sobre él, le habría resultado simpático.

—¿Qué tal se ha portado el invierno con vosotros, chico? —Marsten volvió a centrar su atención en su marido.

—Hemos perdido muchas reses —contestó, algo seco.

—Nosotros también —chasqueó la lengua—. Es una pena. ¿Quién iba a imaginarse que tendríamos un invierno así de implacable?

—Nadie, supongo.

—Espero verte en la próxima reunión. Aún no sabemos cuántas reses vamos a poder enviar este año a Denver.

—No faltaré.

—Bien. —Se volvió hacia ella—. Señora Anderson...

Violet movió la cabeza a modo de despedida y vio al hombre alejarse. Entraron en la oficina y entregaron las cartas al encargado, un hombre bajito y con la cabeza totalmente afeitada al que pillaron con las llaves en la mano. Recogió los sobres con desgana y casi los echó para poder cerrar el establecimiento, antes de que a alguien se le ocurriera aparecer por allí fuera del horario establecido.

Una vez fuera, Christopher volvió a ofrecerle el brazo y ambos continuaron su camino.

—Deduzco que ese señor Marsten con el que nos hemos cruzado es el mismo que conduce el ganado hasta la ciudad y que se queda con parte de vuestras ganancias —dijo Violet en voz baja.

—El mismo.

—Por lo que veo, aún no le has dicho que este año no le entregarás tus animales.

—Todavía no es el momento. Primero necesito saber lo que dirá en la reunión. Tal vez en las últimas semanas las condiciones hayan variado. En Chicago, el señor Bradford me dijo que, de no ser así, las llevara a Cheyenne.

—¿De verdad crees que Marsten os ofrecerá más dinero?

—En realidad no, pero debo asegurarme antes de cortar una relación comercial que ha durado años.

—¿Siempre te llama chico, o muchacho? —preguntó ella.

—Me conoce desde que nací. Imagino que aún no se ha dado cuenta de que me he convertido en un hombre.

—¿Desde que naciste? —Violet alzó una ceja—. Creí que habías venido de Nueva York.

—Así es. Marsten era uno de los mejores amigos de mi padre y vino con él a las minas en el 58. Encontraron una pequeña veta que explotaron hasta agotarla, ellos dos y otro compañero, el único que luego regresó al Este.

—Y tu padre y él decidieron quedarse.

—Sí. Mi padre siempre decía que ese dinero apenas nos habría durado unos años en una ciudad tan cara y por aquel entonces aquí la tierra era barata, muy barata. Así que ambos adquirieron miles de acres para criar ganado y mi padre fue a buscarnos a mi madre y a mí.

—¿Y la familia de Marsten?

—No tenía a nadie, que yo sepa. Tres o cuatro años más tarde conoció a la hija de un hombre de negocios de Denver y se casaron. La mujer murió hace más de una década, pero le dio un hijo, que ahora tendrá quince o dieciséis años y que estudia en el Este.

—Oh. —Durante un breve instante, Violet sintió lástima por aquel desconocido.

Christopher se detuvo entonces frente a un pequeño establecimiento con las paredes pintadas de un vivo color verde, y las ventanas adornadas con visillos blancos.

—Hemos llegado —anunció.

Lorabelle's Casa de Comidas, rezaba el reluciente cartel

colgado de una barra de hierro que sobresalía por encima de la puerta.

Christopher la invitó a pasar primero, y Violet se quedó inmóvil junto a la entrada. El local era encantador, con pequeñas mesas cubiertas por mantelitos verdes y sillas tapizadas a juego. Varias lámparas y cuadros adornaban las paredes forradas de madera, proporcionando calidez al ambiente. En ese momento no parecía haber ningún cliente y cayó en la cuenta de que aún era temprano.

Del fondo del establecimiento emergió la figura de una atractiva mujer, poco mayor que Violet, con el cabello oscuro peinado en un moño bajo y con los ojos castaños brillantes de alegría. Su sonrisa parecía sincera y Violet se la devolvió antes de darse cuenta de que no iba dirigida a ella.

—¡¡¡Chris!!! —La mujer se había acercado y en ese momento le daba un afectuoso abrazo a su marido—. ¡Cuánto tiempo sin venir a vernos!

—Lorabelle, estás tan encantadora como siempre. —Christopher se había separado de ella y la observaba con deleite.

—Y tú eres un adulador, como siempre también —rio la mujer, complacida. Enseguida pareció recordar que él no estaba solo y volvió la cabeza hacia ella—. Y usted debe de ser la señora Anderson.

—Violet —contestó ella, aún cohibida por aquellas muestras de afecto tan inusuales como inapropiadas.

—Bienvenida a nuestra casa, querida.

Entonces Lorabelle le dio también un abrazo que la pilló desprevenida y que ni siquiera tuvo tiempo de devolver.

—Voy a avisar a Betty —anunció la mujer, que hizo ademán de regresar a la parte trasera del establecimiento.

La cortina que separaba ambos espacios se descorrió en ese momento y apareció una niña de unos ocho años, con el cabello rubio y los ojos celestes, y dio un gritito antes de echar a correr hacia Christopher.

—¡¡¡Tío Chris!!!

Violet contempló cómo su marido cogía en brazos a la pequeña y cómo esta se agarraba a su cuello, visiblemente contenta de verlo. Se preguntó quiénes serían aquella niña y su madre, y por qué la pequeña guardaba un extraordinario parecido con su esposo.

19

Lorabelle los invitó a sentarse en una de las mesitas junto a la pared y su hija y ella arrimaron unas sillas. Durante unos minutos, Christopher y la mujer intercambiaron comentarios sobre sus vidas, lo que manifestaba que no se habían visto en algunas semanas. La pequeña Betty intervenía de vez en cuando y contaba alguna anécdota de la escuela o de un tal Buster que, por cómo hablaba de él, intuyó que se trataba de su perro. De tanto en tanto, Lorabelle dirigía la mirada a Violet, como si quisiera incluirla en la conversación, aunque bien poco podía aportar. Al final acabó por preguntarle directamente sobre su lugar de origen y le interesó mucho saber que había dirigido la casa de huéspedes de la familia, sobre todo cuando su marido la informó de que era una excelente cocinera.

—Tal vez podríamos intercambiar recetas —le dijo la mujer.

—Lorabelle hace el mejor asado de Colorado —señaló Christopher.

—Eres un exagerado, pero gracias. —Lorabelle colocó su mano sobre la de su marido, que no se inmutó.

—¿Dirige usted sola el negocio? —Violet echó un vistazo alrededor.

—Sí, aunque cuento con ayuda.

—¿Yo, mamá? —preguntó la niña.

—Por supuesto, cariño. Tú y Gertrude —se volvió hacia Violet—, mi ayudante de cocina.

—¿Solo de cocina? —bromeó Christopher.

—Bueno, lo cierto es que Gertrude es un apoyo en todo, como una tía para Betty y para mí. No sé qué haríamos sin ella.

—Tiene un local muy bonito —dijo Violet, y no mentía. Lo cierto era que el lugar le encantaba.

—Imagino que para alguien de una ciudad tan grande como Chicago resultará un poco tosco.

—En absoluto.

—Puede venir siempre que quiera.

La idea le resultó de lo más tentadora, si no fuera por dos importantes razones. Una, que estaba demasiado lejos del pueblo como para ir a dar un simple paseo, sin contar con que alguien del rancho tendría que llevarla. La segunda, que intuía que entre esa mujer y su marido existía algo más que una simple amistad.

La niña eligió ese momento para pedirle a Christopher que la acompañara a ver a Buster. Al parecer, se había peleado con otro perro del pueblo y había resultado herido, aunque no de gravedad, y ambos desaparecieron tras la cortina cogidos de la mano. La imagen le provocó a Violet cierto malestar.

—Querida, no sabe cuánto me alegra que se hayan casado —le dijo Lorabelle cuando se quedaron a solas.

—Gracias —contestó Violet, que no supo qué otra cosa responder a un comentario como ese.

—Christopher Anderson es un buen hombre, y no sé qué sería de nosotras sin él.

—¿Se conocen desde hace mucho? —preguntó Violet, deseosa de saber el alcance de aquella relación.

—A veces creo que desde siempre —rio Lorabelle—. ¿Le sirvo una copita de jerez antes de comer?

—Eh, sí, con mucho gusto.

La mujer se levantó y fue hacia el mostrador, tras el que se alineaban una serie de botellas distribuidas en varios estantes de lustrosa madera. Tomó dos vasos pequeños y los llenó de licor, y con ellos regresó a la mesa.

—Espero que se una usted al Club Magnolia.

—¿Cómo?

—Algunas de las mujeres del pueblo nos reunimos cada dos viernes, en el salón del ayuntamiento. No hacemos nada importante, no crea —rio de nuevo—. Cosemos, charlamos, a veces comentamos lecturas... y nos turnamos para llevar algo de merienda.

—Me temo que no sé dónde está el ayuntamiento.

—Oh, seguro que Chris se lo mostrará. El próximo viernes toca reunión, ¿le apetecería unirse a nosotras?

—Yo... no sé si será posible.

—¿Qué no será posible?

Christopher y Betty salían en ese instante de la parte trasera.

—Acabo de invitar a tu mujer a formar parte del club.

—Eres muy amable, Lorabelle.

—Sé bien lo que es llegar a un lugar en el que no conoces a nadie. Seguro que hará buenas amigas aquí, Violet.

—Gracias, lo pensaré.

—No es un grupo muy numeroso, pero nos avenimos muy bien. La mujer del doctor Brown es uno de los miembros, ¿la ha conocido ya?

—Aún no he tenido el placer.

—Oh, seguro que le gustará. Es encantadora. Ruby Grayson, del almacén, también forma parte del club, Susan Miller, la maestra de la escuela, Diane Mitchell, la esposa del banquero, Ethel Ostergard, la del alcalde...

—Lorabelle —la interrumpió Christopher burlón—, Violet aún no ha conocido ni a la mitad de esas personas.

—Pues será un momento ideal para ello, ¿no le parece, querida?

Pese a las reticencias que aquella mujer le inspiraba, su entusiasmo le resultaba contagioso, y Violet estuvo a punto de confirmar su asistencia a dicha reunión sin haber tenido siquiera posibilidad de pensarlo bien.

La puerta del local se abrió y entró una pareja de mediana edad, que permaneció unos segundos en la entrada.

—Me temo que ha llegado el momento de ponerme a trabajar —susurró Lorabelle—. Espero volver a verla muy pronto, querida.

Pronunció aquellas palabras con la mano sobre el hombro de Violet, al que dio un ligero apretón, un gesto que repitió en el antebrazo de Christopher antes de alejarse en dirección a los recién llegados, a los que instaló en una mesa junto a los ventanales. Betty le dio un beso a Christopher en la mejilla y otro a ella antes de desaparecer tras la cortina. El gesto le resultó tan inesperado que no tuvo tiempo ni de reaccionar.

Volvía a estar a solas con su marido y no sabía muy bien cómo comportarse. ¿Debía preguntarle directamente por aquella mujer y su hija, o esperar a que él le contara algo sobre ellas?

—Creo que lo del club es una buena idea —le dijo él.

—Tal vez —comentó ella, que todavía no quería comprometerse a nada.

—No es aconsejable que te encierres en el rancho, Violet.

—Según parece, tampoco tú te prodigas mucho por el pueblo.

—Algo que, al parecer, estoy compensando ahora con creces —bromeó—. ¿Te lo ha contado Luke?

—¿Luke? ¿Por qué habría de decirme Luke algo así?

—No lo sé. —Se encogió de hombros—. ¿Cómo lo has sabido, entonces?

—Por cómo te saluda la gente aquí, como si te vieran con poca frecuencia.

—Muy observadora.

—¿Y por qué te «encierras» tú en el rancho?

—Hay mucho trabajo.

—Es decir, que estos días nos hemos encontrado solo con gente ociosa, que no necesita trabajar para vivir y que puede permitirse visitar el pueblo con regularidad —bromeó entonces ella.

—No, claro que no —replicó él, con una sonrisa.

—Ya me lo parecía.

Christopher la miró con los ojos entrecerrados, los codos clavados sobre la mesa y los dedos entrelazados.

—Quizá ambos podríamos venir con más asiduidad —le dijo él, casi en un susurro.

—Quizá... —respondió ella, que desvió la mirada.

Violet tampoco estaba segura de querer comprometerse a nada con él. No al menos más de lo que ya estaba.

El asado, tal y como Christopher le había asegurado, estaba delicioso. Era, con diferencia, el mejor que había probado nunca y, pese a que trató de averiguar cuáles podían ser los ingredientes secretos, no logró identificarlos. Comieron casi en silencio, mientras el local se iba llenando. No había duda de que Lorabelle regentaba un próspero negocio y, a juzgar por la calidad de aquel plato, a Violet no le extrañó. El postre, una sencilla tarta de queso y limón, le resultó igual de exquisito y con gusto habría pedido otra porción.

Estaban a punto de abandonar la mesa cuando se aproximó a ellos un hombre ataviado con un elegante traje con chaleco a juego, más propio de una gran ciudad que de un pueblo como aquel. Lucía un bigote muy cuidado y una cabellera oscura peinada con esmero, y sus ojos, algo pequeños y demasiado juntos, no se despegaron de Violet.

—Usted debe de ser la señora Anderson... —le dijo, con una ligera inclinación de cabeza.

—Violet, te presento al señor Mulligan, el dueño del periódico del pueblo.

—Oh, ¿usted es el dueño del *Heaven's Gazette*? —preguntó ella, curiosa.

—En efecto —sonrió, halagado—. Veo que ya conoce nuestra modesta publicación.

—Así es, aunque, la verdad, no esperaba verme protagonizando una de sus noticias —repuso, con algo de mordacidad.

—Este es un lugar pequeño, señora Anderson, y todas las noticias son noticia. Su llegada, como no podía ser menos, fue una de ellas.

—Comprendo.

—De hecho, me encantaría tener la oportunidad de entrevistarla con algo más de profundidad.

—¿Qué? —Violet, desconcertada, miró a Christopher, que parecía casi divertido con la situación. Permanecía apoyado contra el respaldo de la silla, de forma indolente.

—Nada muy exhaustivo —continuó Mulligan, que alzó las manos—. De dónde viene, cómo era su vida antes de Heaven, qué tal se adapta a nuestra pequeña ciudad... Ese tipo de cosas.

—¿Quiere entrevistarme para el periódico? —repitió ella.

Violet no salía de su asombro. La posibilidad de ver su propia historia plasmada en el papel se le antojaba un disparate. Ella no era nadie importante, y tampoco deseaba explicarle a aquel desconocido su vida. Aunque, por otro lado, no era necesario que le contase nada que no quisiera hacer público, ¿verdad? Imaginar su nombre impreso en un diario, aunque fuese uno modesto, halagaba una vanidad que ni siquiera había creído poseer.

—Si no tiene inconveniente, me gustaría visitarla en su rancho una tarde de esta semana.

—Eh, no, claro. —Violet se tropezó con sus propias palabras—. Puede... puede venir cuando guste.

—Así lo haré. —Volvió a inclinar la cabeza y se despidió de su marido—: Anderson...

—Mulligan...

Ambos lo vieron alejarse y Violet se volvió hacia Christopher.

—¿Ese hombre hablaba en serio? —le preguntó.

—Totalmente en serio —rio él—. No te preocupes demasiado, escribirá unas cuantas líneas sobre ti en el periódico y ya está.

—¿Y ya está? ¿Te parece poco?

—Aquí no pasan muchas cosas, y la llegada de alguien nuevo siempre despierta el interés de los vecinos, así que Mulligan entrevista a todos los recién llegados. Pero ten cuidado con lo que le cuentas —bromeó Christopher—. Tiene un sorprendente olfato para las historias turbias.

—Lo tendré en cuenta —replicó ella.

Lo más turbio que le había pasado en toda su vida había sido precisamente Christopher Anderson, y de eso no iba a contarle ni una palabra.

Entonces recordó otro episodio de su pasado, todavía más turbio que aquel: la historia que había protagonizado con Peter Hanson años atrás, y que se había quedado encerrada para siempre en una de las habitaciones de la que había sido su casa.

Violet se arrebujó en la manta. Sentada en el pescante de la carreta trataba por todos los medios de alejarse de la atrayente calidez del cuerpo de Christopher, situado a su lado y con las riendas en la mano. El vehículo traqueteaba por el camino y se había levantado un viento frío que había estado a punto de arrancarle su precioso sombrerito encarnado, a juego con la falda que llevaba ese día. Era uno de sus favoritos. Resultaba un tanto llamativo, y como su hermana Rose había insistido mil veces, no pegaba con el tono de su cabello, pero a ella le encantaba y lo lucía siempre que tenía ocasión.

—¿Betty es hija tuya? —preguntó a bocajarro.

—¡¿Qué?! —Christopher la miró, casi espantado—. Pero ¿cómo se te ocurre?

—Es posible que no sea asunto mío, pero he visto cómo tratas a Lorabelle, y cómo tratas a su hija. Además, la niña es rubia y con los ojos azules.

—Igual que un tercio al menos de la población de Heaven.

—Ya...

—Solo somos amigos, buenos amigos. Y sí, hubo un tiempo en el que pensamos que podíamos tener algo de verdad, pero no pudo ser.

—¿Por qué no?

—Porque ella aún amaba a su marido y yo tampoco la amaba a ella.

Violet se mordió la lengua para no decirle que a ella tampoco la amaba y que, sin embargo, la había convertido en su esposa.

—Su marido murió en las minas de Pikes Peak, ahí en las Rocosas —continuó él, al tiempo que señalaba con la cabeza hacia las montañas.

—¿Y luego se instaló aquí?

—Sí, con Betty, que no tendría más de dos años. Lorabelle trabajó en el hotel de Henderson, pero no le pagaban mucho y pensó en abrir la casa de comidas.

—Y la ayudaste.

—Sí, la ayudé. Le presté el dinero para que lo hiciera. Dinero que, por si te interesa, hace tiempo que terminó de devolverme —le dijo, mordaz.

—Comprendo.

—¿Hay algo más que quieras saber? —le preguntó con acritud.

—No tendría que preguntarte si tú me contaras las cosas, así que no te atrevas a hablarme en ese tono. Por si no lo recuerdas, aquí la extranjera soy yo.

—Soy consciente de ello, créeme. Lo que no entiendo es por qué te empeñas en pensar siempre lo peor de las personas.

—¿La experiencia, quizá? —replicó ella, cínica.

—Tendrás que aprender a confiar en mí, Violet, soy tu marido —dijo él, con desgana.

—¿Confiar en ti? Sabes tan bien como yo que este matrimonio es una farsa, y, la verdad, no sé si es posible cimentar una relación sobre unos cimientos defectuosos —le dijo, recordando el pensamiento que había tenido días atrás.

—¿Defectuosos? —La miró de soslayo—. Que yo recuerde, pusimos los cimientos en Chicago, y a mí me parecen más que sólidos. Lo que sucedió después es solo una grieta. —Hizo una pausa—. Y las grietas pueden repararse.

Violet se mordió el labio, ansiosa por contradecirlo, solo que no se le ocurría una réplica adecuada. Había algo de razón en las palabras de su marido, solo que todavía no estaba preparada para asumirlo.

20

Samuel Marsten amaba aquella tierra áspera y salvaje. Su rancho ocupaba casi treinta mil acres repartidos entre los condados Huérfano y Pueblo. Ambos formaban parte de los diecisiete que se crearon cuando la zona se incorporó como Territorio a Estados Unidos en 1861, aglutinando regiones que habían pertenecido a Utah, Kansas, Nuevo México y Nebraska. Es lo que tenía el oro, era capaz incluso de modificar la geografía de un país a su conveniencia, y las Montañas Rocosas habían parido toneladas de él. Su mundo se reducía a aquella extensión de terreno, como si lo que sucediera más allá de las fronteras de Heaven perteneciera, más que a otro mundo, a otro planeta. Y a Samuel Marsten le gustaba saber lo que ocurría dentro del perímetro de su pequeño universo.

La llegada de la señora Anderson al rancho de sus vecinos había sido toda una sorpresa y se enteró, como el resto de sus conciudadanos, a través de la breve nota publicada en la gaceta del pueblo. Al principio no dio crédito, y pensó que Mulligan se había equivocado, algo que ya había sucedido con anterioridad. Sin embargo, la noticia se confirmó con el paso de los días. Nadie que él conociera estaba al tanto de que el joven Anderson mantuviera una relación con una mujer, no al menos desde aquella breve aventura con Lorabelle Green. Que se hubiera presentado con una nueva esposa, así de improviso, era algo que no había dejado de rondarle por la cabeza.

¿De dónde había salido aquella mujer? Lo único que había conseguido averiguar era que ambos habían llegado juntos en la diligencia, pero no dónde la había conocido. ¿En Pueblo? ¿En Denver tal vez? Ni siquiera estaba al tanto de que Anderson se hubiera ausentado del rancho, aunque, a decir verdad, el riguroso invierno había mantenido a casi todos los rancheros bastante aislados del resto. Podría haber dado la vuelta al mundo sin que él se hubiera enterado hasta su regreso.

Algo en todo aquello lo incomodaba y no sabía decir por qué. Apoltronado en su butaca, junto a un fuego vivo que arrancaba destellos rojizos de las pulidas superficies, aguardó a que su hombre de confianza acudiera a darle el parte del día. Mientras esperaba, observó con deleite el salón principal, los muebles de buena factura, las alfombras de lana gruesa, los adornos de latón... todo en aquella casa hablaba de prosperidad, una prosperidad que se había labrado él mismo.

Casi había finalizado su vaso de whisky cuando Mike Ross apareció en la puerta del salón.

—¿Te has limpiado los pies antes de entrar? —fue lo primero que le preguntó. Odiaba que aquellos vaqueros ensuciaran los suelos y las alfombras.

—Sí, señor Marsten.

—Sírvete lo que quieras. —Le indicó con un gesto la mesa de bebidas.

Mike Ross, fiel a su costumbre, prefirió quedarse de pie, y desde allí le relató los pormenores de la jornada. Era un hombre alto y delgado, con la cara salpicada de marcas de viruela que trataba de disimular con una barba corta y con un poblado bigote.

Como los demás rancheros de la zona, Marsten había perdido mucho ganado ese año, aunque menos que los demás. Haber vallado su propiedad le había permitido tener a las reses más controladas, por eso no comprendía por qué sus vecinos no eran de su mismo parecer.

—Por cierto, Ross, ¿sabes algo sobre la esposa de Anderson? —le preguntó cuando terminaron de comentar los asuntos del rancho.

—¿Algo como qué?

—No lo sé. ¿Has oído de dónde procede?

—De una gran ciudad, creo. Boston me parece. ¿O tal vez Chicago?

—¿Chicago?

—No estoy seguro, señor Marsten.

—Intenta averiguarlo.

—¿Representa algún problema?

—Aún no lo sé.

Marsten se reclinó en la butaca mientras Ross se marchaba. Que aquella mujer fuese de una gran ciudad no tenía por qué significar gran cosa. Podía haberse mudado a Colorado en algún momento y allí haber conocido a Anderson. Porque, si no era así, significaba que su vecino había viajado al Este en las últimas semanas, y no se le ocurría qué situación podía requerir un viaje tan largo durante un invierno tan duro.

Violet había escuchado en más de una ocasión la frase de que Roma no se había construido en un día. Su padre la usaba con frecuencia cuando fabricaba sus muebles y ella lo apremiaba para ir más deprisa. «Un trabajo bien hecho», le decía, «requiere su tiempo. Si tratas de ir demasiado rápido, la madera se astillará y todo el trabajo habrá sido en balde». Ese pensamiento la asaltaba con frecuencia, en concreto a la hora de la cena. Ya había conseguido que los hombres no comenzaran a comer hasta que ella hubiera tomado asiento, pero todavía continuaba lidiando con todo lo demás. Sin embargo, también era cierto que cada vez usaba con menos frecuencia la cuchara de madera que parecía acompañarla como la lanza a un guerrero. Le bastaba con carraspear para que la mano dispuesta a coger la comida de las fuentes se retirara y tomara el cucharón de servir. Con el asunto de no hablar con la boca llena había tenido mucho menos éxito, y cada noche tenía que hacer verdaderos esfuerzos para no llamarles la atención. Cada día una pequeña batalla, se decía a menudo, hasta que hubiera conseguido ganar la guerra.

Esa noche, después de cenar, decidió acompañarlos al salón. Durante unos instantes los siete hombres permanecieron en pie, observándola, y no supo decir si su presencia era o no bienvenida. Se cogió las manos y se las retorció, más nerviosa de lo que estaba dispuesta a reconocer, con la última discusión con Christopher aún demasiado presente.

—Señora Anderson... —le dijo Cody.

—¿Sí?

—¿Va usted a... sentarse?

—Eh, sí, creo que sí.

—¿Y ha decidido ya dónde va a hacerlo?

Así que se trataba de eso. Violet casi sonrió de alivio y eligió una butaca orejera lo bastante lejos del fuego como para sentirse cómoda. Enseguida todos ocuparon sus, imaginó, acostumbrados asientos. Nadie parecía realmente incómodo, así que dedujo que no había ocupado el sitio de ninguno de ellos. Durante un rato, los escuchó hablar sobre ganado y herramientas, hasta que se hizo el silencio. Los gemelos, tumbados en el suelo, cuchicheaban y reían.

Cody fumaba un cigarrillo, con las piernas estiradas. Sean leía un ejemplar del *Harper's Magazine*, y el viejo Jan disfrutaba de una copa de licor. Luke y Chris, sentados cerca el uno del otro, conversaban en voz baja. Su marido, de tanto en tanto, le lanzaba una mirada entre curiosa y expectante que no sabía muy bien cómo interpretar.

—Sean, ¿puedo hacerle una pregunta? —se interesó Violet.

—Por supuesto, señora. —El joven levantó la vista de su lectura.

—Es con diferencia el que menos habla durante la cena —sonrió ella, casi agradecida por el detalle—, y probablemente al que menos conozco. ¿Cuál es su historia?

—¿Mi historia?

—Sí, ¿cómo llegó aquí?

Sean miró a sus compañeros, que parecían prestarle toda su atención.

—Ya sabe, uno va y viene de un lugar a otro...

—¿Eso es todo? —inquirió, un tanto decepcionada.

—No hay mucho que contar.

—¿Dónde nació?

—En Pittsburgh, Pensilvania.

—¿Tiene familia?

—Sí, señora. Padre y tres hermanos.

—¿Y a qué se dedica su padre?

—Es... médico.

—¡Venga ya! —exclamó Liam, que lo miraba desde el suelo—. ¿Tu padre es médico?

—Sí —contestó Sean, un tanto azorado.

—Pero entonces... ¿qué haces aquí? Quiero decir... un médico gana mucho dinero, ¿no?

—Bastante.

—¿Te peleaste con él?

—¿Qué? ¡No!

—Entonces ¿qué hace el hijo de un médico en un rancho ganadero en mitad de Colorado? —preguntó el otro gemelo.

—Solo quería conocer el Oeste.

—¡Ja!

—Hablo en serio —afirmó Sean—. Mi padre me compraba las novelas de Fenimore Cooper y del capitán Mayne Reid, esas protagonizadas por cowboys que vivían mil aventuras y que recorrían todo el Oeste a lomos de su caballo. Desde niño soñaba con vivir como ellos, así que a los dieciséis le dije a mi padre que me marchaba.

—Y os peleasteis —insistió Liam.

—Ya te he dicho que no. —Sean frunció el entrecejo—. Aunque no le hizo mucha gracia y trató de convencerme para que esperara hasta los dieciocho.

—Pero no lo hiciste.

—Aguanté hasta los diecisiete. Entonces tomé un tren hasta Texas, y allí estuve casi tres años. Luego Kansas, y finalmente aquí...

—¿Y has conseguido sentirte como los cowboys de tus novelas? —se interesó Christopher, que no había perdido detalle.

—Casi todo el tiempo. —Sean sonrió, y los gemelos lo vitorearon.

Era evidente que el joven se sentía un poco intimidado por la atención que recibía, y la sonrisa se le fue escurriendo de los labios. Entonces se fijó en Cody, que lo observaba con los ojos entrecerrados.

—¿Algo que decir, Cody? —le preguntó, a la defensiva.

—Hummm... creo que en los tres años que llevas aquí jamás te había oído pronunciar tantas palabras seguidas.

Todos se rieron, Sean incluido y, por supuesto, también Violet. Por primera vez desde su llegada, casi creía formar parte de aquella inusual familia.

Los muebles de la vieja casa no estaban, después de todo, en tan buenas condiciones como Violet había supuesto durante su primera visita. Algunos tenían carcoma y otros necesitaban alguna reparación. En el interior de algunos de ellos encontró piezas de una vajilla de peltre, periódicos antiguos, ropa apolillada, botones sueltos, fragmentos de hierro, cerámica o madera cuyo origen le resultó desconocido, y un puñado de pequeños enseres de escasa utilidad, como una antigua plancha de hierro parcialmente oxidada.

Las cajas almacenadas en una de las habitaciones, sin embargo, contenían artículos muy distintos y en mejor estado, seguramente porque las habían protegido muy bien. Varios vestidos, anticuados, pero de excelente factura, guantes, sombreros, chales, un juego de tocador con los mangos de nácar, un botecito de perfume casi vacío, un par de joyeros de madera y latón... En una de las cajas, incluso, encontró varios metros de distintas telas con las que, supuso, la madre de Christopher había pensado coser cortinas para la casa e incluso ropa para ella y su familia. Le resultó extraño que nadie hubiera aprovechado todos esos artículos y le dio reparo hacer uso de ellos, a pesar de que su marido le había comentado que estaban a su disposición. Por si acaso, decidió no tocar nada antes de consultarlo de nuevo con él. Apenas habían vuelto a hablar desde el domingo, pero no podía ignorarlo para siempre.

Salió de la casa y miró alrededor. Lo vio a lo lejos, junto a un pequeño grupo de árboles. Incluso desde allí su figura le resultaba inconfundible. Alto y de espaldas anchas, con un hombro ligeramente más bajo que el otro y piernas largas y fuertes. Comenzó a caminar en su dirección. No tardó en darse cuenta de que su esposo se encontraba junto al pequeño cementerio familiar, y recorrió los últimos pasos casi con cautela. Él se dio la vuelta cuando la oyó llegar.

—Perdona, no quería interrumpirte —se disculpó.

—No lo haces —le dijo él—. Vengo de vez en cuando.

Violet miró las cuatro tumbas, marcadas con elaboradas cruces de madera con los nombres grabados y las fechas de nacimiento y defunción.

—Mis abuelos —señaló las dos más antiguas.

—Y tus padres —dijo ella, mirando las más recientes.

—Más o menos.

—¿No son tus padres?

—Eh, sí. Gustav y Meribeth, pero la tumba de mi madre está vacía.

—¿Qué?

Violet no sabía si había oído bien y lo miró para cerciorarse.

—Mi madre no está enterrada ahí.

—Oh, comprendo. ¿En el cementerio del pueblo?

—Tampoco. De hecho, ni siquiera sé si aún vive.

—¿No sabes si tu madre está viva?

—Nos abandonó cuando yo tenía diez años y mi hermana tres.

Violet lo miró de soslayo. Siempre había dado por supuesto que su madre había muerto.

—Lo siento. No... No sabía nada.

—Ya.

—¿Y la tumba?

—Mi padre pensó que sería buena idea —le aclaró—. Habían pasado casi dos años desde su marcha y era evidente que no iba a regresar. Decidió que sería un buen modo de despedirnos, de cerrar ese capítulo de nuestras vidas y seguir adelante. Así lo dijo, ¿sabes? Cerrar ese capítulo, como si fuésemos una especie de libro.

—No es un mal símil.

—Luke me ayudó a cavar la tumba —le dijo, mirando la cruz—. Nos pasamos toda una mañana sacando tierra.

—Es un buen amigo.

—El mejor que haya tenido nunca —respondió—. El mejor que se pueda tener. Nos levantamos al amanecer y estuvimos cavando hasta mediodía, sin parar.

—Eh... ya, pero... si no ibais a enterrar a nadie... ¿por qué cavar tanto?

—Eso mismo preguntó mi padre cuando nos descubrió —contestó Christopher con una sonrisa.

—Oh, Dios. ¿Os pasasteis la mañana cavando un agujero para nada? —rio Violet.

Se tapó la boca de inmediato, porque le pareció inapropiado reírse en aquel lugar, pero la imagen le resultaba muy graciosa y, cuanto más se los imaginaba a los dos cavando con denuedo, más hilarante le parecía. Christopher, lejos de molestarse, acabó acompañándola.

—Yo... lo siento —logró hipar ella entre risas.

—Lo peor es que nos salieron ampollas, y al día siguiente no podíamos ni movernos —rio él, que no parecía ofendido en absoluto—. Teníamos la espalda y los brazos destrozados.

Violet no podía parar de reírse, y comenzó a sentir pinchazos en el costado.

—Mi hermana estuvo burlándose de nosotros hasta el mismo día en que se fue del rancho —añadió él.

La risa se fue apagando. Violet sentía las mejillas encendidas. Christopher, a su lado, la observaba casi con deleite.

—Así que ahí no hay nada —dijo ella.

—Bueno, en realidad, sí. Mi padre dijo que era una lástima desaprovechar un hoyo tan bien hecho. —Violet soltó otra carcajada, era inevitable no hacerlo—. Guardamos algunas de sus cosas en una caja y la metimos dentro, y luego volvimos a llenar el agujero de tierra. Hasta rezamos una oración.

Esa última frase acabó con el regocijo. Violet se imaginó a Chris y a su hermana frente a la falsa tumba de la madre que los había abandonado, rezando una oración por su supuesta muerte, y los ojos se le llenaron de lágrimas. ¿Qué tipo de mujer sería capaz de hacer algo así?

—¿Por qué...? —preguntó, con un hilo de voz.

—Creo que esto no le gustaba.

¿Y ya está? ¿Esa era la única explicación? ¿Qué no le gustaba aquel lugar y que por eso se había marchado, dejando a su familia atrás?

—Volvió a Nueva York —continuó Christopher—. Nos escribió dos cartas. En una nos pedía perdón y en la otra, un par de meses después, nos decía que nos extrañaba mucho y que nos quería, pero que no iba a regresar.

—¿Y luego?

—No hay un luego —contestó—. No volvimos a saber de ella.

—Oh, Christopher.

Violet no pudo controlarse. Se aproximó hasta él y le cogió la mano. Ambos miraban hacia las cuatro tumbas de aquel pequeño camposanto, y se fijó en las fechas. Según aquello, y lo que le había contado, Christopher había perdido a su madre a los diez años, a su abuela a los quince, a su abuelo a los diecisiete y a su padre a los veinticuatro. Sin contar con que su hermana se había marchado lejos no hacía mucho.

Le parecieron demasiadas tragedias para un hombre tan joven.

Un hombre que, pese a todo lo sucedido entre ellos, no se merecía una historia jalonada con tantas pérdidas.

21

Christopher no sabía por qué le había contado todo aquello, pero era lo correcto. No hacía muchos días Violet le había recriminado que no compartiera con ella la información importante de su vida, y tenía razón. Se imaginó cómo se sentiría él si la situación fuese al revés, y comprendió que tampoco se habría sentido cómodo. Hablar de su madre, sin embargo, siempre le causaba una molesta quemazón en el pecho, aunque en esta ocasión las risas que habían compartido frente a su tumba habían amortiguado mucho esa sensación.

Aún no estaba del todo seguro de que Violet fuese a quedarse en el rancho, e intuía que ni siquiera ella lo sabía. Pero no se atrevía a preguntarle, ni siquiera a sugerirle que aquella opción era una posibilidad. Se estaba comportando como un egoísta, era consciente, pero aún no estaba preparado para aceptar el fracaso de su matrimonio. Necesitaba que se sintiera cómoda en aquel lugar, que creara lazos con la comunidad, que lo considerara un hogar.

—¿Has pensado en la invitación de Lorabelle? —le preguntó mientras ambos se alejaban del cementerio.

—Todavía no.

—Puedo llevarte si quieres.

—Ya.

—O puedes ir tú sola, si lo prefieres.

—¿Sola?

—Aquí, las mujeres se mueven con libertad. Ahora que conoces el camino puedes ir a caballo o en la carreta —le aclaró—. Si te llevas un revólver o una escopeta, por si te tropiezas con algún animal salvaje, será suficiente.

—Claro... —La vio hacer un mohín.

—¿Qué ocurre?

—¿Te extrañaría mucho si te dijera que no sé cómo conducir una carreta ni montar a caballo?

—Eh...

—¿Ni disparar un arma?

—Mierda.

Violet rio.

—A veces olvidas de dónde provengo, Christopher —le dijo—. Vi a mi padre cientos de veces conducir el carro, pero jamás me dejó las riendas. Y en Chicago nunca necesité usar un revólver.

—Puedo enseñarte...

—Sí, supongo que tendré que aprender por si finalmente me quedo aquí.

Ahí estaba. «Por si finalmente me quedo aquí», o sea, que todavía no lo había descartado del todo.

—No tengo inconveniente en llevarte yo o pedirle a alguno de los muchachos que te acompañe.

—Prefiero que seas tú —le dijo—. Todavía no tengo suficiente confianza con ninguno de ellos.

—Eso significa que aceptas la invitación.

—Sí, imagino que sí.

Christopher se alegró. Lorabelle era una mujer extraordinaria y confiaba en que ambas se hicieran amigas. Violet estaba demasiado sola allí, y eso no le gustaba.

No le gustaba nada.

Violet estaba convencida de que aquella alfombra no se había sacudido como era debido desde la marcha de Leah, a juzgar por la cantidad de polvo que salía con cada sacudida. Antes de marcharse esa mañana, Christopher y Cody la habían ayudado a retirarla del salón principal y la habían colgado sobre una valla. Violet, con la escoba en la mano y la cara protegida por uno de aquellos pañuelos de vaquero, le propinaba golpes enérgicos. Procuraba mantener los párpados cerrados para que el polvo no le entrara en los ojos, pero estaba cubierta de aquellas finas partículas de la cabeza a los pies. Por si eso fuera poco, sentía los hombros doloridos y las manos llenas de ampollas. Si se hubiera imaginado que le iba a costar tanto trabajo hubiera esperado a que alguno de los hombres la ayudara.

Escuchó el trote de un caballo a su espalda y se dio la vuelta, pensando que sus súplicas habían sido escuchadas. Sin embargo, no era nadie del rancho quien se aproximaba al galope y detenía la montura a un par de metros escasos de ella. Una adolescente, ataviada con pantalones y sombrero vaquero, se bajó casi de un salto, con una agilidad envidiable. Violet apenas tuvo tiempo de echarle un vistazo a su extravagante indumentaria. Hasta ese momento, jamás había visto a nadie de su sexo vestida con pantalones.

—Eres la mujer de Chris —le dijo la chica, sin presentarse siquiera.

—Eh, sí, ¿y tú eres...?

—Holly. Holly Peterssen. Vivo en el rancho vecino, hacia el oeste.

Ambas se estudiaron durante unos instantes. Violet dedujo que no tendría más de catorce o quince años. Llevaba el pelo castaño claro recogido en una trenza, que caía sobre su hombro derecho, y tenía unos interesantes ojos azul marino, que la escrutaban sin miramientos. Su rostro, bastante bronceado y sin duda bonito, estaba salpicado de pequeñas espinillas. Violet recordaba muy bien aquella etapa de su vida, donde despertarse con un nuevo grano en la cara era casi lo peor que le podía pasar.

—¿Siempre vas así de sucia? —le preguntó Holly, burlona y con actitud desafiante.

—¿Y tú eres siempre así de maleducada? —contratacó.

—Solo a veces. —La chica se encogió de hombros, como si no le importara ni un ápice lo que Violet pensara de ella—. ¿Dónde está Gideon?

—¿Gideon?

—Puedo esperar a que te laves las orejas si no me oyes bien.

—Te oigo perfectamente. —Violet estaba comenzando a enfadarse—. Gideon está trabajando y me parece que tú deberías estar en la escuela.

—Ya no voy a la escuela —dijo, irguiéndose un poco más—. Soy demasiado mayor para eso.

—¿Demasiado mayor? —se burló Violet—. ¿Qué tienes? ¿Trece años? ¿Catorce?

—Tengo quince y dos meses... —contestó, ofendida.

—Y ya has aprendido todo lo que necesitas saber...

—Exacto. Para trabajar en un rancho no hace falta mucho.

—¿Y a tus padres les parece bien?

—Pues claro —contestó, muy segura de sí misma.

Violet, sin embargo, notó cierto titubeo y dedujo que sus padres, después de todo, no estaban tan conformes como ella hacía suponer.

—¿Gideon está con los caballos? —insistió la chica.

—No, es Cody quien está con los caballos. Gideon se fue con los demás. —Lo dijo convencida, porque los gemelos se habían ido juntos, así que no temía equivocarse.

—Bueno, le esperaré.

—¿Aquí?

—¿Tienes algún problema? —le preguntó, molesta—. Conozco este rancho tan bien como el mío y llevo aquí mucho más tiempo que tú.

—Con la pequeña diferencia de que ahora el rancho también es mío —replicó Violet, que estaba disfrutando de lo lindo con aquel intercambio verbal. Aquella niña necesitaba un correctivo, y de manera urgente.

—Si me marcho tendré que volver luego.

—Aquí estaremos.

—¿Te han dicho alguna vez que eres una bruja? —le espetó Holly, que agarró las riendas de su montura.

—Imagino que tantas veces como a ti.

Violet vio un atisbo de sonrisa en la cara de la joven. Al parecer, su respuesta le había agradado. Contempló cómo volvía a subir a la silla con asombrosa pericia y cómo, con un solo movimiento de rodillas, hacía que el caballo se moviera. Un instante después, la vio alejarse al galope.

Violet sonrió. Se sentía victoriosa, aunque de una forma bastante ridícula. ¿Quién, en su sano juicio, se sentiría satisfecha por haber discutido con una adolescente?

«Ay, Violet», se dijo. «Necesitas una amiga».

Dio otro golpe a la alfombra, que despidió una nueva nube de partículas.

«O incluso dos».

La tarde era lo bastante agradable como para que Violet se quedara un rato en el porche, viendo cómo el atardecer teñía el cielo de tonos anaranjados. Vio a Luke acercándose a la casa y no pudo evitar acordarse de la anécdota de la tumba, aunque no tenía intención de comentar nada al respecto. Le extrañó que Christopher no lo acompañara.

—Buenas noches, señora Anderson —la saludó.

—Creo que ya va siendo hora de que me llames por mi nombre, Luke, y que me tutees —sonrió ella.

—Claro... Violet. —Él sonrió también. Era un hombre guapo, pensó. Quizá no tanto como Christopher, a pesar de que ambos compartían el cabello y los ojos claros. El mentón, también más afilado, alargaba su rostro y poseía una sonrisa contagiosa.

—Así está mejor.

—¿Qué haces aquí? ¿No tienes frío?

—Miraba el paisaje.

Luke se colocó a su lado y ambos contemplaron durante unos segundos el horizonte.

—Esas montañas son las Rocosas, ¿verdad?

—Forman parte de ellas, sí. Las Rocosas son una cordillera muy larga.

—Lo sé —contestó ella, que recordaba a la perfección haberlas recorrido con el dedo en el mapa que había colgado en su viejo hogar. Se extendían desde el norte de Canadá hasta Nuevo México, y lo que tenía ante su vista era una ínfima porción.

—Ese pico, en concreto, es Cuerno Verde * —comentó Luke.

—¿Cuerno Verde?

Violet ladeó un poco la cabeza, pero, por más que lo intentó, no distinguió la forma de un cuerno por lado alguno, por no hablar de que de verde no tenía nada.

—Extraño nombre —dijo al fin.

—Hace más de un siglo, un grupo de comanches fueron emboscados allí por tropas españolas, que se habían

* La montaña Cuerno Verde (3.765 m de altitud) mantuvo su nombre original en español hasta 1906, cuando el gobierno decidió cambiarlo a su versión inglesa, que es como se conoce desde entonces: Greenhorn Mountain.

aliado con indios apaches, ute y pueblo. Dicen que fue una masacre, y que todos los comanches murieron —explicó Luke, sin apartar la vista de la montaña—. El jefe de los guerreros vencidos se llamaba Cuerno Verde, porque lucía un tocado de ese color, adornado con dos cuernos de búfalo, que había heredado de su padre, que también llevó ese nombre. Los españoles se lo llevaron para enviárselo a su rey como regalo.

—Interesante —comentó ella.

—¿Interesante? —Luke la miró con una ceja alzada.

—Que la montaña lleve el nombre del vencido y no del vencedor.

—Sí, cierto. —Luke desvió la vista hacia el pico nevado.

Con el rabillo del ojo, Violet vio a uno de los gemelos llegando a la casa.

—Gideon, hoy has tenido una visita —le comentó con media sonrisa—. Holly Peterssen creo recordar.

—Soy Liam, señora —contestó él, que intercambió una breve mirada con Luke.

—Ah, disculpa. —Violet se mordió el labio mientras el joven desaparecía en el interior de la casa.

No se atrevió a volver la cabeza hacia Luke, que seguro que no tenía ningún problema a la hora de distinguir a los hermanos. Christopher, Cody y el otro gemelo aparecieron en ese momento desde el otro lado de la casa.

—Gideon, hoy... —comenzó a decir.

—Yo soy Liam —repuso el chico, antes de que ella terminara la frase.

—¿Qué?

Entonces sí miró a Luke, y lo vio aguantarse la risa. Gideon le había tomado el pelo aprovechando que ella no diferenciaba a uno de otro. Sin embargo, no se molestó. Eso significaba que, de algún modo, el joven la veía como parte del grupo.

Una vez sentados alrededor de la mesa, el capataz se tomó una pequeña venganza en su nombre.

—He oído que hoy ha venido a verte tu novia —dijo Luke a Gideon en tono burlón.

Violet alzó la cabeza y miró al joven. Solo a la hora de la cena no tenía dudas, puesto que él ocupaba el primer asiento situado a su izquierda, aquella banqueta de tres patas.

—No es mi novia —masculló el muchacho, que no alzó los ojos del plato.

—¿Y ella lo sabe? —insistió Luke.

—Me parece que no —contestó Liam en su lugar, con una risita divertida, lo que le hizo ganarse un codazo en las costillas por parte de su hermano.

—Tal vez no deberías alentarla —le dijo Violet, conciliadora.

—¡Pero si no lo hago! —se defendió el chico—. Es bonita, y monta muy bien, pero ¡es una niña! Siempre que puede viene un rato al rancho, le gusta mirar cómo trabajo con los caballos.

—A mí me parece que le gusta mirar otra cosa —se burló Cody.

Gideon, sin mediar palabra, le arrojó un trozo de pan y enseguida volvió la cabeza hacia Violet, con una mirada de disculpa.

—Los Peterssen son viejos amigos de la familia —comentó Christopher.

—¿Y todos poseen los modales de una cabra? —se interesó Violet.

Todos rieron, para su sorpresa. Incluso Jan, que por costumbre apenas le dirigía la palabra.

—Sí, es evidente que has conocido a Holly —dijo Christopher.

—¿Siempre se comporta... de esa manera tan desabrida?

—Creo que piensa que eso la convierte en una adulta, aunque no me preguntes de dónde ha sacado una idea tan estúpida.

—Conmigo es amable —intervino Gideon.

—¡Pues claro! —se burló Cody entre risas.

—Quizá deberías decirle que no estás interesado en ella de ese modo —señaló Violet.

—¿Eso no herirá sus sentimientos?

—¿Crees que dejarla que piense otra cosa no lo hará?

—¡Y yo qué sé!

—Holly es su primera novia —comentó Liam.

—¡Que no es mi novia! —insistió Gideon, con las mejillas encendidas.

—Solo os lleváis unos años de diferencia —dijo Luke—. Si esperas un poco, seguro que se convierte en una preciosa joven que...

No pudo terminar la frase. En un impulso, Gideon le había arrojado un muslo de pollo frito a medio comer, que había impactado contra la barbilla del vaquero antes de caer en su regazo. Luke reaccionó con rapidez y cogió el proyectil para enviarlo de vuelta con todas sus fuerzas. Pero en ese momento Christopher trató de agarrar su brazo y el tiro erró la trayectoria, tanto que fue a impactar contra el pómulo derecho de Violet, que gritó, más sorprendida que otra cosa. Ni siquiera había tenido tiempo de reñirlos por aquel conato de batalla y el impacto le provocó una pequeña brecha en el pómulo, de la que comenzó a brotar sangre.

—¡Maldita sea! —Christopher se levantó de un salto y acudió a su lado.

Cogió la servilleta del regazo de Violet y cubrió la herida con ella.

—Lo siento... —balbuceó Luke, compungido y levantándose también.

—Y yo... —Gideon la miraba consternado.

—Solo es un pequeño corte —le decía Christopher, con voz suave.

—Lo sé. —Violet tomó la servilleta y continuó presionándola contra la mejilla.

—Ha sido un accidente —se disculpó Luke—. No pretendía hacerte daño.

Todos parecían preocupados y eso la conmovió por un lado y, por el otro, la alentó a aprovechar la coyuntura.

—A partir de ahora —les dijo— no habrá más batallas de comida en esta mesa, ¿entendido?

—Sí, señora —contestó Gideon, muy serio.

—¿Me permite, señora Anderson? —preguntó Sean, que se levantó y se acercó hasta ella.

Violet asintió y retiró la servilleta. Sintió un pequeño reguero de sangre deslizarse por su mejilla y un dolor punzante en la zona.

—Va a necesitar un par de puntos.

—¡Joder! —exclamó Luke, pálido.

—Yo la coseré. —Christopher se acercó hasta la puerta.

—No, yo lo haré. —Sean lo miró, serio—. Aprendí unas cuantas cosas de mi padre.

—Bueno, muchacho, pues ya era hora de que las usaras —comentó Jan de malos modos, lo que le granjeó las miradas admonitorias de sus compañeros.

—Voy a necesitar alcohol —comentó Sean—, y aguja e hilo. Espero que sea del bueno. ¿Qué tenemos para anestesiar el dolor?

—No será necesario —dijo Violet.

—Créame, señora, esto le va a doler mucho.

—¿No has dicho que solo serán un par de puntos? —le preguntó, con los ojos entrecerrados.

—Tal vez tres o cuatro...

Violet se mordió los carrillos. Christopher había desaparecido de su vista, y regresó con una pequeña caja de madera, que colocó sobre la mesa.

—Tenemos éter —le dijo a Sean.

—Servirá.

—¡No! —exclamó Violet. Por nada del mundo iba a consentir que aquellos aficionados la durmieran con éter. ¿Y si no llegaba a despertar? No sería el primer caso.

—Violet... —Christopher la tomó de la mano.

—Dadme un poco de whisky.

—Eso no será suficiente...

Ella clavó en él sus ojos acerados, con la mandíbula tan apretada que le rechinaron los dientes.

Christopher desapareció y, unos segundos después, regresó con una botella. Cogió el vaso de Violet y vació su contenido sobre el suelo.

—¡Eh! —se quejó ella.

—Solo era agua —se disculpó él, mientras servía un dedo de licor.

Violet tomó la bebida, aguantó la respiración, y se la bebió de golpe. Siempre había odiado el sabor de aquel brebaje, pero tendió el vaso vacío hacia su marido para que se lo volviera a llenar.

Christopher miró a Sean, y este asintió. Violet ingirió el segundo trago de esa noche, y luego otro más. El cuarto se lo bebió con algo más de calma, mientras todos la observaban con asombro.

—¿Cuánto...? —Christopher parecía preocupado—. ¿Cuánto whisky tenemos que darle?

—Hasta que esté lo bastante borracha —respondió Sean.

—Podríamos darle un golpe —sugirió Liam.

—¿Cómo? —Christopher lo miró como si quisiera arrancarle la cabeza.

—Cuando Cody se rompió los dedos, le dimos un puñetazo para dejarlo sin sentido.

—¡Nadie va a pegar a mi mujer! —bramó—. ¿Ha quedado claro?

Violet sentía un hormigueo recorrerle el cuerpo entero, y una oleada de calor ascendiéndole desde el estómago.

—Se me está quemando la cara —balbuceó, mirando a su esposo—. ¡No dejes que me queme!

—Creo que ya es el momento. —Su marido miró a Sean.

—Tendréis que sujetarla —dijo el chico.

Christopher se colocó tras ella y le tomó la cabeza con ambas manos. Cody y Liam tomaron posiciones a ambos lados y la cogieron por los hombros. Estaba totalmente inmovilizada y bien pegada a la mesa, para que no pudiera mover tampoco las piernas.

Sean cogió la aguja curva, la enhebró con cierta destreza y se inclinó sobre Violet, que lo observaba con los ojos vidriosos.

—No tengas miedo, Sean —le dijo ella con la voz pastosa. El pulso del joven parecía temblar ligeramente.

—Usted tampoco, señora Anderson.

Sean echó un poco de alcohol etílico sobre la herida. Violet se removió y gimió con los labios fuertemente apretados. Luego él clavó la aguja y ella cerró los ojos con fuerza, con la mandíbula tensa y dispuesta a soportar el dolor sin quejarse.

En el tercer punto, perdió el conocimiento. No había podido controlar las lágrimas ni los bufidos, pero no había gritado ni una sola vez.

22

Christopher aguardó a que Sean terminara de coser la herida y aplicara una pomada cicatrizante antes de coger a su esposa en brazos y llevarla al piso de arriba. Era tan menuda que apenas le costó esfuerzo. La dejó sobre el lecho y le quitó el vestido con delicadeza. Le agradó comprobar que llevaba ropa interior de abrigo, y decidió que se la dejaría puesta. La metió bajo las mantas y encendió la chimenea. La habitación estaba helada, como siempre. ¿Es que aquella mujer pretendía morir congelada en algún momento de aquel maldito invierno?

Ocupó una de las butacas situadas junto al fuego y se limitó a esperar a que ella despertara. Quería asegurarse de que se encontraba bien antes de irse a dormir. De tanto en tanto, alzaba la vista y la miraba. Se había comportado con valentía, más que algunos hombres a los que había conocido, a quienes había visto aullar al sentir la aguja horadando sus pieles. ¡Pero si incluso le había dicho a Sean que no tuviera miedo! Como si quisiera tranquilizarlo por lo que sabía que tenía que hacer. A esas alturas, ya debería ser del todo consciente de que Violet era una mujer poco convencional.

—Estás despierta. —Había vuelto a mirarla y vio que tenía los ojos abiertos.

—Creí que eras una alucinación —dijo ella, con la voz todavía pastosa.

Christopher se levantó y se acercó a la cama.

—¿Cómo te encuentras?

—Me duele la cabeza. —Violet se llevó una mano a la sien derecha.

—Has bebido mucho whisky.

—Odio el whisky.

—Te juro que esta noche no lo parecía.

—¿Cómo está Sean? —preguntó.

—¿Sean? —Christopher alzó una ceja—. Está perfectamente. ¿Cómo estás tú?

—Bien.

—¿Te duele?

—Un poco.

La vio alzar la mano y tocar con la punta de los dedos la herida, apenas un roce que le provocó un nuevo gemido. No había sido nada grave, y con toda probabilidad el dolor se debía más a los puntos que al golpe en sí.

—Luke y Gideon... —comenzó a decir.

—Los haré azotar por la mañana —bromeó él.

—Quiero estar presente. —Violet le siguió el juego.

—Ya tengo el látigo preparado.

—¿De nueve colas?

—Señora Anderson, es usted una mujer muy perversa.

—No, no lo soy —contestó ella, seria de repente, y con los ojos empañados. Era evidente que aún se encontraba bajo los efectos del alcohol.

—No, no lo eres —convino él, que le acarició el mentón con el dorso de la mano.

—Y tú tampoco, aunque te hayas comportado como un cerdo.

—Violet...

—Podríamos haber sido un buen matrimonio —le dijo, mientras una lágrima rodaba por su sien—. Podría haber llegado a amarte.

Christopher no supo qué responder a eso, la opresión que se le instaló en el centro del pecho borró todas las palabras que podía haber pronunciado.

—Déjame sola, por favor —le pidió ella—. Quiero dormir.

—Claro.

Vio cómo se daba la vuelta y se cubría con las mantas hasta la coronilla. Abandonó la habitación arrastrando ese peso con él y salió de la casa sin hablar con nadie, directo al granero. Por primera vez desde su regreso, pensó que ese era justo el lugar que se merecía.

The Heaven's Gazette
23 de marzo de 1887

El señor Oliver Brook y la señorita Jezabel Stone acaban de anunciar su compromiso. Ambos jóvenes, que se han criado en Heaven, contraerán nupcias a finales de septiembre.

La señora Stone, madre de Jezabel, solicita que, si alguien tiene pensado hacerles un regalo a los novios, lo consulten antes con ella. Al parecer, nuestra amable joven dispone de ropa de cama suficiente como para llenar los hogares de todos los residentes de la calle John Adams.

Desde aquí, felicitamos afectuosamente a los novios.

A primera hora de la tarde, el sonido de una carreta interrumpió sus quehaceres. Violet abrió la puerta y se sorprendió al descubrir un pequeño cabriolé tirado por un solo caballo, del que bajó un elegante señor Mulligan. Había olvidado por completo que el editor de la gaceta había prometido ir a visitarla.

—Señor Mulligan...

—Buenas tardes, señora Anderson. Espero no pillarla en mal momento.

—No, por supuesto...

—Oh, ¿se encuentra usted bien?

El periodista se había aproximado y miraba su mejilla con interés.

—Sí, gracias, ha sido un pequeño accidente.

—No me lo diga —repuso—. Se ha golpeado con una puerta.

—Con un pollo.

—¡Dios santo! ¿Un pollo le ha hecho eso?

—Eh... más o menos. —Violet decidió que no quería contarle nada sobre el pequeño incidente—. ¿Quiere pasar?

—Si no es molestia...

La casa todavía no presentaba el aspecto que Violet hubiera deseado para recibir una visita, pero estaba limpia. El olor a cuadra no había desaparecido del todo, pese a que cada día se empeñaba en mantener las ventanas abiertas durante un buen rato, sin importarle el frío.

Condujo a Mulligan hasta el comedor, donde esa mañana Jan había encendido la chimenea, como cada día. Al parecer, se había convertido en una más de las tareas de su lista diaria, que Violet le agradecía infinitamente.

—¿Le apetece una taza de té? ¿Café? —le ofreció una vez el periodista tomó asiento.

—Un té estará bien, gracias.

Violet fue a la cocina y preparó la infusión. Cortó unos pedazos de bizcocho y sirvió unas galletas de canela. Lo colocó todo sobre una bandeja y se dispuso a regresar al comedor. Mientras cruzaba el vestíbulo, la puerta principal se abrió con estrépito y Cody, con el impulso que había imprimido al abrirla, quedó tendido casi a sus pies.

—¡Cody!

—Señora Anderson... —le dijo desde el suelo, con el semblante preocupado—. ¿Se encuentra bien?

—¿Yo?

El joven se levantó de un salto y recogió el sombrero, que había salido rodando.

—Parece que Jan ha arreglado al fin la puerta... —Cody miró hacia la entrada antes de volver a centrarse en ella—. Es que he visto un coche fuera, ¿ha venido el médico?

—El señor Mulligan.

—¿Del periódico?

—¿Hay otro señor Mulligan en el pueblo?

—No... creo que no —contestó mientras se rascaba la cabeza—. Entonces está usted bien, no necesita al doctor Brown.

—Estoy perfectamente, gracias.

—Bien, bien. —Se quedó allí parado un instante, como si no supiera qué hacer a continuación—. Si no necesita nada será mejor que vuelva al trabajo.

—A no ser que quieras tomar un té con nosotros...

—¿Té? —miró la bandeja con cierta aprensión—. Eso no se lo daría ni a los caballos.

—Cody...

—¿Me puedo llevar un trozo de bizcocho?

Alzó la mano para coger una porción, pero Violet retrocedió.

—Hay más en la cocina, sírvete a gusto.

—¡Estupendo!

—Y cierra la puerta —le dijo—, hace frío.

—Sí, señora.

Violet vio que, durante un instante, no supo qué hacer en primer lugar. Al final optó por cerrar primero la puerta y ella continuó hasta el comedor, disimulando una sonrisa.

Sirvió el té y se congratuló cuando Mulligan la felicitó por las galletas y el bizcocho, de los que dio buena cuenta. Había sacado una pequeña libreta con tapas de piel y un lápiz con la punta afilada.

—¿Empezamos? —le preguntó.

—Claro, ¿qué quiere saber?

—¿De dónde es usted?

—De Chicago. ¿Y usted?

—De un pueblo de Connecticut.

—Oh, ¿y lleva mucho tiempo aquí?

—Casi diez años ya.

—¿Siempre quiso ser periodista?

—Cuando era niño quería ser presidente de Estados Unidos —contestó con una sonrisa.

—¿De verdad?

—Totalmente, incluso apuntaba en una libreta todo lo que tenía pensado cambiar en cuanto llegara a la Casa Blanca.

—Un sueño ambicioso.

—Sí, imagino que sí.

—¿Y cómo acabó un aspirante a la presidencia en un pueblo como Heaven?

—Pues... —Mulligan hizo una pausa y se tocó la frente—. Señora Anderson, creo que no hemos empezado esta entrevista con buen pie.

—¿No?

—El periodista soy yo, ¿recuerda?

—Oh, sí, claro, por supuesto. Pregunte lo que quiera.

—Hace poco que ha llegado a Heaven, ¿qué opina de nuestro pueblo?

—Me parece encantador, pequeño, pero lleno de vida, y rodeado de un paisaje espectacular, debo decir.

—¿Y cómo era su vida en Chicago? ¿Cómo conoció al señor Anderson?

—Mi familia posee una pequeña casa de huéspedes en Chicago. ¿Conoce usted la ciudad?

—Estuve en una ocasión.

—¿De verdad? ¿Y dónde se alojó?

—En un pequeño hotelito de la calle Schiller, creo recordar.

—¿Ese que tiene un porche de acceso con columnas pintadas de azul?

—Sí, ese mismo. ¿Lo conoce?

—De hecho, no queda lejos de mi casa. Incluso conozco a la dueña, la señora O'Hara. Una mujer encantadora, ¿verdad?

—Sí, sí, ciertamente.

—Y una fabulosa cocinera. ¿Tuvo la oportunidad de probar sus buñuelos de manzana?

—Oh, Dios mío, hacía años que no pensaba en esos buñuelos... —Mulligan se relamió los labios.

—Quizá le interese saber que tengo la receta. —Violet sonrió—. La señora O'Hara y yo llegamos a un pequeño acuerdo: su receta de buñuelos por la mía del pastel de almendras. ¿A usted se le da bien la cocina?

—¿Cómo?

—Tengo entendido que vive solo, así que imagino que en más de una ocasión le habrá tocado cocinar...

—Bueno, yo... —Mulligan se detuvo y la miró con una ceja alzada—. Señora Anderson...

—¿Sí? —preguntó ella, con su gesto más inocente.

—El periodista...

—Es usted, sí, cierto —sonrió casi como si se disculpara.

Mulligan volvió a coger su libreta, con la sensación de que aquella tarde se le iba a hacer larga, muy larga.

Violet comenzaba a pensar que los viajes desde el rancho al pueblo eran los únicos momentos en los que Christopher y ella podían hablar de verdad. Sin otra cosa que hacer durante algo más de una hora, llenar los silencios se estaba convirtiendo en todo un arte.

—No te he preguntado qué tal te fue con Mulligan —le comentó Christopher poco después de abandonar sus tierras. Hacía dos días que el periodista la había visitado, pero su marido y ella apenas habían coincidido desde entonces.

—Bastante bien, creo.

—¿Crees?

—En algunos momentos me costó un poco desviar su atención.

—¿Qué? —La miró, extrañado—. ¿Y por qué querías hacer tal cosa? Que yo sepa, no tienes nada que esconder, ¿o sí? —preguntó con sorna.

—No quería contarle cómo nos habíamos conocido.

—Violet, lo que suceda entre tú y yo...

—No se trata de eso —lo interrumpió—. Es evidente que nadie tiene por qué saber... en fin... lo nuestro, pero me refiero a que no quería explicarle que nos habíamos visto allí por primera vez.

—¿Por qué no? Tampoco fue nada vergonzoso —comentó, algo molesto.

—Aún no has hablado con Samuel Marsten.

—No, pero ¿qué tiene que ver...?

—¿Qué supones que pensará si descubre que has estado en Chicago? —volvió a interrumpirlo—. Ya hay mucha gente que sabe que soy de allí, pero no cuánto tiempo hace que abandoné la ciudad. Puedo haber estado viviendo en cualquier otro lugar, ¿verdad? Lo cierto es que no pensé en ello hasta el otro día. Creo que podría haber sido un poco más discreta estas semanas...

Christopher la miraba de una manera extraña, con

aquellos grandes ojos azules clavados en ella y media sonrisa perfilándose sobre sus labios.

—Ha sido muy inteligente por tu parte, gracias.

Se hizo un silencio incómodo entre ellos, que duró varios minutos. Tantos, que Violet se devanó los sesos tratando de encontrar un nuevo tema de conversación, cualquiera. A Christopher pareció sucederle algo similar, aunque fue el primero en hablar.

—Si te gusta el club, puedo traerte a todas las reuniones, al menos hasta que aprendas a llevar la carreta.

—No sé cuándo será eso —se lamentó ella—. Es demasiado grande para que alguien como yo la maneje.

—Es solo cuestión de práctica. Yo te enseñaré, ya te lo he dicho. Y mientras tanto no me importa llevarte.

—Al final, señor Anderson, va a convertirse usted en uno de esos hombres ociosos de los que tanto reniega.

—Dios me libre —rio él—. Además, si algún día se nos hace tarde, podemos quedarnos a dormir en el hotel.

—¿En lugar de regresar al rancho en mitad de la noche? —preguntó ella, irónica.

—No sería la primera vez que los chicos o yo nos alojamos allí, sobre todo después de alguna fiesta.

—¿En ese tan lujoso que hay cerca de la iglesia del reverendo Cussack?

—El Hotel de los Ingleses —respondió—. Si más adelante quieres hospedarte un día en él, tampoco habría inconveniente.

—Aún no he logrado averiguar qué hace un establecimiento tan elegante en un pueblo tan modesto como Heaven.

—Durante la mayor parte del año está cerrado —le explicó él—, hasta que vienen los ingleses.

—¿Qué ingleses?

—Cierto, todavía no te he hablado de ellos...

—No, todavía no.

Violet se mordió los carrillos. Temía lo que Christopher pudiera contarle sobre aquellos ingleses. Se afianzó bien el asiento y se preparó para lo peor.

Como siempre.

23

Nada de lo que le contó Christopher, sin embargo, confirmó sus temores. Durante los últimos años, Violet había leído en los periódicos acerca de aquellos nobles ingleses, a menudo hijos segundos o terceros de condes, marqueses o duques, que habían adquirido inmensas propiedades en las praderas para criar ganado y obtener muchos más beneficios de los que sus tierras en Inglaterra podían proporcionarles. La práctica había menguado en los últimos tiempos, cuando ganaderos más modestos comenzaron a quejarse de que aquellos ingleses, que habían creado incluso grandes compañías explotadoras, acaparasen tal cantidad de terreno en sus manos. Había periódicos, incluso, que aseguraban que aquella práctica iba en contra del espíritu de independencia de los americanos, y otros decían que se trataba de una especie de conspiración en la que los británicos pretendían recuperar los territorios que habían perdido en la Guerra de Independencia de 1776.

Cuando en 1884 se hizo pública una lista con algunos de esos propietarios, el clamor fue en aumento. El marqués de Tweeddale acumulaba 1.750.000 acres, el duque de Sutherland 425.000 y lord Dunmon 120.000. Y la lista continuaba. En el verano de 1886, el Senado había restringido la cantidad de tierras que podían poseer los extranjeros y hacía solo un mes se había promulgado la Alien Land Bill, una ley que prohibía a los extranjeros la posesión de más de cinco mil acres.

Violet había seguido con cierto interés aquellas noticias, aunque por un motivo muy distinto al que podían tener Christopher o los rancheros de Heaven. Su afición a las novelas románticas por entregas no era un motivo que quisiera confesarle a su esposo, que iba comentando todos estos datos con ella. Tampoco pensaba decirle que, unos años atrás, en 1881, había acudido junto a otras muchas personas a ver precisamente al duque de Sutherland, que había visitado Chicago durante su viaje por Estados Unidos. Le pareció un hombre de lo más normal, que no tenía nada que ver con los apasionados nobles que aparecían en los relatos que publicaba el *Peterson's Magazine*. Se preguntó si los ingleses de Heaven guardarían más semejanzas con las imágenes que ella misma se había creado del duque de Desmond y de la condesa de Erlescourt, los protagonistas de la última historia romántica que había leído en la revista.

Al parecer, Heaven disponía de sus propios nobles británicos, una pareja que acostumbraba acudir acompañada de amigos o familiares de origen tan aristocrático como sus anfitriones.

—¿Cómo se llaman? —preguntó.

—¿Qué? —Christopher interrumpió su explicación.

—Los ingleses.

—Lord y lady Willburn.

—Willburn. —Violet saboreó el nombre entre sus labios.

—Frederick y Eloïse.

—Qué nombres más sofisticados.

—Eh, sí, supongo.

—¿Y para qué necesitan un hotel tan grande, si solo son dos?

—Nunca vienen solos.

—Aun así, me parece excesivo.

—Mientras están aquí, les gusta visitar el pueblo y en la planta baja del hotel hay un club de caballeros, con acceso muy restringido, que suelen frecuentar a menudo —continuó él—. Además, reciben muchas visitas de otros nobles de Wyoming, Kansas o Nebraska. También se dejan caer por aquí senadores, congresistas y gobernadores, hombres de negocios, jueces, banqueros... Hace unos años incluso se alojó allí el presidente Chester Arthur.

—¿De verdad?

—Sí, de verdad.

—Es decir, que mientras estén aquí, cualquier día podría tropezarme por las calles con la Primera Dama. —La sola posibilidad hizo que el pulso de Violet se alterara.

—Bueno, en realidad eso solo ocurrió en una ocasión, aunque sí es probable que veas a algún congresista —aclaró—. Habitualmente llegan después del Festival de Primavera.

—¿Qué festival?

—El primer sábado de abril. Se celebra una fiesta que dura todo el día y que culmina con un baile al anochecer —contestó, e hizo una mueca—. Es verdad que no te he contado muchas cosas, ¿no?

—Bueno, me alegra comprobar que tú solo te has dado cuenta de ello.

—Ya... Después de eso toca reunir y marcar el ganado para su venta, la época de más trabajo del año.

—Y por eso los ingleses vienen en ese momento.

—Ellos no se encargan de esa tarea en persona, tienen un capataz y muchos peones en el rancho, pero a lord Willburn le gusta supervisarlo. Su rancho es el más grande de la zona, con casi cincuenta mil acres.

—Pero, según la ley...

—Sí, eso es lo que todos estamos esperando averiguar. Si lord Willburn quiere mantener esos acres, me temo que va a tener que convertirse en ciudadano estadounidense.

—¿O tendrá que vender?

—Exacto.

—Es una locura. ¿Quién va a poder comprar una propiedad tan grande?

—Espero que yo, al menos una parte de ella.

—¿Tú? —Violet lo miró, atónita—. Pero... ¿tienes tanto dinero?

—Llevo años ahorrando casi todo lo que obtenemos con el ganado, y hubo años realmente buenos.

—Aun así...

—Su rancho linda con el nuestro y con el río. Si otro lo comprara y decidiera vallarlo, nuestras reses verían limitado su acceso al agua, y otros rancheros de la zona lo perderían por completo.

—Estás pensando en Marsten.

—Precisamente.

—En todo caso, aún no sabes si lord Willburn querrá vender.

—¿Te imaginas a un noble inglés renunciando a su ciudadanía británica? —le preguntó.

No, Violet no se lo imaginaba, aunque probablemente ya se había dado algún caso. Tal vez lord Willburn fuese uno de ellos.

A Susan Miller no le extrañó tanto el hecho de ver aparecer a Violet Anderson en el club como que lo hiciera acompañada de Lorabelle Green. ¿Sabría ella que entre su marido y esa mujer había existido un romance? A juzgar por las miradas que algunas de las otras mujeres dedicaron a las recién llegadas, intuyó que no había sido la única en pensarlo. ¿Debería decirle algo al respecto? Tenía en gran estima a Lorabelle y la consideraba incluso una amiga, pero la situación la incomodaba.

La señora Anderson se convirtió durante los primeros minutos en el centro de atención, y el resto de la docena larga de mujeres que se encontraban en el local se acercaron a saludarla. Susan fue una de ellas, y le agradó comprobar que recordaba su nombre e incluso su apellido, pero, en cuanto tuvo oportunidad, cogió a Lorabelle del brazo y ambas se retiraron a un rincón.

—¿Qué ocurre? —le preguntó su amiga, sorprendida.

—¿Con la señora Anderson? —le espetó—. ¿De verdad?

—Ella misma me pidió que la acompañara.

—Lorabelle, si descubre lo que hubo entre su marido y tú...

—Me temo que ya lo sabe. —La voz de Violet se materializó tras ella y Susan se dio la vuelta, con las mejillas encendidas.

—Señora Anderson... —Susan miró a Lorabelle, que parecía tan avergonzada como ella misma.

—Christopher me lo contó de regreso al rancho, el día que nos conocimos —explicó la mujer—. Sería absurdo por mi parte pensar que mi marido no tuvo una vida antes de conocerme, ¿no les parece?

—Sí, por supuesto —reconoció Susan—. Yo... solo quería evitarle...

—Lo cierto es que mi primera intención fue venir directamente al club —la interrumpió—, pero imaginé que todo el pueblo estaría al tanto de aquel asunto, así que me pareció que el mejor modo de acallar los rumores sería presentándome precisamente junto a la señora Green. —Se volvió hacia la aludida—. Espero que no le importe que la haya utilizado de ese modo, querida.

—Oh, en absoluto —comentó Lorabelle.

—Le agradezco su preocupación, señorita Miller, pero ya ve que no hay de qué preocuparse. Y ahora, ¿les gustaría probar mis buñuelos de manzana?

Solo entonces Susan se dio cuenta de que la mujer llevaba una bandeja llena de dulces, lo bastante grande como para verse desde la salida del pueblo, y en la que ella ni siquiera había reparado. Y tenían una pinta deliciosa...

Los buñuelos de Violet fueron todo un éxito, tal y como había supuesto, y no tardó en sentirse incluso cómoda entre aquellas mujeres. Ethel Ostergard, la esposa del alcalde, parecía llevar la voz cantante del grupo. Violet no sabía si era por ser la de mayor edad —debía de rondar los sesenta años— o por el cargo que ocupaba su esposo en la comunidad. Diane Mitchell, la mujer del banquero y de una edad aproximada, actuaba como su mano derecha y apenas se despegaba de su lado. Ambas le resultaron encantadoras e hicieron todo lo posible para que se sintiera integrada.

Ruby Grayson, la dueña del almacén, la saludó con efusividad y le presentó a Lauren Brown, la mujer del médico, una preciosa morena de inmensos ojos oscuros que le dio la bienvenida.

Las mujeres tomaron asiento en círculo alrededor de una mesa bien surtida y sacaron sus labores de costura. Violet hizo lo propio y extrajo un pedazo de tela de lino sobre la que había comenzado a bordar una cenefa. Pertenecía a un retal mucho mayor, uno de los tantos que había encontrado en el interior de las cajas de la vieja casa del rancho, y con el que tenía intención de elaborar unos cojines. Tras las acostumbradas preguntas sobre su origen y el modo en el que había conocido a su marido, que sorteó sin excesiva dificultad, logró desviar el tema por otros derroteros y se interesó por el Festival de Primavera que él le había mencionado.

—Espero que participe con algún postre —le dijo Ethel Ostergard—. Ya va siendo hora de que alguien le arrebate la corona a la señora Adams.

Las demás corearon la broma, incluso la mencionada señora Adams, una mujer bajita y redondita no mucho mayor que Violet y cuyas abultadas mejillas no abandonaban un intenso tono rosado.

—No sé si mi repostería estará a la altura —reconoció Violet.

—Oh, querida, me temo que nadie que yo conozca está a la altura de nuestra querida Prudence.

—Aunque todas lo intentamos cada año —añadió Diane Mitchell.

Violet volvió la cabeza hacia Lorabelle, sentada a su izquierda.

—Señora Green, tal vez podría participar con la tarta de queso y limón que probé el otro día en su establecimiento. Estaba deliciosa.

—El mérito no es mío, mis dotes culinarias son más modestas —contestó—. Aquella tarta en concreto también la hizo la señora Adams.

Algunas risitas corearon las palabras de Lorabelle.

—Ah, entonces tiene usted un negocio propio, señora Adams —se interesó Violet.

—En realidad, solo cocino para las amigas —reconoció con cierta timidez.

—¿Y no ha pensado en abrir una tetería? ¿O una chocolatería? —Violet recordó el local al que Christopher las había llevado a ella y a Susie en Chicago, y pensó que sería estupendo disponer de un lugar así en Heaven.

—Me temo que carezco de las aptitudes sociales necesarias para ello —contestó la mujer, cuyas mejillas intensificaron su color—. Y no creo que cocinar por obligación resulte tan gratificante como hacerlo por placer.

—En eso tengo que darle la razón —repuso Violet, que era de su misma opinión.

—Pues a mí me gusta la idea —comentó Diane Mitchell—. En Denver tomé el té en uno de esos establecimientos y me pareció encantador. Oh, incluso podría llegar a convertirse en la sede oficial de nuestro club...

—Querida, deja de hacer cábalas ahora mismo —intervino Ethel Ostergard, que luego se volvió hacia Violet—. Diane es una mujer muy impulsiva y tiene la costumbre de lanzarse de lleno a cualquier nuevo proyecto que le pase por delante.

—Menos mal que mi Robert se encarga de mantener mis pies bien pegados al suelo —rio la señora Mitchell—, o en estos años habría arruinado el banco de mi esposo.

—Y algún otro de Pueblo o Denver, seguro —añadió Ethel, lo que provocó las risas de las demás.

—Sin embargo, sigo pensando que es una excelente idea —añadió Diane.

Violet también lo pensaba, pero decidió guardarse su opinión.

Christopher no esperaba que fuese la propia Amy quien abriera la puerta de casa de los Reid, y menos ataviada como si fuese a acudir a un baile importante. Cuando la vio al otro lado del umbral, ni siquiera supo qué decirle y, por lo visto, tampoco ella esperaba que dijera nada, porque se hizo a un lado para permitirle el acceso.

Christopher se quitó el sombrero.

—He venido a ver a tu padre —dijo.

—Eres muy amable. —Amy le sonrió y lo guio hasta el fondo de la vivienda.

El señor Reid y su familia habían llegado a Heaven cuando Christopher tenía nueve años, y habían adquirido una modesta porción de tierra en la que comenzaron plantando trigo. Con el tiempo diversificaron los cultivos y no les iba mal, por mucho que Amy renegara de aquella vida. El señor Reid —Chris siempre había sospechado que para contentar a su hija— decidió vender las tierras e instalarse en el pueblo, en una casita que se hizo construir en la calle Benjamin Franklin, y dedicarse al oficio de barbero que había abandonado en su ciudad natal. Pero Amy se marchó, su esposa murió al cabo de unos años y él se mantuvo en su puesto hasta que el pulso comenzó a temblarle tanto que acabó por renunciar también.

Hacía mucho tiempo que Christopher no veía a aquel hombre, poco mayor que el propio Jan, y lo imaginaba disfrutando de su jubilación con el dinero que todos aseguraban había obtenido primero con la venta de los pastos y luego con la del negocio de barbero. El hombre que lo recibió en la salita estaba mucho más delgado de lo que recordaba, con el pelo ralo y canoso, y se levantó con cierta dificultad en cuanto lo vio cruzar el umbral.

—¡Muchacho! —le dijo mientras le estrechaba la mano con más energía de la esperada.

—Señor Reid... Disculpe que no lo haya visitado antes.

—Tonterías —rio el viejo mientras lo invitaba a ocupar la silla situada junto a su butaca—. Imagino lo ocupado que estarás con el rancho, sobre todo desde que murió tu padre.

—Sí, bueno, de eso hace ya algunos años.

—¿Años? —La mirada del viejo mostró cierta confusión.

—Ocho para ser exactos.

—No, no puede ser. —El señor Reid movió la cabeza—. Si estuvo hace nada en la barbería para cortarse el pelo.

Christopher intercambió una mirada con Amy, sentada

junto a él. Al parecer, su padre había perdido la noción del tiempo.

—Por cierto, muchacho, a ti tampoco te iría mal un buen corte. —El señor Reid alzó una mano hacia el largo cabello de Christopher, pero se quedó a medio camino, temblando—. Lo llevas demasiado largo.

—Lo cierto es que me gusta así —reconoció.

—Está muy guapo con el pelo un poco largo, papá —comentó Amy, que seguía a su lado.

—Pásate por la barbería en cualquier momento y te haré un hueco —insistió el anciano.

—Claro, señor Reid, así lo haré.

—Bien, bien.

El hombre pareció conforme, se recostó contra el respaldo y cerró los ojos un instante. Un instante que a Christopher se le hizo demasiado largo. ¿Se habría dormido? El sonido de su respiración le llegaba con claridad, así que no podía tratarse de algo más grave.

—Amy, ¿no vas a ofrecer un té a nuestro invitado? —El señor Reid había abierto los ojos y parecía lúcido de nuevo.

—A Chris no le gusta el té, padre.

—Pues un café o una copa de brandy. Y dile a la señora Williams que sirva también unas galletas, de jengibre si aún le quedan.

Christopher recordaba a la perfección a la señora Williams, una solterona que había llegado años atrás y a la que el señor Reid había contratado para que se ocupara de su hogar tras la muerte de su esposa. También hacía mucho tiempo que no la veía.

Amy se levantó y desapareció por la puerta. Christopher la siguió con la mirada.

—Tendrías que haberte casado con ella, chico —le dijo entonces el señor Reid.

—¿Qué? —Christopher lo miró, confuso.

—Con Amy —respondió—. Así se habría quedado aquí, con nosotros, en lugar de irse al Este con aquel lechuguino.

—No parece haberle ido mal —comentó. Amy, ciertamente, estaba más hermosa que nunca, y el precioso y sin duda costoso vestido que llevaba contribuía a aumentar su atractivo—. Además, a ella no le gustaba Heaven.

—Lo sé —El viejo miró hacia la puerta con cierta tristeza—. Ni siquiera fue bastante para ella que nos mudáramos al pueblo. —Hizo una pausa—. Pero ahora vuelve a estar soltera —anunció mientras le dedicaba un guiño.

Christopher no se atrevió a decirle que él ya no estaba disponible. Ni siquiera sabía si, de estarlo, intentaría algo con Amy Reid. Sospechaba que a ella continuaba sin gustarle aquel pueblo, por mucho que hubiera crecido durante su ausencia.

Cuando Amy regresó en compañía de la señora Williams, con una bandeja llena de tazas y un plato de galletas, el señor Reid se había dormido.

—Lo tomaremos en el salón —le indicó Amy a la rolliza mujer.

Christopher se levantó y le echó una última mirada al anciano antes de seguirlas.

24

Amy era consciente de la incomodidad de Christopher por el simple hecho de encontrarse a solas con ella. Miraba a ese hombre y le costaba ver al niño que una vez había sido, dispuesto a seguirla hasta el fin del mundo. Ni siquiera veía en él a aquel joven que le había pedido matrimonio bajo la lluvia, lleno de ilusión. Jamás, hasta ese momento, se había preguntado qué habría sido de su vida si le hubiera dicho que sí. Ahora sería la esposa de un ranchero, sin duda cargada de hijos y trabajando de sol a sol, con el cutis estropeado, las manos agrietadas y la espalda cargada de responsabilidades.

Sin embargo, no recordaba a otro hombre que la hubiera hecho temblar tanto como Christopher Anderson, y había conocido a unos cuantos desde que su matrimonio había comenzado a hacer aguas. Ahora que había dejado atrás su cuerpo de muchacho, todo en él irradiaba una fuerza y una virilidad que la atraían como un imán. No obstante, lo conocía lo bastante bien como para saber que era un hombre honorable y, si ella se le insinuaba de forma descarada, lo único que conseguiría sería alejarlo. Y de ningún modo podía permitirse que eso sucediera.

Robert Fitzgerald Weston, el banquero con quien se había casado a los dieciocho años para huir de aquel pueblo apestoso, le había proporcionado todo lo que había soñado y más. Él le abrió las puertas de la sociedad de Filadelfia y ella se pavoneó por salones y teatros, causando sensación con su belleza y con los modales que su esposo le inculcó en el transcurso de los primeros meses de matrimonio. Amy siempre había sido una alumna aplicada y absorbió aquellos conocimientos con asombrosa facilidad, hasta el punto de que nadie habría podido asegurar que sus orígenes eran mucho más modestos de lo que parecían.

Pero Weston no solo era un banquero acaudalado, también era un impulsivo hombre de negocios que había terminado llevándolos a la ruina, a ellos dos y al padre de Amy —a quien había convencido para invertir casi todos sus ahorros—, y provocado cuantiosas pérdidas a muchos de sus conocidos. Cuando los acreedores comenzaron a hacer cola frente a su casa, y las invitaciones a fiestas y veladas dejaron de llegar, Amy supo que no quería hundirse con aquel barco, así que le pidió el divorcio para regresar a su casa, a tratar de reconstruir su vida. La fina sociedad de Filadelfia le había cerrado sus puertas para siempre.

Durante todos esos años, su padre la había mantenido al corriente de todo lo relacionado con el pueblo, como si a ella pudiera importarle, y por eso sabía que Chris nunca se había casado, lo que siempre le provocaba un secreto regocijo. Cuando Amy se encontró en la ruina, su nombre fue el primero que acudió a su mente. Su rancho siempre había sido un negocio muy próspero y sabía que los Anderson no eran derrochadores, así que sin duda sería poseedor de una respetable fortuna. No le resultaría difícil reconquistarlo, ni convencerlo para que lo vendiera o lo dejara al cuidado de alguien mientras ellos vivían cómodamente en Denver o en cualquier otra gran ciudad. Estaba convencida de que ambos serían felices lejos de allí.

Por otro lado, el escaso dinero que había obtenido tras el divorcio y la venta de la casa de Weston no le duraría mucho más, y, antes de que sus arcas se vaciasen por completo, necesitaba a alguien que cuidara de ella, y que le devolviera todo lo que había perdido.

Ni siquiera a su padre le explicó que había acabado divorciándose, y eligió contar una historia muy diferente, convirtiéndose así en una joven viuda de lo más respetable. Nadie tenía por qué saber la verdad y Filadelfia quedaba muy lejos.

Sin embargo, había llegado demasiado tarde. Solo unas semanas, era cierto, pero el magnífico plan que había ideado presentaba de repente un importante escollo que era preciso subsanar. A la mayor brevedad posible.

—Debe haberte supuesto un gran cambio sustituir Filadelfia por Heaven —le dijo él, mientras daba vueltas a la diminuta taza de café entre sus grandes manos.

—No tanto como esperaba —mintió ella—. Creo que incluso llegué a olvidar que me había criado aquí, aunque suene extraño. Sin embargo, en cuanto me bajé de la diligencia sentí que estaba de nuevo en casa. En una casa que ha crecido mucho, por cierto. ¡Si ahora tenemos hasta un periódico! —rio.

—Sí, aunque llamarlo periódico quizá sea excesivo —apuntó Christopher.

—¿Sabes que el señor Mulligan publicó una pequeña nota sobre mí en cuanto me instalé? —comentó, divertida.

—Me extrañaría que fuese la primera vez que vieras tu nombre en letra impresa...

—No voy a negar que mi marido era un hombre prominente —señaló, aparentando cierta timidez—, y que mi nombre aparecía ligado al suyo en muchas ocasiones, como si fuese una especie de apéndice. Aquí, no obstante, yo fui la única protagonista por una vez y resultó en cierto modo encantador.

—Debes echarlo de menos... —Amy vio un atisbo de compasión en aquellos ojos azules, una compasión que le provocó un pellizco entre las costillas.

—No tanto como supones —confesó—. Los últimos años de nuestro matrimonio no fueron muy dichosos.

—Aunque te cueste creerlo, me apena escuchar eso.
—Él apartó la mirada y contempló el contenido de su taza—. Siempre deseé tu felicidad, aunque fuese lejos de aquí, y de mí.

—Chris...

Aquellas palabras, para su sorpresa, la habían conmovido, y estiró el brazo para acariciar aquellas manos recias y honestas, pero no tuvo ocasión. Él se levantó con cierta premura, como si quisiera evitar el contacto.

—Será mejor que vuelva al rancho —le dijo.

Ella también se incorporó y lo acompañó hasta la salida. En el vestíbulo, lo vio ponerse la chaqueta y coger el sombrero.

—Ha sido muy considerado por tu parte venir a ver a mi padre —le dijo con dulzura, sinceramente agradecida.

—Lo cierto es que desconocía que estuviera enfermo —comentó—. De haberlo sabido...

—No habrías podido hacer nada, pero te lo agradezco de todos modos.

—Si puedo ayudar en algo, por favor, cuenta conmigo.

—No me gustaría abusar de tu generosidad.

—Amy...

—Bueno... —dijo ella tras una breve y estudiada pausa—. La casa está en bastante buen estado, ya lo ves, pero el techo del desván tiene un par de goteras, y el pasamanos de la escalera está un poco suelto. La otra noche casi me caigo por ella —rio, como restándole importancia.

—Dios, claro, me ocuparé de ello. Vendré un día de esta semana con alguno de los chicos y...

—Oh, por favor, no es necesario. Sé que las próximas semanas en el rancho serán de mucho trabajo.

—Aún recuerdas cómo era esto —sonrió él.

—Lo recuerdo todo, Chris —le dijo ella con toda intención y sosteniéndole la mirada unos segundos—. Son cosas pequeñas, no quisiera robarte también a uno de tus peones.

—Claro —comentó él, con la mirada clavada en el pomo de la puerta principal—. Encontraré un hueco, no te preocupes.

Pero Amy no estaba preocupada. Sabía que Christopher acudiría en su rescate y que hallaría la manera de hacerlo sin descuidar su rancho.

Contaba con ello.

The Heaven's Gazette
28 de marzo de 1887

La señora Anderson, a quien hemos tenido la oportunidad de entrevistar, parece estar adaptándose estupendamente a nuestro pueblo. Nació en Chicago, donde su familia regentaba una casa de huéspedes, y en algún momento viajó hacia el Oeste, aunque no estamos muy seguros del lugar exacto donde conoció a Christopher Anderson ni de cómo transcurrió su noviazgo. Sospechamos, queridos conciudadanos, que el misterio se mantendrá durante algún tiempo todavía.

Por cierto, si visitan estos días el Rancho Anderson, no se acerquen al gallinero. Al parecer, tienen un pollo con muy mal carácter.

Lavar la ropa era, probablemente, la tarea más ingrata de todas las que Violet realizaba en el rancho, incluso a pesar de que los hombres no tuvieran por costumbre cambiarse con frecuencia. Los guantes protegían sus manos de las agresiones del agua fría y el jabón, aunque no del todo, y le llevaba tanto tiempo que el día que tocaba hacer la colada casi no disponía de tiempo para nada más.

Fuera ya hacía una temperatura lo bastante agradable como para tenderla al sol, así que Violet salió con un cesto bien cargado y se dirigió a un lateral de la casa, donde varios cordeles atados a una sucesión de postes hacían de tendedero. Estaba sujetando las últimas prendas cuando vio llegar a Holly Peterssen, ataviada de nuevo como un vaquero y a lomos de un caballo demasiado grande para ella.

—¿Tienes la costumbre de meterte donde no te llaman? —le espetó la muchacha en cuanto bajó de su montura.

—¿Y tú la de no molestarte siquiera en saludar cuando llegas a un sitio?

—¿Por qué has hablado con Gideon? —La joven la miraba con una furia apenas contenida.

—¿Con Gideon? —Violet la miró, sin comprender—. ¿Sobre qué?

—Lo sabes muy bien.

—Holly...

—¡Lo has convencido para que me diga que no venga más a verle!

—Yo no he hecho tal cosa.

—¡Dice que soy una niña! —ladró, furiosa.

—¡Eres una niña! —le gritó, enfadada con su falta de modales.

Violet recordó la conversación que habían mantenido en la mesa la noche del pequeño accidente con la pata de pollo, y comprendió que Gideon había seguido su consejo.

—¡¡¡No soy una niña!!! Pronto cumpliré los dieciséis, y a esa edad ya puedes casarte.

—Pero si apenas acabas de cumplir los quince.

—Un año pasa muy deprisa. —Violet vio dos gruesas lágrimas deslizarse por sus mejillas y, por un momento, casi sintió pena por la muchacha.

—Holly, tal vez Gideon sea un poco mayor para ti...

—Mi padre es diez años mayor que mi madre, y los dos son muy felices juntos. —La chica se sorbió los mocos ruidosamente.

—No me cabe duda.

—¿Por qué lo has hecho?

—Yo no he hecho nada, criatura —respondió—. Solo le dije que, si no estaba interesado en ti, te lo hiciera saber antes de hacerte daño.

—Pero... Pero... ¡siempre ha sido muy amable conmigo! Y una vez incluso me llevó a pescar.

—Eso no significa que esté interesado en ti, al menos no del modo que a ti te gustaría.

—¿Es porque soy fea?

—¿Fea? —Violet miró su cutis, casi perfecto si no fuera por aquellos granitos. Se fijó en sus diminutas y bonitas pecas y en sus ojos grandes y castaños—. ¿Quién te ha dicho semejante barbaridad?

—Mi hermano Ken —resopló.

—Seguro que solo se burla de ti.

—Martin Friedman también lo decía.

—¿Quién es Martin Friedman?

—Un compañero de la escuela —contestó, elevando los ojos al cielo—. Siempre estaba metiéndose conmigo.

—Hummm.

—¿Hummm?

—Cuando yo tenía tu edad también había un muchacho que no dejaba de importunarme —confesó Violet.

—¿Y qué hiciste? ¿Le disparaste? Porque a veces es justo lo que me gustaría hacerle a...

—¡¿Dispararle?! —Violet se escandalizó—. ¿Has perdido la cabeza?

—¿Entonces qué hiciste? —Holly entrecerró los ojos, evaluándola.

—Nada, no hice nada. Simplemente lo ignoré, hasta que dejó de molestarme. ¿Y sabes lo más gracioso?

—¿Hay algo gracioso en esa aburrida historia? —La chica cambió el peso de un pie al otro, como si de verdad las palabras de Violet le provocaran tedio, aunque era evidente que se moría por averiguar cómo acababa.

—Me invitó a un baile, y allí me dijo que siempre se metía conmigo porque yo le gustaba.

—Puaj. Si Martin Friedman me invita a bailar le daré un puñetazo en la nariz. —Hizo un gesto con el brazo, representando el golpe.

—Vaya, el tal Martin debe ser un joven muy desagradable.

—Es bastante guapo.

—¿Sí? —Violet la miró, divertida.

—Pero es un cretino. Gideon en cambio es... Es... diferente.

—Gideon es un hombre. Martin también lo será, algún día.

—Si vive lo suficiente... —bromeó la chica, que colocó la mano sobre la culata del revólver que llevaba al cinto.

—¿Siempre vas armada? —preguntó Violet, un tanto alarmada.

—¿Tú no? —Holly alzó las cejas.

—Procura no matar a nadie, por favor.

—No te prometo nada. —Holly la miró, desafiante—. Y pienso continuar viniendo a ver a Gideon, así que no te entrometas.

—¿No me acabas de comentar que Gideon te ha dicho...?

—Los hombres no saben lo que quieren —la interrumpió.

Violet casi se echó a reír por la vehemencia de aquellas palabras en una boca tan joven.

—No me entrometeré —le dijo al fin.

Holly asintió y, sin mediar palabra, se dio media vuelta y volvió a montar. En lugar de regresar por donde había venido, continuó internándose en el rancho, y Violet dedujo que iba en busca del gemelo.

Una cosa tenía que reconocerle a la chica: era perseverante, y decidida.

Mucho más que ella.

Dormir en el granero se había convertido en algo rutinario para Christopher. La mayoría de los días ni se molestaba en subir a su habitación para salir por la ventana, y abandonaba la casa por la puerta principal en cuanto todos se habían ido a la cama. El único que parecía feliz con aquella extraña situación era Lobo, que dormía junto a él todas las noches.

En ese momento, el animal alzó las orejas y emitió un gruñido de advertencia. Christopher, que aún no había apagado la lámpara, echó mano de su revólver y aguzó el oído. Quizá se trataba de un animal salvaje, aunque no tardó en distinguir una serie de pisadas, y eran humanas. La puerta se abrió con un suave crujido.

—¿Chris? —La voz de Luke le llegó con nitidez.

Demasiado tarde para apagar la lámpara y para ocultar el lecho que se preparaba cada noche y que desmontaba cada amanecer.

—Aquí —le dijo.

Lobo se tranquilizó de inmediato y volvió a apoyar la cabeza entre sus patas. Había descartado la posible amenaza.

—¿Qué rayos estás haciendo?

Luke se encontraba frente a él, con un candil en la mano, un revólver en la otra y a medio vestir.

—¿Y tú?

—Me levanté y me pareció ver luz en el granero. —Contestó, volviendo a guardar su arma. Christopher también escondió su Colt.

—Ya... pues acertaste.

—¿Vas a dormir aquí? —Luke miró alrededor.

—¿Tienes algún inconveniente? —le preguntó, mordaz.

—No me lo digas... —bromeó su amigo—. Tu mujercita te ha echado de su cama.

—Más o menos.

—Oh, Dios, ¿qué has hecho?

—Nada.

—¿Nada? —Luke alzó una ceja y tomó asiento sobre una de las balas de heno—. Creí que la situación había mejorado entre vosotros, al menos lo parece.

—Vuelve a la cama, Luke.

—Estoy bien aquí.

—Como desees.

Christopher apagó su lámpara, se cubrió con las mantas y se dio media vuelta, pero su amigo no se movió de su sitio.

—Chris...

—Maldita sea, Luke. ¡Lárgate!

—Ni lo sueñes.

Christopher se incorporó y se encaró con él.

—No es asunto tuyo.

—Soy tu mejor amigo. Casi tu hermano...

—Lo sé —contestó, hundiendo los hombros—. Pero es una historia muy larga.

Luke se levantó y se dirigió a un rincón del granero, de donde sacó una botella de whisky intacta.

—La guardo para emergencias —le dijo.

—¿Para qué tipo de emergencias?

—Bueno, sobre todo para cuando Jan se termina las reservas del salón —dijo Luke, jocoso—. Pero ahora es un buen momento para hacer uso de ella.

Luke regresó a su asiento y Christopher se incorporó hasta quedar sentado y con la espalda apoyada sobre una de las balas de heno. Su amigo abrió la botella y le ofreció el primer trago, que le abrasó la garganta.

—Y ahora cuéntame...

Sean siempre había sido el primero en levantarse, aunque últimamente ese honor se lo había arrebatado Christopher. Por eso le extrañó no encontrárselo en el piso de abajo e intuyó que se habría dormido. Él parecía ser el único que estaba al tanto en aquella casa de que su patrón dormía en el granero todas las noches, y no deseaba que esa información se hiciera pública. No quería ni imaginarse las bromas que Cody haría al respecto.

Decidió que se acercaría a ver qué había ocurrido y, si su jefe se había dormido, lo despertaría antes de que nadie se percatara de nada.

Sin embargo, no esperaba encontrarse a Christopher y a Luke durmiendo uno junto al otro, medio cubiertos por las mantas y con una botella de whisky vacía entre los dos.

Debía de haber sido una noche memorable.

25

Christopher no había tardado en cumplir su promesa, para regocijo de Amy, que lo vio llegar con su carreta, llena de herramientas y tablones de madera.

—He pensado que podríamos tomar un café y unas galletas primero —le ofreció en cuanto entró en la casa.

—Ya he desayunado —declinó su invitación en tono amable—. Pero gracias de todos modos.

—Podrías hacerme compañía entonces. Nunca me ha gustado desayunar sola —insistió, melosa.

—Me encantaría —reconoció Christopher—, pero quisiera terminar cuanto antes.

Aún no se había quitado la chaqueta y su presencia parecía llenar todo el vestíbulo.

Hasta ella llegó su aroma, mezcla de jabón, cuero y madera, que logró desestabilizarle el pulso durante unos segundos.

—Le he pedido a la señora Williams que prepare estofado para almorzar —le dijo con voz queda—. Recuerdo que era tu plato favorito.

—Sigue siéndolo —sonrió él—, aunque espero haber acabado mucho antes de mediodía.

—No voy a dejar que te marches con el estómago vacío —aseguró, con un coqueto mohín.

—Quizá otro día. Hoy tengo mucho trabajo en el rancho.

Pronunció aquellas palabras sin mirarla, y ella intuyó que se sentía un poco cohibido, así que no insistió.

Durante la mañana lo observó trabajar. Era rápido y eficaz, algo que no la sorprendió en absoluto. Arregló las goteras y la barandilla a una velocidad increíble, demasiada para su gusto. Aquello no convenía a sus planes, así que le pidió que hiciera algunas otras tareas mientras intentaba darle conversación. Christopher no se mostraba muy proclive a la charla, concentrado como estaba en realizar las pequeñas reparaciones que ella iba señalando.

Cuando finalizó aún no era mediodía, como muy bien había previsto él. Amy pensó en volver a sacar el tema y convencerlo para que se quedara a comer, pero no lo hizo. Tal vez, se dijo, lograría su propósito, pero también sabía que se mostraría contrariado y con ganas de marcharse. Era una lástima, porque no dispondría de muchas más oportunidades para estar a solas con él.

Y el tiempo se le agotaba.

El primer sábado de abril amaneció radiante y las luces del alba pillaron a Violet en la cocina, horneando un bizcocho. Luego tenía pensado rellenarlo de mantequilla y espolvorearlo con láminas de almendra y azúcar glaseado. Era uno de los postres que preparaba en Chicago para las ocasiones especiales, y le pareció que el Festival de Primavera bien merecía el esfuerzo. No se marcharían al pueblo hasta las tres de la tarde, lo que le habría dado tiempo de sobra para preparar el pastel sin necesidad de madrugar tanto. El miedo a que no le saliera bien a la primera había sido del todo infundado después de todo, y sonrió mientras comprobaba el resultado. No pretendía ganar en el concurso de tartas a la señora Adams, aunque sí quería hacer un buen papel. En otro tiempo, quizá le habría parecido absurdo participar en un evento de esas características, pero allí las cosas eran diferentes. Todo era tan distinto que en ocasiones tenía la sensación de haberse mudado incluso de país.

Sacó el bizcocho del horno y lo puso a enfriar sobre la encimera. Estaba a punto de salir de la cocina cuando pensó en Cody Price; si el joven descubría el dulce allí, no se lo pensaría, y ella tampoco quería acabar en la cárcel por asesinar a un vaquero. Le parecía increíble que, con las ingentes cantidades de comida que engullía, Cody se mantuviera tan delgado como el palo de una escoba.

Guardó el bizcocho en el fondo de la alacena, cubierto con un paño limpio, y colocó unos cuantos botes delante. Satisfecha con el camuflaje, decidió subir y volver a meterse en la cama. Con un poco de suerte, podría dormir dos o tres horas más.

Las cosas de Violet aún no habían llegado, por lo que disponía de pocas opciones en lo que a ropa se refería. Optó por llevar el mismo vestido que había lucido el día de su boda con Christopher, que era el mejor que tenía en el armario. Procuró alejar los recuerdos de aquel episodio y, cuando se miró en el espejo, sonrió complacida con su imagen. La tela, de color verde pálido, lucía unos bordados en un tono más oscuro, del mismo color que los botones del corpiño. Era elegante, pero no ostentoso. Discreto, pero no aburrido. Era perfecto, decidió.

Christopher le había comentado que todos, excepto Jan, irían al festival, y Violet bajó la escalera con cierta aprensión para reunirse con ellos en el salón. La mirada de su marido la recorrió de arriba abajo de forma apreciativa, y Violet casi se tropezó con sus propios pies al notar cómo la piel se le calentaba. Todos parecían llevar sus mejores ropas, lo que no era mucho decir. Ninguno se había puesto un traje o algo que se le pareciera, pero al menos iban limpios y sin remiendos. Los gemelos, incluso, parecían estrenar botas, a juzgar por cómo brillaban. De repente, Violet se sintió ridícula con su vestido.

—¿Podemos irnos ya? —Christopher se había acercado a ella.

—Eh... tal vez sería mejor que me cambiara de ropa.

—¿Qué? ¿Por qué? —Volvió a mirarla.

—¿No es... demasiado elegante? —Violet contempló su falda.

—No sé qué significa eso. —Christopher alzó una ceja, confuso—. A mí me parece que estás perfecta.

Violet no era vanidosa, pero sabía que su marido tenía razón. Ella misma lo había visto en el espejo. Sin embargo, dada la sencillez con la que vestían ellos, quizá se había excedido. Aquel vestido no habría resultado muy llamativo en Chicago, pero, en Heaven, tal vez resultara ostentoso. ¿Qué opinarían las demás mujeres? ¿La considerarían una pretenciosa?

—Creo que la señora Mitchell llevó un vestido similar el año pasado —comentó Luke, que se encontraba muy cerca de ellos.

—¿Sí? —Violet lo miró, casi esperanzada.

—Aunque el suyo tenía más... lazos.

—El de los lazos era el de la señora Grayson —comentó Cody.

—¿Seguro?

—Podría jurártelo —contestó el joven con una risita—. Incluso pensé en contarlos, solo que su marido me pilló mirándola demasiado y desistí.

—Las mujeres de este pueblo lucen sus mejores galas en fiestas como estas —sentenció Luke, quien, al parecer, había captado a la perfección su inquietud.

—De acuerdo —sonrió Violet, más tranquila—. Podemos irnos entonces.

Christopher le tendió el brazo y ella lo aceptó. Salieron de la casa seguidos de los demás. La carreta ya se encontraba frente a la puerta, y su marido la ayudó a subir mientras los vaqueros se dirigían hacia sus caballos. No se veía a Jan por ningún lado, y Violet no lo lamentó. A pesar de que su relación había mejorado en los últimos días, todavía percibía la animadversión del viejo, aunque aún no hubiera averiguado los motivos.

Violet se había acomodado en el pescante cuando se acordó de la tarta.

—Christopher...

—La tarta está en la parte de atrás —le dijo él—, a buen recaudo. Casi tengo que dispararle a Cody para protegerla.

Violet rio y miró al joven, a pocos pasos de ellos.

—Tiene una pinta deliciosa, señora Anderson —aseguró el vaquero—, con gusto habría recibido la bala.

—Lástima que no vayas a probarla —sentenció uno de los gemelos mientras subía a su caballo.

—¿Qué? —Violet alzó las cejas—. ¿Por qué no?

—Las tartas solo las catan los jueces y Cody no forma parte del jurado —contestó Christopher mientras tomaba asiento.

—No por falta de ganas —dijo el joven.

—Pero, entonces... —dijo Violet.

—Cuando los jueces han terminado y emiten su veredicto, lo que sobra se comparte entre los asistentes.

—Y siempre sobra muy poco —gruñó Cody—. Son unos glotones.

—Le dijo la sartén al cazo —rio Luke.

—No te preocupes, Cody —lo tranquilizó Violet—. Esta semana haré otra, y será solo para nosotros.

—Preferiría que fuese solo para mí, pero está bien, la compartiré con estos cafres.

—Siempre puedes ponerte a la cola cuando los jueces hayan terminado y liarte a puñetazos con todos los que se acerquen al pastel de la señora Anderson —comentó uno de los gemelos.

—¡Liam! —exclamó Violet, esperando acertar con el nombre.

—Sí, señora —contestó el aludido con una sonrisa—. Solo bromeaba...

—Nadie se liará a puñetazos hoy, ¿de acuerdo? —Violet tomó nota mental de que, esa tarde, era Liam quien llevaba una camisa amarillo pálido en lugar de una blanca, como Gideon.

—Bueno... —comenzó a decir el otro gemelo.

—¡Nadie! —lo cortó ella, tajante.

—Sí, señora. —Gideon bajó la cabeza.

—¿Nos vamos ya o seguimos aquí charlando? —preguntó Sean.

—Nos vamos ya —contestó Christopher mientras cogía las riendas.

La elaboración de Violet no ganó el primer premio, pero consiguió un merecido tercer puesto que le granjeó las felicitaciones de las mujeres del club. Estas la habían recibido con afecto a su llegada, como si ya formara parte de su asociación, y Susan Miller y Lorabelle Green apenas se habían despegado de su lado. Luke no había mentido, pensó Violet mientras las observaba. Las mujeres del pueblo iban ataviadas con vestidos preciosos, aunque la mayoría bastante sencillos, y las señoras Ostergard y Mitchell eran, con toda probabilidad, las más elegantes. O al menos lo fueron hasta que, a las ocho en punto, dio comienzo el baile y Amanda Weston se presentó envuelta en sedas y tules de color lavanda, con un vestido que imitaba, como tantos otros, la moda que estaba imponiendo Frances Cleveland, la esposa del presidente. Con los hombros al descubierto y un pronunciado escote recto, la luz incidía sobre su piel clara, atrayendo las miradas de todos los asistentes, Christopher incluido. Estaba tan hermosa que ni siquiera Violet fue capaz de sustraerse a su embrujo.

El alcalde y su esposa iniciaron el baile, que se celebraba en el salón del ayuntamiento, el mismo lugar donde una semana antes Violet había asistido a la reunión del club. La sala se le antojó incluso más grande esa noche, pese a la cantidad de gente presente. Al fondo, sobre una pequeña tarima, tres músicos amenizaban la velada con un violín, una guitarra y un banjo, tocando sobre todo canciones populares que los presentes bailaban con entusiasmo.

—¿Quieres bailar? —le preguntó Christopher, que tampoco se había separado de ella desde que llegaran al pueblo.

Violet asintió y ambos se unieron a las parejas que ocupaban la parte central. No pudo evitar experimentar ciertos nervios al verse de alguna manera expuesta, ni al sentir las manos de Christopher, una en la espalda y la otra sujetando la suya. Durante un breve instante, lamentó no haberse puesto guantes, que había considerado excesivos, porque la piel de su marido era cálida, a pesar de su tacto áspero. Notó su pulso acelerarse y su cuerpo exigirle que se pegara más a él.

Para su sorpresa, Christopher demostró ser un avezado bailarín, y ella disfrutó mucho más de lo esperado. Tanto que, al finalizar, se atrevió a pedirle otra.

—Por supuesto, todas las que quieras —le dijo él, con una sonrisa tan encantadora que Violet sintió un pequeño mordisco en el pecho.

—Creo que con una más tendré suficiente por el momento —le aseguró.

Vencida la timidez inicial, o lo que fuera lo que había sentido al aproximarse a él, disfrutó aún más de la segunda pieza, aunque no se atrevió a pedirle una tercera. Era consciente de que los asistentes cambiaban de pareja con asiduidad y no quería convertirse en el chisme de la noche. Ya imaginaba los titulares de la gaceta: *Los recién casados incapaces de separarse durante el Festival de Primavera.*

En cuanto finalizó la pieza, Violet se reunió con Susan, que permanecía sola en un rincón. Lorabelle se había marchado poco antes de las ocho, alegando que no tenía con quién dejar a su hija Betty.

—¿Se aburre, señorita Miller? —le preguntó.

—No más que en otras ocasiones —le aseguró la maestra—. Y, por favor, ¿no podría llamarme Susan a secas? Todas las demás lo hacen. Cuando me llama «señorita Miller» tengo la sensación de que es usted una de mis alumnas.

—Por supuesto, si usted me llama Violet.

—Trato hecho.

La profesora extendió su mano y Violet se la estrechó con una sonrisa. Le gustaba aquella mujer.

Christopher apareció con dos vasos de bebida refrescante para ellas y se quedó junto a ambas mujeres, lo que Violet agradeció. Luke se aproximó hasta ellos.

—Señora Anderson, ¿me concedería un baile? —le preguntó risueño—. Señorita Miller, un placer verla de nuevo.

—Luke... —lo saludó la maestra.

Por el tono, Violet dedujo que la joven parecía decepcionada porque no la hubiera invitado a bailar, y cayó en la cuenta de que todavía no la había visto hacerlo con nadie. Pensó en decirle al capataz que estaba cansada y que invitara a su amiga, pero supuso que la maniobra no sentaría bien a ninguno de los dos, así que aceptó la mano que Luke le tendía y lo acompañó al centro de la sala.

También el mejor amigo de su esposo parecía ser un consumado bailarín, quizá algo más enérgico que Christopher.

—Imagino que nuestro sencillo festival no podrá compararse a los bailes a los que habrás asistido en Chicago —le dijo él.

—He asistido a muchos menos de los que te imaginas.

—¿Por qué? ¿No te gusta bailar?

—Oh, me encanta, pero siempre había trabajo en la casa de huéspedes —contestó ella—. Rara vez podíamos permitirnos abandonar nuestras obligaciones para divertirnos.

—En Heaven, a partir de ahora, se celebrará uno cada dos sábados hasta la llegada del invierno. Seguro que Christopher te traerá encantado a todos los que quieras.

—¿Tú crees?

—Estoy seguro.

—¿Y tú?

—Yo puedo traerte siempre que no lo haga él —contestó él, risueño.

—Muy gracioso. —Violet correspondió a su risa—. ¿Vosotros también acudís cada sábado?

—De tanto en tanto, depende de las ganas, del trabajo que nos espere al día siguiente...

—Claro. —Violet hizo una pausa—. Por cierto, cuando finalicemos la pieza, podrías invitar a bailar a la señorita Miller.

—¿Qué? —Luke la miró con una ceja alzada—. ¿Por qué?

—Es solo que todavía no la he visto bailar con nadie, y tú eres un excelente bailarín.

—Christopher también —dijo con una mueca.

—Y por eso voy a pedírselo luego.

—De acuerdo entonces.

Violet se había preparado para enarbolar unos cuantos argumentos más con los que convencerlo, y la extrañó no haber tenido que insistir ni siquiera un poco. Así que, cuando la acompañó de vuelta, Luke le pidió un baile a Susan y ella aceptó de buena gana, o al menos eso le pareció.

Mientras los veía moverse por la pista de baile, se le ocurrió pensar que hacían una estupenda pareja.

Buscó con la mirada al resto de los chicos del rancho, y los encontró apelotonados en una esquina, muy cerca de un grupo de bonitas jóvenes. Alrededor de ellas se congregaba otro grupo de mayor tamaño de atractivos muchachos ataviados con elegantes trajes. Tal vez los trabajadores de Christopher no fuesen tan sofisticados ni sus modales tan exquisitos, pero era innegable que eran bien parecidos, especialmente los gemelos, cuyas preciosas melenas castañas no hacían sino aumentar su apostura. Las miradas que se lanzaban ambos grupos no eran precisamente amistosas.

—¿Quiénes son? —le preguntó a Christopher en voz baja.

Él siguió la dirección de su mirada.

—Veamos —contestó—. Ahí están el hijo de Henderson, el dueño del hotel. Los dos hijos del banquero, el hijo del alcalde, el hijo y el sobrino del señor Gower, el farmacéutico...

—De acuerdo —lo interrumpió ella.

Al parecer, se trataba de los jóvenes más pudientes del pueblo, por lo que no era de extrañar que ellas parecieran encantadas de atraer su atención.

—¿Podemos acercarnos a los chicos? —le preguntó a su esposo.

Christopher ni siquiera le preguntó por los motivos, simplemente le tendió el brazo y ambos cruzaron la distancia que los separaba.

—¿Os estáis divirtiendo? —les preguntó al llegar.

Cody alzó los hombros, Liam contestó con un gruñido, Gideon desvió la vista y Sean, que permanecía apoyado contra la pared y con los brazos cruzados a la altura del pecho, ni siquiera se inmutó.

—Podríais invitar a una de las chicas a bailar —sugirió Violet, que echó un vistazo disimulado a las jóvenes.

—Hummm, bailar no se me da muy bien —confesó Liam.

—Eh, bueno, pues tal vez podrías iniciar una conversación con alguna de ellas.

—¿Sobre qué?

—No sé, sobre cualquier tema. Que ella sepa que te interesa.

Los vio intercambiar algunas miradas entre ellos y, para su sorpresa, Liam decidió seguir su consejo y se retiró un par de pasos, los suficientes para encontrarse junto a una de las muchachas, una belleza de cabello azabache y ojos azules.

—Hola —oyó Violet que la saludaba.

La joven contestó del mismo modo y se hizo el silencio de nuevo. Violet miró a Liam, y él a ella, y con un gesto lo animó a continuar.

—¿Has visto alguna vez parir a una vaca? —preguntó el joven.

—¿Qué? —La chica lo miró con los ojos como platos y se alejó de él, para unirse a sus amigas.

Liam, con los hombros hundidos, regresó con sus compañeros.

Violet no daba crédito. Vio cómo Sean se cubría la boca con una mano y cómo Christopher trataba de aguantarse la risa.

—Tampoco ha funcionado —comentó el gemelo.

—¿En serio, Liam? —inquirió ella—. ¿Te sorprende que no haya mostrado interés en el parto de una vaca?

—Eh... no sé.

—¿No se te ocurrió ninguna otra cosa que decirle? —le espetó ella.

—Tal vez debería haberle hablado de caballos.

—¡Oh, Jesús! —exclamó Violet—. Será mejor que no os acerquéis a ninguna de las muchachas hasta que haya podido hablar con vosotros a fondo.

—¿Con nosotros? —preguntó Gideon, amedrentado—. ¿Y ahora qué hemos hecho?

26

La prenda que lucía esa noche Amy Weston no era nueva, aunque eso no podía saberlo nadie más aparte de ella. Se trataba de uno de sus viejos vestidos de noche, que había arreglado para adecuarlo a la moda del momento. Era consciente de que tanto el color como la forma la favorecían, y de que sus hombros, redondeados y suaves, refulgían bajo las lámparas del salón. Había contado con ello e incluso se los había maquillado ligeramente con polvos de arroz para que lucieran aún más blancos.

El resultado no podía haber sido más satisfactorio. Había bailado primero con el señor Mulligan, el dueño de la gaceta, quien le había propuesto una entrevista para hablar sobre su «difunto» marido, que ella había esquivado con bastante acierto. Luego bailó con el hijo mayor del banquero —un joven con más ínfulas que cerebro— y más tarde con varios de los demás asistentes, pero sin perder de vista ni un instante su verdadero objetivo: Chris Anderson.

En ese momento, él y su esposa se encontraban charlando con Susan Miller, a quien había visto bailar con Luke un rato antes, y se acercó a ellos con determinación, pero con elegancia, como había aprendido a moverse en los salones de Filadelfia.

—Señores Anderson, señorita Miller... —los saludó al llegar, en un tono de voz lo bastante amable como para no despertar recelo.

—Luce encantadora esta noche, señora Weston —le dijo la maestra.

Durante unos minutos, se limitaron a dedicarse halagos mutuos sobre vestidos y peinados, y a comentar lo agradable que estaba siendo la velada. Christopher apenas intervenía, aunque no perdía detalle de cuanto se decía.

—Señora Anderson, espero que no la importune que le robe a su marido unos minutos —dijo Amy en ese momento, antes de dirigirse directamente a él—. Chris, querido, ¿no vas a invitar a bailar a una vieja amiga?

—Eh, sí, por supuesto —contestó él, un tanto cohibido.

No era extraño que los hombres casados bailaran con las muchachas solteras del pueblo, aunque siempre de un modo honorable y que no diera pie a habladurías. Los habitantes de Heaven se jactaban de ser buenos vecinos y de comportarse como si fuesen una gran familia, algo que Amy había detestado desde el mismo día de su llegada, muchos años atrás, aunque en ese momento servía muy bien a sus propósitos.

Chris le ofreció el brazo y ella lo aceptó sin mirar siquiera a las dos mujeres que dejaban atrás. Cuando él le rodeó el talle y tomó su mano, Amy se pegó a él unos centímetros más de lo que dictaban las normas sociales.

—Estás muy guapo esta noche —le dijo, como al descuido.

—Tú también. —Chris le dedicó una sonrisa afectuosa.

—Me alegra que lo pienses —comentó ella, zalamera—. A fin de cuentas, me he puesto este vestido para ti.

—¿Para mí? —La miró con una ceja alzada.

—¿Crees que hay alguien más en este pueblo que pueda interesarme aparte de ti?

Christopher esquivó sus ojos y casi perdió el paso, aunque pareció recuperar la compostura con celeridad.

—Hacía tanto tiempo que no nos veíamos que, la verdad, no creo que sepa mucho acerca de esta nueva Amy —le dijo.

—Eso no es cierto. Me conoces mejor que nadie.

—Tal vez eso fuera así hace años.

—Y ahora también...

—Amy... —Christopher la miraba con intensidad, del mismo modo que la había mirado tantas veces en el pasado, o casi.

Con el rabillo del ojo, ella vio que alguien se acercaba hasta ellos.

—Amy Reid, esto sí que es una alegría para la vista. —Luke Nyman se había materializado junto a ellos—. Chris, amigo, ¿me permites...?

De haber podido negarse, Amy lo habría hecho, pero habría resultado de lo más extraño, teniendo en cuenta que hacía años que no se veían y que, en otro tiempo, habían sido muy amigos.

—Luke Nyman, verte sí que es un placer —contestó ella, separándose de Christopher y luciendo su sonrisa más encantadora.

Con un ligero empujón, Luke desplazó a su amigo y la tomó de la mano, y ella se dejó hacer. Christopher se alejó de ellos en dirección a la barra situada al fondo del establecimiento y ella, pese a las circunstancias, le alegró comprobar que no volvía junto a su mujer y que necesitaba un trago de algo más fuerte que aquella limonada aguada.

Luke había visto a Amy en cuanto entró en el ayuntamiento, como si la luz que desprendía fuese un faro en mitad de una tormenta. No le sorprendió comprobar que estaba aún más hermosa que en sus recuerdos. Había temido encontrarse con aquella mujer después de tantos años y, cuando al fin la tenía a su alcance, se congratuló de no albergar ya sentimientos por ella. La observó con disimulo durante toda la noche, y no dejó de apreciar el modo en el que seguía con la vista a su amigo.

Desde que este le había contado la verdad sobre su matrimonio en el granero, Luke todavía estaba más preocupado por la presencia de Amy en Heaven. Christopher no parecía tan inmune a sus encantos como él, y tenía miedo de que ella acabara arrastrándolo hacia su destrucción. Por otro lado, Violet le gustaba, le gustaba mucho. Era una mujer sencilla, pero trabajadora, fuerte y leal. Pese a lo sucedido entre Christopher y ella, ni siquiera lo había dejado en evidencia delante de sus hombres. Era la esposa perfecta para su amigo, o lo sería si ambos lograban arreglar aquel desaguisado que era su matrimonio. Y Luke no estaba dispuesto a que la caprichosa Amy Reid segara aquella posibilidad antes de tiempo.

En cuanto los había visto dirigirse a la pista de baile, el pulso de Luke se había acelerado. Buscó a Violet con la mirada y vio la expresión hosca de su rostro, prueba evidente de que a ella tampoco le había agradado la intromisión. Trató de aguardar pacientemente a que la pieza finalizara, pero el cuerpo de Amy estaba demasiado pegado al de Chris, tanto que no tardarían en llamar la atención de los demás. Acercarse hasta ellos había sido la única solución posible.

—Los años te han sentado bien —le dijo a la mujer que sostenía entre los brazos.

—También han sido generosos contigo —contestó ella,

con una sonrisa que, en otro momento, le habría arrasado el alma—. Estás más apuesto que nunca.

—El trabajo en el rancho me sienta bien —bromeó.

—La verdad, a estas alturas ya te hacía propietario de tu propio ganado.

—No todos somos tan ambiciosos como tú.

—¿Soy ambiciosa por querer algo mejor en la vida? —se defendió ella, sin abandonar su gesto risueño.

—Oh, no, todos queremos algo mejor en la vida —contestó Luke—. Eres ambiciosa por casarte con alguien de quien no estabas enamorada solo por medrar.

—¿Eso crees que hice? —le espetó ella, con la boca tensa y el cuerpo envarado.

—¿No lo fue, acaso?

—¿Y a ti qué puede importarte, de todos modos?

—A mí nada en realidad —contestó él, con un encogimiento de hombros—. Pero no permitiré que hagas lo mismo con Chris.

—Chris ya es mayorcito para tomar sus propias decisiones.

—Sabes que en lo referente a ti nunca será lo bastante mayor.

—¿De verdad?

Ella lo miró con renovado interés, y Luke lamentó sus últimas palabras. Si Amy había albergado alguna duda acerca de los sentimientos de Chris, acababa de despejársela. En su afán por ayudar a su amigo, tal vez lo había conducido sin querer a las mismas fauces del lobo del que quería protegerlo.

Si Christopher no le hubiera hablado a Violet sobre las exaltadas discusiones entre los dos hombres de fe de Heaven, no habría creído posible la escena que se desarrollaba ante sus ojos.

—¿Es que acaso una sola persona puede proclamar la Verdad sin error? —exponía, más que preguntaba, muy tieso el reverendo Cussack, con su voz grave y vivaz retórica.

—¡Por supuesto que sí! —le contestaba un airado y enrojecido padre Stevens, cuyos ojos claros miraban a su interlocutor con vehemencia—. Sí, si esa persona es el Vicario de Cristo, el obispo sucesor de Pedro... ¡El Papa de Roma es el representante de Dios en la tierra!

—¡Dios no necesita representantes para cuidar de su rebaño! —rebatía el reverendo Cussack.

—¿No necesitan, acaso, un pastor las ovejas?

—¡Es una figura obsoleta, una rémora del pasado!

Alrededor de los dos religiosos se había formado un corrillo que disfrutaba con las diatribas de ambos, para mayor vergüenza de Violet, que apartó la mirada, contrariada.

—No comprendo cómo hay gente que puede disfrutar contemplando un espectáculo tan lamentable —le comentó a Susan, aún a su lado.

—Para ellos es como una representación teatral —dijo esta.

—¿No le molesta?

—Al principio me escandalizaba tanto como usted —contestó la maestra—. Ahora solo es una de las excentricidades más de este pueblo.

—No sé si podré habituarme —musitó.

—Dudo mucho de que sientan verdadera animadversión el uno por el otro.

—¿De veras? —Violet volvió a mirar a los religiosos, que continuaban con su batalla dialéctica—. A mí no me lo parece.

—Cussack es viudo y Stevens célibe. Aparte de ocuparse de su rebaño, no tienen otras distracciones, y casi nadie posee los conocimientos teológicos para departir como lo hacen. Diría que disfrutan de estas discusiones, que representan una pequeña satisfacción en sus vidas. Ya se dará cuenta usted misma con el tiempo.

Violet asintió, no muy conforme, aunque Susan llevaba allí mucho más tiempo que ella. Quizá tenía razón.

Mientras Christopher contemplaba el líquido ambarino que contenía aquel vaso al que no cesaba de darle vueltas, pensaba en lo ocurrido esa noche. Nunca se había considerado un hombre de elevada inteligencia, pero hasta un ignorante se habría dado cuenta de que Amy se le había insinuado, y no por primera vez. Desde que se habían visto frente al almacén de los Grayson, esa sensación no lo había abandonado. Amy Weston estaba interesada en él, de nuevo, aunque no lograba dilucidar por qué de repente él le parecía un buen partido.

Durante los primeros años después de su marcha, Christopher había soñado con ese momento, con verla regresar para decirle que había cometido un terrible error al abandonarlo y que él era el hombre con el que quería pasar el resto de su vida. Luego, un buen día, había dejado de esperar que eso sucediese, hasta olvidarlo por completo. Y ahora allí estaba ella, cumpliendo aquellos viejos sueños, o aparentándolo al menos. Sin embargo, Christopher había dejado de ser aquel muchacho impetuoso, inocente y fácil de manipular.

Estaba hermosa, más que nunca, y él no era totalmente inmune a sus encantos. A fin de cuentas, había sido su primer amor, su único amor en realidad, pues tras su marcha juró que jamás se enamoraría de nuevo. No estaba dispuesto a que nadie más volviera a partirle el alma en dos. No obstante, ahora era un hombre casado y se debía a los votos que le había hecho a Violet, aunque de momento no fuesen más que papel mojado. Mientras ella fuera su esposa, se cortaría una mano antes de permitir que esa mano tocara a Amy más allá de lo necesario.

Apuró su vaso de whisky y regresó junto a Violet, que asistía asombrada a la discusión entre el padre Stevens y el reverendo Cussack. Luke y la señorita Miller estaban junto a ella. Amy parecía haber abandonado la fiesta, porque no se la veía por ningún lado.

Christopher le había presentado a muchas personas esa noche, entre ellas a los demás rancheros. A Violet le resultó curioso que Samuel Marsten no estuviera presente en la que parecía una de las mayores festividades de la localidad.

Conoció también a los Peterssen, los padres de Holly, un matrimonio tan sencillo y agradable que le resultaba extraño pensar que aquella criatura salvaje fuese hija suya.

—Podemos irnos cuando quieras —le comentó Christopher pasadas las once de la noche.

El salón estaba menos concurrido y ella pensó que sí, que ya iba siendo hora de retirarse, solo que la perspectiva de subirse a la carreta y recorrer el largo camino hasta el rancho se le antojó demasiado ardua.

—O podemos alojarnos en el hotel de Henderson —le dijo su marido, que interpretó a la perfección su desgana.

—Oh, eso sería estupendo. —Agradecida, se recostó contra el brazo de Christopher. De repente, se sentía agotada.

—Sí... bueno...

—¿Qué? —Violet se incorporó y lo miró.

—No voy a pedirle a Henderson dos habitaciones —le contestó—, y tampoco tengo intención de escaparme por la ventana.

—Claro, sí, tienes razón.

—¿Entonces?

—Podríamos hacer una tregua.

—No sabía que estuviéramos en guerra —dijo Christopher, burlón.

—Ahora estamos en terreno neutral —continuó ella—, y aquí olvidaremos nuestras diferencias.

—Me parece bien.

Ambos se sostuvieron la mirada un instante, calibrando el verdadero alcance de las palabras que estaban pronunciando. Violet sintió el pulso latiéndole en la base del cuello y un reconocible calor difundiéndose por su cuerpo. De repente, el cansancio parecía haberse esfumado.

Christopher la mantenía sujeta por el talle, y había percibido el momento exacto en el que el cuerpo de Violet se había tensado y comenzado a temblar. Con gusto la habría tomado en brazos para recorrer las dos manzanas que los separaban del hotel. Sin embargo, se contuvo y ambos fueron a despedirse de los chicos, que también parecían prontos a abandonar la fiesta.

Los Anderson no habían sido los únicos que habían decidido pasar la noche en el pueblo, pero el señor Henderson aún disponía de un par de habitaciones libres y los acompañó al piso de arriba.

No se trataba de la misma estancia que habían compartido el primer día, aunque sí muy parecida. Una vez cruzaron el umbral y Christopher cerró la puerta a su espalda, ambos se quedaron en pie, mirándose.

—¿Estás segura de esto? —le preguntó a media voz.

—¿Y tú? —preguntó ella a su vez.

—Totalmente.

—Yo también.

De una zancada, Christopher llegó a ella, le sujetó la nuca con una mano y la besó, la besó como si estuviera deseando hacerlo desde hacía horas. Violet entreabrió los labios y se dejó llevar por el vendaval de sensaciones que comenzaron a recorrerla mientras su marido profundizaba el beso y la pegaba aún más a su robusto cuerpo.

Sentía sus manos por todas partes, alzando sus faldas para acariciar sus piernas, y a ella le faltaban dedos para enredarse en su cabello y para desabotonar su camisa. Las prendas de ropa se fueron acumulando a los pies de ambos, hasta que ella se quedó solo con la camisola puesta. Cuando él trató de quitársela, ella lo detuvo con un gesto. Christopher había olvidado aquella condición previa a su matrimonio, que para él seguía sin tener sentido. El cuerpo de Violet era menudo, pero perfecto, no entendía por qué se avergonzaba, aunque decidió que ese no era el momento para ahondar en el asunto, y la alzó en brazos para depositarla sobre el lecho.

Las caderas de Violet se alzaban por voluntad propia, buscando el contacto con el cuerpo de Christopher, quien mordisqueaba sus hombros y plantaba un reguero de besos hasta sus senos, preparados para recibirlo. Apenas era capaz de controlar sus jadeos ni de ahogar sus gemidos, y lamentó que entre ellos no hubiera existido más intimidad que la de la noche de bodas, porque su marido era un amante experimentado y entregado.

Cuando finalmente él se deslizó en su interior, Violet se arqueó y no tardó en alcanzar el clímax en unos segundos, aferrada a sus brazos y envolviendo sus caderas con las piernas. Christopher se detuvo unos instantes para que recuperara el resuello y luego comenzó a moverse dentro de ella, despertando de nuevo todo su cuerpo.

El vaivén se fue acelerando hasta que Violet llegó a la cumbre por segunda vez, y Christopher la siguió a la cima. Desmadejado, se dejó caer a su lado, arrastrándola con él. Violet soltó una risa, entre sorprendida y divertida, y él la besó, primero en los labios y luego en la punta de la nariz.

Fue ese último beso, el más inocente de todos, el que volvió a poner las cosas en su sitio, porque era un beso que hablaba de intimidad, de confianza, de cariño.

—Esto no cambia nada —le dijo ella, muy seria.

—Lo imagino.

—Hablo en serio.

—Siempre hablas en serio, Violet —replicó él, seco.

A pesar de que no le apetecía en absoluto alejarse de su esposo, ni de la calidez con la que la envolvía, Violet se levantó y se dirigió al pequeño cuarto de baño adyacente para lavarse. Cuando salió unos minutos más tarde, lo vio tumbado sobre su espalda, con un brazo sobre la frente y mirando al techo. Se dirigió a su lado de la cama y se acostó, de espaldas a él.

—Buenas noches, Christopher.

—Buenas noches.

Ella apagó la lámpara situada en su lado y él hizo lo propio. La habitación quedó a oscuras y solo se escuchaba la respiración acompasada de Christopher.

Durante mucho rato, Violet resistió la tentación de aproximarse al cuerpo de su esposo, buscando su calor, hasta que se dejó vencer por ella y se acurrucó a su lado.

No tardó ni cinco minutos en dormirse.

27

Christopher y Violet habían regresado al rancho a media mañana, bajo un sol tibio que arrancaba destellos de los incipientes capullos en flor. En la vereda del camino crecían diminutas campanillas en tonos blancos y azules, y los primeros insectos revoloteaban ya a su alrededor. Violet se sentía bien. Relajada, casi feliz. Apenas habían intercambiado palabra desde el desayuno, pero su esposo también parecía encontrarse a gusto en su compañía, e incluso tenía la sensación de que, cuando la había ayudado a subir a la carreta, la había mantenido sujeta unos segundos más de los necesarios, como si pretendiera alargar el breve contacto.

Al llegar al rancho, sin embargo, ambos se separaron. Él salió a caballo y ella entró en la casa y, una hora más tarde, tuvo la sensación de que nada de lo sucedido la noche anterior había ocurrido de verdad, como uno de esos sueños que se van desvaneciendo a medida que avanza la mañana y que acaban por desaparecer convertidos en astillas entre las manecillas del reloj.

—Señora Anderson, ¿de qué quería hablar con nosotros? —preguntó Gideon.

Se encontraban en el salón después de la cena. Violet se había unido a ellos de nuevo, aunque su cabeza no había cesado de regresar sin querer a los episodios de la noche anterior, en la habitación del hotel.

—¿Qué? —preguntó, saliendo de su ensimismamiento.

—En el baile nos dijo...

—Ah, sí, cierto —lo interrumpió—. ¿Cómo se te ocurrió preguntarle a aquella muchacha sobre el parto de una vaca?

—Eso fue cosa de Liam —rio el gemelo—. A mí jamás se me habría ocurrido nada semejante.

—Ah, ¿no? —contratacó su hermano—. ¿Y qué le habrías dicho tú?

—Yo habría elegido los caballos, por supuesto.

—No, Gideon —sentenció Violet.

—¿No? —Miró a sus compañeros, esperando ayuda—. ¡Si los caballos le gustan a todo el mundo!

—No es una conversación apropiada para dirigir a una chica en un baile.

—Pero es que no sé hablar de nada más —se disculpó el joven, enfurruñado.

—Oh, seguro que sí —dijo Violet, que miró en dirección a la estantería sobre la que descansaba un buen puñado de libros—. ¿Has leído alguno de esos?

—Sí, claro. El invierno es muy largo aquí.

—También hay revistas, por lo que veo.

—Sí. ¿Quiere leer... ahora? —Gideon parecía confuso.

—Estoy convencida de que en esos libros y en esas publicaciones hay un montón de temas sobre los que hablarle a una chica.

Violet se levantó y se dirigió al estante. Tomó uno de los ejemplares y le echó un breve vistazo.

—*Los tres mosqueteros* —leyó en el lomo—. Para empezar, podéis preguntarle a la joven si lo ha leído, y charlar con ella sobre vuestras escenas favoritas, o sobre los personajes.

—Eso suena muy aburrido —comentó Cody, que se liaba un cigarrillo—. Lo mejor es decirles lo bonitas que son, eso siempre funciona.

—Podéis hablarle del tiempo —Violet lo ignoró—. Por ejemplo, podéis comentar que ese día luce un sol espléndido, o que el cielo tiene esa noche un color tan hermoso como el de sus ojos.

—Lo que yo decía —dijo Cody, burlón.

—Pero Miriam los tiene azules —comentó Liam.

—Pues entonces los comparas con un cielo sin nubes, o con un lago... —replicó ella—. A las jóvenes les gusta escuchar cosas bonitas, pero no solo eso —añadió mirando con intención a Cody—. También les gusta que las consideren inteligentes e interesantes... Hablad con ellas de libros o de los artículos que hayáis leído, o preguntadles por las cosas que les gustan, y prestad atención cuando os hablen, que se note que os importa.

—¿Y luego qué? —inquirió Gideon, vivamente intrigado.

—Luego las invitáis a bailar.

—Ya, era lo que me temía. —El joven hundió los hombros.

—¿No sabes bailar?

—Más o menos...

—Más menos que más —sentenció Christopher con una sonrisa.

—Christopher, será mejor que no te burles —lo amenazó con el índice alzado—. Si los muchachos no saben bailar es por tu culpa.

—¿Por mi... culpa? —Su marido la miraba con las cejas alzadas.

—Les has enseñado a trabajar en un rancho, pero nada más. Estos chicos necesitaban que alguien los orientase. Seguro que Sean sabe bailar muy bien, ¿me equivoco?

Se volvió hacia el joven, que permanecía un poco más apartado, pero atento a la conversación.

—En realidad...

—Oh, Dios.

—Me fui de casa muy joven y apenas presté atención a esas cosas —se disculpó.

—¿Cody? —Violet se dirigió al joven de ojos disparejos—. Todavía no me has contado tu historia.

—No hay mucho que contar —respondió—. Nací en Texas y me crie allí, trabajando con caballos, hasta que me tuve que marchar por culpa de una mujer.

—¿De una mujer o de su marido? —se burló Sean.

—¿Hay alguna diferencia? —rio Cody—. Tampoco me dediqué mucho a los bailes, la verdad. No me hacía falta —añadió, ufano.

Violet permaneció pensativa unos instantes.

—De acuerdo. ¿Alguno de vosotros toca algún instrumento?

—Gideon toca la armónica —dijo Liam.

—Y Cody el banjo, aunque no lo hace muy bien —se burló Luke, que asistía encantado a aquella sesión. Por fortuna para él, el padre de Christopher sí que había procurado enseñarles a ambos a desenvolverse en aquellos menesteres.

—Jan toca el violín —apuntó Christopher.

El viejo se removió en el asiento y le lanzó a su jefe una mirada admonitoria.

—¡Es cierto! —exclamó Gideon.

Violet se dirigió al viejo.

—Jan, ¿sería tan amable de tocar un rato ahora?

Christopher miró a su capataz e intuyó que iba a negarse, así que se apresuró a contestar por él.

—Seguro que lo hará encantado.

El viejo volvió a lanzarle una de esas miradas, pero acabó levantándose con un gruñido para ir en busca del instrumento. Mientras, Violet hizo que los cuatro jóvenes se levantaran y, frente a ellos, les explicó el mejor modo de invitar a una chica a bailar, inclinando un poco la espalda, manteniendo el contacto visual y ofreciendo la mano. Eso fue lo más fácil. Formó dos parejas entre la hilaridad general y, en cuanto Jan comenzó a deslizar los dedos por el instrumento y la música empezó a sonar, todo fueron pisotones y palabras malsonantes.

—Hummm, me parece que esto nos va a llevar más tiempo del que pensaba... —comentó Violet, que se llevó una mano a la frente.

Nunca, en toda su vida, había visto a tantas personas bailar tan mal, y al mismo tiempo.

—Tendrá que ser en otro momento —dijo Christopher—. A partir de mañana nos esperan los días de más trabajo del año. Creo que ya va siendo hora de irnos a dormir.

Los jóvenes refunfuñaron.

—No os preocupéis —los consoló Violet—, tampoco habríais aprendido en una sola noche.

Ni en diez, pensó ella, aunque no lo dijo. No deseaba arrebatarles la ilusión antes de tiempo.

En las primeras semanas de abril, los rancheros se ocupaban de reunir el ganado, contabilizar los nuevos terneros y marcarlos. En extensiones tan vastas como aquellas, el trabajo duraba varios días, en jornadas de doce y catorce horas, a veces incluso más. Se levantaban antes del alba y no regresaban a la casa hasta que caía la noche, para cenar casi en silencio y retirarse a dormir el poco tiempo del que disponían. Jan los acompañaba con la carreta, en la que viajaban las herramientas que iban a necesitar, amén de los utensilios necesarios para cocinar, pues el desgaste que sufrían los hombres era considerable.

El primer día, Christopher pensó en dejar a uno de los gemelos con Violet, pero ella se negó. Estaría perfectamente bien sola, le aseguró, y tenía mucho que hacer. Su marido se marchó, no muy convencido. En realidad, tampoco ella lo estaba, pero no había querido privarle de uno de sus trabajadores en un período tan relevante como parecía ser aquel.

Se mantuvo ocupada durante toda la jornada y, al atardecer, se sentó a esperarlos en la mecedora del porche, cubierta por un grueso chal. Lobo, tumbado junto a uno de los árboles de la parte delantera, parecía aguardar también. Los hombres aún tardaron mucho en aparecer, sucios y derrengados. Cenaron en silencio y ella no tuvo que hacer uso de la cuchara de madera ni una sola vez. Todos presentaban un aspecto lamentable, y se sintió culpable porque su marido tuviera que dormir en el granero después de una jornada agotadora. Esa primera noche ni siquiera tuvo tiempo de hablar con él, pues no pasaron por el salón; después de cenar todos se fueron al piso de arriba y Christopher desapareció por la puerta principal. Violet volvió a quedarse sola. Ni siquiera habían estado juntos dos horas.

El segundo día, mientras Violet cosía unas cortinas, cómodamente instalada en una butaca en el salón, escuchó el ruido de un caballo. ¿Alguno de los hombres había vuelto antes de tiempo? Se levantó y se dirigió a la puerta con cierta prisa. En cuanto vio quién había llegado, su aprensión se evaporó. Holly Peterssen se había bajado del caballo, cuyas riendas ataba a la baranda de la escalera. Vestía pantalones de nuevo, y su habitual revólver colgando del cinto.

—Me aburría en el rancho —le dijo a modo de explicación—. Todos están fuera reuniendo y marcando el ganado.

—¿Tu madre también?

—Mi madre está en casa.

—Seguro que necesitará tu ayuda. —Violet recordó a la menuda y simpática mujer que había conocido la noche del baile.

—Seguro que no.

—Gideon no está.

—Ya sé que Gideon no está.

—¿Entonces qué haces aquí? —Violet la miró con los ojos entrecerrados.

—Pensé que tú también estarías aburrida.

—Tengo cosas que hacer.

—Claro. Con los hombres todo el día fuera, seguro que sí —se burló la chica.

—Holly, será mejor que...

—¿No me vas a invitar a entrar?

—¿Qué?

—Seguro que tienes algún pastel por ahí. —La chica sonrió y comenzó a subir la escalera—. Ya sé que ganaste el tercer premio en el festival.

Violet tenía, de hecho, un bizcocho enfriándose en la cocina, solo que no sabía si deseaba compartirlo con aquella malcarada. Lo había preparado para la noche, aunque, bien pensado, disponía de todo el día para hacer otro, o dos incluso, antes de que los hombres volvieran.

—¿Vas a ofrecerme un trozo de tarta o no?

—Hummm. —Violet la miró de arriba abajo y sus ojos se detuvieron en el arma—. Si tú me enseñas a disparar.

—¿Y por qué habría de hacer tal cosa?

—¿Y por qué no? Hace un momento has dicho que estabas aburrida.

La chica alzó las cejas, sorprendida. Debió apreciar la

determinación de su mirada y de su postura, porque subió el resto de los escalones y se dirigió directamente a la puerta de entrada.

—Trato hecho —le dijo al pasar por su lado.

Esa noche, Violet consiguió disponer de unos minutos a solas con Christopher, justo después de la cena.

—He estado pensando que estos días podrías dormir arriba —le comentó.

—¿Contigo? —La miró con un gesto burlón—. ¿Una nueva tregua?

Violet, con las mejillas encendidas, decidió ignorar su comentario.

—No dispones de muchas horas de descanso y me parece que en la cama dormirás mejor —le sugirió.

—¿Solo dormir?

—Solo dormir, sí.

—Estoy bien en el granero.

Aquello no era del todo cierto, pero Christopher no se imaginaba durmiendo al lado de su esposa sin poder tocarla, no desde el encuentro del sábado. Había sido como descubrirla por primera vez, su piel suave y pálida, sus gemidos roncos, sus manos aleteando sobre su cuerpo... Apenas había sido capaz de pensar en otra cosa, e imaginarla tumbada junto a él iba a suponer una tortura. Si ella pensaba que dormir arriba le permitiría descansar mejor, se equivocaba. De hecho, estaba convencido de que no sería capaz de pegar ojo en toda la noche.

—Gracias de todos modos —le dijo al fin.

—Si cambias de idea...

—A finales de semana trabajaremos más cerca de la casa —comentó entonces, zanjando así el tema—. Si quieres venir con nosotros y ver lo que hacemos, serás bienvenida.

Violet estuvo a punto de negarse, a pesar de que sentía cierta curiosidad, y el ofrecimiento, debía reconocerlo, la había halagado.

—No quisiera ser un estorbo.

—¿Por qué habrías de serlo? —La miró, desconcertado—. Puedes quedarte en la carreta, observando, o ayudar a Jan a preparar el fuego o la comida si te aburres.

Trabajar codo con codo con Jan no era algo que le apeteciera en lo más mínimo, pero, por otro lado, quizás unas horas de convivencia limarían las asperezas que seguían existiendo entre ambos.

—De acuerdo —accedió.

—Tendrás que madrugar.

—Lo sé.

—Mucho —insistió él, casi sonriendo.

—También lo sé.

—La jornada será larga.

—¿Estás tratando de desanimarme? —Lo miró con una ceja enarcada—. ¡Si me acabas de invitar a acompañaros!

—Solo me aseguro de que eres consciente de los inconvenientes.

—Has dicho que no estaremos lejos de la casa.

—En efecto.

—Entonces, si me arrepiento, siempre puedo regresar, aunque sea andando.

—Eh... no estaremos tan cerca como para eso.

Violet reconsideró la propuesta. Tendría que levantarse a las cuatro de la mañana, y no regresaría hasta la noche, con poco más que hacer en todo el día salvo observar a su marido y a sus hombres, y ayudar a Jan. No parecía un plan muy prometedor.

—Iré —aseguró, en cambio.

Christopher asintió, conforme y, según le pareció, satisfecho.

Violet esperaba no arrepentirse de su decisión, pero, en caso de hacerlo, estaba dispuesta a no aparentarlo. Por nada del mundo iba a mostrarse débil frente a aquellos hombres, especialmente frente a uno en particular. Y no era su marido.

28

Holly acudió al día siguiente con una carreta, lo que sorprendió a Violet.

—No podemos disparar tan cerca de la casa —le dijo la muchacha—. Asustaríamos a los caballos.

—Claro, no había pensado en ello.

—Conozco un lugar apropiado.

Violet asintió y subió junto a ella. Holly demostró ser tan diestra con las riendas como montando, lo que no dejó de provocarle cierta envidia. La chica condujo hasta un lugar apartado, junto a un pequeño promontorio frente al cual alguien había colocado varios troncos gruesos, y dedujo que ellas no eran las primeras que iban a usar aquel lugar para ese mismo propósito. De la parte trasera de la carreta, la joven bajó una caja con latas y botellas vacías, que colocó sobre los tocones.

Aprender a disparar no resultó tan complicado como Violet había supuesto, al menos con el revólver, aunque el retroceso sí que le provocó dolor de muñeca. Holly demostró ser una maestra más que paciente, lo que no dejó de extrañarla. Le enseñó cómo cargar las balas, amartillar el arma, apuntar y disparar. Durante la primera hora, Violet no acertó ni un solo blanco. Para su sorpresa, Holly no se burló de ella ni una sola vez.

—Eres buena enseñando —le comentó mientras llenaba el tambor con nuevos proyectiles.

—Y tú una alumna pésima —rio—. Vas a acabar con mi reserva de balas.

—¿Cuánto tardaste tú en aprender? —le preguntó, algo dolida.

—Unos veinte minutos —contestó, ufana.

—Bromeas. —Violet se encogió ligeramente. ¿Veinte minutos? Ella llevaba allí más de dos horas y apenas había rozado una de las latas, que se había bamboleado, pero sin llegar a caer.

—No bromeo. Tenía diez años.

—Pero ¿cómo...?

—Piensas demasiado.

—¿Qué significa eso?

—Tienes que dejarte llevar por tu cuerpo, poner el ojo en el blanco y permitir que tu brazo siga esa trayectoria de forma instintiva. Es más fácil cuando eres niño, no tienes que pensarlo tanto.

—Comprendo.

—Debes hacerte con el peso del arma, con su forma y cómo esta encaja en tu mano, y tus músculos aprenderán a reconocerla como una extensión de ti misma. Así.

En un santiamén, Holly desenfundó y disparó seis veces. Cuatro de ellas dieron en el blanco. Violet la miró, atónita.

—Vaya, podrías participar en el espectáculo de Buffalo Bill —comentó, haciendo referencia a la atracción que, desde hacía unos años, recorría el país de punta a punta, con el mítico explorador y cazador como estrella principal.

—¡Qué va! —rio Holly—. No soy lo bastante rápida, ni precisa.

—¿No? A mí me lo ha parecido.

—Porque seguramente no has visto a nadie más desenfundar y disparar. Créeme, mi destreza solo es pasable, aunque más que suficiente para sobrevivir aquí.

—Con que yo dispusiera de la mitad de tus habilidades, me sentiría satisfecha.

—Con la mitad de mis habilidades, estarías muerta antes de haber puesto la mano sobre la culata.

Violet pensó que tal vez la muchacha tuviera razón. Con el arma de nuevo cargada, se tomó unos instantes para que su cuerpo, como Holly le había indicado, se hiciera a su peso y a su forma. Cerró los ojos e imaginó que el metal se fundía con su piel y sus huesos. Oyó a la chica carraspear, impaciente, pero no le hizo ni caso y todavía aguardó unos segundos. Entonces alzó los párpados, elevó el brazo y vació el tambor. Dos de las botellas estallaron en mil pedazos y una de las latas se movió unos milímetros a la derecha.

—¿Qué tal ahora? —le preguntó, conteniendo las ganas de saltar y reírse.

—No está mal —concedió la chica, con media sonrisa.

Bueno, pensó, eso era suficiente. Al menos por el momento.

Cuando finalizaron con el entrenamiento, subieron a la carreta para regresar al rancho. Se encontraban a menos de cien metros del camino principal cuando vieron aparecer una hilera de vehículos. Holly se detuvo. El carruaje que iba en primer lugar no se parecía a ningún otro que Violet hubiera visto, al menos en persona. Era una carroza de un negro brillante, tirada por cuatro caballos del mismo color, y con un escudo dorado adornando las portezuelas. Sobre el pescante viajaban dos hombres ataviados con casacas de color rojo y pantalones de gamuza enfundados en botas altas, tan tiesos como si fuesen maniquíes. Se sorprendió al comprobar que los vehículos que la seguían eran del mismo estilo, una larga hilera que levantaba una fina capa de polvo.

—Ya han llegado los ingleses —comentó Holly.

Violet no habría necesitado explicación alguna para saber que aquellos sofisticados vehículos no podían pertenecer más que a los Willburn.

—Parece que tienen mucha familia —dijo, mientras los veía pasar frente a sus ojos.

—Los Willburn viajan en el primero —aseguró la chica—. En el resto seguro que lo hacen sus invitados y por último los criados.

Violet recordó lo que Christopher le había contado unos días atrás.

—Cada año, varios de ellos los acompañan, como si este fuese algún tipo de destino turístico. —Holly chasqueó la lengua, molesta.

Violet, sin embargo, se sentía tan emocionada como una niña con un juguete por estrenar. Todo aquel despliegue se le antojaba un espectáculo digno de mención, y estaba deseando encontrarse con aquellas personas en Heaven, o en cualquier otro lugar.

Levantarse a las cuatro no había supuesto ningún problema, aunque, cuando se subió a la carreta junto a un ceñudo Jan y se envolvió en una gruesa manta, estuvo a punto de dejarse vencer por el sueño. El día apenas clareaba cuando alcanzaron su destino, una explanada con un grupo de árboles en un lateral. Junto a ellos situaron la carreta y Violet ayudó al anciano a formar un pequeño círculo de piedras varios metros más allá, que luego rellenaron con leña seca.

El fuego chisporroteó en un instante y ella resistió la tentación de sentarse junto a él para entrar en calor, porque la mañana era inusitadamente fría.

Jan colocó junto al fuego una vieja cafetera y bajó de la carreta dos largas varas de hierro, en cuyo extremo destacaban las letras R y A, de «Rancho Anderson», encerradas en un círculo.

Los hombres formaron parejas y comenzaron a cabalgar hacia uno de los extremos, donde Violet distinguió las sombras crecientes de un buen número de reses.

—¿Qué hacen? —le preguntó a Jan cuando vio a los jinetes moverse en círculos alrededor del ganado.

—Separan nuestras reses de las de otros ranchos —le explicó con desgana—. Aunque los animales suelen permanecer en las tierras de sus propietarios, siempre hay algunos que se despistan.

—Claro. —Le parecía una explicación de lo más lógica.

Contempló el espectáculo durante varios minutos, hasta que vio que los movimientos de los vaqueros habían variado.

—¿Y ahora? —volvió a preguntar.

—Ahora están separando a las reses adultas de las más jóvenes, que están sin marcar. Esas son las que traerán aquí.

A Violet le habría encantado preguntarle muchas otras cosas sobre lo que estaba viendo, pero el viejo contestaba con tan poco entusiasmo que intuyó que no se lo tomaría bien.

—¿Qué puedo hacer para ayudar? —preguntó en cambio.

—Nada, esperar aquí callada.

Violet no dijo nada.

—Puede irse a dormir a la carreta si lo prefiere —le ofreció él.

—Gracias, pero estoy bien aquí.

A Violet le habría encantado aceptar aquel ofrecimiento y acurrucarse bajo el entoldado del vehículo, donde a buen seguro podría dormir unas cuantas horas, pero no le pareció justo. Para eso bien podría haberse quedado en casa, así que se limitó a esperar allí, junto a él. Jan se aproximó entonces a la carreta y bajó de ella un taburete, muy similar al que Gideon usaba cada noche. Lo colocó junto al fuego y Violet pensó que iba a sentarse sobre él. En cambio, lo vio alejarse de nuevo y volver con otro más pequeño, que colocó en el otro extremo de la fogata.

—Puede sentarse si quiere. —La invitó a ocupar el más elevado y, sin duda, el más cómodo.

—Muchas gracias, Jan, ha sido muy considerado —reconoció ella.

—Christopher me pidió que trajera un asiento para usted.

—Comprendo.

—La espera se hará larga.

Jan cogió los dos hierros y los metió entre las brasas para que se fueran calentando. Violet se estremeció ante la idea de que aquellas bonitas letras estarían al rojo vivo cuando marcaran a los terneros, y el pensamiento le subió la bilis a la garganta.

El viejo se sentó y, con los codos apoyados sobre las rodillas, se limitó a observar el trabajo de los vaqueros, seguramente echando de menos formar parte de él.

El proceso resultó ser mucho más desagradable de lo que Violet había imaginado. Los terneros, asustados, trataban de escapar del cerco que habían ido creando los caballos a su alrededor para separarlos del resto. Christopher o Luke, que parecían ser los más diestros con el lazo, lograban atrapar sus patas, y los animales caían al suelo sin remedio. Luego, tres hombres se colocaban encima, sujetando cabeza, torso y patas, mientras un cuarto acudía con el hierro candente para marcar al ternero. Este, durante todo el proceso, no cesaba de mugir y estremecerse, presa del pánico, con sonidos que lograron desgarrar el alma de Violet. Era un espectáculo, intuyó, tan necesario como lamentable.

Lo peor, sin embargo, era la castración de los machos, tarea en la que Jan parecía ser el experto. De un solo movimiento sajaba los testículos, que luego arrojaba a un cubo, sin que su rostro reflejara ni un atisbo de emoción. A esas alturas, Violet ya había visitado hasta en dos ocasiones el pequeño grupo de árboles, donde había vomitado todo lo que contenía su estómago.

—No ponga esa cara —le dijo el viejo cuando volvió a reunirse con ella, cargando con el cubo sanguinolento, y vio su rostro pálido y su mueca de asco.

—¿Por qué guarda esos...? —Violet señaló el cubo—. ¿Algún tipo de trofeo macabro?

—¿Trofeo? —Jan la miró, escéptico—. No somos como esos dandis de medio pelo que adornan sus casas con cuernos o cabezas de los animales que matan por placer. Nosotros matamos para comer, matamos para vivir. Y, que yo sepa, hoy no ha muerto ninguna res.

Eso era cierto. Los animales, pasado el trance, parecían recuperar su ánimo enseguida y se reunían con los demás, a cierta distancia. Al cabo de pocos minutos, Violet ni siquiera los distinguía de los cientos de animales que los rodeaban y que pacían en calma.

—Esto que tanto desprecia —Jan alzó ligeramente el cubo— es uno de los manjares más codiciados de la región.

—Me toma el pelo.

—En absoluto. De hecho, los llaman las ostras de la pradera. Están deliciosos.

—Yo no pienso comer tal cosa.

—Como quiera. —El viejo se encogió de hombros—. Pero espero que haya traído algo para el almuerzo, porque esto es lo único que hay hoy en el menú.

Si a Violet todavía le hubiera quedado algo en el estómago, sin duda habría recorrido la distancia que la separaba de los árboles para arrojar su contenido entre los matorrales. Sin embargo, no pudo evitar un par de arcadas, que trató de disimular colocándose la mano frente a la boca.

Aquel estaba siendo un día infernal.

Era noche cerrada cuando regresaron por fin a la casa. Violet estaba agotada, con el cuerpo tan tenso que un simple soplo de aire podría haberlo quebrado. Ni siquiera se atrevía a cerrar los párpados, porque lo único que veía eran reses tumbadas de costado y gimiendo sin parar. Por desgracia, poco podía hacer con respecto al oído o al olfato, porque parecía llevar incrustado en el cerebro el aroma a pelo y piel quemada.

El día anterior había dejado preparado un perol con estofado, pero fue incapaz de comérselo. Después de lo que había visto ese día, se le antojaba imposible volver a probar un trozo de carne, al menos no esa noche. Ni tal vez en unas cuantas noches más.

Sirvió la cena, pero no ocupó su lugar en la mesa. Calentó algo de agua y la subió al piso de arriba, donde tenía pensado lavarse a conciencia. No era mucha, pero no se encontraba con fuerzas para acarrear más cubos, ni con ánimos para pedirle a Christopher que lo hiciera por ella. Estaba tan cansada que apenas se sostenía en pie, y eso que la mayor parte del día se había limitado a observar a los hombres, que eran los que habían hecho todo el trabajo. No le extrañaba en absoluto que volvieran cada noche como si regresaran de la guerra. Era una tarea agotadora y muy exigente, y no exenta de riesgos.

Se quitó la ropa y la tiró a un rincón del cuarto. Al día siguiente la lavaría, dos veces si fuera preciso. Se aseó con esmero y, cuando consideró que había arrancado de su piel aquel maldito día, se puso un camisón limpio y se metió en la cama, absolutamente derrotada.

Christopher sabía que aquel había sido un día duro para alguien con la sensibilidad de Violet. La había visto sufrir sin que ella se diera cuenta, más pendiente de sus reacciones que de lo que estaba haciendo, hasta que Luke le llamó la atención.

Sin embargo, no se arrepentía de haberla invitado a acompañarlos. Creía necesario que ella conociera a qué se dedicaban, que conociera los entresijos de la vida en el rancho. Tampoco a él le agradaban aquellas tareas ni disfrutaba viendo sufrir a los animales, por muy ineludible que fuese. Si ellos no se ocupaban, otros lo harían, y probablemente con mucha menos consideración. Pese a lo que Violet pudiera pensar, tanto él como sus hombres procuraban que el trámite fuese rápido y lo menos doloroso posible.

Entendió que no se sentara a la mesa con ellos. De hecho, estaba tan pálida y ojerosa que parecía un fantasma, y estuvo a punto de ofrecerse a llevarla arriba. Pero también intuía que ella estaría demasiado sensible después del día que había vivido, y que tal vez le echaría en cara todos sus errores. Y no quería que eso sucediera. No quería que el delgado lazo que los había unido unos días atrás se rompiera de nuevo, tal vez de forma irremediable.

Así que se quedó allí, en el comedor, cenando con sus hombres.

—¿Mañana volverá a acompañarnos? —preguntó Jan.

—No —contestó Christopher. No necesitó preguntar a quién se refería.

—Mejor, no me gusta hacer de niñera —se quejó el viejo.

Christopher tensó la mandíbula.

—Pues yo creo que lo ha llevado bastante bien —comentó Luke, que le dedicó una mirada rápida a su amigo.

—¡Pero si ha vomitado al menos dos veces! —exclamó Jan.

—Recuerdo que, el primer día, Liam vomitó tres —dijo Luke.

—Cuatro —corrigió el aludido.

Jan se limitó a gruñir y no continuó con el tema, lo que Christopher agradeció. Estaba demasiado cansado como para ponerse a discutir.

29

Violet se despertó tarde, más tarde que en cualquier otro día de su vida, excepto cuando había estado enferma. Cuando abrió los ojos el sol entraba a raudales por la ventana y aun así se resistió a abandonar el lecho. Total, nadie la esperaba en el piso de abajo y, por suerte o por desgracia, disponía de todo el día para ella sola.

Remoloneó un poco más entre las sábanas, hasta que el sentimiento de culpabilidad la obligó a abandonarlas. Nunca había sido una mujer perezosa, ni siquiera cuando el cansancio la vencía.

Una vez en el piso de abajo, lavó los platos de la cena y barrió y fregó los suelos. No se sentía con ánimos para mucho más, así que luego cogió su labor de costura y decidió sentarse en una de las mecedoras del porche. A esas horas, la temperatura era lo bastante agradable como para poder permitírselo.

En cuanto abrió la puerta, la sorprendió encontrarse a Lobo tendido sobre los tablones de madera, con la cabeza alzada en dirección a la pradera, seguramente esperando a Christopher. El animal se incorporó de un salto y le dedicó un gruñido. La piel de Violet se erizó y, durante un instante, valoró la posibilidad de volver a entrar y coger un revólver. Christopher la había autorizado a disparar al animal si este le hacía daño, ¿no? Pero Lobo no parecía tener intención de atacarla; se limitó a darse la vuelta y bajar los escalones, para luego perderse en algún lugar detrás de la casa.

Aliviada, continuó con sus planes y ocupó el cómodo asiento. Dejó que el sol, todavía tibio a esas alturas del año, la bañara con su calor, mientras se mecía con suavidad y pensaba en todo lo que había sucedido en las últimas semanas, en cómo era su vida, en cómo le gustaría que fuese.

Nunca, que ella recordara, había tenido opciones. Excepto, quizá, cuando Peter Hanson entró en su vida y ambos hablaron de instalarse en Boston cuando él regresara a su ciudad. Pero incluso en aquel entonces ella había sentido esa posibilidad como muy remota, como si perteneciese al sueño de otra persona. Su vida había sido siempre Chicago, y la casa de huéspedes desde poco después de que su padre muriera. Jamás se le había pasado por la cabeza abandonarla, buscar su futuro en cualquier otro lugar. ¿A dónde habría podido ir? Oh, era cierto que el país era inmenso, pero infinitamente pequeño para una mujer sola, sin apoyo ni dinero suficiente como para comprar su propia seguridad.

Había tenido que casarse para que el mundo se abriera para ella, al menos una parte de él. Por primera vez también disponía de opciones, al menos de dos: volver a Chicago o quedarse allí. Incluso, si se atrevía a ser un poco valiente, podía existir una tercera: instalarse en cualquier otro lugar y empezar de cero. Susan Miller, la maestra, le había contado cómo había llegado hasta Heaven, y se le antojó un acto de coraje que hizo que la admirara todavía más. Y parecía feliz, o al menos satisfecha. Violet ni siquiera sabía cómo se sentía ella misma. Feliz no, era indudable. Satisfecha en ocasiones, tampoco iba a negarlo. Estaba consiguiendo convertir aquella casona en una especie de hogar, y eso la llevaba a cuestionarse por qué necesitaba que aquel sitio se convirtiera precisamente en eso. ¿Tal vez, de algún modo, su corazón ya había decidido por ella?

Luego estaba Christopher, por descontado, el hombre que la había traído a ese lugar bajo una falsa promesa. La imagen de aquellas manos masculinas recorriendo su piel le alteraron el pulso durante unos segundos. Era su marido a ojos de la ley, cierto, y entre ellos existía, por lo general, una relación lo bastante cordial como para que la convivencia no resultara desagradable. Sin embargo, ella habría esperado mucho más de un matrimonio, mucho más que algún encuentro sexual esporádico y unas cuantas charlas tan amables como circunstanciales. Violet quería algo como lo que parecía haber existido entre su marido y Amanda Weston, lo que aún parecía existir entre ambos, por más que Christopher asegurara que era cosa del pasado. ¿Dónde la dejaba eso a ella? ¿Había acabado inmiscuyéndose sin querer en una de esas grandes historias de amor que se publicaban en el *Peterson's Magazine*? ¿O todo era producto de su imaginación, consecuencia de su inseguridad?

Violet resopló. ¿Por qué no podían estar las cosas mucho más claras, lo bastante diáfanas como para que supiera qué camino tomar?

Contempló el horizonte y pensó en su marido y en sus hombres, que ese día estarían trabajando en las mismas tareas de las que ella había sido testigo el día anterior. Aún conmocionada por todo lo que había visto, no podía negar que era una labor ingrata y pese a todo necesaria. Miles de personas sobrevivían en aquel país gracias a los alimentos que personas como su esposo se ocupaban de llevar a sus mesas. Ella había contemplado una parte de ese proceso, y sin duda no la más desagradable. El resto del mundo ni siquiera se planteaba de dónde procedía la carne con la que preparaban sus platos, ni las frutas, verduras, quesos o legumbres que adquirían casi sin pensar en las tiendas y colmados. Como si aquellos productos brotaran de los estantes por arte de magia. ¿Quién, en su sano juicio, querría pensar en el camino que aquellos alimentos habrían recorrido hasta llegar a sus casas? Y eso solo con la comida. Las prendas de ropa, los muebles, los libros y periódicos...

«Basta», se dijo Violet, que estaba empezando a angustiarse con aquel tipo de pensamientos. En un mundo perfecto, se dijo, ciertamente todo aquello crecería en los estantes por obra y gracia divina.

Pero el mundo, ella lo sabía bien, era de todo menos perfecto.

El domingo los hombres descansaron y se dedicaron a tareas sencillas y rutinarias. Para empezar, todos se levantaron tarde, y durante todo el día se movieron por el rancho con poca energía, lo que no era de extrañar.

Violet no se atrevió a pedirle a Christopher que la llevara al pueblo para asistir a alguno de los oficios. Intuía que no se habría negado y, pese a que se moría de ganas por ir a Heaven y charlar con otras personas, se guardó sus deseos para sí misma. Tampoco había asistido a la reunión del club del viernes. ¿Quién la habría llevado? Tener que depender de los demás para desplazarse a cualquier lugar comenzaba a pesarle.

Después de comer, mientras fregaba los platos en la cocina, escuchó el ruido de un vehículo, más liviano que la carreta del rancho, y se puso de puntillas para mirar por la ventana. Un cabriolé, tirado por su solo caballo, se aproximaba a la casa, y no tardó en reconocer a su ocupante: Susan Miller.

Violet sonrió. ¿La maestra había ido a hacerle una visita? Se secó las manos y se fue al espejo que había en la entrada, para comprobar su aspecto. Lucía un vestido sencillo y estaba peinada con corrección, aunque un par de mechones habían escapado del moño. Se alisó la falda y abrió la puerta. Cody ya estaba allí, tomando al caballo de las riendas, y Christopher ayudaba a la profesora a descender del vehículo. Cuando Susan la vio, le dedicó una sonrisa.

—Violet, espero que no la moleste que me haya presentado sin avisar —dijo la mujer.

—En absoluto, es usted bienvenida.

Violet le tendió las manos y la maestra se las estrechó con afecto.

—Esta mañana no la vi en la iglesia —le explicó Susan— y el viernes tampoco vino a la reunión. Imaginé que estarían todos muy ocupados y se me ocurrió pasarme.

—Ha hecho muy bien. No sabe qué alegría me da verla.

—¿Sí? —Los ojos de Susan se iluminaron.

—Oh, desde luego. Recibir a una amiga siempre es motivo de dicha.

—Nunca había estado aquí. —La maestra contempló el exterior de la casa, algo azorada por el comentario de Violet—. Es más grande de lo que imaginaba.

—Créame, a veces es incluso demasiado grande —señaló Violet, jovial—. ¿Le apetece una taza de té?

—¡Me encantaría!

Ambas mujeres entraron en la vivienda cogidas del brazo.

Cody y Christopher se quedaron fuera, contemplando la escena. El primero observando las generosas y apetecibles caderas de la profesora, y el segundo satisfecho con la sonrisa que se dibujaba en el rostro de su mujer.

Mientras Violet tendía la ropa esa mañana no podía dejar de pensar en la visita de Susan del día anterior. Hacía tanto tiempo que no pasaba la tarde con una amiga, sin nada más que hacer que charlar y tomar el té, que casi había olvidado lo agradable que podía llegar a ser.

Tampoco recordaba cuánto tiempo hacía que no conversaba durante tanto rato, o que no se reía de esa forma despreocupada que solo aparece cuando nos sentimos cómodos con nuestro interlocutor. Y es que Susan no solo era una mujer inteligente y encantadora, también era divertida e ingeniosa. Al final, ambas terminaron tuteándose y, cuando llegó la hora de despedirse, la maestra le dio un corto y afectuoso abrazo y prometió visitarla otro día.

Algo tan sencillo y tan común para la mayoría de las personas como tomar el té con alguien, para Violet se había convertido en el mejor momento de esa semana. Por eso estaba de buen humor, un humor que la acompañó durante buena parte del día, antes de que todo se torciera por completo.

Estaba en el piso de arriba limpiando el polvo cuando oyó el sonido de una carreta. Todavía no podían ser Christopher y sus hombres, era temprano, lo que significaba que tenía visita. ¿Holly tal vez, de nuevo aburrida?

Cuando abrió la puerta, se quedó inmóvil en el umbral. Después de todo, sí que se trataba de ellos.

Su cuerpo se quedó helado mientras miraba a su marido a los ojos. Christopher iba sentado en la parte trasera del carromato, sujetando entre sus brazos el cuerpo inerte de uno de los gemelos.

En sus treinta y dos años de vida, Christopher había visto morir a varios hombres, su padre incluido. Sin embargo, nunca se había sentido responsable de la muerte de ninguno de ellos, seguramente porque no se encontraban a su cargo. Cuando había visto aquel ternero, el más grande de los que habían nacido esa temporada, y que no debía de pesar menos de ochenta kilos, supo que les iba a poner las cosas difíciles. Ni siquiera tuvo tiempo de avisar a Liam antes de que este acudiera a sujetarlo por los cuartos traseros. El animal le propinó una coz en el pecho con tanta fuerza que el cuerpo del joven se elevó en el aire y cayó un par de metros más allá.

El tiempo pareció detenerse un instante, como si el mundo hubiera dejado de girar. Los sonidos se amortiguaron y todo parecía transcurrir a una velocidad demasiado lenta, al menos esa fue la sensación que tuvo Christopher. Luego todo sucedió mucho más rápido, como si alguien hubiera acelerado los relojes.

Cody y Sean soltaron al ternero, que se puso en pie y se alejó de ellos trotando. Gideon tiró al suelo el hierro de marcar, y Luke y él se bajaron de los caballos de un salto. Hasta Jan, que lo contemplaba todo desde cierta distancia, comenzó a aproximarse corriendo todo lo que su cojera le permitía.

Liam yacía de espaldas, con la mirada clavada en el cielo, y gritaba de dolor, aunque en un tono mucho más bajo de lo que Christopher habría esperado. Su camisa blanca comenzaba a teñirse de rojo y dedujo que la coz le había rasgado la piel, como mínimo.

Gideon se arrodilló junto a su hermano y Christopher lo hizo al otro lado, tratando de averiguar el alcance de los daños. No estaba dispuesto a que aquel joven se muriera en sus brazos.

—¡Cody, ve al pueblo y avisa al doctor Brown! —ordenó a gritos—. Sácalo de donde sea y, si no lo encuentras, trae al veterinario, o al farmacéutico. A quien sea, ¿me has oído?

—Voy.

—Jan, acerca la carreta hasta aquí. Hay que llevarlo al rancho.

El viejo comenzó a correr de regreso a su lugar, demasiado lento para su gusto.

—¡Luke! Ocúpate tú —ordenó a su amigo.

Su capataz se movió como si el diablo lo llevara en volandas. Christopher centró su atención de nuevo en Liam, que respiraba de forma entrecortada. Tenía las mejillas manchadas de tierra y lágrimas.

—¿Voy a... morir? —musitó.

—No vas a morirte, ¿me has oído? —le dijo, aunque el muchacho no pareció escucharlo. Miró al hermano, que sujetaba su mano con fuerza y cuyas mejillas también estaban húmedas—. No va a morirse, Gideon.

—Está bien, Chris.

Lo conmovió la fe que el joven parecía depositar en él, una fe que él mismo no poseía. No tenía conocimientos para calibrar el alcance del daño, pero, si le había roto las costillas, como suponía que había ocurrido, y alguna de las astillas alcanzaba los pulmones o el corazón... poco podrían hacer por él. Ni siquiera el doctor Brown podría salvarlo.

—Sean, coge la manta de tu caballo y extiéndela junto a Liam —siguió dando órdenes—. La usaremos para subirlo a la carreta.

Sintió el sudor cubrirle la piel mientras movían el cuerpo para acomodarlo sobre la manta. Luke ya se encontraba de regreso y entre todos lograron alzar al joven, cuyos gritos se interrumpieron de pronto. El pulso de Christopher se detuvo.

—Solo se ha desmayado —anunció Jan.

Prefirió creer en la palabra del viejo, porque imaginar que estaban cargando un cadáver en el carromato era superior a sus fuerzas.

—Luke, tú conduces, pero no corras demasiado —le dijo—. Jan y Gideon, aquí atrás conmigo, hay que evitar que el cuerpo se mueva más de lo necesario. Sean, ocúpate de reunir los caballos y llévalos a casa. ¡En marcha!

En el tiempo que hacía que Christopher vivía en aquel rancho, nunca hasta ese momento había lamentado poseer una propiedad tan vasta. El camino de regreso se le hizo eterno, y eso que Luke había decidido ir más deprisa de lo aconsejado. Por fortuna, entre los tres que viajaban en la parte trasera habían logrado inmovilizar el cuerpo de Liam para que apenas sufriera el infernal vaivén del vehículo, que parecía ir tropezando con todas las piedras y agujeros del camino.

En un momento dado, le pareció que el chico había dejado de respirar, pero en aquella postura no tenía modo de comprobarlo ni pensaba detener la carreta para cerciorarse. En el último tramo, Sean se unió a ellos, cabalgando rodeado de los demás caballos. Cuando al fin se hallaron frente a la entrada de la casa, Christopher soltó un suspiro de alivio. Todos se bajaron para ayudar a sacar a Liam, y él se quedó para sujetar la parte superior de su cuerpo. Fue en ese momento cuando la puerta se abrió y Violet apareció en el umbral. Por lo visto, le bastó un vistazo para comprender la situación, y el rostro se le puso tan lívido que creyó que se iba a desmayar.

«Ahora no, Violet», rogó para sus adentros.

—Es Liam —le dijo—, está grave.

Ella solo asintió, abrió la puerta de par en par y desapareció en el interior de la casa.

Los hombres cogieron los extremos de la manta y, con sumo cuidado, alzaron el cuerpo inmóvil. Lo hicieron con tal cautela que les llevó varios minutos. Liam se removió y soltó un gemido, aunque no llegó a despertar. A Christopher, en ese momento, le pareció un sonido de lo más hermoso.

Moviéndose con lentitud, subieron los peldaños y entraron en el recibidor. No vio a su mujer por ningún lado. Estaba a punto de llamarla cuando la vio bajar la escalera a toda prisa, con mantas y un par de almohadas entre las manos.

—¡Al comedor! —les gritó.

¿Al comedor? Christopher dudó un instante, pero decidió confiar en ella y todos la siguieron. En el tiempo que les había llevado descargar el cuerpo de Liam, Violet había bajado a rastras el colchón de la cama del chico, que había extendido sobre la larga mesa. Él sabía que no era muy pesado, pero debía de haberle costado lo suyo llevarlo hasta allí y colocarlo sobre aquella superficie.

—¿No estará mejor en su habitación? —preguntó Gideon, que miró aquella improvisada cama con desconfianza.

—Subirlo por la escalera podría no ser aconsejable —comentó Violet, con el rostro acalorado.

—Tiene razón —gruñó Jan.

Los hombres alzaron la improvisada camilla y, no sin esfuerzo, colocaron el cuerpo de Liam sobre el colchón. Violet salió corriendo y regresó al punto con su bolsa de costura, de donde extrajo unas largas tijeras.

—Iré a la cocina y pondré agua a calentar —dijo Christopher—. Jan, enciende la chimenea, aquí hace frío. Sean, baja todas las toallas que encuentres. Luke, necesitaremos el botiquín.

—¿Y el médico? —comentó Violet, con el rostro lívido.

—Cody se ha ocupado —comentó Christopher—. Pero mientras tanto habrá que ver la herida, porque el doctor Brown podría llegar demasiado tarde si no hacemos algo antes.

—¿Y yo? —preguntó Gideon, mientras los demás se apresuraban a cumplir sus instrucciones.

—No te separes de tu hermano, te va a necesitar.

Violet, con el pulso desbocado, acarició la mejilla de Liam y comenzó a cortar la camisa apelmazada y llena de sangre.

«Señor, ayúdanos», rogó, mientras rasgaba la tela y lloraba sin saberlo.

30

Cuando el médico llegó, galopando junto a Cody como si a ambos los persiguiera una banda de malhechores, el torso de Liam ya estaba limpio de tierra y fluidos —Violet se había encargado de ello—, y la herida había dejado de sangrar. No parecía grave ni profunda, pero iba a necesitar varios puntos de sutura. A ella le preocupaba mucho más la inflamación de la parte derecha del torso, sin mencionar el hematoma de gran tamaño que se estaba formando en la zona.

Christopher y sus hombres salieron de la estancia y se instalaron en el salón, a esperar noticias. El tiempo volvió a ralentizarse y en un momento dado todos se sobresaltaron cuando los gritos de Liam se escucharon de nuevo, aunque volvió a quedarse en silencio de inmediato. ¿Aquello sería bueno? Christopher intercambió una mirada con Luke, que parecía estar pensando lo mismo que él.

Casi había anochecido cuando el médico apareció en el salón, en camisa y con las mangas remangadas.

—Creo que se pondrá bien —anunció—, aunque no está fuera de peligro. Se ha roto tres costillas, pero no parece que ninguna de ellas se haya astillado, lo que es bueno, muy bueno.

El suspiro de alivio colectivo casi ahogó sus últimas palabras.

—Las próximas horas serán críticas. Habrá que vigilar que no le suba la fiebre, y que no se produzca ninguna infección.

—Pero vivirá —dijo Christopher.

—Quiero pensar que sí. —El doctor acompañó sus palabras de una tímida sonrisa—. Si no hay complicaciones, se recuperará tras unas semanas de reposo. Ahora sigue inconsciente, que es lo mejor para él. El dolor será atroz durante unos días. —Hizo una breve pausa—. Le he dejado anotadas a la señora Anderson las medicinas que deberá tomar a partir de mañana. Alguno de vosotros tendrá que ir a la farmacia de Gower a buscarlas.

—Por supuesto.

—Ahora ya se puede instalar en su habitación, aunque con cuidado. Avisadme de inmediato si empeora.

Todos se pusieron en pie y Christopher estrechó la mano del médico.

—Muchas gracias, Frank —le dijo. Ambos se conocían lo suficiente como para tutearse.

—Espero que no pretendas echarme de tu casa sin una copa al menos.

—Eso está hecho —sonrió—, pero primero quiero ver al chico.

—Os ayudaré a moverlo —le dijo el médico mientras se abrochaba los puños de la camisa.

—No es necesario que...

—No discutas, Anderson.

Christopher asintió y le dio una palmada en el hombro antes de abandonar la estancia, seguido por sus hombres.

Nadie se acostó en el rancho esa noche, excepto Liam. Su respiración era superficial y emitía un estertor poco halagüeño. A medida que transcurrían las horas, la temperatura corporal fue en aumento, aunque, según les había indicado el doctor Brown, un poco de fiebre era lo esperable. Violet trasladó una de las butacas de su dormitorio al cuarto de los chicos y se sentó allí a vigilarlo. Ni siquiera Christopher pudo convencerla de que abandonase su puesto. ¿Cómo iba a abandonar a aquel muchacho huérfano, sin más familia en el mundo que su hermano?

Gideon, por su parte, se sentó en la cama contigua a la de Liam y desde allí vigiló su sueño. De tanto en tanto, lanzaba miradas preocupadas a Violet, y ella no sabía cómo consolarlo.

Al rayar la madrugada, la fiebre aumentó todavía más y el chico abrió los ojos. Gideon había terminado dormido, hecho un ovillo sobre su cama, pero Violet continuaba allí, a su lado.

—¿Mamá...? —musitó el joven.

—Tranquilo, Liam —le dijo ella, que mojó un paño en agua fría y se lo colocó sobre la frente. Con otro comenzó a mojarle la cara y los labios.

—Mamá... duele... mucho. —Era evidente que el muchacho no sabía dónde se encontraba ni quién estaba cuidando de él.

—Lo sé, pero pasará pronto —susurró ella, con la voz rota—. Debes descansar.

—No me dejes solo.

—No me moveré de aquí...

Liam movió una mano en el aire, buscando la suya, y Violet se la sujetó con fuerza. El chico se la apretó un instante antes de aflojar los dedos, pero ella no lo soltó. Aquel breve contacto pareció calmarle los ánimos, porque volvió a caer en un profundo sopor.

—Él es el mejor de los dos, ¿sabe? —Gideon se había despertado y la miraba desde la cama contigua.

—Los dos sois buenos chicos.

—Cuando éramos niños, nunca había comida suficiente en el orfanato —explicó el joven, con la mirada clavada en su hermano—. A veces, Liam se escapaba y robaba alguna cosa en las tiendas del barrio, y luego ambos compartíamos el botín, a escondidas. Si no hubiera sido por él, creo que yo no habría sobrevivido.

—Gideon...

—El día que nos dijeron que nos separarían para enviarnos al Oeste, tratamos de escaparnos juntos —continuó—. Yo sabía que, si tenía a Liam a mi lado, nada malo podría pasarnos. Pero nos pillaron, en el último momento. Liam ya había logrado saltar la verja, pero, por aquel entonces, yo era más menudo y me costó más. Durante unos segundos nos miramos a través de la valla. Le grité que corriera, que huyera de aquel lugar.

—Pero no lo hizo.

—Sabía que, si desaparecía, jamás me encontraría, así que volvió a entrar. Se ganó una paliza por aquello, una de las muchas que recibió por mi culpa. —Una solitaria lágrima se deslizó por la mejilla del joven.

—Gideon, solo erais unos niños.

—Lo sé. Él fue quien se encargó de mantener el contacto después, ¿sabe? A veces me llegaban hasta tres cartas suyas antes de que yo hubiera contestado a la primera. Siempre me ha dado mucha pereza escribir. —Violet sonrió y Gideon también, una sonrisa triste como una mañana sin sol—. Suya fue la idea de escaparnos de nuevo y reunirnos, y esa vez no le fallé. No le he fallado desde entonces, hasta hoy.

—Esto no ha sido culpa tuya.

—Imagino que no, pero me cambiaría por él ahora mismo sin dudarlo. Aunque supiera que no iba a despertar jamás.

—Gideon... —Violet se aclaró la garganta porque, de repente, se le había atorado—. Liam va a sobrevivir.

—No puede saber eso.

—Tal vez no, pero vamos a hacer todo lo posible para que así sea.

Gideon miró a su hermano, su cabello sudoroso y apelmazado, su pecho moviéndose de forma casi imperceptible, y el rostro cubierto de una película de sudor. Asintió, conforme, y volvió a recostarse y a cerrar los ojos.

Violet se reclinó contra el respaldo de la butaca y también cerró los suyos, un instante, una hora, no llegó a saberlo. Diminutos retazos de escabrosas imágenes inundaron sus jirones de sueño y despertó, sobresaltada. El cuerpo de Liam había comenzado a sacudirse. Violet se espabiló de golpe y puso la mano sobre la frente del muchacho. Estaba ardiendo.

—¡Hay que bajarle la fiebre! —exclamó.

—¿Cómo? —Gideon se levantó de un salto y miró a su hermano, aterrado—. ¿Cómo hacemos eso?

Violet se mordió el labio. Ya no había nieve, ni un simple montículo en el que poder sumergir el cuerpo, en caso de haber podido transportarlo sin riesgos.

—¡Agua fría! —exclamó.

—¿Qué? ¡No sé si será buena idea que lo movamos!

—Pero podemos echársela por encima... —explicó ella—. Llama a los demás, que llenen tantos cubos y baldes como puedan. ¡Y trae mi cuchara de madera, rápido!

El chico salió corriendo del cuarto y un instante después lo oyó vociferar en el piso de abajo. Violet miró a Liam, sabiendo que ella sola no podría hacer nada por él. Fue hasta la ventana y la abrió de par en par. El frío aire del amanecer se coló en la estancia y echó un vistazo fuera. Luke y Christopher habían salido de la casa, uno con un cubo y el otro con una olla, y movían la bomba de agua situada junto al cercado. Vio a Sean correr en dirección a los establos, donde había otra para llenar los abrevaderos de los caballos. Los demás, supuso, estarían usando la de la cocina. Gideon regresó con la cuchara.

—Ayúdame a abrirle la boca, hay que ponérsela para que la muerda, o podría arrancarse la lengua de un mordisco —le ordenó.

—¿Cómo sabe eso?

—El doctor Brown me lo explicó antes de irse —respondió ella—. ¡Vamos!

No habían terminado de realizar la maniobra cuando Cody apareció con un balde hasta los topes, seguido de Luke, que portaba un cubo también lleno. Ambos se quedaron de pie un instante, como si no supieran qué hacer a continuación.

—Hay que echársela por encima —dijo Luke—. ¿No es esa la idea?

—Exacto, pero con cuidado, tampoco queremos ahogarlo —contestó Violet.

—Pero... se va a llenar todo de agua —comentó Cody—. Y el colchón se mojará.

—Ya nos ocuparemos luego de eso.

Ambos vertieron el líquido sobre el cuerpo de Liam, que ni siquiera pareció notarlo, y volvieron a salir del cuarto. Allí estaban ya Christopher y Sean, y Violet escuchó los pasos renqueantes de Jan subiendo la escalera.

Tras varios viajes, la temperatura pareció descender lo suficiente como para que el muchacho dejara de agitarse. Violet le quitó la cuchara de la boca y luego colocó de nuevo la mano sobre su frente.

—La fiebre ha bajado —confirmó.

A los pies de la cama se encontraban todos los hombres

del rancho, cansados y aliviados al mismo tiempo, algunos con los recipientes todavía llenos. El suelo era un enorme charco de agua y tanto las ropas de Liam como el colchón estaban, en efecto, empapados.

—Habrá que cambiarlo de cama —comentó Christopher—. Si lo dejamos ahí podría pillar una pulmonía.

—Aguardemos unos minutos —pidió Violet.

—Lo trasladaremos a la mía. —Gideon comenzó a preparar su propia cama.

—Tendremos que bajar el colchón y sacarlo fuera, para que se seque. —Violet se apartó un mechón de la cara.

—Yo me ocupo —dijo Christopher.

Unos minutos más tarde, Liam, seco y con ropa limpia, parecía dormir plácidamente en la cama de su hermano. Violet cogió un par de toallas y comenzó a recoger el agua, mientras Christopher y Luke se llevaban el colchón. Los cuatro hombres restantes terminaron con ella de rodillas en el suelo, ayudándola a limpiar aquel desastre.

A media mañana, totalmente agotada, Violet decidió echarse un rato. Era la única que todavía no había dormido, ni siquiera una hora, y el estado de Liam parecía estable. Sin embargo, le hizo prometer primero a Gideon y luego a Christopher que la despertarían si la situación cambiaba.

Ella tampoco tenía pensado rendirse.

Las noticias corrían deprisa en un pueblo como Heaven, y a primera hora de la tarde comenzaron a llegar jinetes y vehículos de todo tipo. Lorabelle se presentó con dos enormes fuentes de comida y la señora Adams, que viajaba con ella, llevaba entre las manos dos tartas que Cody se apresuró a tomar de sus manos.

Susan Miller también acudió, con su cabriolé lleno de provisiones que, según comentó, le había entregado Ruby

Grayson, la dueña del almacén. Violet no sabía qué hacer con todo aquello, ni con todas aquellas muestras de afecto. Sospechaba que no se debían tanto a ella, que a fin de cuentas era una recién llegada, como al cariño que les profesaban a Christopher y a sus hombres. Sin embargo, por más agradecida que estuviera, tantas visitas la obligaban a abandonar su puesto junto al lecho de Liam una y otra vez y, por algún motivo, tenía la sensación de que su lugar estaba a su lado. No dejaba de resultarle curioso, cuando ella era apenas ocho años mayor que él. ¿Se trataría de ese instinto maternal del que tanto había oído hablar?

El padre Stevens llegó en un vehículo muy similar al de la maestra, y, tras visitar al enfermo y comprobar con alivio que aún no estaba preparado para recibir la extremaunción, organizó un pequeño corro de oraciones, al que las mujeres se añadieron enseguida y también algunos hombres. Y es que tanto la casa como la parte exterior se habían llenado de jinetes, vaqueros de otros ranchos y jóvenes del pueblo. Holly Peterssen y su familia también acudieron, aunque Violet apenas tuvo tiempo de saludarlos. El reverendo Cussack apareció más tarde, y también visitó a Liam. Por una vez, nadie azuzó a los dos hombres de iglesia para que se enzarzaran en una de sus eternas discusiones, y ambos se limitaron a ignorarse de forma más o menos comedida.

Cuando al fin cayó la noche y la casa se quedó vacía, Liam abrió los ojos, como si hubiera estado aguardando a que todo se quedara en silencio.

—Tengo hambre —anunció, como si tal cosa.

Violet y Gideon intercambiaron una mirada y ambos rieron emocionados ante la confusa mirada de Liam.

—¿He dicho algo gracioso? —preguntó, y luego gimió al intentar moverse.

—Ahora mismo te subo algo —le dijo Violet.

Abandonó la butaca, le dio un beso en la mejilla y le

revolvió el pelo. Bajó la escalera a toda velocidad, provocando tal estruendo que los hombres, asustados, salieron del salón.

—¡Tiene hambre! —exclamó ella, sin detenerse y con una gran sonrisa de felicidad.

Mientras entraba en la cocina, los oyó subir corriendo. Todo iba a salir bien, se dijo, al tiempo que se limpiaba las lágrimas.

Todo iba a salir muy bien.

The Heaven's Gazette
17 de abril de 1887

Nuestros queridos lord y lady Willburn han llegado a Heaven, como suele ser habitual por estas fechas. Según han informado a la redacción de este periódico, en esta ocasión los acompañan el vizconde Ellsbrook y su esposa, el honorable señor Ferdinand Drumond, la honorable señorita Kathleen Drumond, sir Edward Lowestein y su esposa, y sir Lancelot Meadows.

Desde la redacción de esta humilde gaceta les damos la bienvenida y confiamos en que su estancia entre nosotros resulte de lo más placentera.

31

—Es sábado —anunció Liam, cómodamente instalado en el diván del salón.

—Desde esta mañana, sí —bromeó Cody.

—¿Y qué hacéis aquí?

—Eh... ¿y dónde rayos quieres que estemos? —Cody, confuso, miró a los demás, y por último a Violet, que cosía en un rincón.

—Ayer terminasteis de marcar los terneros.

—Sí.

—Habéis descansado —insistió.

—Liam...

—¿Se puede saber por qué diantres no estáis en el pueblo, en el baile?

—¿Quieres...? ¿Quieres ir a bailar? —Luke, que entraba en ese momento en el salón, lo miró, desconcertado—. ¡Pero si hace poco más de una semana que...!

—¡Me refiero a vosotros!

—Ah, a mí no me apetece. —Luke se dejó caer en el sofá.

—A mí tampoco —comentó Sean, que alzó un volumen que tenía entre las manos—. Este libro está de lo más interesante.

—Yo todavía no he descansado suficiente —se disculpó Cody—. El próximo, quizá.

Liam los miró uno por uno, y supo que todos mentían, y que se habían quedado en la casa por él, aunque se encontraba bastante recuperado. Al menos ya podía caminar casi como una persona normal. El gesto lo conmovió, más de lo que estaba dispuesto a dejar traslucir.

—Señora Anderson —dijo entonces—, tal vez podría aprovechar para enseñar a estos cenutrios cómo se baila.

—Eh... sí, claro, si ellos quieren... —Violet abandonó su labor de costura.

—Así estarán preparados. Yo observaré y trataré de aprender todo lo que pueda.

—E imagino que a mí me toca el violín otra vez —comentó Jan con sorna.

—A no ser que quieras ser la pareja de baile de mi hermano —contestó Liam.

—Me quedo con el violín —rio el viejo, que se levantó para ir a buscar su instrumento.

Violet lo observó abandonar la habitación. Que ella recordara, era la primera vez que veía a Jan reír por algo.

Christopher llevaba días temiendo ese momento, la reunión de los rancheros, con Samuel Marsten a la cabeza. Como era habitual, se celebraba en una de las salas del hotel Henderson, terreno neutral para todos. Él acudió con Luke —Jan odiaba ese tipo de encuentros— y en la entrada se encontraron con Peterssen, que iba acompañado de su capataz y de su hijo mayor. El padre de Holly era un hombre de mediana estatura, de rostro afable y brazos de acero, y, sobre todo, era un hombre con el que se podía contar. Con Liam en cama y Gideon cuidando de él, Christopher había tenido que pedirle prestados a su vecino un par de vaqueros para finalizar el trabajo en su propio rancho, y el hombre ni siquiera quiso oír hablar de ningún tipo de compensación económica.

—Hoy por ti, mañana por mí —le dijo—. Si la situación hubiera sido al revés, no tengo la menor duda de que tú habrías hecho lo mismo.

—Puedes apostar por ello —corroboró.

Además de Peterssen, Marsten y Christopher, Heaven contaba con otros tres rancheros: Tom Bedford, Stuart Clark y Phil Sidel. Los ingleses, cuya propiedad era superior a la suma de la de los tres últimos, siempre habían ido por libre y no asistían a ese tipo de encuentros. Ellos mismos, a través de su personal, gestionaban el traslado de su ganado dos veces al año, en mayo y septiembre, antes de regresar a Inglaterra hasta la temporada siguiente.

Rancheros y capataces fueron entrando en la sala y tomando asiento alrededor de la larga mesa rectangular. Marsten, como siempre, ocupó la cabecera y tras él, en una silla junto a la pared, se sentó Mike Ross, su mano derecha, un individuo con cara de pocos amigos, más risueño de lo que parecía, y más taimado de lo que dejaba ver.

La reunión se inició, como no podía ser de otra manera, relatando los perjuicios que todos habían sufrido durante el largo invierno. Las ciento ochenta y seis reses que había perdido en total Christopher no eran nada en comparación con las más de doscientas de Peterssen, o las casi cuatrocientas de Clark, el más perjudicado de todos. La nieve, además, había destrozado los dos molinos de agua del rancho de Sidel, y uno de los hombres de Bedford se había extraviado durante una de las tormentas y lo habían encontrado con el deshielo, muertos él y su caballo, acurrucados bajo un saliente de roca. No era una historia inusual, por desgracia. De hecho, el Barranco del Hombre Muerto, situado en la finca de Christopher, debía su nombre a un hecho muy similar, acontecido cuando él era apenas un niño.

—Hace unas semanas viajé a Denver y me reuní con nuestro agente de ganado —comentó Marsten una vez todos finalizaron de enumerar sus desgracias y de ofrecerse ayuda mutua—. Como sabéis, el precio de la carne no ha dejado de descender en los últimos años y parece que la tónica sigue siendo la misma. Por desgracia, no logré obtener más que tres centavos por libra de carne.

—Es el mismo precio que el año pasado —bufó Sidel.

—Me consta, pero fui incapaz de conseguir más. De hecho, su primera oferta era de 2,9 centavos.

Christopher y Luke intercambiaron una rápida mirada. Era el precio que esperaban, así que la decisión estaba tomada. Ahora debía valorar cómo llevarla a cabo sin enemistarse con Marsten, quien, además de su vecino, era uno de los hombres más poderosos de la zona: no solo poseía algunos de los negocios más rentables del pueblo, también muchos contactos y podía hacerle la vida difícil a cualquiera.

—Como siempre, Marsten, te agradecemos la gestión —comentó Clark, taciturno.

—Oh, no es nada, ya sabéis que es un placer poder ayudar a mis vecinos. —Marsten sonrió con afabilidad.

El ranchero abrió su pequeño cuaderno de tapas negras y cogió un lápiz.

—Ahora necesito saber cuántas reses vais a enviar cada uno, para calcular los hombres que voy a necesitar para el traslado —comentó.

Lo ideal era enviar a los bueyes de tres o cuatro años, que habrían alcanzado su tamaño idóneo, y reservarse los más jóvenes hasta que alcanzaran su peso, amén de hembras suficientes para la siguiente temporada de cría. En épocas de escasez, se habían mandado incluso reses de dos años, aunque no era lo habitual.

Marsten anotó los números de Sidel, Bedford y Peterssen, y entonces le llegó el turno a Christopher.

—Preferiría comentar este asunto en privado más tarde, Marsten.

—¿Qué? —El hombre lo miró, con las cejas alzadas—. Creí que no habías perdido tantos animales como el resto.

—Así es.

—¿Entonces?

—Como le he dicho, me gustaría hablarlo después.

—Oh, vamos, Anderson, creo que a estas alturas puedes comentar cualquier cosa delante de todos —insistió el ranchero, que miró al resto de los presentes, sin duda tan curiosos como él por lo que Anderson tuviera que decir.

—Está bien —comenzó—. Usted sabe bien que, en otro tiempo, mi padre llevaba sus propias reses a Denver.

—Ah, claro que lo recuerdo. Buenos tiempos aquellos, sí, señor.

—El caso es que... he decidido retomar esa costumbre.

—No entiendo lo que quieres decir, hijo.

—Mis hombres y yo llevaremos nuestro propio ganado.

Marsten soltó una risotada.

—Ay, estos jóvenes, se creen que lo saben todo... —Meneó la cabeza, como si hablara con un niño—. Eres consciente de que no puedes presentarte, así como así, con unos cuantos centenares de vacas, sin haber acordado antes el precio con un agente, ¿verdad? Corres el riesgo de parecer desesperado y entonces no te ofrecerán ni siquiera 2,9 centavos por libra. Jugarán contigo sabiendo que no podrás hacer el camino de regreso con todos tus animales de nuevo.

—Lo sé.

—Y aun así...

—Y aun así voy a hacerlo, sí.

—Que me aspen, chico. ¡No sabía que te sobrara el dinero! —Marsten acompañó sus palabras con una carcajada que nadie más secundó—. En fin, como quieras. Seguro que la experiencia te curtirá.

—Es una locura, Anderson —intervino Clark, sentado a su izquierda.

—Me arriesgaré —aseguró.

Marsten lo miró durante unos segundos, posiblemente calibrando qué se traía entre manos, pero Christopher adoptó su gesto más despreocupado y el hombre continuó con el último ranchero, Clark precisamente. Una vez los números hechos, Marsten les dijo que las reses partirían a finales de la segunda semana de mayo, y dio la reunión por concluida.

Ese era el momento en el que los hombres se levantaban y, con una copa en la mano, charlaban y confraternizaban entre ellos. En ese lapso de tiempo, los tres rancheros más modestos insistieron en que se lo pensara mejor, pero Peterssen llevaba otro discurso en mente.

—¿Vas a decirme qué estás tramando? —le preguntó en un aparte, sin abandonar su sonrisa para no levantar sospechas.

—Ya lo he dicho... quiero llevar el ganado como hacía mi padre.

—Anderson, me consta que eres un hombre inteligente, más que la media, o al menos que la media de esta habitación, y me cuesta creer que estés dispuesto a correr un riesgo semejante. Tu padre lleva casi diez años muerto, ¿por qué ahora?

—Tengo mis razones.

—Que no vas a compartir conmigo, al parecer.

—Preferiría no hacerlo.

—¿No confías en mí?

—Absolutamente, pero no quiero involucrarte.

—Has encontrado tu propio agente, ¿verdad? —insistió Peterssen, tan sagaz como siempre.

—Algo así.

—Y te ha ofrecido un precio mejor que Marsten.

Christopher no contestó, aunque su mirada fue la única respuesta que Peterssen necesitó para confirmar sus sospechas.

—Espero que tengas suerte, muchacho —le dio una palmada en el hombro—. Y, para el año que viene, puedes contar conmigo.

—Lo haré —aseguró Christopher.

Samuel Marsten también era un hombre inteligente, o al menos así le gustaba considerarse, y sospechaba que Christopher no le había contado toda la verdad. ¿En serio pretendía hacerle creer que, de repente, había decidido seguir los pasos de su padre? Allí había algo más, y él estaba dispuesto a averiguar de qué se trataba. No le convenía que aquellos rancheros perezosos decidieran seguir los pasos de Anderson y acabaran arrebatándole las ganancias que tan merecidamente obtenía con aquel negocio. ¿Acaso no era él quien corría con los gastos del viaje, desde sueldos a provisiones? ¿No merecía entonces una compensación extra por ello? Era absurdo negar que dicha compensación era mucho más que generosa, pero había descubierto hacía mucho tiempo que un hombre no podía hacerse rico solo con el producto de su trabajo. Debía ser más espabilado que los demás, y él era la prueba viviente de ello.

Mientras los rancheros charlaban entre ellos, cogió a Mike Ross del brazo y lo llevó a un rincón.

—Mañana quiero que vayas a Denver y hables con nuestro agente —le ordenó—. Quiero saber si ha hecho tratos también con Anderson.

—Sí, señor.

—Y necesito saber cuándo estuvo en la ciudad.

—¿Eso es importante?

—Tal vez.

Marsten sospechaba que Christopher había viajado a Denver, tal vez a reunirse con su prometida, y que había aprovechado el viaje para ocuparse también de otros asuntos, entre los que figuraban, al parecer, joderle la vida.

Ya se encargaría él de que tal cosa no sucediese. Todos los negocios se podían romper, y aquel agente le debía a él mucho más que a Anderson. Estaba claro por quién se decantaría si las cosas se ponían feas.

32

La despertaron los golpes. Violet abrió los ojos, asustada, y se sentó en la cama. Provenían del exterior, pero desde su ventana no podía saber el punto exacto. Imaginó que los hombres estarían reparando alguno de los edificios, tal vez la valla del cercado, así que no hizo mucho caso.

Una vez aseada y vestida, salió al porche, y se paralizó de inmediato. Christopher, Gideon y Cody labraban la tierra junto a las escaleras y, unos metros más allá, Sean, Luke y Jan construían una pequeña cerca de madera uniendo varios fragmentos de tablones de diversos tamaños y grosores. Sean serraba, Luke unía las piezas y Jan las pintaba de un blanco luminoso. Liam, sentado en la mecedora, parecía controlar todo el proceso con Lobo tumbado a su lado.

—Hoy mismo tendrás listo tu jardín, Violet —la informó Christopher, que alzó la cabeza, con el rostro bañado en sudor.

—¿Mi... jardín? —le preguntó ella, confusa.

—En Chicago me dijiste que querías un jardín —le dijo él, mirándola con suma atención—. No he podido ocuparme antes de ello. La tierra estaba demasiado dura cuando llegamos y luego hemos tenido mucho trabajo.

—Lo sé —balbuceó ella.

—Quizá es un poco tarde para algunas flores, pero seguro que es el momento ideal para otras. —Hizo una pausa al ver que ella no reaccionaba—. Creo recordar que querías la valla blanca, ¿verdad? Si no es así, aún estamos a tiempo de cambiarlo. Puedo enviar a uno de los chicos a Heaven a buscar el color que prefieras y...

—Blanco está bien, gracias —lo interrumpió, con un hilo de voz—. Voy a... Voy a preparar café.

En cuanto Violet cerró la puerta a sus espaldas se apoyó en ella, sujetándose el estómago y aspirando a grandes bocanadas. A pesar de que las semillas habían sido una de las primeras cosas que había metido en sus baúles, se había olvidado de ellas casi por completo. En su fuero interno tenía la sensación de que ese pequeño sueño jamás se cumpliría, como tantos otros que se habían ido quedando en el camino entre Chicago y Heaven. Y ahora su marido estaba cavando la tierra junto a la casa, con la ayuda de sus hombres. Dios, ¿por qué Christopher se empeñaba en ser tan considerado?

Era más fácil cuando simplemente lo despreciaba. Al menos eso no la hacía albergar sueños estúpidos sobre un futuro juntos.

El olor a tierra húmeda y fresca era uno de los mejores aromas del mundo, al menos eso pensaba Violet mientras hundía los dedos en ella. Los hombres habían hecho un buen trabajo y el pequeño jardín, vallado de forma desigual, pero en color blanco, era todo lo que había imaginado. Cuando las plantas comenzaran a crecer, toda la casa se transformaría. Siempre le había resultado curioso que algo tan simple como unas flores pudiera cambiar el aspecto de cualquier cosa, llenándola de luz y de alegría.

En ese momento se encontraba sola, disfrutando del pequeño ritual de introducir las semillas en el terreno. Hasta Liam había desaparecido, caminando renqueante hacia los establos junto a su hermano. Seguramente se sentaría sobre una bala de heno a verlo trabajar con los caballos, como había hecho el día anterior. Se recuperaba con rapidez y hasta el doctor Brown parecía asombrado con ello.

—La capacidad de los jóvenes para sanar de sus heridas nunca dejará de sorprenderme —le había confesado.

Ella le dirigió una mirada divertida. El doctor Brown no debía de ser mayor que Christopher o Luke, pero no podía estar más de acuerdo con él.

—¿Qué haces? —sonó una voz a su espalda y, aunque la reconoció de inmediato, no pudo evitar un sobresalto.

—Holly —la saludó—. No te he oído llegar.

Tras el accidente de Liam, la joven y sus padres habían sido de los primeros en acudir, y la muchacha incluso se había ofrecido a ayudar en lo que fuera.

—Estoy plantando semillas —le dijo.

—¿De qué? Parece un lugar muy pequeño para cultivar trigo o cebada.

Violet volvió la cabeza para replicar, pero al ver su sonrisa socarrona se dio cuenta de que la muchacha bromeaba.

—Son flores... o lo serán en algún momento.

—¿Por qué lo haces?

—Me gustan... dan alegría.

—Nunca había pensado que fueses una mujer triste.

—Eh, lo cierto es que no lo soy —contestó con sinceridad—, nunca lo he sido. Puedo enfadarme, sentir furia o rabia... pero no soy una persona triste. Sin embargo, eso no significa que no aprecie las cosas bellas y que no quiera sentirme rodeada de ellas. Dentro de un tiempo, cuando me siente en esa mecedora al atardecer, no solo veré un paisaje hermoso, también será colorido, y fragante.

—Suena bien —reconoció Holly.

—¿Tu madre no tiene también un pequeño jardín?

—Sí, pero nunca había pensado en él como lo haces tú. De todos modos, escogió plantas más «prácticas», como dice ella. Ya sabes, lavanda, romero...

—También hay de eso aquí. —Violet alzó una mano llena de diminutas vainas—. La variedad es el secreto.

—Pues no parece que tengas un jardín lo bastante grande como para incluir muchas especies.

—Lo sé, pero esto solo es el comienzo.

—Espero que no tengas pensado llenar la pradera de flores —rio Holly—. A Chris le daría un ataque, y a Jan otro aún mayor.

—Quizá sería una alternativa interesante a la cría de ganado, ¿no te parece? —bromeó.

—Oh, ¡Dios Santo! —exclamó Holly de repente, mirando por encima de su hombro.

Violet se volvió para ver llegar a Liam y entendió enseguida el motivo de su asombro. El muchacho ya no lucía aquella maravillosa melena castaña de la que tan orgulloso parecía sentirse.

—¿Qué te has hecho? —le preguntó la chica.

—Eh... —Liam se pasó la mano por la cabeza—. Cortarme el pelo, ¿no es evidente?

—¿Con una guadaña?

—Muy graciosa.

—Dime que Gideon no ha hecho lo mismo...

Holly no esperó una respuesta. Echó a correr presa del pánico en dirección al establo gritando el nombre del otro hermano.

Violet se acercó a Liam y contempló los trasquilones.

Más que con una guadaña parecía habérselo cortado con una sierra.

—Pero ¿por qué...?

—Yo... Bueno... He pensado que ahora ya no tendrá problemas para distinguirnos a Gideon y a mí —contestó el muchacho, azorado, y volviéndose a pasar la mano por la cabeza.

La garganta de Violet se cerró, como si las palabras que pudiera decir aún no se hubieran inventado. Alzó la mano, trémula, y acarició el cabello suave y sedoso, o lo que quedaba de él. Las lágrimas anegaron sus ojos y comenzaron a rodar por sus mejillas.

—No es tan grave —le aseguró el chico—. Mi hermano no ha hecho un trabajo muy bueno, pero seguro que el barbero del pueblo me lo arreglará.

En ese momento, a Violet no le importaron un ardite los gestos inapropiados ni las convenciones sociales. Se puso de puntillas, abrazó a Liam con fuerza y, antes de separarse de él, le dio un sonoro beso en la mejilla.

—Señora Anderson, si hubiera sabido que me lo iba a agradecer de esta manera, me lo habría cortado el mismo día que llegó —bromeó él, conmovido.

Ella todavía no tenía voz para contestarle.

Aquel era, con diferencia, el regalo más valioso que le habían hecho jamás.

Violet había recuperado la compostura, aunque, cada vez que miraba a Liam, que volvía a ocupar la mecedora, sentía ensancharse su pecho hasta límites insospechados. Casi había terminado de plantar las semillas cuando llegó Cody, que se quedó unos segundos mirando al gemelo.

—¿Pero qué rayos le ha pasado a tu cabeza? —preguntó, con los ojos muy abiertos.

—Le sienta muy bien —aseguró Violet, que le lanzó una mirada de advertencia.

—Y usted parece haber pasado demasiado tiempo al sol, señora Anderson.

—Solo me he cortado el pelo —comentó Liam, desafiante.

—¿Solo?

—¿Te supone algún problema?

—Mientras no tenga que mirarte...

—Cody, basta ya —intervino Violet—. A mí me encanta su nuevo aspecto, y aún estará mejor cuando lo acompañes a Heaven a visitar al barbero.

—¿Yo? —El joven la miró con sus ojos de dos colores, atónito.

—Tú, y gracias por haberte ofrecido.

—Pero si yo no...

—Eres un buen amigo. —Violet le palmeó el brazo—. Y cuando volváis del pueblo, aquí estará esperándote aquella tarta que preparé para el festival. Te la había prometido, pero todavía no he tenido tiempo de...

—Oh, no importa. Lo llevaré encantado —sonrió él, con las manos acariciándose ya la tripa—. Además, una visita a Heaven siempre es un placer. ¿Qué tal mañana?

—No... no sé si Liam está preparado para un viaje tan largo en la carreta. Ya sabes, el traqueteo...

—Diablos, sí, lo había olvidado —dijo, comenzando a subir la escalera—. Que sea pasado mañana entonces.

Y desapareció en el interior de la casa. Violet intercambió una mirada y una sonrisa con Liam.

—No le hagas caso —le dijo—. Te garantizo que a mí nunca me habías parecido tan guapo como hoy.

Y Violet no mentía.

The Heaven's Gazette
2 de mayo de 1887

Ayer nos dejó nuestro vecino Patrick Morton, a quien todos conocíamos bien, a la edad de 83 años. Fue uno de los primeros hombres que llegaron a las minas de Pikes Peak y hasta hace tres años no abandonó la búsqueda de una veta de oro en las montañas. Tras instalarse en Heaven de forma definitiva, no dejó de relatar sus increíbles aventuras en las Rocosas a todo aquel que quisiera escucharlo.

Esperamos que en la otra vida haya logrado al fin cumplir su sueño.

Aquí le echaremos de menos.

Violet miró el sobre color crema una y otra vez, y con la yema de los dedos acarició el membrete que lo adornaba. El papel era grueso y de buena calidad, y destacaba entre las otras cartas que había recibido, de su hermana y de su madre. Cody y Liam habían ido al pueblo esa mañana y, al regresar —con el cabello de Liam perfectamente arreglado—, trajeron la correspondencia. El sobre iba dirigido a los señores Anderson, en plural, pero Cody se lo entregó a ella, que lo sostuvo entre sus manos sin saber muy bien si debía abrirlo sin estar su marido presente.

Lo dejó a un lado y abrió la carta de su madre, quien la informaba primero sobre la marcha de la casa de huéspedes. Al parecer, el negocio no se había hundido en su ausencia e incluso tenían una nueva inquilina fija, una mujer soltera que trabajaba en un despacho, un hecho que seguía siendo tan inusual como esperanzador. Su madre había dejado para el final la noticia más suculenta: Allan Crawford había pedido cortejar a Rose de forma oficial. Margaret Montroe se disculpaba, una vez más, por el papel que había jugado en aquel asunto, a pesar de que Violet hacía tiempo que la había perdonado, y así se lo había hecho saber en su carta anterior.

La carta de su hermana, en cambio, era una extraña mezcla de alegría y culpabilidad. Estaba feliz porque Allan, al fin, hubiera dado el paso y, al mismo tiempo, se sentía mal por lo que todo eso había supuesto para Violet, que se había visto obligada a abandonar su casa y su familia. Rose insistía, también por enésima vez, en que la perdonara y aseguraba echarla mucho de menos. Violet se mordió los carrillos para controlar sus emociones. También ella las extrañaba, más de lo que dejaba traslucir en sus respuestas, en las que se limitaba a contarles las cosas más interesantes y atractivas, sin hacer mención a su verdadera situación con respecto a su esposo.

Dejó sobre la mesa ambas misivas y volvió a mirar el sobre color crema, que parecía aguardar pacientemente su turno. En un impulso, decidió abrirlo y sacó de su interior una cuartilla doblada por la mitad, escrita con una caligrafía elegante en un papel del mismo color y con idéntico membrete en la cabecera. Lady Willburn los invitaba a ella y a su esposo a una cena que se celebraría en su casa, en el Rancho Willburn, el próximo 14 de mayo.

Violet la leyó dos veces seguidas, para cerciorarse. ¿Iba a cenar en casa de unos condes ingleses? ¿O eran marqueses? Lo cierto era que no lo recordaba, y tendría que asegurarse antes de escribir a su hermana para contárselo. Ambas habían compartido su pasión por las novelas por entregas de las revistas femeninas. Ambas también habían soñado con distinguidos lores que acudían a rescatarlas de sus monótonas vidas y las llevaban a señoriales mansiones con nombres tan sugerentes como Blackrose Manor o Hardwick Hall. Violet rio con cinismo ante los restos de aquellos sueños rotos. Al parecer, ninguna de ellas iba a cumplirlos.

Cuando más tarde lo comentó con Christopher, él no pareció sorprenderse en absoluto.

—Lo hacen cada año —le dijo, como quitándole importancia.

—¿Cómo dices?

—En mayo, poco después de llegar, invitan a los rancheros y a unas cuantas personas más del pueblo y organizan una velada en su casa.

—Ya veo.

Se encontraban en el despacho que su marido tenía en la planta baja, una habitación pequeña, pero acogedora, donde de tanto en tanto se encerraba para repasar las cuentas, igual que ella había hecho en una estancia muy similar, pero en un lugar muy distinto. Otra cosa que echaba de menos. Violet tomó asiento frente a la mesa, con el grueso sobre entre las manos.

—Creo que les gusta presumir de su casa y de su estatus —continuó él—. Pero son bastante amables. Unos esnobs, pero agradables la mayor parte del tiempo. No te preocupes.

—No estoy preocupada.

—Si prefieres no ir puedo disculparte...

—No, no, quiero ir —se apresuró a responder—. Tengo curiosidad.

—Son gente normal, Violet —sonrió él—. Como tú y como yo.

—Lo sé —respondió ella, aunque sabía que aquello no era del todo exacto.

—Por cierto, he recibido carta de mi hermana Leah. —Christopher cogió un sobre ya abierto y extrajo de él uno más pequeño, que le tendió a ella—. Aún no la he leído, pero incluye esto para ti.

—¿Para mí?

Violet lo tomó y vio que, en efecto, su nombre figuraba en él escrito con mayúsculas.

—Le hablé a Leah de ti en mi última carta —confesó.

—Oh, espero que a ella sí le contaras toda la verdad —replicó ella con acritud.

—Violet, algún día tendrás que perdonarme —le dijo, mirándola con aquellos ojos azules tan abrumadores.

—Es posible, pero ese día aún no ha llegado —replicó ella, mientras esquivaba su mirada y posaba la mano en el pomo de la puerta—. Todavía no.

33

Miles City, Montana, abril de 1887

Querida Violet:

¿Me permites que te tutee? Espero que sí ya que, a fin de cuentas, ahora somos hermanas. Unas hermanas que todavía no se conocen, ¿no te parece de lo más extraño y peculiar? Hasta hace unos días, ni siquiera sabía de tu existencia, ¡y ahora eres un miembro más de mi familia!

En su carta, Chris apenas me ha contado cómo os conocisteis ni cómo te convenció para arrastrarte con él hasta Colorado. ¿Fue amor a primera vista? Soy consciente de que mi hermano es un tanto reservado a la hora de expresar sus sentimientos, y me hace feliz descubrir que alguien, aparte de mí, ha sido capaz de apreciar sus muchas cualidades.

Confío en que hayas logrado adaptarte a tu vida en el rancho. Imagino que no debe resultar fácil abandonar una ciudad tan grande como Chicago para instalarte en un pueblo tan pequeño como Heaven, y mucho menos en un rancho apartado, pero espero que pronto llegues a apreciar aquella tierra tanto como lo hacemos nosotros. Yo aún sigo echándola de menos, y eso que aquí mi día a día no es muy distinto. ¡Incluso veo las Rocosas! No es exactamente el mismo paisaje, pero, a veces, si entrecierro un poco los ojos, casi puedo volver a sentirme en casa.

Construir un hogar lleva su tiempo, lo sé bien. Stephen y yo ya llevamos aquí casi tres años y aún hay días que, al despertar, todavía no logro ubicarme. Cuesta acostumbrarse a los ruidos de una casa desconocida, a sus corrientes de aire, a sus particulares olores y al tono exacto de luz que entra por las ventanas, hasta que poco a poco la vas haciendo tuya, moldeándola a tu gusto. Espero que tú logres eso también, aunque tengas que tirar abajo la mitad de las paredes.

Por favor, escríbeme pronto y cuéntame de ti. Tengo tantas ganas de conocerte que he estado a punto de tomar un tren hacia Colorado. Que mi hermano se haya casado y ni siquiera me haya invitado a su boda es algo que no le perdonaré jamás, y espero que me lo compense con creces en el futuro.

En mi carta a Chris ya le he dado la buena noticia, pero quiero compartirla también contigo. Stephen y yo vamos a ser padres. ¡Sí! ¿Te lo puedes creer? Llevaba tanto tiempo esperando este acontecimiento que todavía no me creo que, en unos meses —en octubre si Dios quiere—, tendré a un bebé en mis brazos. Me encantaría que ambos pudierais venir a conocer a vuestro sobrino la próxima Navidad, si el invierno de este año lo permite.

De niña fantaseaba a menudo con la idea de tener una hermana y, aunque has llegado un poco tarde a mi vida, espero que sea para siempre.

Te mando un cariñoso abrazo y espero tus prontas noticias,

LEAH ROBINSON ANDERSON

Violet guardó la carta con cuidado y volvió a introducirla en el sobre. Le parecía tan entrañable como sorprendente que aquella mujer, que no la conocía de nada, la tratase con tanto afecto por el simple hecho de haberse convertido en su cuñada. ¿Qué opinaría de ella si la conociera en persona? ¿Y qué pensaría de su hermano si descubría el modo en que la había llevado hasta allí? Porque resultaba evidente que no le había contado nada sobre el particular, ni siquiera que solo eran un matrimonio sobre el papel. Durante un breve y efímero instante, pensó en escribirle de vuelta poniéndola al corriente de los pormenores de su situación, pero desechó la idea sin haber terminado siquiera de formularla. Eso sería ruin y le haría daño a una mujer que, sin conocerla, le había abierto su corazón y aceptado en él sin reservas.

Y Violet podía ser muchas cosas, pero no era una persona mezquina.

Violet había estado a punto de perderse también la reunión del club de ese viernes. A esas alturas, era del todo consciente de que el trabajo en un rancho era impredecible, y de que en cualquier momento podía presentarse un problema. Ese había sido uno de esos días, y Christopher, que no podía llevarla a Heaven, le había pedido a Luke que lo hiciera por él. Su amigo había aceptado sin reparos. Sin embargo, a Violet le pareció mal que el capataz tuviera que abandonar sus obligaciones por lo que no era más que un capricho, y se negó.

Llevaba semanas sin salir del rancho, primero pendiente de Liam y luego porque no había surgido la oportunidad. Susan la había visitado en un par de ocasiones, una de ellas en compañía de Lorabelle, y ese había sido casi su único contacto con el mundo exterior.

Al final Luke le dijo que él pensaba ir al pueblo de todos modos, porque tenía que hacer unas compras en el almacén de Grayson y pasarse por la herrería, y que le daba lo mismo hacer el viaje a caballo o en carreta. Violet sabía que eso no era del todo cierto, porque a caballo iría mucho más rápido, pero se dejó convencer.

Durante los primeros minutos se sintió tensa sentada a su lado, con el cuerpo agarrotado para no aproximarse demasiado a él, pero Luke sí parecía cómodo y estuvo parloteando casi todo el camino. Al final, su continua perorata consiguió relajarla lo suficiente como para atreverse a interrogarlo sobre algunas cuestiones.

—¿Cómo era Leah? —se interesó—. Todos en el rancho parecéis tenerle mucho aprecio.

Violet recordaba cómo Christopher había leído en voz alta en el salón algunos de los pasajes de la carta de su hermana, que enviaba unas palabras a cada uno de ellos. Cuando anunció la buena nueva, todos vitorearon el nombre de Leah. Violet, desde su butaca, se había convertido en una testigo muda del cariño que todos parecían profesar a su cuñada, y hasta le pareció ver que Jan se emocionaba cuando conoció la noticia de su embarazo.

—Leah era... es divertida, cariñosa, trabajadora y leal —contestó Luke—. A veces tenía mal carácter, pero nunca nos amenazó con un cucharón —bromeó—. Aunque disparaba muy bien, mejor que algunos de nosotros. Fue muy triste que se marchara, pero me alegro mucho por ella. Sé que ahora es muy feliz.

—¿Tú y ella...?

—¡No! —rio Luke—. Era una niña cuando me instalé aquí y para mí siempre fue como una hermana pequeña. Además, Chris me habría desollado vivo.

—Lo imagino.

—Te pareces mucho a ella, ¿lo sabías?

—¿Yo? —Violet lo miró, confundida—. ¿También es pelirroja?

—Ah, no, físicamente no podéis ser más distintas —contestó él—. Pero tenéis un carácter muy similar. Tú también eres cariñosa y trabajadora, y me atrevería a asegurar que incluso divertida.

Violet se ruborizó ante aquel cumplido y no supo qué contestar.

—Me ha escrito una carta —le dijo.

—Muy propio de ella —aseguró Luke.

—Me ha sorprendido su grado de confianza, y su dulzura. Dice que ya me considera una hermana, aunque no me conozca.

—Cuando Leah era pequeña, no debía tener más de cuatro o cinco años, su padre le compró una muñeca, una de esas con la cara de porcelana que parecía casi una persona —le explicó—. La llevaba a todas partes y a todo el mundo le decía que era su hermana Elisabetta. No sé de dónde rayos sacó ese nombre, pero te juro que acabé hasta las orejas de escucharlo.

Violet rio con él.

—¿Crees que nos llevaríamos bien? —inquirió—. Ya sabes, si aún viviera aquí.

—Estoy convencido de ello. No conozco a nadie que no la adorara y, como te he dicho, os parecéis mucho. Habríais congeniado de inmediato.

—Sí, me gustaría pensar que sí —comentó ella, casi convencida.

—Y créeme, le habría dado un buen pescozón a Chris por... —Luke se calló de inmediato y le dirigió una mirada cargada de culpabilidad—. Lo siento, no pretendía...

—No te preocupes —le aseguró ella—. Así que te ha contado cómo nos conocimos y cómo me trajo hasta aquí.

—Sí, hace unos días.

—¿Los demás...?

—No, nadie sabe nada. Y yo lo descubrí casi por casualidad. Vi luz en el granero y pensé que alguien intentaba robarnos. Cuando llegué descubrí que estaba durmiendo allí, y que no era la primera vez.

—No me siento muy orgullosa de ello, quiero que lo sepas. De que duerma en el granero, quiero decir.

—Yo no me preocuparía —le dijo él con una sonrisa—. A fin de cuentas, se lo tiene merecido.

—¿Tú crees?

—Por supuesto que sí —le aseguró—. Pero no lo castigues mucho tiempo. A pesar de lo que pienses de él, es un buen hombre.

Violet no contestó a eso. Aunque le doliera reconocerlo, sabía que Luke tenía razón.

En la reunión del día anterior apenas se había hablado de otra cosa que no fuera la fiesta de los ingleses. Solo Ethel Ostergard, la mujer del alcalde, Diane Mitchell, la del banquero, y Lauren Brown, la del médico, habían sido invitadas, pero las demás intervenían en la conversación como si también ellas fueran a asistir. Y todas preguntaban o hablaban de lo que iban a estrenar para la ocasión, como si cada año se aprovechara aquella velada para renovar el vestuario.

Violet no disponía de un vestido nuevo, ni de tiempo para encargarlo, así que esa mañana estaba en la vieja casa, hurgando en aquellas cajas que parecían no acabarse nunca. Christopher había insistido en que podía usar todo lo que se le antojase, e incluso quemar el resto, que ya iba siendo hora, pero Violet no quiso ni oír hablar de semejante desatino. Cerca del mediodía, hizo acopio de todo lo que había logrado rescatar y el botín le pareció más que aceptable. No halló suficiente tela como para confeccionar un vestido entero, pero sí que encontró uno ya hecho, en un torno verde musgo. El diseño había pasado de moda hacía al menos una década, pero con unos cuantos arreglos tal vez podía adaptarlo. Varios metros de tul negro, las brillantes cuentas de un collar roto y unos guantes negros que necesitarían un buen lavado, completaban su saqueo. Durante unos instantes se preguntó si a su antigua dueña le molestaría que usara todas esas cosas; luego recordó cómo había abandonado a sus hijos, y el sentimiento de culpabilidad se esfumó.

Cogió una ajada bolsa de viaje y, tras limpiarla con un paño, metió todo en su interior. No deseaba que nadie viera lo que se llevaba de allí, como si fuese una ratera. Salió más que satisfecha de la casa y se dirigió a la vivienda principal, deseando ponerse a trabajar de inmediato. En primer lugar, se dijo, lo lavaría todo a conciencia. Después de tantos años, la ropa desprendía olor a polvo y a humedad. Luego cortaría la parte superior del corpiño, para adaptarlo a la moda imperante. Con las cuentas tenía pensado...

Detuvo sus pasos y sus pensamientos. Un elegante cabriolé se hallaba estacionado frente a la casa y, junto a la escalera que conducía al porche, el viejo Jan charlaba amigablemente con Amanda Weston.

Ya no había muchas cosas en la vida que Jan encontrara interesantes o estimulantes, pero sin duda la joven Amy Reid era una de ellas.

La recordaba de niña, correteando por los campos con Chris y Luke, y luego convirtiéndose en una hermosa mujer. Había creído que terminaría casándose con el joven

Anderson, pero, por algún motivo, el muchacho la había dejado escapar.

—Me alegra mucho que hayas regresado, jovencita —le decía en ese momento—. Este es tu sitio.

—Esto apenas ha cambiado... —dijo ella, soñadora, alzando la vista para contemplar la casa.

—Algunas cosas parecen hechas para durar siempre.

—Jan —rio ella, cantarina—, no sabía que te habías convertido en un filósofo.

—La vejez da perspectiva a las cosas.

—¿La vejez? —Le palmeó el brazo con afecto—. ¡Pero si estás estupendo!

—Me miras con buenos ojos, chiquilla.

—Aún recuerdo cuando nos reñías a los tres por alguna travesura.

—Erais incorregibles —sonrió el viejo, rememorando aquellos tiempos—. Y tú la peor de los tres.

—¿Yo? —Amy puso su cara más inocente.

—Todas las ideas más peligrosas se te ocurrían a ti.

—Oh, Dios, no me digas que aún recuerdas lo del panal. —La joven volvió a reír.

—¡Como si pudiera olvidarlo! —masculló, divertido a su pesar—. A quién se le ocurre golpear un panal de abejas con un palo.

—Solo queríamos que salieran para robar la miel.

—Lo sé.

—Y lo reconozco, la idea fue mía. —Se tocó el pecho con la mano, como si se disculpara—. Pero lo de pintar la casa de color rojo fue idea de...

La joven se interrumpió y Jan siguió su mirada.

—Señora Anderson, me alegra verla —la saludó Amy—. He venido de visita, espero que no la moleste.

Jan ya conocía lo suficiente a la esposa de Chris como para saber que la presencia de aquella mujer no la hacía especialmente feliz. Pues sería mejor que se fuera acostumbrando, pensó, porque Amy Reid pertenecía a aquel lugar como los edificios del rancho, o las praderas que se extendían hacia el horizonte.

Y, si Amy pensaba quedarse en Heaven, él esperaba que acudiera a visitarlos con frecuencia.

34

En esa época del año, el trabajo de los rancheros era relativamente sencillo, aunque supusiera pasarse el día a lomos de un caballo. Recorrían la propiedad, se aseguraban de que los molinos funcionaran y de que hubiera agua en los abrevaderos, vigilaban que las reses no sufrieran caídas, accidentes o el ataque de algún depredador, y, sobre todo, que los ladrones de ganado no entraran en sus tierras a sustraerles unos cuantos animales.

Cuando Christopher percibió un caballo aproximarse al galope en su dirección se inquietó, aunque solo un instante. Supo de quién se trataba antes de que sus rasgos se hicieran visibles. Aguardó a que ella se aproximara, con el cabello al viento y un sombrerito colgando de su pelo alborotado.

—¿Amy? —preguntó, como si quisiera cerciorarse—. ¿Qué...? ¿Qué haces aquí?

—He venido a verte, Chris Anderson, ya que no pareces muy proclive a hacerlo tú. —Mientras le respondía, se quitó el sombrero y le dedicó una mueca de disgusto antes de atarlo con las cintas al pomo de la silla.

—He estado muy ocupado —se disculpó, concentrado en aquellas manos finas y delicadas.

No era del todo cierto, pero no pensaba darle más explicaciones.

—Por eso he decidido venir yo. —Amy sonrió al tiempo que alzaba la vista.

Con las mejillas arreboladas y el cabello desordenado estaba condenadamente preciosa. Sus ojos brillaban, vivaces, y durante un segundo le recordó a la Amy adolescente.

—¿Qué tal una carrera hasta el río? —lo retó ella.

—¿No somos ya muy mayores para eso? —bromeó él.

—Habla por ti, vikingo —rio Amy, y azuzó su montura.

Christopher volvió a sentirse un muchacho cuando decidió imitarla y salir tras ella. El río Huérfano no se encontraba demasiado lejos, así que no sería una galopada muy larga. La alcanzó casi enseguida y ambos intercambiaron una mirada divertida. Pudo haberla dejado atrás, pero decidió no hacerlo. Amy Reid había perdido práctica y su montura no era precisamente muy briosa.

Llegaron a los márgenes del río con un trote suave, después de haber refrenado las monturas para no cansarlas en exceso. La corriente fluía con fuerza, alimentada por las nieves de las montañas, y la vegetación circundante era frondosa y de un intenso color verde. Christopher bajó de su caballo y la ayudó a desmontar. Amy se pegó a su cuerpo y colocó las palmas de sus manos sobre su pecho. Hasta él llegó su aroma, inconfundible, que logró aturdirlo unos instantes. Recuperó la compostura y se retiró un par de pasos.

—Siempre me ha gustado este lugar —comentó ella.

Él lo sabía bien. Una de las últimas veces que habían hecho el amor había sido precisamente allí, sobre la hierba.

—¿Recuerdas la última vez que...? —preguntó ella.

—Sí —la interrumpió. Se estaba esforzando por no traer aquellos recuerdos de vuelta, aunque ella no se lo estaba poniendo nada fácil—. ¿Qué quieres, Amy?

—¿Tengo que querer algo para venir a visitar a un viejo amigo? —preguntó, zalamera.

—No he sabido de ti en más de una década —replicó—, no sé por qué ahora me he convertido en alguien tan importante.

—Siempre has sido importante para mí. —Amy dio un paso en su dirección.

—No lo suficiente.

—Oh, vamos, Chris, entonces apenas era una cría. He cambiado mucho desde entonces.

—Es posible.

—Y me he dado cuenta de mis errores —dijo, al tiempo que bajaba la cabeza, en un arranque de timidez que le resultó encantador.

—Ahora soy un hombre casado, ¿recuerdas?

—No podría olvidarlo, aunque quisiera —Amy clavó en él sus inmensos ojos castaños—. Pero ¿la amas? ¿Eres feliz?

—No soy desgraciado.

—Eso no responde a ninguna de mis preguntas.

—Es todo lo que puedo decirte en este momento.

Amy asintió, se alejó de él y se sentó sobre la hierba. Con aquel precioso vestido parecía la flor más delicada de todo el estado. Le hizo un gesto para que se acomodara a su lado y Christopher se acercó, pero no ocupó el lugar que ella le indicaba y prefirió mantenerse a una distancia prudente.

—No voy a morderte —rio ella.

—Por si acaso. —Christopher no pudo evitar sonreír a su vez.

—Cuéntame qué ha sido de ti todos estos años —le pidió ella—. Apenas hemos tenido oportunidad de hablar desde que llegué.

—¿Qué quieres saber? —Él apoyó la espalda sobre el

tronco rugoso de uno de los muchos árboles que crecían junto a los márgenes del río.

—¿Cómo está Leah?

—En este momento, esperando su primer hijo.

—Oh, ¡Chris! Esa es una noticia excelente. —Ella juntó las manos frente a su pecho—. Cuando me fui apenas era una adolescente. No sé por qué, en mi cabeza seguía siendo esa niña de trenzas rubias que nos seguía a todas partes.

—Sigue llevando trenzas —comentó él, divertido—. Aunque ahora se las peina de otro modo.

Ella lo observó. Observó su cabello rubio rozando sus hombros, mecido por el viento, su rostro bronceado y masculino, y aquellos ojos que la escrutaban y en los que distinguía un atisbo del muchacho que había sido en otro tiempo, en otra vida.

—Tuvo que ser duro para los dos perder a tu padre tan pronto. —Amy lo miró con afecto—. Siento tanto no haber estado aquí...

—Para Leah fue más duro que para mí —reconoció él.

—Supongo que sí, tú ya eras un hombre. También imagino que no te resultó fácil hacerte cargo del rancho tú solo, aunque Jan y Luke estuvieran por aquí.

—Hubo momentos difíciles. —Christopher chasqueó la lengua.

—He visto que casi todos los vaqueros son nuevos. ¿Qué pasó con los que tenía tu padre? Recuerdo uno que llevaba la cabeza siempre afeitada, no recuerdo su nombre...

—Stingwell...

—¡Sí, ese! Tenía un carácter de mil demonios —rio ella.

—Se marchó. —Hizo una mueca—. Casi todos se fueron.

Y Christopher, que se había mostrado un tanto receloso hasta ese momento, se descubrió hablándole de todas esas cosas y de algunas más, como si ambos volviesen a ser niños compartiendo sus secretos.

Amy prestaba atención a las palabras de Chris, aunque no tanta como él suponía. Lo que de verdad deseaba preguntarle era algo muy distinto, solo que no podía hacerlo directamente sin provocar suspicacia. Así que aguardó a que él finalizara de hablar, y le preguntó por el ganado, por los hombres que en ese momento trabajaban para él, por viejos conocidos... hasta que el tema pareció llegar por sí solo.

—¿Y cómo conociste a tu esposa?

Chris hizo una pausa y Amy pensó que no iba a responderle.

—Parece encantadora —agregó.

Y entonces él le habló de su viaje a Chicago, de la casa de huéspedes donde se había alojado, del modo en que la había conocido y de cómo le había propuesto matrimonio. No entró en muchos detalles y ella supo que le ocultaba una parte importante de la información. Sin embargo, había descubierto lo que necesitaba saber, entre otras cosas que Christopher no estaba enamorado de su esposa y que parecía un tanto fatigado con una situación cuyos pormenores se le escapaban.

—Sabes que es posible que decida volver a Chicago, ¿verdad? —le preguntó, tratando de sonar compasiva—. No todo el mundo se acostumbra a este lugar.

—Tú no lo hiciste —replicó él, con más mordacidad de la que esperaba.

—Mi caso es distinto. Este siempre será mi hogar, aquí me crie, aquí crecí, aquí me enamoré por primera vez...

—Violet no se marchará —aseguró Chris, aunque ella detectó que no parecía convencido del todo.

—Si no la amas, si ella no te ama a ti, quizá podrías liberarla.

—¿Liberarla? —La miró, extrañado—. ¿A qué te refieres? No la tengo prisionera ni nada que se le parezca.

—¡Por supuesto que no! —rio ella, restándole importancia al asunto—. Me refería a que podéis divorciaros, para que ella pueda regresar a su hogar y tú continuar con tu vida.

—¿Divorciarnos?

—Chris, sabes que existe el divorcio, ¿verdad?

—Por supuesto que sí. Es solo que...

—Que ni siquiera habías pensado en ello —sonrió ella, condescendiente.

Amy, sin embargo, no había dejado de pensar en el asunto desde que había regresado a Heaven y descubierto que el hombre al que había ido a buscar estaba casado con otra.

Chris llevaba un rato en silencio, contemplando sin verlo el transcurrir de las aguas del río. Amy intuyó que aún estaría dándole vueltas a sus últimas palabras, que era justo lo que ella pretendía. Plantar la semilla y esperar a que germinara.

—Quizá debería volver ya —le dijo Chris entonces.

—Claro, no quisiera robarte más tiempo.

Amy le sonrió con dulzura y extendió una mano para que él la ayudara a levantarse. Chris era demasiado caballeroso para negarse, así que ella acabó de nuevo pegada a su torso.

—Si algún día te decides... —le susurró ella, clavando sus ojos en aquella mirada azul—, yo estaré esperándote.

Alzó una mano y acarició con delicadeza su mejilla sin rasurar, sin apartar sus ojos de los de él. Y luego se elevó sobre las puntas de sus pies y rozó aquella boca fuerte y masculina con sus labios, con suavidad, aguardando a que él respondiera. Chris la tomó por los brazos y la pegó a él, y le devolvió el beso con ímpetu, casi con rabia. Amy quiso profundizar el contacto, pero entonces él la separó de su cuerpo.

—Será mejor que nos marchemos —le dijo él, con la mandíbula tensa y al tiempo que la soltaba.

Amy prefirió no decir nada. Conocía bien a los hombres y era consciente de que, en ese momento, Chris luchaba entre la culpabilidad y el deseo de abalanzarse sobre ella. Al menos ahora ya no le quedaba ninguna duda de que Christopher Anderson no era inmune a sus encantos después de todo y de que aún había esperanza para ambos.

Violet había visto a Amy Weston regresar de la pradera, dejar el caballo en los establos y volver a charlar con Jan antes de marcharse. Ni siquiera se había molestado en entrar para despedirse de ella. La observó desde una de las ventanas, de donde casi no se había despegado desde que saliera al galope, y la vio pasar muy cerca de la casa para subirse a su cabriolé. Su rostro parecía incluso más luminoso que cuando había llegado, con las mejillas coloreadas y los ojos brillantes, y supo que no se iba de allí compungida. Ni mucho menos.

Cuando los hombres regresaron hizo lo posible por encontrarse a solas con su marido, pero él apenas le prestó atención y se mantuvo taciturno durante toda la noche.

Christopher no sabía qué diablos le había ocurrido junto al río, ni por qué había respondido al beso de Amy. Resultaba evidente que esa mujer aún era importante para él, y tal vez siempre lo sería, pero jamás habría creído que él pudiera dejarse dominar por sus propios impulsos. Cuando la había visto aparecer en la pradera, el tiempo parecía haber retrocedido años, hasta el punto exacto en el que eran felices y todo parecía posible. Y luego, junto al río, las imágenes de la Amy de entonces se superpusieron a la mujer que tenía frente a él, hasta que fue incapaz de distinguirlas.

Que ella le hablara del divorcio había vuelto a poner sobre la mesa el asunto de su matrimonio, o más bien de la inexistencia de él. Violet y él se toleraban, y la mayoría de las veces no se llevaban mal, pero eso era lo máximo que habían alcanzado en los dos meses largos que habían transcurrido desde la boda. Amy le había hecho pensar de nuevo en la posibilidad de que su esposa acabara marchándose una vez él hubiera vuelto de Wyoming y, si aquello se consumaba, la posibilidad de un futuro con Amy le había parecido, de repente, casi al alcance de la mano.

Sin embargo, todo eso no eran más que excusas que trataba de esgrimir para justificar su momentánea debilidad. Violet todavía era su mujer, y él se había jurado que mientras estuvieran casados jamás tocaría a Amy. No había hecho falta más que unos pocos minutos a solas para que su determinación se fuera al garete, y eso no lo convertía precisamente en el hombre que creía ser.

Así que esa noche evitó a Violet cuanto pudo, aun siendo consciente de que ella sabía que Amy había ido a verlo. Era un acto de cobardía, un rasgo que hasta ese momento tampoco había creído poseer. No quería mentirle, y contarle la verdad le haría daño. ¿Qué hacer entonces? ¿Sincerarse? ¿Herirla?

—Christopher... —La voz de su esposa sonó justo a su lado.

Apartó la mirada de las llamas de la chimenea y alzó la cabeza. ¿Cuándo se había quedado el salón vacío? Sus hombres se habían esfumado y en la estancia solo quedaban ellos dos.

—Creo que me he adormilado —le dijo mientras se ponía en pie.

—¿Qué quería hoy Amy Weston? —preguntó ella.

Y ahí estaba el momento que había tratado de evitar, golpeándolo en las narices.

—Nada importante —respondió.

—¿Y para nada importante ha cruzado la pradera para ir a verte?

—¿Por qué parece molestarte? —inquirió él, cauteloso.

—Soy tu mujer...

—Creo recordar que mencionaste que nuestro matrimonio solo era una farsa —replicó, cáustico.

—Eso no quiere decir que...

—Amy solo quería recordar viejos tiempos —la interrumpió—. De todos modos, no creo que eso sea asunto tuyo.

—Ya veo...

Ella le sostuvo la mirada, con aquellos ojos grises que esa noche parecían tormentosos. Christopher se sintió casi desnudo, pero no apartó la vista. Violet asintió, con el rostro pétreo, le dio las buenas noches y salió de la habitación.

No se había sincerado, pensó, pero tampoco le había mentido. En cambio, la había herido, que era justo lo único que había querido evitar, lo único que de verdad le importaba.

35

Violet no podía creer lo que veían sus ojos. Una carreta cargada hasta los topes se había detenido frente al porche, bajo la atenta mirada de Christopher y sus hombres. Dos individuos viajaban en el pescante y el mayor, con un poblado bigote y un sombrero andrajoso, preguntó por ella. Y entonces lo comprendió.

—¡Son mis cosas! —exclamó, entusiasmada.

Su madre las había enviado, al fin, seguro que tras cerciorarse de que su hija no iba a volver corriendo a casa en los primeros días. Si supiera lo cerca que había estado de que sucediera exactamente eso...

Los hombres retiraron la lona y dejaron al descubierto un montón de cajas.

—¿Todas las mujeres tienen tantas cosas? —oyó preguntar a Gideon.

—Cuando Leah se marchó, llenamos dos carretas como esta —escuchó cómo Luke le respondía.

Había tantas manos disponibles que el vehículo se vació en pocos minutos.

—¿Dónde las ponemos? —preguntó Christopher.

—En el recibidor, de momento —le dijo ella—. Todavía no sé cuáles van arriba.

Fue entonces cuando Violet reparó en un bulto de gran tamaño, muy distinto a los demás, alto y alargado, y supo lo que contenía sin necesidad de abrirlo.

—Menos la grande —añadió—, esa se queda aquí.

—¿Aquí? ¿Dónde?

—Aquí, en el suelo.

Christopher enarcó una ceja, pero siguió al pie de la letra sus instrucciones. Luego Violet lo vio dar una generosa propina a los hombres, que preguntaron por un hotel donde pasar la noche. Aún no había comenzado a oscurecer, pero era innegable que no podrían regresar a Pueblo ese día.

Una vez desaparecieron por el camino, Violet se aproximó a la caja grande y trató de abrirla con las manos, pero estaba fuertemente clavada.

—Déjame a mí —le dijo Christopher—. Luke, ayúdame.

Ambos extrajeron de sus botas sendos cuchillos de caza, un accesorio que hasta ese momento ni siquiera sabía que su marido llevara encima a todas horas. Hicieron cuña y, tras varios intentos, la tapa cayó al suelo, desvelando el interior. Sujeto al fondo con cintas y cuerdas había un reluciente artefacto.

—¿Qué demonios es eso? —preguntó Jan.

—¡Una bicicleta! —anunció ella, alborozada.

—¿Una qué?

Violet lo miró, sonriendo feliz y sin hacer caso al ceño fruncido del viejo.

—Hace unos años vino un circo por aquí y uno de los payasos iba subido a algo parecido —comentó Luke—, pero la rueda delantera era mucho más grande.

—Ahora las fabrican con las ruedas iguales —comentó ella—, las otras eran muy peligrosas.

—Claro —sonrió Luke, burlón—, sin duda ahora parece infinitamente más segura.

—Mucho más de lo que imaginas.

—Yo... no recuerdo haberla visto en la casa de huéspedes —comentó Christopher, algo confuso.

—En invierno no la uso, por supuesto.

—Por supuesto —recalcó él, con media sonrisa.

—Con la nieve no es aconsejable —aclaró ella—. Pero en cuanto llega la primavera es un medio de transporte excelente para moverse por la ciudad: dar un paseo, hacer las compras...

Violet señaló con el dedo la cesta de metal sujeta al manillar, como si esa fuese explicación suficiente.

—¿Iba subida a... eso? —preguntó Cody.

—Es muy fácil, ya lo verás.

—Ah, no, yo no pienso montarme en esa cosa.

—¿Y en Chicago todo el mundo va encima de eso? —se interesó Liam—. ¿Ya no se usan los caballos?

—Bueno, la bicicleta no está muy extendida... todavía —aclaró ella—. Pero estoy convencida de que, con el tiempo, muchísima gente la usará. Christopher, ¿podrías...?

Con la mirada, Violet había señalado el cuchillo que su marido aún tenía en la mano y enseguida lo vio cortar las cuerdas que la sostenían.

—No me puedo creer que no estéis más familiarizados con ella —les dijo Violet—. Hace unos años, Thomas Stevens recorrió gran parte de Estados Unidos sobre una muy parecida a esta. Y el año pasado estuvo en Europa, y viajó desde Inglaterra hasta Constantinopla, luego la India y finalmente Japón, hasta que volvió a San Francisco.

—Cierto, yo lo recuerdo —comentó Sean—. Enviaba cartas al *Harper's Magazine* sobre ese viaje, ¿verdad?

—¡Exacto!

—Y en San Francisco lo recibieron como un héroe.

—Sí, así es. —Violet sonrió, complacida.

—¿Y tú cómo sabes eso? —le preguntó Gideon a Sean.

—Lo leí —contestó el joven, que se rascó la cicatriz sobre su ceja derecha.

—Tú siempre estás leyendo.

—Si tú lo hicieras un poco más, también lo habrías sabido.

Violet cogió la bicicleta por el manillar, se alzó un poco la falda —sin importarle que parte de sus enaguas quedaran al descubierto—, y colocó los pies sobre los pedales. Primero pedaleó trazando un amplio círculo y luego fue hasta el granero y regresó, riendo como una niña.

—¡Es maravilloso! —exclamó.

—No creo que las mujeres decentes se atrevan a usar ese trasto —comentó Jan, cáustico—, ni en Chicago ni en ningún otro lugar.

—¡Jan! —le espetó Christopher.

—¡Pero si lleva la ropa interior a la vista! —insistió el viejo.

—Bueno, es cierto que todavía no está muy bien visto que las mujeres la usen —intervino Violet antes de que su marido respondiera—, pero con un poco de cuidado al colocarse la falda alrededor de las piernas...

—Es un invento del diablo. —Jan chasqueó la lengua.

—A mí me parece que el diablo siempre ha sabido cómo divertirse —sentenció Christopher.

Jan le lanzó una mirada furibunda y desapareció en el interior de la casa.

—¿Alguno quiere intentarlo? —preguntó Violet, que trató de olvidar las hirientes palabras de Jan.

Gideon fue el primero en ofrecerse y, tras atender las explicaciones de Violet, logró avanzar media docena de metros antes de perder el equilibrio y acabar en el suelo.

Mientras se levantaba, la miró casi con admiración. Los demás no quisieron ni intentarlo y acabaron entrando en la casa. Christopher y ella se quedaron solos.

—No pensé que mi madre decidiría enviarla —reconoció ella, con las mejillas sonrosadas.

—Parece más peligrosa de lo que has dado a entender.

—¿Más que un caballo? —le preguntó Violet, irónica.

—Un caballo tiene cuatro patas —respondió él—. Este solo tiene dos, y ya has visto lo rápido que se ha caído Gideon.

—Porque le falta práctica.

—En todo caso, procura no alejarte mucho de la casa cuando la uses.

—¿Cómo? —Violet lo miró, atónita—. Es mi medio de transporte, con esto puedo ir a Heaven cuando quiera.

—¿Has perdido el juicio? —le preguntó Christopher—. ¡Hay casi una hora en carreta!

—Ir en bicicleta me llevará el mismo tiempo, o menos. Y no tendré que depender de nadie.

—No voy a consentir que vayas a Heaven subida en eso.

—¿Por qué no? —inquirió, molesta—. ¿Temes que alguien se escandalice?

—Entre otras cosas —reconoció él.

—¿Qué cosas?

—¿Qué pasará si te caes por el camino?

—Lo mismo que si me cayera de un caballo, ¿no crees?

—Pero un caballo regresaría al rancho, y así sabríamos que te ha sucedido algo.

—Es decir, puedo ir a Heaven a caballo, aunque no sepa montar, pero no en bicicleta, como me siento más segura.

—Mañana mismo te enseñaré a montar.

—No es necesario, gracias.

Con la bicicleta sujeta por el manillar, Violet se alejó de él en dirección a la parte trasera de la casa y al cobertizo que había allí, donde se guardaban algunas herramientas. Hizo un poco de sitio y la colocó con sumo cuidado.

La observó durante un instante. En Chicago había sido víctima de algunas burlas por la calle, algo que no le había importado lo más mínimo. No entendía por qué las palabras primero de Jan y luego de Christopher, pese a ser mucho más suaves, la habían herido mucho más.

La noche anterior Violet apenas había hablado durante la cena y tampoco permaneció mucho rato en el salón. Sean había localizado algunos de los antiguos ejemplares de la revista en los que aparecían las cartas de Thomas Stevens, y estuvieron rodando de mano en mano. Ella ya no recordaba que al famoso ciclista le habían denegado el permiso para viajar a Siberia, ni que había sido expulsado de Afganistán. Pese a ello, nadie podía arrebatarle el mérito de ser el primer hombre en dar la vuelta al mundo en bicicleta. Violet se preguntó si algún día alguna mujer se atrevería a replicar el reto, y cuánta atención recibiría de los diarios llegado el caso.

Después de desayunar y de realizar las tareas más apremiantes, se preparó con ilusión para abrir el resto de las cajas. En ellas se encontraría toda su ropa, sus zapatos, sus sombreros, sus pocos libros y revistas, sus labores de costura, y un buen puñado de recuerdos. Pero también todo su ajuar, que había tardado años en reunir: manteles, servilletas, sábanas y colchas —una de ellas cosida por ella misma con un montón de retales—, una preciosa vajilla de porcelana francesa que había ido comprando por piezas, una cristalería y una cubertería que había adquirido de la misma forma, fuentes, bandejas, jarrones, dos juegos de tazas de café... Sonrió al imaginar todas esas cosas adornando su cocina y su comedor.

Cogió el atizador de la chimenea para abrir la primera y sonrió al ver el contenido: estaba llena de prendas de ropa. Una pieza en particular le llamó la atención. Mientras la extendía frente a ella y la observaba, una sonrisa traviesa ensanchó su rostro. Solo entonces se dio cuenta del silencio que reinaba a su alrededor. Era normal escuchar a lo lejos las voces de Cody o los gemelos, o incluso Jan, pero ahora solo se oía el viento arrullando las copas de los árboles...

Había cambiado de idea. Dejó el atizador y subió rauda al piso de arriba con aquella prenda en las manos.

Cinco minutos después se había cambiado y volvía a estar abajo, dirigiéndose hacia la salida.

Violet no iba a permitir que la arrinconaran.

Christopher había decidido regresar a media mañana. Pensó que tal vez su esposa necesitara ayuda con las cajas, porque algunas eran bastante pesadas. Lo sorprendió, no obstante, no encontrarla allí. Comprobó que había comenzado a desembalar y, por algún motivo, había dejado la tarea a medias. Rodeó la vivienda y fue incluso hasta la vieja casa, sin dar con ella. En ese momento, Jan salía del gallinero.

—¿Has visto a Violet? —le preguntó al viejo.

—Hace un rato —respondió, meneando la cabeza—. La vi marcharse subida a esa condenada cosa.

Christopher hizo una mueca, y sin decir nada se dirigió hacia su caballo y volvió a montar.

La localizó mucho más lejos de lo que esperaba, pedaleando con ímpetu bajo un sol de justicia. Al menos se había puesto un sombrero de paja, pensó. Cuando llegó a su altura, tiró de las riendas para acompasar el trote y la miró. Ella elevó la vista hacia él, pero prefirió ignorarlo. Christopher observó cómo algunos mechones de cabello se le pegaban a las mejillas sudorosas y cómo respiraba con dificultad mientras ascendía el leve repecho del camino. Sin embargo, no fue nada de eso lo que más llamó su atención.

—¿Se puede saber qué llevas puesto? —le preguntó, fijándose en sus piernas, enfundadas en lo que parecían ser unas anchas enaguas que se estrechaban en los tobillos.

—Se llaman *bloomers* —respondió ella, con la voz entrecortada.

—No te he preguntado por el nombre.

—Son una especie de pantalones para mujeres, para ir en bicicleta —explicó y, al fin, detuvo aquel artefacto y afianzó los pies sobre la tierra.

—No pensarás ir al pueblo vestida así —le reprochó.

—Por si no te has fijado, llevo la falda enrollada en la cintura. —Violet señaló la prenda, que, efectivamente, parecía formar varios pliegues en la zona que había indicado—. Tenía pensado colocármela bien en cuanto estuviera cerca de Heaven. Nadie se dará cuenta de que los llevo.

—Excepto todos los que te encuentren por el camino —argumentó él, mordaz.

—Que no parece muy transitado, ¿verdad? —replicó ella, irónica.

—Será mejor que des la vuelta y regreses al rancho.

—¿Por qué? —Lo miró con aquellos ojos grises centelleando.

—Hace demasiado calor para tanto ejercicio. —Christopher miró al cielo, totalmente despejado.

—¿Vas a obligarme? —lo retó.

—¿Obligarte? —La miró, confuso—. Pero ¿has visto cómo estás? Llevas la camisa pegada al cuerpo, tu cara parece a punto de explotar y apenas puedes respirar con normalidad.

—Me falta algo de práctica, eso es todo —insistió ella—. Nunca había recorrido una distancia tan larga en Chicago.

—¿Y tienes que hacerlo hoy, a esta hora?

—Si no tienes pensado impedírmelo, sí.

Christopher la observó con atención y vio aquella determinación en su mirada que tan bien conocía. Supo que, dijera lo que dijese, ella no renunciaría.

—De acuerdo, haz lo que quieras —le dijo al fin.

Dio media vuelta a su caballo y se alejó al trote, sin mirar atrás ni una sola vez.

Violet bufó en cuanto él desapareció de su vista. Lo cierto era que estaba agotada y tenía tanto calor que con gusto se habría desnudado allí mismo. Sentía las piernas temblorosas por el esfuerzo y las manos ardiendo a causa del roce con el manillar, pero no estaba dispuesta a rendirse. Aquella bicicleta significaba para ella el poder moverse con libertad, y tenía que asegurarse de que podría ir a Heaven y regresar sin contratiempos. Volvió a colocar los pies en los pedales y se impulsó con el cuerpo para ponerse en marcha.

Poco antes de alcanzar el pueblo, se detuvo de nuevo. Estaba tan sofocada que había comenzado a sentir un ligero mareo, y maldijo haber olvidado llevar con ella un poco de agua para beber y refrescarse. Debía presentar un aspecto lamentable, se dijo mientras desenrollaba la falda y esta caía arrugada hasta sus pies. Con un extremo de la prenda, se limpió el sudor de la cara y se tomó unos minutos para recuperar el resuello. Tampoco quería entrar en Heaven como si hubiera escapado del infierno.

No tenía pensado ir a ningún sitio en particular, porque la verdad era que no necesitaba nada. Susan estaría en la escuela, y Lorabelle aún no habría abierto la casa de comidas, así que el destino más apropiado parecía ser el almacén de los Grayson. Y eso significaba cruzar todo el pueblo subida en la bicicleta. Al tiempo que se ponía en marcha de nuevo, rogó para que sus conciudadanos fuesen un poco más comprensivos que los habitantes de Chicago.

Decir que su llegada causó sensación sería quedarse corto. La gente se detenía en mitad de la calle para observarla, unos curiosos, otros horrorizados y, los más, divertidos. Ni siquiera perdió la compostura con el comentario malintencionado de una señora muy emperifollada que la acusó de indecente en cuanto pasó por su lado. Violet aguantó estoicamente la crítica e incluso se atrevió a saludar a algunos de los vecinos que mejor conocía, que respondieron con cierto recelo.

Cuando finalmente se detuvo frente al almacén, dejó la bicicleta apoyada junto a la puerta y, con las piernas convertidas en gelatina, entró en el establecimiento.

—Violet, querida, ¿qué la trae por aquí? —le preguntó Ruby Grayson desde detrás del mostrador, alzando brevemente la mirada.

—¿Podría...? ¿Podría darme un poco de agua? —balbuceó.

—Por supuesto. —La mujer la miró con más atención y abandonó su puesto de inmediato para acercarse a ella—. ¿Se encuentra bien? No tiene muy buen aspecto.

Ella no fue capaz de articular palabra.

—Violet, ¿qué le ha sucedido? —insistió con cierta preocupación.

—Nada, es solo que... —Violet respiró un par de bocanadas profundas—. He venido en bicicleta.

—Y yo soy la reina Victoria y viajo en globo. —La tendera hizo una mueca divertida.

—Hablo en serio.

Ruby Grayson la miró con renovado interés y luego se fue hacia la entrada, abrió la puerta y miró fuera.

—Oh, Dios santo, esto va a dar que hablar durante semanas —rio la mujer, que luego la tomó del brazo—. Ande, vamos a la trastienda, seguro que un descanso le sentará de maravilla.

En cuanto Violet se sentó en una de las butacas de aquella salita pensó que jamás lograría levantarse de ella. Ruby le trajo un poco de agua y se sentó a su lado. Le ofreció té y pastas, pero se sentía incapaz de echarse nada al estómago. Christopher había tenido razón. ¿Por qué se había empeñado en hacer un recorrido tan largo el primer día? ¿Y en una jornada tan calurosa como aquella?

Las campanillas de la puerta no dejaron de sonar con insistencia y al final Ruby tuvo que salir para echarle una mano a su marido, desbordado ante la súbita afluencia de clientes. Transcurrió casi una hora hasta que la mujer pudo volver a reunirse con ella, una hora en la que Violet había incluso dormitado. Solo de pensar que todavía tenía que hacer el camino de vuelta era superior a sus fuerzas.

—Su bicicleta ha llamado mucho la atención —le dijo Ruby al volver—. Incluso nos han preguntado si estaba a la venta.

—¿De verdad?

—¡Sí! —contestó risueña—. Por casualidad no se habrá planteado...

—No está a la venta —la interrumpió—. Tardé más de un año en ahorrar lo suficiente para comprarla.

—Claro... —Ruby le palmeó la mano—. Pero si algún día cambia de opinión, ya sabe dónde estamos.

—Gracias. —Violet sonrió—. Por todo.

—No hay de qué, muchacha. ¿Para qué están las componentes del club si no es para ayudarse unas a otras?

Violet la miró con agradecimiento. En ningún momento se había planteado siquiera que aquel club fuese algo más que una excusa para reunirse y charlar un rato de tanto en tanto. Sentir que formaba parte de algo más grande y con más sentido le insufló ánimos suficientes para afrontar el camino de vuelta.

Tras despedirse de Ruby, Violet salió al exterior. Allí, frente al almacén, Christopher la esperaba subido en su carreta, dedicándoles miradas torvas e intimidantes a todos los que trataban de aproximarse a la bicicleta, que refulgía como un tesoro bajo el sol primaveral.

36

—¿Qué haces aquí? —le espetó, malhumorada.

—He pensado que igual te apetecía regresar cómodamente sentada.

—Estoy bien, no tenías por qué molestarte.

—De nada —le dijo él, socarrón.

Violet se mordió el labio.

—Eh, sí, gracias —le dijo, con la mirada baja—. Pero no era necesario.

—De acuerdo. Iré detrás de ti, por si cambias de idea.

—¿Qué? —Violet puso los brazos en jarras—. ¿Vas a seguirme todo el camino?

—Bueno, yo también tengo que volver al rancho.

—¿Y tiene que ser tras mis pasos? ¿Observándome todo el tiempo?

—Recuerdas que te he visto incluso sin ropa, ¿verdad?

Violet bufó. En su fuero interno le agradecía el detalle y, en otras circunstancias, lo habría manifestado de buena gana, pero no iba a abandonar el pueblo subida en la carreta.

—De acuerdo —accedió él—. Iré a la taberna y me tomaré una cerveza, para darte tiempo. Si te cansas por el camino, detente y espérame. ¿Lo harás?

—Claro.

—Maldita sea, Violet, dime que lo harás. —Christopher se había bajado del pescante y estaba a su lado, sujetando su brazo—. Debes de estar agotada y el trayecto es largo.

—Lo sé. —Violet suspiró al pensar en toda la distancia que aún tenía que recorrer.

—No necesitas demostrarle nada a nadie.

—No lo hago por eso —se apresuró ella a corregirlo—, o al menos no del todo.

—¿Entonces?

—No importa, no lo entenderías.

—¿Tú crees?

Clavó en ella sus intensos ojos azules y Violet retiró la vista. Se alejó de él y cogió la bicicleta, dispuesta a marcharse. Colocó los pies sobre los pedales, las nalgas en el asiento y comenzó a moverse, esquivando a un par de transeúntes despistados.

Una vez dejó atrás las últimas casas, se detuvo, volvió a enrollarse la falda en la cintura y continuó. Estaba agotada, tan cansada que lo único que deseaba era pararse y tumbarse a la vera del camino para siempre. Le dolían todos los músculos del cuerpo y el cansancio era tan acusado que lágrimas de puro agotamiento comenzaron a rodar por sus mejillas.

Aun así, logró recorrer la mitad de la distancia, hasta que ya no pudo más. Cuando bajó de la bicicleta apenas era capaz de mantenerse en pie, y le costó gran esfuerzo aproximarse a uno de los escasos árboles del camino para guarecerse bajo su sombra. Allí se dejó caer como un fardo tras haber apoyado la bicicleta sobre el tronco.

Apenas unos minutos más tarde escuchó el sonido de una carreta y vio a Christopher detenerse frente a ella. Esperaba una mirada burlona, o algún comentario jocoso, que no se produjo. Él se bajó y, sin decirle nada, cogió la bicicleta y la cargó en la parte de atrás. Iba a subir al pescante cuando se dio cuenta de que ella no se había movido.

—¿No vienes? —le preguntó, con una ceja arqueada.

—No.

—¿No?

—Es que... no puedo levantarme —reconoció ella, que se echó a llorar justo en ese instante.

—Violet... —Christopher corrió preocupado hacia ella—. ¿Te has caído?

—No. Es solo que estoy cansada. —Violet se limpió la mejilla con la manga de la camisa—. Estoy tan cansada que creo que no podré volver a moverme nunca.

—¿Entonces no te has hecho daño?

—No —hipó ella.

Christopher soltó un suspiro de alivio y, con suma delicadeza, la cogió en brazos. Violet se acurrucó en el hueco entre su clavícula y su cuello y deseó que el camino hasta la carreta fuese largo, muy largo. ¿Por qué siempre se encontraba tan bien entre los brazos de su marido?

Él la depositó con cuidado en el pescante y subió a su vez, cogió las riendas y se pusieron en marcha. Violet se recostó, agradecida, contra su cuerpo grande y musculoso.

—Estás loca —musitó él, y ella vio con el rabillo del ojo que medio sonreía.

—Te dije que no lo entenderías.

—Y no lo entiendo —confirmó él—. Dudo de que exista una razón lo bastante buena que pueda explicar la tontería que has hecho hoy.

—Sí, bueno, quizá ha sido excesivo para el primer día.

—¿Solo quizá?

—Pero tú no sabes lo que es... no sabes lo que es depender de otros para hacer un simple recado —le dijo de corrido—. Necesito valerme por mí misma, Christopher. Necesito volver a sentirme yo de nuevo.

—¿Cuándo has dejado de ser tú?

—Creo... creo que cuando me casé contigo —reconoció ella.

—Vaya. —La voz de Christopher sonó un tanto triste, o eso le pareció.

—Quiero decir... en Chicago yo no dependía de nadie más que de mí misma. Yo dirigía la casa de huéspedes, llevaba las cuentas, hacía las compras, trataba con los clientes, y salía siempre que podía o quería, a veces solo por el gusto de pasear. Aquí... aquí parece que no termino de encajar, y no puedo ir a ningún lugar sin tener la sensación de que pido un permiso previo.

—Pero nada de eso es cierto, Violet —repuso él—. Al menos la mayor parte. Es verdad que dependes de alguno de nosotros para desplazarte, pero eso es solo temporal. Pronto aprenderás a montar y a conducir la carreta. Y puedes ir en bicicleta, si no tratas de hacer el camino entero el primer día.

—¿Ya no te importa que pueda escandalizar a los vecinos de Heaven?

—Nuestros vecinos se aburren con facilidad, ya lo sabes. Igual no les vendría mal un poco de entretenimiento.

—A lo mejor hasta se olvidaban de azuzar al padre Stevens y al reverendo Cussack.

—Hummm, lo dudo. Eso es casi una tradición.

Violet sonrió. Cerró los ojos un instante, pegada al brazo de su marido, y se dejó mecer por el vaivén y el calor que desprendía su cuerpo.

—Christopher... —le dijo pasados unos minutos—. Cuando lleguemos al rancho...

—¿Sí?

—No me cojas en brazos.

—Pero...

—Por favor —le suplicó—. Quizá necesite apoyarme en ti, pero no lo hagas.

—¿Siempre eres tan orgullosa? —preguntó él, jocoso.

—Hummm, hasta hoy no he descubierto cuánto.

Christopher fue fiel a su palaba. Jan los vio llegar, y también Cody. Violet se apoyó en el brazo de su marido porque las piernas apenas la sostenían, y ambos entraron en la casa. En cuanto la puerta se cerró tras ellos, volvió a recostarse contra él.

—Ahora sí puedes hacerlo —le dijo—. De hecho, te lo ruego.

Y Christopher la alzó en sus brazos y subió con ella las escaleras.

Violet descansó un par de horas y, cuando al fin reunió fuerzas para levantarse, le dolía todo el cuerpo. Le escocía la parte interior de los muslos, tenía ampollas en las manos, y todo el tiempo sentía unas ganas irremediables de echarse a llorar, pero, aun así, bajó a preparar la cena.

Terminó más rápido de lo esperado y, mientras aguardaba el regreso de los hombres, decidió abrir alguna otra caja de las muchas que ocupaban el recibidor.

Cuando unos minutos más tarde Christopher y Sean entraron por la puerta, la encontraron llorando frente a una de ellas, cuya tapa aún sostenía entre las manos.

—¿Violet? —Su marido se colocó a su lado y le quitó aquel trozo de madera de las manos—. ¿Por qué te has levantado?

—Tenía que hacer la cena.

—Habríamos comido cualquier cosa. Vuelve arriba.

Pero ella no se movió.

—¿Violet? —insistió él.

—Se ha roto —lloró ella, con un par de sollozos.

—No, guardé la bicicleta en el cobertizo, está perfectamente.

—La vajilla —aclaró ella, hipando—. La vajilla se ha roto.

Christopher miró el contenido de la caja y solo vio briznas de paja y un sinfín de fragmentos de porcelana.

—Ya compraremos más platos —le acarició el cabello—. ¿Por eso lloras?

—¡No son platos!

Él habría jurado que sí, así que volvió a mirar los pedazos e incluso cogió un par de ellos para cerciorarse.

—Yo diría...

—¿Sabes cuánto tardé en comprar los ocho servicios completos? —se encaró con él, con los ojos llenos de lágrimas—. ¡Tres años, Christopher! Tres años ahorrando para ir comprándola por piezas.

—¿Por qué por piezas?

—¡Porque son de porcelana francesa! —aclaró ella, como si eso tuviera algún significado para él—. Y era tan cara que no podía permitirme comprarla entera, por eso.

—Pero ya tenemos platos, Violet.

—Todo aquí está roto —sollozó ella—. Todo.

Él supo que no se refería solo a aquella vajilla, y le pasó una mano por la espalda.

—Creo que hoy estás agotada —le dijo—. ¿Por qué no subes y te acuestas? Luego te llevaré algo de cenar.

—No tengo hambre —balbuceó ella.

—Pues entonces solo sube y métete en la cama.

Para su sorpresa, ella obedeció, y recorrió el recibidor arrastrando los pies y con los hombros hundidos. Y si él no hubiera prometido unas horas antes no llevarla en brazos delante de sus hombres, la habría cogido en volandas hasta depositarla en su lecho. Sintió un deseo irrefrenable de consolarla, de acurrucarla junto a su pecho y decirle que todo iba a salir bien, y que lo único que de verdad se había roto eran aquellos absurdamente costosos platos.

Todo lo demás tenía arreglo.

The Heaven's Gazette
14 de mayo de 1887

El progreso parece haber llegado por fin a Heaven a lomos de una bicicleta que hace un par de días recorrió las calles de nuestro pequeño pueblo. La señora Anderson protagonizó uno de los episodios más memorables de los últimos meses, atrayendo la atención de nuestros conciudadanos, cuyas opiniones sobre el citado artefacto son de lo más variopintas.

De lo que no hay duda es de que nadie ha permanecido indiferente ante el encantador paseo del miembro más reciente de nuestra comunidad.

A Violet se le secó la boca cuando contempló la casa de los Willburn recortándose contra el cielo del atardecer. «Una mansión», se dijo. «Es una mansión». El edificio de dos plantas se erguía majestuoso en el centro de un extenso y bien cuidado jardín, con un sendero de acceso que en ese momento ella y Christopher recorrían subidos en su modesta carreta. La vivienda se alzaba sobre una docena de columnas que formaban un enorme porche, al que iban a dar los grandes ventanales de las estancias interiores. Piedra, mármol y cristal se combinaban en aquella fastuosa construcción, y ella observó una vez más su vestido. El resultado final le había parecido satisfactorio solo treinta minutos antes. Había cosido algunas cuentas a la falda y había adornado los bajos, la cintura y el escote con tul negro. Christopher la había mirado de forma apreciativa, y Cody incluso la había obsequiado con un elaborado cumplido que la hizo enrojecer. Ahora, sin embargo...

—Estás muy elegante —le dijo Christopher a su lado.

—Creo que todo esto es... excesivo —reconoció ella, contemplando la mansión y todo cuanto la rodeaba.

—No te dejes intimidar por el lujo —la aconsejó—. A los Willburn les gusta ser ostentosos, pero también son amables.

—Sí, ya me lo habías comentado. —Violet se mordió un labio—. Quizá debería haberme comprado un vestido nuevo después de todo.

—¿Este no lo es? —La miró con una ceja alzada y la recorrió con la vista de arriba abajo.

—La verdad es que no —confesó ella—. Lo encontré en la casa vieja y lo he arreglado.

—Vaya, pues creo que has hecho un trabajo magnífico.

Ella lo miró a su vez. Su marido llevaba el mismo atuendo que el día de su boda y, aunque en aquel momento le había parecido elegante, ahora se le antojaba demasiado sencillo.

—Tal vez tú también podrías haberte comprado un traje nuevo.

—¿Para venir a esta cena? —Christopher rio—. Violet, quizá te estás tomando esta invitación demasiado en serio.

—¿Tú crees? —se burló ella—. ¡Es la primera vez que un marqués me invita a cenar a su casa!

—En realidad, el marqués es su padre —le aclaró su marido.

—Ya me entiendes.

—Tú solo diviértete, ¿de acuerdo? —le pidió él—. Trata de disfrutar y olvida dónde estás y, sobre todo, con quién.

Eso era muy fácil de decir, pensó Violet cuando llegaron frente a la casa y un criado con librea la ayudó a bajar y los saludó como si fuesen los duques de York. Otro joven, vestido de igual forma, subió al pescante y se llevó la carreta de allí.

Christopher le ofreció el brazo y ella colocó la mano en él para subir la escalinata. Junto a la puerta principal había otros dos criados, también con librea, que les abrieron la puerta. Violet trastabilló con sus propios pies cuando se encontró en el interior del vestíbulo. Era inmenso, con el suelo de mármol y una fuente en el centro, de donde manaba un chorro de agua. Al fondo partía una escalera que formaba una curva hacia el segundo piso. Las paredes, con la parte inferior forrada en madera, brillaban a la luz de las lámparas, acentuando también el delicado dibujo del empapelado de la parte superior.

Dos nuevos lacayos los aguardaban frente a unas puertas dobles. Violet se sobresaltó cuando escuchó pronunciar en voz alta el nombre de su esposo, y un mar de cabezas se volvieron en dirección a la entrada para darles la bienvenida.

Cuando su marido le había dicho que los Willburn acostumbraban a invitar a unas cuantas personas, Violet había supuesto que, además de los rancheros y sus esposas, contarían con la presencia del alcalde, el banquero, el médico... tal vez incluso algunos vecinos más. Pero allí había muchísimas personas, y la mayoría de ellas le eran completamente desconocidas.

Los anfitriones, colocados muy cerca de la puerta de acceso, acudieron enseguida a darles la bienvenida. Él era casi tan alto como Christopher, de ojos castaños y profundos y con un bigote recortado a la moda. Su esposa, lady Eloïse, era muy delgada, con el cabello rubio y los ojos de un azul desvaído que en ese momento brillaban con evidente curiosidad.

—Señora Anderson, nos alegra mucho recibirla en nuestra casa —le dijo la mujer tras el saludo inicial, en el que Violet no había sabido si hacer una reverencia o besarle la mano. Al final, había sido la dama quien le había tendido la suya para estrechársela, y lo mismo había hecho con Christopher.

—Tienen una casa magnífica —se aventuró a decir.

—¿Le gusta? —La mujer miró hacia arriba, y luego alrededor. Violet jamás había visto tantas cosas lujosas en un mismo lugar, aunque lady Willburn pareció no darle mayor importancia—. Supongo que no está mal para tratarse de una residencia secundaria.

—Claro —corroboró ella, que trató de imaginar cómo sería la vivienda principal de aquellas personas.

—Christopher, me alegra verle por aquí un año más, y me alegra aún más que sea en tan excelente compañía.

—Lady Willburn —Christopher inclinó un poco la cabeza—, siempre es un placer verla de nuevo.

—¿Qué tal ha ido el año, muchacho? —preguntó en ese momento lord Willburn.

—Querido, me prometiste que nada de negocios hasta después de la cena —lo riñó su esposa con un mohín.

—Cierto, querida, perdóname.

El hombre también inclinó un poco la cabeza a modo de disculpa y, de repente, a Violet toda aquella escena se le antojó de lo más graciosa. ¿Sería ese el modo en el que hablarían entre ellos incluso aunque no hubiera nadie más presente?

—Permítame una pregunta curiosa... —Lady Willburn se dirigió a ella—. ¿Es usted la misma señora Anderson de la que hablaba hoy la gaceta?

—¿Qué? —Violet miró a Christopher y lo vio tan desconcertado como ella misma.

—¿Es usted la dama que ha recorrido Heaven en bicicleta? —insistió lady Willburn.

—Oh, Dios mío —se lamentó Violet, con las mejillas del color de las cerezas maduras.

En ese momento, los lacayos de la entrada anunciaron la llegada del señor Sidel, otro de los granjeros de la zona, y de su esposa, y los Willburn se despidieron de ellos para ir a recibirlos.

—Prométame que luego me contará más sobre ese asunto —le dijo la mujer con un guiño antes de alejarse de ellos.

—Voy a matar a Mulligan —musitó Christopher, jocoso, en cuanto estuvieron a solas.

—Y yo quiero estar presente —se ofreció ella, en el mismo tono.

37

Samuel Marsten había sido de los primeros en llegar a la fiesta, y lo había hecho con la idea de poder charlar unos minutos a solas con lord Willburn, aunque, por desgracia, aún no había tenido ocasión de hacerlo. Los invitados que se alojaban en la mansión no los habían dejado a solas ni un momento, y él se había visto obligado a charlar con sir Edward Lowestein y sir Lancelot Meadows, que parecían querer saberlo todo sobre la vida en las praderas. Comprendió, entre divertido y desconcertado, que poseían ideas de lo más variopintas sobre cómo era la vida allí, con cowboys armados hasta los dientes que se liaban a tiros por las calles, con bandas de malhechores atracando bancos y diligencias, y con un sinfín de clichés que las novelas populares habían puesto tan de moda. Se sintieron bastante decepcionados conforme fueron comprendiendo que Heaven era un lugar de lo más civilizado, no muy distinto a otros lugares de la geografía americana o incluso británica.

Ya hacía muchos años que Marsten acudía a aquella casa y conocía a casi todos los habituales a las fiestas de los Willburn, aunque no le extrañó la ausencia de los senadores de Colorado: Thomas Bowen y Henry Teller. De hecho, no esperaba encontrar allí a nadie relacionado con la política, dado el clima antibritánico que parecía haber dominado los debates parlamentarios en los últimos meses, años incluso. Para su sorpresa, el gobernador de Colorado, Alva Adams, sí que había acudido, así como su antecesor en el puesto, Benjamin Harrison Eaton. Con este último, Marsten había charlado un par de años atrás para llevar a cabo una obra de canalización en la zona, una práctica a la que Eaton había dedicado muchos recursos en la parte norte del estado. Al final sus conversaciones no habían llegado a nada, pero Marsten había hecho buenas migas con el que era conocido popularmente como «el gobernador granjero». Lucía su sempiterna barba y su poblado bigote, y sus ojos claros no habían perdido ni un ápice de la profundidad ni de la inteligencia que lo caracterizaban. Ambos se saludaron con algo muy parecido al afecto y charlaron de forma amigable durante varios minutos. Junto a él se encontraba precisamente cuando Christopher y su esposa llegaron a la fiesta.

Mike Ross no había logrado averiguar nada relevante en Denver. Al parecer, Anderson no se había puesto en contacto con el agente de Armour & Co., ni con ningún otro de las empresas cárnicas rivales. Eso solo podía significar que iba a conducir sus reses a la brava, esperando que la suerte le sonriera en el último momento. Marsten ya llevaba los años suficientes en el negocio como para saber que aquello era una locura. Una locura que, por otro lado, convenía mucho a sus intereses. Que Christopher fracasara de forma estrepitosa no haría sino aumentar la importancia de su propio papel frente a los demás rancheros, lo que le aseguraría en los años venideros unos buenos ingresos. Sin embargo, siempre había considerado a Anderson un hombre inteligente, más incluso que Gustav, su padre, y le extrañaba que estuviera dispuesto a correr un riesgo de ese calibre sin haberse asegurado previamente un buen resultado. Que Mike Ross no hubiera conseguido averiguar nada no significaba que no hubiera nada que descubrir, solo que quizá no había mirado en el lugar correcto o en la dirección adecuada.

Durante la velada, Christopher le presentó a varios de los invitados, entre ellos al gobernador de Colorado, Alva Adams, un hombre bastante joven para el puesto que ocupaba, o eso le pareció. Ambos parecían conocerse bien y, más tarde, Christopher le comentó que Adams había poseído una importante ferretería en Pueblo, que suministraba material a la compañía del ferrocarril y a los rancheros de la región. Cuando era niño, le dijo, había acompañado a su padre con frecuencia a aquella ferretería y habían hecho muchos tratos con él. Aquel negocio lo había convertido en un hombre lo bastante rico como para ejercer primero como representante de la Asamblea General de Colorado en 1876, que convirtió a Colorado en el 38.° estado de la Unión, y luego para presentarse al cargo de gobernador, puesto que ocupaba desde enero de ese mismo año.

Verse rodeada de tantas personalidades impedía que Violet pudiera relajarse del todo, y la sensación no hizo sino aumentar cuando le presentaron al vizconde Ellsbrook y a su esposa, ambos de una edad análoga a la de sus anfitriones. Había otros nobles presentes, provenientes de Colorado y de los estados limítrofes, pero ninguno parecía responder a la imagen que se había hecho de los aristócratas británicos. Eran elegantes y refinados, de eso no había duda, pero ninguno de ellos se le antojó digno de protagonizar ninguna de las novelas por entregas del *Peterson's Magazine*. En cuanto a las damas, su opinión era muy similar, tal vez con la excepción de la preciosa señorita

Kathleen Drumond, quien parecía despertar el interés de todos los varones presentes.

Violet pudo al fin reunirse con sus compañeras del club: la propia Ethel Ostergard, Diane Mitchell y Lauren Brown, la mujer del médico, que le preguntó amablemente por Liam. Las tres habían acudido a otras veladas similares en los años anteriores, y lady Willburn se unió a ellas e incluso se mostró cercana. Volvió a insistir con el asunto de la bicicleta, y Violet se vio obligada a hablarle de ello, aunque se limitó a mencionar su visita al pueblo, sin más detalles. La mujer sonrió condescendiente y alabó su iniciativa, aunque también mencionó que una dama de su posición jamás podría hacer algo semejante, y mucho menos en Inglaterra.

El comedor donde se sirvió la cena un rato más tarde tenía unas dimensiones colosales, capaces de albergar dos largas mesas para los casi cincuenta invitados. Lord Willburn presidió una de ellas y su esposa la otra, donde acabaron sentados Violet y Christopher. Los asientos de los demás rancheros se habían distribuido de tal forma que no coincidieran demasiado cerca, para alternar con los demás asistentes. Así, Violet terminó sentada entre Christopher y sir Lancelot Meadows, y su esposo entre ella y la señora Ostergard, la mujer del alcalde.

Después de la opípara y exquisita cena, cuando hombres y mujeres se retiraron por separado a sendos salones, las cuatro mujeres de Heaven acabaron casi en un rincón, mientras el resto de las damas rodeaban a la anfitriona. Violet asistió casi encantada a aquel despliegue de chismes sobre Londres, algo que le quedaba tan lejano como la luna. Quién se había echado una nueva amante, quién había conseguido al fin una proposición de matrimonio tras cuatro temporadas, o quién había engordado más kilos de los que eran considerados aceptables.

De tanto en tanto, intercambiaba una mirada con sus amigas, que parecían disfrutar de aquel despliegue de frivolidad tanto como ella, e intuyó que en la próxima reunión del club se iba a hablar mucho sobre esa fiesta.

Mucho menos frívolas eran las conversaciones que se mantenían en el salón reservado a los caballeros, donde Christopher había aceptado una copa de brandy. Varios de los amigos de lord Willburn jugaban al billar al fondo de la sala, y otro pequeño grupo se había congregado junto a la mesa de las bebidas, hablando sobre carreras de caballos y cacerías.

Christopher recordaba a la perfección la primera vez que había visto a aquellos lores, ataviados con sus casacas rojas y cabalgando por la pradera en busca de zorros, ciervos, conejos, búfalos o cualquier otro animal que se atreviese a cruzarse en su camino. Deporte lo habían llamado. En los años que habían transcurrido desde entonces, había tenido ocasión de contemplar algunas más de sus excentricidades: fiestas legendarias con ostras traídas desde la costa atlántica o cajas de champán de Chicago, partidos de tenis, polo o críquet, carreras de caballos... todo parecía servir para paliar el aburrimiento de aquellas gentes ociosas. Un ejército de criados atendía hasta los deseos más nimios de sus señores, como en ese momento, en el que dos de ellos se encargaban de que las copas de los invitados de lord Willburn no se encontrasen vacías.

El anfitrión y los rancheros ocupaban varios sillones y butacas, y a ellos se habían unido Oliver Wallop, el hijo del conde de Portsmouth, y Frederick Bennet, tercer vástago del conde de Tankerville, que se había desplazado desde Wyoming. También ellos poseían intereses ganaderos en la región y se mostraron interesados en conocer cómo les había ido a los rancheros de Heaven durante ese terrible invierno. A Christopher no le extrañó descubrir que tanto él como sus vecinos habían perdido menos reses que Wallop y Bennet, cuyos ranchos se encontraban más al norte.

—Por desgracia, yo no dispongo de ninguna obra de arte que inmortalice mis pérdidas —bromeó Wallop.

—¿Necesitas una obra de arte que te lo recuerde? —rio Bennet.

—¿A qué se refieren, caballeros? —se interesó lord Willburn—. Me temo que llevo demasiado tiempo fuera.

—Un vaquero de Montana, quien al parecer también es pintor, estaba al cargo de cinco mil reses —explicó Wallop—. Cuando los propietarios del rancho le escribieron desde el Este para preguntarle cómo había ido el invierno, ese tipo les envió el dibujo de una vaca famélica, en mitad de la nieve y rodeada de lobos.

—Charles Russell creo que se llama —añadió Bennet—, y dicen que tiene mucho talento.

—La anécdota no ha cesado de correr desde entonces. —Wallop le dio un sorbo a su copa.

Lord Willburn meneó la cabeza, prueba evidente de que él no la conocía. Christopher, de hecho, tampoco había oído hablar de ella.

—Hemos traído a un artista con nosotros —comentó Willburn con sorna—, quizá podría encargarle que le pintara algo parecido.

—¿Un artista? —se interesó Bennet.

—Es cosa del vizconde Ellsbrook —respondió el anfitrión—. Al parecer, quiere llevarse un recuerdo de su viaje al Oeste.

—En Heaven disponemos de un estudio de fotografía —informó Clark, uno de los rancheros más modestos de Heaven.

—Me consta —respondió Willburn—, pero una fotografía no puede colgarse sobre la chimenea de ningún castillo.

Lord Willburn pronunció aquellas palabras como si fuese algo tan evidente que no merecía ninguna explicación adicional, y Christopher fue más consciente que nunca de la distancia social entre aquellos hombres y sus vecinos de Heaven. Ni siquiera Marsten, que asistía impertérrito a la conversación, podía igualarse a aquellas personas, por mucho dinero que tuviese en el banco o por más artículos de lujo que metiera en su hogar.

—¿Qué opinión le merece la nueva ley sobre las tierras, milord? —preguntó entonces Marsten.

Christopher intuyó que su vecino llevaba toda la noche queriendo hacer esa pregunta. Todos, de hecho, estaban interesados en su respuesta, aunque nadie se hubiera atrevido hasta ese momento a preguntarle de forma abierta.

—No puedo decir que me haya pillado por sorpresa —reconoció el aristócrata—. Los vientos de los últimos meses ya venían soplando en esa dirección.

—Lo más absurdo de todo es que piensen que intentamos, de algún modo, acaparar tierras como si tratáramos de reconquistar Norteamérica —dijo Bennet con una mueca de disgusto.

—Cualquier asunto es susceptible de varias interpretaciones. —Lord Willburn se acarició el bigote—. No puedo negar que este rancho produce pingües beneficios y lo adquirí de forma legal. Resulta molesto que ahora tenga que justificarme.

—Bennet y yo vamos a nacionalizarnos —intervino Wallop—. Es la única forma de mantener nuestras tierras, o de adquirir más.

—En mi caso, todavía no he pensado en ello con detenimiento —confesó lord Willburn.

A Christopher, en cambio, aquella afirmación le extrañó. Por lo que conocía de ese hombre, sabía que no dejaba nada al azar y que siempre iba un paso por delante de los demás. Dudaba mucho de que, a esas alturas, aún no supiera qué iba a hacer e intuyó que, fuera lo que fuese que hubiera decidido, no quería hacerlo público esa noche.

Sin embargo, él necesitaba saberlo más pronto que tarde. Y, por la intensa mirada de Marsten, dedujo que él también.

Violet estaba agotada. Mientras Christopher conducía la carreta de regreso al rancho, apenas podía mantener los ojos abiertos. No tenía por costumbre trasnochar tanto y la sorprendió que, al marcharse, algunos de los invitados aún parecieran dispuestos a alargar la celebración.

—Puedes dormir un poco si quieres —le dijo Christopher.

—Estoy bien —mintió ella—. ¿Tú no estás cansado?

—Me dormiría incluso de pie —rio él.

—Los invitados de los Willburn parecían frescos como una rosa.

—Seguro que se habrán levantado a mediodía.

Violet soltó un bufido. Que ella recordara, jamás se había levantado tan tarde en toda su vida. Y dudaba mucho de que Christopher lo hubiera hecho. Ni siquiera lograba imaginarse qué podría hacer en el caso de disponer de un montón de criados para encargarse de todo y de un montón de tiempo libre para dedicárselo a sí misma. ¿Resultaría tan tedioso como le parecía? Un día, tal vez una semana incluso, podía ser liberador y divertido, pero ¿y luego? Después de todo, pensó, quizá el sueño de Rose y ella de casarse con nobles ricos y guapos no hubiera resultado ser tan estimulante como sospechaban.

El viaje se le hizo más corto de lo esperado y pasó casi todo el trayecto contemplando el firmamento. En Chicago no se veían tantas estrellas, y se preguntó por qué el cielo de Colorado tenía tal cantidad de puntos luminosos, envolviendo aquella media luna que iluminaba el camino. ¿En otras partes del mundo habría incluso más?

Christopher detuvo la carreta frente al porche, la ayudó a bajar y la acompañó hasta la puerta.

—Voy a guardarla en el granero y ya me quedo allí —le dijo en un susurro.

—De acuerdo —musitó.

Sentía la mirada de su marido fija en ella, y sintió un estremecimiento que no tenía nada que ver con el frescor nocturno.

—Esta noche estabas preciosa —le dijo en tono quedo.

Violet no contestó, solo elevó la mirada y se perdió un instante en el azul profundo de aquellos ojos y en los destellos de luna que brillaban sobre su cabello rubio. Christopher alzó una mano y, con el dorso de los dedos, acarició su mentón. Y luego inclinó la cabeza y posó sus labios sobre los de ella, con suavidad, como si temiera asustarla. Fue un beso corto, muy corto de hecho, mucho más corto de lo que Violet habría deseado.

Christopher se separó, le dio las buenas noches y volvió a subir a la carreta.

Violet se quedó allí unos segundos, indecisa, temblorosa. Anhelante.

38

Mientras Violet barría el porche esa mañana, no podía dejar de pensar en el beso de Christopher. Apenas lo había visto desde entonces y temía encontrarse a solas con él. ¿Cómo debía reaccionar? ¿Debía hacer como si nada hubiera pasado? No sabía si estaba preparada para ese tipo de intimidad con él, con el hombre que le estaba pagando un sueldo por su trabajo y con quien mantenía una relación superficial de puertas adentro. Quizá ya iba siendo hora de que tomara una decisión al respecto. Pensando en ello estaba cuando la aparición de su esposo la sobresaltó. Lobo, como siempre, estaba a su lado y le dirigió una mirada lánguida antes de tumbarse a la sombra.

—Me habéis asustado —le dijo, con el pulso encabritado.

—Lo siento —se disculpó él.

Violet lo escudriñó, pero no detectó en él nada distinto. Ninguna mirada fuera de lo común, ningún gesto que evidenciara lo que había sucedido entre ambos dos días atrás.

—He pensado que, si tienes tiempo, podría comenzar a enseñarte a montar —le dijo él.

—¿Ahora? —Lo miró, curiosa.

—Eh... bueno, cuando te venga bien. ¿Mañana mejor?

—¿No tienes trabajo?

—Siempre tengo trabajo, Violet —le dedicó una mueca burlona—, pero si espero a estar libre del todo te habrás hecho vieja antes de subir a un caballo.

—Ahora dispongo de la bicicleta.

—No sabía que ambas cosas fueran excluyentes.

—No, claro que no.

Violet estaba nerviosa. La idea de pasar unas cuantas horas en compañía de Christopher le alteraba el pulso hasta límites insospechados, pero tampoco deseaba renunciar a aquella oportunidad.

—De acuerdo —accedió al fin—. Mañana estará bien.

—¿Tienes... otra ropa? —le preguntó él.

—¿Otra ropa? —Violet miró la falda que llevaba, en un tono azul oscuro, y la camisa celeste—. ¿Qué le pasa a esta?

—No será muy cómoda para montar.

—Comprendo.

—Pero, por Dios, no te pongas esos horribles bombachos que llevabas el otro día.

—Los *bloomers*.

—Como se llamen.

—¿Y qué me pongo? —preguntó, indecisa.

—Mi hermana Leah cogió una de sus faldas, la cortó por la mitad y la cosió formando dos perneras —le explicó—. También podría prestarte uno de mis pantalones, pero me temo que te llegarían hasta el cuello.

—Lo de la falda me parece buena idea, sí.

—Y escoge un calzado con algo de tacón, pero no demasiado. Así el pie se sujeta mejor al estribo.

Violet miró las botas vaqueras que llevaba su marido, que respondían exactamente a esa descripción. Todos allí llevaban un calzado similar, aunque nunca se había preguntado el motivo por el que necesitaban aquellos escasos centímetros de tacón en forma de cuña. Se levantó un poco la falda y le mostró sus viejos botines, que tenían algo más de alzada de lo que sería esperable.

—Servirán —aseguró Christopher.

Cuando era niña, Violet siempre le pedía a su padre que la subiera a lomos de alguno de los caballos que tenían para tirar de su carreta de trabajo. Aunque se trataba de animales de escasa envergadura, la poderosa sensación de sentirse por encima del mundo era arrolladora, pero supuso que aquello no sería nada en comparación con montar una de aquellas bestias.

En ese momento, Christopher le presentaba a la yegua más pequeña y dócil del establo, o al menos eso le aseguró. Se llamaba Azul —imaginó que por el tono azulado de sus negras crines—, y su marido la instó a acariciarla para que ambas se conocieran.

Jan surgió del interior de uno de los cubículos con un cubo de paja sucia en las manos y, tras dedicarles una breve mirada curiosa, salió por la puerta.

—¿Cómo se quedó cojo Jan? —le preguntó a Christopher mientras pasaba la mano por el cuello del animal—. ¿En la guerra?

—¿La guerra?

—Hummm, sabes que hubo una guerra civil, ¿verdad? —le preguntó, burlona.

—De eso hace más de veinte años.

—Lo sé.

—No, no fue en la guerra. De hecho, Jan no luchó en ella. Nadie en el rancho lo hizo.

—¿Por qué no? —Lo miró, curiosa.

—Los hombres eran más valiosos aquí —explicó él—. Había que alimentar a los soldados.

—Claro.

—Lo de Jan fue en el 79 —dijo Christopher mirando hacia el exterior, donde la figura del viejo aún era bien visible—. Mi padre y él tropezaron con unos ladrones de ganado que, para ayudarse en la huida, provocaron una estampida. Mi padre se cayó del caballo y las reses le pasaron por encima. Jan se rompió una cadera y una clavícula. Tuvo más suerte, aunque él nunca lo ha visto así. Quizá por eso su carácter se volvió más huraño desde entonces.

—¿Así...? ¿Así fue como murió tu padre?

—No fue inmediato —respondió él mientras colocaba la silla—. Ninguno de los dos podía moverse y los encontramos varias horas después. Mi padre sobrevivió hasta el día siguiente.

—¿Encontraron a los responsables? —preguntó Violet, casi sin aliento.

—No, al menos que yo sepa. Los ladrones de ganado se desplazan con rapidez y nunca se quedan mucho tiempo en el mismo lugar. En aquella época eran muy frecuentes.

—¿Ahora no?

—Hace al menos tres años que ninguno de los rancheros de la zona ha sufrido ningún robo.

Christopher volvió a sus lecciones. Le mostró cómo acomodar la silla, siempre desde la parte izquierda del caballo, cómo atar las cinchas y el modo de colocar los estribos. Lo repitió hasta en tres ocasiones antes de pedirle a ella que lo hiciera, y Violet se sintió orgullosa de sí misma cuando lo logró al primer intento. Le estaba explicando cómo sujetar la cabeza del caballo para ponerle las riendas cuando se detuvo en mitad del gesto, con la vista clavada en la entrada del establo. Violet siguió la dirección de su mirada. La elegante silueta de Amy Weston se recortaba contra la claridad de la mañana. ¿A qué había venido de nuevo aquella mujer?

—Precioso día para salir a cabalgar, ¿verdad? —preguntó la recién llegada, con la vista clavada en Christopher.

—Hola, Amy —la saludó él.

—Ah, hola, señora Anderson —dijo Amy—. No la había visto.

—Señora Weston...

—Hace una mañana tan bonita que no he podido resistir la tentación de salir a pasear —explicó la mujer.

—Un largo paseo entonces —repuso Christopher, con una sonrisa—. ¿Qué tal sigue tu padre?

—Como siempre, ya sabes. Ha preguntado por ti. Dice que tiene una botella de whisky del bueno guardada para cuando vuelvas por casa —rio Amy.

Christopher le lanzó una mirada rápida a Violet antes de contestar.

—Eh, claro. Dale las gracias de mi parte.

Violet apretó las mandíbulas. Así que Christopher había estado en casa de esa mujer recientemente. ¿Cuándo? ¿Y cuántas veces? Al parecer las suficientes como para que ella lo visitara en el rancho con absoluta confianza. ¿Cómo podía ser tan estúpida? ¿Cómo había podido estar tan ciega? Desde el primer momento había intuido que entre su marido y esa mujer había algo, aunque había preferido aceptar la palabra de Christopher de que no era así en absoluto.

—Debo regresar a la casa —masculló, deseosa de alejarse de allí—. Tengo trabajo que hacer.

—Un placer, señora Anderson. —Amy se despidió de ella con una sonrisa.

Violet ni siquiera miró a Christopher y salió de los establos con los ojos llenos de lágrimas y una opresión en el pecho que apenas la dejaba respirar.

—¿Por qué has hecho eso? —le preguntó Christopher a Amy en cuanto Violet desapareció.

—¿Hacer qué, querido? —Ella compuso una mirada de supuesta inocencia que él creyó identificar. La había usado muchas veces cuando eran niños y trataba de evitar una reprimenda, ya fuese de su padre, de Jan, de algún profesor o de cualquiera que se hubiera visto afectado por alguna de sus travesuras.

—Mencionar que había estado en tu casa.

—¿No se lo habías dicho? —Amy alzó las cejas.

—Es evidente que no.

—¿Y cómo querías que yo lo supiera? —se defendió ella.

En eso tenía razón, por supuesto. Tal vez, después de todo, aquella expresión no era fingida, y no supo qué contestar.

—Entonces imagino que tampoco le habrás hablado de lo que sucedió en el río —comentó Amy.

—Por supuesto que no.

—Hummm, demasiados secretos para un matrimonio tan reciente, ¿no te parece? —inquirió ella con los ojos entornados.

—Quizá.

Christopher se quitó el sombrero y se pasó la mano por el cabello, como si con ello pretendiera aclararse las ideas. No hacía ni dos días había besado a su mujer al regresar del rancho Willburn, y todavía no sabía muy bien por qué lo había hecho. Estaba tan bonita, y la noche parecía tan perfecta, que le pareció lo más apropiado.

—Lo siento, Chris —se disculpó Amy, que posó una mano sobre su antebrazo—. No pretendía causar problemas.

Amy no era en realidad la causante de que su matrimonio fuese un fiasco, ni tampoco había sido ella quien le había ocultado a Violet que había acudido a su casa en dos ocasiones, a pesar de que sus motivos hubieran sido honestos. Lo sucedido junto al río era algo distinto, desde luego, y tampoco en esta ocasión tenía nada que reprocharle a la mujer que seguía a su lado, mirándolo con afecto.

—Tal vez no tendría que haber venido —musitó ella—. Es solo que... te echaba de menos.

Él observó aquellos ojos almendrados y brillantes, y aquella boca dulce entreabierta, aguardando sin duda el contacto de sus labios.

—Amy, nada ha cambiado desde la última vez que hablamos —dijo al fin.

—Tenía la esperanza de que no fuera así —replicó ella, con una sonrisa—. Sin embargo, soy una mujer paciente, Chris.

—¿Desde cuándo? —Él respondió con una mueca de incredulidad.

—Te sorprendería saber lo mucho que he cambiado en algunos aspectos.

Con el rabillo del ojo, Christopher vio que Cody se aproximaba a la entrada del establo, probablemente para encerrar a los caballos con los que había estado en el cercado y sacar a otro grupo.

—Creo que será mejor que regrese al trabajo —le dijo a Amy.

—Por supuesto, no quiero robarte más tiempo. Iré a ver a Jan.

Para su sorpresa, ella se acercó y le dio un beso en la mejilla. Dejó los labios unos segundos más de los necesarios, y él sintió la suavidad de su piel contra su rostro.

Luego la vio alejarse, y también la mirada apreciativa que Cody le dedicaba al cruzarse con ella. Amy era una mujer muy hermosa, y se movía plenamente consciente de ello.

Christopher se tomó unos minutos para pensar en todo lo ocurrido y luego se dirigió en busca de Violet.

—Violet...

La encontró en el salón, limpiando los cristales, y ella pretendió no haberlo escuchado.

—Violet —insistió—. Creo que tenemos que hablar.

—¿Hablar sobre qué? —Se volvió hacia él, con la mirada acerada y los labios apretados.

—Lo que ha dicho Amy...

—No es asunto mío, ¿recuerdas? Lo dejaste muy claro la última vez.

—Déjame que te explique, no es lo que piensas.

—No tienes ni idea de lo que pienso —le espetó.

—Solo fui a visitar a su padre, lleva tiempo enfermo —comentó él—. Y regresé otro día para realizar algunas reparaciones en la casa. Eso es todo.

—Ya te he dicho que me es indiferente —replicó ella con aspereza.

—¿Por eso estás tan molesta? —preguntó él, casi en el mismo tono.

—Estoy ocupada —aseguró, al tiempo que retomaba su tarea.

—Como quieras...

Christopher aún permaneció unos segundos allí, parado, observando cómo ella limpiaba con brío el cristal, de espaldas a él. No sabía si esperaba que ella añadiera algo más, o si era él quien debía hacerlo.

Dos días atrás, había tenido la sensación de que ambos se habían aproximado, salvando parte de la distancia que los separaba.

Ahora, esa distancia parecía ser aún mayor.

Y, de nuevo, era culpa suya.

39

Tal y como Violet había sospechado, ese viernes en el club apenas se habló de otra cosa que de la fiesta de los ingleses, como era popularmente conocida. Las mujeres que habían asistido respondieron con infinita paciencia las preguntas de sus compañeras acerca de los vestidos que llevaban las damas británicas, la calidad y cantidad de la comida, la decoración de la casa... El ritual de cada año, en definitiva, solo que ahora contaban con una nueva integrante del selecto grupo de invitados: Violet Anderson.

Susan la había visto llegar en su bicicleta, de la que ya había oído hablar. Según le comentó Violet, se había pasado varios días ejercitándose, recorriendo distancias cada vez más largas hasta ser capaz de realizar todo el trayecto sin problemas. Sin embargo, llegó sofocada al local de Lorabelle, y las tres mujeres se sentaron un rato antes de dirigirse al club, una costumbre que habían adquirido recientemente y que les permitía pasar un tiempo a solas antes de reunirse con las demás.

—La verdad, Violet, no sé si merece la pena usar la bicicleta si vas a llegar en este estado —bromeó Lorabelle.

—Solo estoy un poco acalorada —comentó Violet—, y sedienta. Me terminé el agua en la primera parte del camino.

—Pues no olvides volver a llenar la cantimplora para el viaje de vuelta —le recomendó Susan.

—No será necesario. Christopher vendrá a buscarme con la carreta.

—Buen chico. —Lorabelle le guiñó un ojo.

Susan vio que Violet hacía una mueca, como si no estuviera de acuerdo con la apreciación de su amiga. No estaba segura de que Lorabelle la hubiera visto, pero a ella no se le había escapado el gesto. Siempre había considerado a Christopher Anderson un buen hombre, por lo que confiaba en que aquel mohín obedeciera solo a una pequeña desavenencia en el matrimonio, lo que sería lo más probable.

Sin embargo, Violet se mantuvo casi toda la tarde algo retraída, participando en la conversación general en muy contadas ocasiones. Nunca se había mostrado muy locuaz, pero ese viernes se mostraba incluso ausente.

—Falta menos de un mes para la Fiesta del Solsticio —comentó la señora Ostergard, iniciando la segunda parte de la reunión—. Necesito saber con cuántas de vosotras puedo contar para adornar el *midsommarstång* y cuántas ayudarán con las coronas de flores.

—¿El qué? —preguntó Violet, confusa y de repente interesada.

—Ah, querida, cierto. Este será tu primer año —le dijo la mujer del alcalde.

—Nosotras la ponemos al corriente, Ethel —se ofreció Susan.

Mientras las demás mujeres parloteaban sobre el festival, Susan, Lorabelle y Violet retiraron las sillas y se situaron en un rincón.

—La Fiesta del Solsticio es la más importante de Heaven —comenzó Lorabelle—. El pueblo, como sabes, es de origen sueco y...

—¿De verdad? —Violet la miró, sorprendida.

—Me encantaría saber de qué habláis Christopher y tú, querida —bromeó la mujer.

Susan detectó un nuevo gesto de contrariedad en el rostro de Violet, que esta vez no pasó desapercibido para Lorabelle.

—En sus inicios, este pueblo no era más que una parada de diligencias, con un puñado de casas alrededor —continuó—. Gustav Anderson y Samuel Marsten no fueron los únicos que encontraron oro en las montañas, con ellos llegaron otros hombres de la comunidad sueca de Nueva York que tuvieron algo de suerte también. Muchos acabaron asentándose aquí y tras ellos llegaron conocidos, familiares y amigos desde todos los rincones del país.

—Aunque ahora la comunidad sueca no llega ni al treinta por ciento —aclaró Susan.

—El caso es que la Fiesta del Solsticio es la celebración más importante en Suecia y, claro, ellos comenzaron a celebrarla aquí también.

—El 23 de junio —volvió a intervenir Susan.

—¿Vas a pasarte toda la explicación interrumpiéndome? —rio Lorabelle.

—Solo cuando lo considere pertinente. —Susan hizo una mueca burlona.

—Se celebra un pícnic por la tarde, y una cena después. Todo el pueblo se reúne, y hay juegos, bailes, concursos...

—¿De tartas otra vez? —intervino Violet.

—No —Susan soltó una risita—. No sé cómo se celebra en otros lugares, pero aquí al menos hay uno sobre bebidas alcohólicas.

—Bromeas.

—En absoluto. Muchos hombres preparan sus propios brebajes y luego se los dan a probar a los amigos, y entre todos escogen el mejor del año.

—Te aconsejo que ni te acerques a ellos —sugirió Lorabelle—. Un solo trago de cualquiera de esos vasitos levantaría a un muerto.

—El *midsommarstång* al que se refiere Ethel es un gran tronco cruzado con otro, formando una cruz —siguió Susan—. Se adorna con flores, hojas y cintas de colores y luego los hombres lo clavan en el suelo. Durante todo el día, se baila y se canta a su alrededor.

—También se hacen coronas, grandes para adornar casas y calles, y más pequeñas para las mujeres.

—Oh —suspiró Violet.

—Sí, es muy bonito —reconoció Susan.

—Dicen que, si ese día recoges siete flores distintas y las colocas bajo tu almohada, esa noche sueñas con el amor de tu vida —dijo Lorabelle—. A ti no te hace falta, imagino.

—Eh, no, supongo que no —comentó Violet, con una sonrisa tímida—. ¿Tú harás el ritual?

—Yo ya conocí al amor de mi vida y lo perdí —contestó—. No creo que exista otro hombre para mí.

—Lorabelle... —Violet la tomó de la mano.

—No pasa nada. —Su amiga movió una mano en el aire, restándole importancia—. Al menos tuve la suerte de conocerlo, ¿no te parece?

—Entonces, Susan... —comenzó a decir Violet.

—Ah, no, yo no pienso volver a hacerlo.

—¿Volver? —Violet la miró, divertida.

—He hecho ese estúpido ritual dos veces.

—Y no has soñado con él...

—Sí, claro que sí, las dos veces —bufó Susan—. Pero parece que él no se ha dado cuenta todavía de que es el amor de mi vida.

—Bueno, pues yo participaré en lo mismo que vosotras —comentó Violet—, así que apuntadme a lo que sea.

—¡Estupendo! —Lorabelle aplaudió, entusiasmada.

Volvieron a reunirse con las demás y el resto de la tarde

transcurrió con inusitada rapidez. Lorabelle se marchó enseguida, porque había dejado a Betty a cargo de Gertrude, la mujer que la ayudaba en el negocio y en la casa, y no quería abusar de su buena disposición. Susan se quedó junto a Violet en el zaguán del ayuntamiento, aguardando a Christopher.

La maestra no sabía cómo preguntarle a su amiga si se encontraba bien sin parecer una entrometida, y se limitó a contarle algunas cosas más de la fiesta.

—No necesitas un vestido nuevo —le dijo—. Ropa sencilla y de color claro a poder ser. Hará calor. Siempre hace calor por esas fechas.

—¿Mucho?

—Es probable. Esta tierra es hermosa, pero despiadada. Inviernos terribles y veranos aún peores.

—Pero aquí sigues...

—Y aquí espero quedarme, sí.

—¿Nunca has pensado... en marcharte?

—¿A dónde?

—Volver a casa tal vez. —Los ojos grises de Violet parecían más tristes de lo que jamás había visto.

—Oh, Violet, ¿estás planteándote lo que imagino? —La tomó de la mano y se la apretó con afecto.

—No lo sé...

—Creía que Christopher y tú estabais bien.

—Es una historia muy larga. —Violet hundió los hombros—. Y ahora mismo no me apetece hablar de ella.

—Claro.

—Por favor, no le comentes nada a Lorabelle. No todavía al menos.

—Descuida.

Ambas guardaron silencio y se quedaron mirando hacia el final de la calle, donde la carreta de Christopher aún no había aparecido.

—Imagino que no sabes que alguien ganará dinero cuando te hayas ido, si decides abandonar Heaven.

—¿Cómo? —Violet la miró, confusa.

—Es otra estúpida tradición de este maravilloso pueblo —le explicó, con sorna—. Apostar cuándo se marchará cada recién llegado que viene a instalarse en él. Sobre todo si proviene de una ciudad.

—¿Me tomas el pelo?

—Ojalá —bufó Susan—. Esta gente se aburre mucho, Violet. Y cualquier cosa es motivo de entretenimiento.

—¿Me estás diciendo que hay una especie de apuesta sobre cuánto tiempo me quedaré en Heaven?

—Exacto.

—Pero eso es... eso es...

—¿Despreciable?

—Insultante.

Ambas volvieron a quedarse calladas.

—¿Y cómo van esas apuestas? —se interesó Violet al cabo de un rato.

—Bueno, hubo quien apostó a que no aguantarías aquí ni una semana —respondió Susan—. Otros aseguraron que no sobrevivirías al primer mes, y muchos escogieron el verano como fecha límite.

—¿Cuánto tiempo...?

—Un año —respondió a la pregunta no formulada—. Si sobrevives un año entero, superas el reto. Una tontería, ya te lo he dicho.

—Ya.

La carreta de Christopher apareció al final de la calle y se fue aproximando hasta ellas.

—¿Susan? —le preguntó Violet—. ¿Qué apostaste tú?

—Yo aposté a que no te irías —sonrió su amiga—. Lo intuí el día que nos conocimos.

—No debe ser una apuesta muy popular —rio Violet

con tristeza mientras se acercaba al vehículo para subirse a él.

—Más de lo que imaginas —musitó Susan para sí.

Violet apenas había hablado con Christopher desde la visita de Amy varios días atrás. Intuía que su marido no le había mentido con respecto a las veces que había estado en casa de esa mujer, pero que se lo hubiera ocultado encerraba más significado que el hecho en sí. A pesar de su arrebato unos días atrás, aún no sabía muy bien qué pensar acerca de una posible aventura entre ambos, pero sí tenía la sensación de que cada vez que lograban aproximarse y limar parte de sus asperezas, una nueva brecha se abría entre ellos.

Lo miró de reojo. Conducía la carreta en silencio, ensimismado. Apenas conocía a ese hombre, se dijo. ¿Qué pasaría en ese instante por su cabeza? No estaba preparada para averiguarlo, tal vez no le gustara lo que descubriría si se atrevía a asomarse.

—Hoy en el club hemos hablado sobre la Fiesta del Solsticio —le dijo en cambio. El silencio entre ambos comenzaba a resultarle pesado, y aún quedaba un buen trecho.

—Te gustará —aseguró él—. Es una fiesta grande y ruidosa, pero también divertida.

—Eso me han dicho.

—Los chicos y yo nos iremos al día siguiente a llevar el ganado —la informó.

—No me lo habías comentado.

—Lo estoy haciendo ahora, ¿no?

—Creí... Creí que sería a mediados de julio.

—Conducir el ganado hasta allí nos llevará al menos quince días, y luego habrá que dejar que las reses descansen otra semana para recuperar el peso que hayan perdido en el viaje.

—Pero eso significa que estaréis un mes fuera.

—Más o menos, sí.

—No pensé que fuese tanto tiempo —reconoció ella.

—He decidido que Liam se quedará en el rancho, con Jan y contigo.

—¿Se lo has dicho? —inquirió—. Para entonces ya estará totalmente recuperado, y no creo que le haga mucha gracia.

—Su jefe soy yo, según recuerdo.

—¿No te hará falta?

—Probablemente, pero nos apañaremos.

—Christopher, no es necesario. Jan y yo estaremos bien.

—Son muchos días.

—Estaremos bien —insistió ella, que no quería que la ausencia de uno de sus vaqueros pudiera malograr el traslado de las reses.

—De acuerdo, lo pensaré.

Violet asintió, conforme.

De repente, la idea de quedarse a solas con Jan durante un mes se le atragantó en la garganta, y estuvo a punto de rectificar y aceptar la compañía de Liam, con todas sus consecuencias.

Pero no lo hizo.

40

The Heaven's Gazette
26 de mayo de 1887

Alba Valentine, de doce años, alumna de la escuela de la avenida Madison, ha ganado el Premio de Cuentos del condado con un relato titulado «La noche de las luciérnagas», dotado con cinco dólares y un diploma.

Estamos orgullosos de los jóvenes de nuestra comunidad y desde aquí le damos la enhorabuena a nuestra futura escritora.

Ensayar pasos de baile en el salón parecía haberse convertido en una costumbre más en el Rancho Anderson, y los avances comenzaban a ser notorios. A veces, Jan tocaba el violín para ellos. Otras, cuando se mostraba especialmente huraño o poco colaborativo, se conformaban con tararear las melodías al ritmo de los pasos. Esa era, sin lugar a duda, una de esas noches. Ni siquiera había contestado a Gideon cuando este le había agradecido que arreglara su silla, y se había limitado a gruñir y a mirarlo de forma extraña.

Apenas habían comenzado cuando el retumbar de un trueno sonó en la lejanía. De inmediato, la atmósfera del salón se transformó por completo. Todos dejaron las chanzas y el baile y se acercaron a las ventanas.

—Está lejos —comentó Jan.

—¿Qué está lejos? —preguntó Violet.

—La tormenta —contestó Christopher.

Los hombres fueron en busca de sus chaquetas y sus sombreros, y algunos incluso se cambiaron las botas. Ocuparon sus asientos, con las espaldas tensas, dispuestos a salir corriendo en cualquier momento, o al menos eso pensó.

El sonido de otro trueno, sin duda más cercano, pareció partir la noche en dos. Violet se estremeció. Había vivido muchos temporales a lo largo de su vida, pero jamás había escuchado un ruido tan atronador. Temblaron incluso los cristales.

—Las tormentas en la pradera son espectaculares —le dijo Christopher—. Aquí no hay edificios ni nada que las amortigüe y el sonido se desplaza como un vendaval.

—¿Y pensáis a salir con este tiempo?

—Solo si se acerca.

—¡Pero es una locura!

—Los truenos son uno de los principales motivos que provocan las estampidas del ganado —le explicó él—. Podríamos perder muchas reses si se asustan demasiado.

Violet, de repente tan tensa como ellos, regresó a su butaca y cogió el libro que había estado leyendo un rato antes. El libro que Christopher le había comprado en Chicago y que había comenzado, al fin, solo un par de días atrás.

El silencio en el salón era tan denso como la manteca. Con el volumen entre las manos, Violet fue incapaz de leer ni una sola línea. De repente, la habitación se llenó de una luz cegadora que apenas duró un instante, y escuchó a los hombres contar en voz baja. Habían llegado a siete cuando un nuevo trueno barrió la llanura.

—¿Qué contáis? —le preguntó a Luke, el más próximo a ella.

—Los segundos entre el rayo y el trueno, para calcular la distancia —contestó él—. Si en el próximo son menos, significa que la tormenta se acerca.

Permaneció atenta, como los demás, y, cuando la estancia volvió a iluminarse, contó con ellos. Llegaron a ocho y todos parecieron respirar aliviados. Sin embargo, ninguno de ellos se movió.

—Eso es buena señal, ¿no?

—Sí, de momento. —Luke asintió—. Hay que estar preparados por si eso cambia.

—Claro.

Algo más relajada, Violet se recostó contra el respaldo y volvió a tomar el libro.

—¿Qué lee, señora Anderson? —le preguntó Sean, desde la otra punta del cuarto. El joven, como siempre, tenía una revista entre las manos.

—*Mujercitas*, de Louisa May Alcott —contestó ella.

Violet miró a Christopher. Por la expresión de su rostro, supo que había reconocido el título, y lo vio mover los labios en un amago de sonrisa.

—¿Es una de esas novelas para mujeres? —se interesó Gideon, que daba vueltas a su sombrero entre las manos.

—Supongo que sí —explicó ella—, aunque solo he leído las primeras páginas.

—¿De qué va? —volvió a preguntar el gemelo.

—De una madre y sus cuatro hijas que viven solas porque su padre está en la guerra.

—¿En qué guerra?

—En la nuestra. La Guerra Civil.

—Podría leernos un poco —sugirió Sean.

—No creo que a los demás... —comenzó a decir ella.

—Aún estaremos aquí un buen rato —la interrumpió el joven.

Violet miró a los hombres, que parecían estar esperando a que se decidiera.

—Si las protagonistas son cuatro mujeres, seguro que me va a gustar —intervino Cody.

Los gemelos sonrieron y Sean puso los ojos en blanco. Violet miró el libro y volvió a abrirlo por la primera página. Carraspeó antes de comenzar, para aclararse la voz.

—Sin regalos, la Navidad no será lo mismo —refunfuñó Jo, tendida sobre la alfombra.

—¡Ser pobre es horrible! —suspiró Meg, contemplando su viejo vestido.

—No me parece justo que unas niñas tengan muchas cosas bonitas mientras que otras no tenemos nada —añadió la pequeña Amy con aire ofendido.

—Tenemos a papá y a mamá, y además nos tenemos las unas a las otras —apuntó Beth tratando de animarlas desde su rincón.

Al oír aquellas palabras de aliento, los rostros de las cuatro jóvenes reunidas en torno a la chimenea se iluminaron un instante, pero se ensombrecieron de inmediato cuando Jo dijo apesadumbrada:

—Papá no está con nosotras y eso no va a cambiar por una buena temporada. —No se atrevió a decir que tal vez no volvieran a verlo nunca más, pero todas lo pensaron al recordar a su padre que estaba tan lejos, en el campo de batalla.

Un nuevo rayo interrumpió la lectura, pero todos volvieron a relajarse cuando, tras el retumbar del trueno, comprobaron que la situación no había cambiado. Aquella fue, ciertamente, una noche muy larga.

Cuando se fueron a la cama al fin, Violet les había leído casi un tercio de la novela.

La tempestad no había llegado al Rancho Anderson, pero por muy poco. Uno de los rayos, sin embargo, había impactado de lleno en el campanario de la pequeña iglesia católica de Heaven, y el edificio se había venido abajo y ardido casi por completo. Violet no se enteró hasta el domingo, cuando Christopher la acompañó al pueblo para asistir al oficio del reverendo Cussack. Al pasar frente al derruido edificio, se llevó una mano al pecho. Recordó que, por suerte, la tormenta se había desatado durante la noche, así que con toda probabilidad no habría que lamentar ninguna víctima. De eso, estaba convencida, sí se habría enterado; seguro que alguien se habría acercado hasta el rancho para contárselo a ella o a Christopher.

Se preguntó dónde estaría celebrando ese domingo el padre Stevens la misa, y dónde lo haría en el futuro. Esa mañana llegaban algo tarde y, cuando entraron en la iglesia del reverendo Cussack, Violet descubrió la respuesta. Al fondo, junto al reverendo, se encontraba el padre Stevens, con el rostro circunspecto y sombrío.

Christopher y ella tomaron asiento en uno de los bancos del final, en el momento en el que el reverendo explicaba a sus feligreses que, a partir de ese día, compartiría el edificio con su hermano —así lo llamó—, y que la misa católica se celebraría después del oficio presbiteriano. Asimismo, comunicó su intención de organizar una colecta para reconstruir la pequeña iglesia, la primera que había tenido Heaven, y la apertura de una cuenta en el banco del señor Mitchell para los donativos.

—En momentos de necesidad como estos —continuó—, Dios no diferencia entre sus hijos, y es nuestro deber como buenos cristianos ayudar a nuestros semejantes. Hasta que la nueva iglesia esté de nuevo en pie, esta será también la casa del padre Stevens y de sus feligreses.

Violet no podía apartar la vista del padre Stevens, que parecía conmovido y conmocionado a partes iguales. Sus ojos azules, sin la vivacidad acostumbrada, se posaron unos instantes en Violet, y continuaron recorriendo los rostros de sus conciudadanos, que asentían con movimientos enérgicos.

—Christopher... —Violet, emocionada a su vez, cogió a su marido del brazo.

—Cuando salgamos nos acercaremos al banco —señaló él.

Ella observó de nuevo a los dos hombres consagrados a Dios, enemigos dialécticos y en ese momento hermanos por necesidad. Y eso la reconfortó mucho más que el sermón del reverendo, y que todos los sermones que había escuchado antes de ese.

Como cada domingo que acudían a aquella iglesia, Amy Weston estaba presente y, como cada vez, siempre tenía tiempo para acercarse a ellos y charlar, sobre todo con Christopher. Ese día, como no podía ser de otra manera, la conversación versó sobre la tormenta. Ella preguntó si habían tenido algún problema y él le aseguró que todo estaba bien, que no los había alcanzado. Aquella mujer parecía conocer mejor que ella el funcionamiento del rancho, lo que no hizo sino aumentar el malestar de Violet.

Hastiada, echó un vistazo alrededor y descubrió a la señorita Miller no lejos de donde ellos se encontraban, sin duda aguardando el inicio de la misa católica. Se disculpó con su marido y con Amy y, aliviada de poder alejarse de ellos, se acercó a Susan, a la que saludó con afecto.

—Extraño celebrar la misa aquí, ¿verdad? —le comentó su amiga.

—Sí, aunque nosotros hemos asistido al oficio del reverendo.

—¿Qué? ¿Por qué? —Susan la miró, extrañada—. Creí que eras católica.

—En realidad, soy metodista.

—Entonces...

—Voy un domingo a cada una.

Susan soltó una cantarina carcajada.

—Solo a ti se te ocurriría hacer algo semejante.

—Ya, bueno, me pareció lo más lógico. —Violet sonrió con timidez.

—Tal vez sea una de las cosas menos lógicas que he oído jamás —comentó su amiga—, pero sin duda también de las más peculiares.

Violet miró en dirección a su marido, que continuaba hablando con Amy, e hizo una involuntaria mueca de disgusto.

—Déjame adivinar —le dijo Susan—. Esa tal Amy tiene algo que ver con la conversación que mantuvimos el otro día.

—Más o menos.

—Hummm, en estos momentos estoy sintiendo un impulso nada piadoso.

—¿Un impulso? —Violet la miró con una ceja alzada.

—De tirarle del pelo a alguien —contestó—. Hasta dejarla calva, a poder ser.

Violet se cubrió la boca con la mano para ahogar la risa que burbujeó en su garganta.

—Para eso están las amigas, ¿no te parece? —Susan la

tomó del brazo—. Y tú eres mucho más bonita que ella, por si no te habías dado cuenta.

—Gracias, Susan, aunque ambas sabemos que eso no es cierto.

—Ya lo creo que sí, querida —le aseguró—. Porque eres bonita por dentro y por fuera. Y Christopher lo sabe.

—Ya...

—Créeme, lo he visto mirándote muchas veces como para saberlo.

—¿Mirarme? ¿Cómo?

—Como no mira a esa tal Amy, te lo aseguro.

Violet dirigió la vista de nuevo hacia su marido, aunque no pudo distinguir en él nada que confirmara las palabras de su amiga. De hecho, parecía casi hechizado por aquella mujer, que ese día lucía un vestido violeta impresionante. Nunca le había deseado mal a nadie, pero en ese momento descubrió que ella también era capaz de albergar pensamientos poco piadosos.

Esos pensamientos no hicieron sino aumentar un rato más tarde, mientras Christopher conducía la carreta de vuelta al rancho.

—Esta semana iré a casa de Amy —anunció su marido—. La tormenta ha roto dos ventanas del piso de arriba.

—¿Y no puede llamar a nadie más?

—Solo te lo digo para que lo sepas, Violet.

—Imagino, entonces, que tengo que darte las gracias —replicó ella, cáustica.

—Si fuera tu amiga Susan quien tuviera un problema de ese tipo, ¿te molestaría que fuera a hacer un par de reparaciones a su casa?

—Por supuesto que no, pero no es lo mismo.

—Es exactamente lo mismo. Susan es tu amiga. Amy es

mi amiga. Desde hace más de veinte años. —Christopher hizo una pausa—. Creí que debía decírtelo, visto lo que ocurrió la última vez.

—Ya.

—Me llevaré a Sean. Yo solo no podría colocar los cristales nuevos.

—Está bien —accedió ella, aliviada al saber que su marido no estaría solo con aquella mujer, en su casa.

Al menos esa vez.

41

A lo largo de los años, Christopher había visto muchas cosas en el rancho de los Willburn que podrían calificarse de excéntricas, como mínimo. Sin embargo, encontrarse al vizconde Ellsbrook subido a un caballo, vestido como un vaquero y con dos revólveres al cinto, figuraría para siempre en los primeros puestos de la lista. Él y el pintor, que, situado a pocos metros, inmortalizaba la imagen sobre un grandioso lienzo. Sin duda, el aristócrata se lo llevaría con él a Inglaterra para colgarlo en algún lugar de honor y presumir de que había viajado al Oeste.

Cuando era más joven, Christopher había oído decir que los hijos de los nobles británicos tenían por costumbre realizar un tour por Europa antes de sentar la cabeza en su Inglaterra natal. En la segunda mitad de ese siglo XIX, ese tour se había desplazado a Norteamérica, y eran muchos los que habían recorrido su geografía participando en partidas de caza, acompañando a exploradores o visitando lugares de interés. Eso, de algún modo, los convertía en hombres, o eso aseguraban ellos. El vizconde Ellsbrook ya era mayorcito para esos menesteres, pero no había duda de que tenía intención de presumir de ello ante cualquiera que quisiera escucharlo.

El mismo mayordomo al que ya conocía desde hacía tiempo le abrió la puerta con toda la parafernalia habitual, y lo condujo a una pequeña salita mientras avisaba al señor de la casa. Era una estancia grande y luminosa, con las paredes tapizadas en verde, a juego con los sofás y un par de sillas situadas en un rincón. La alfombra bajo sus pies era gruesa y mullida, tan confortable que podría haberse echado una siesta de lo más placentera sobre ella. Unos minutos más tarde acudió lord Willburn, que no manifestó sorpresa alguna al verle allí.

—Anderson, me preguntaba cuándo aparecería usted por aquí.

—¿Disculpe?

—Marsten vino hace un par de días, e imagino que usted acude a interesarse por el mismo asunto.

—Bueno, es evidente que no puedo saber lo que Marsten deseaba decirle —sonrió Christopher, aunque podía imaginárselo sin problema.

—¿Acepta una copa de brandy? —Lord Willburn se había aproximado a una mesita baja en la que brillaban media docena de botellas con diferentes contenidos.

—Sí, gracias.

Christopher aguardó a que Willburn terminara de escanciar el licor y le ofreciera asiento.

—Mi esposa quedó muy impresionada con la señora Anderson —comenzó el noble diciendo—. Asegura que es una mujer peculiar. ¿Cómo dijo...? Ah, sí, muy «americana».

Viniendo de dónde venía, Christopher se preguntó si aquello no sería más un insulto que un halago.

—En Inglaterra las mujeres acostumbran a comportarse de una forma más encorsetada —continuó lord

Willburn, despejando así sus dudas—. A ninguna de ellas se le habría ocurrido, por ejemplo, ese pequeño viaje en bicicleta.

—No puedo decir que aquí sea algo frecuente tampoco.

—Lo imagino —sonrió el aristócrata—. Por eso a Eloïse le ha parecido tan especial. Claro que imagino que eso lo sabe usted mejor que yo, a fin de cuentas está casado con ella.

Lord Willburn se rio de su propia gracia y Christopher se limitó a sonreír de forma amable. Por supuesto que sabía que Violet era especial, lo había sabido desde el primer momento. Era una lástima que ella no se diera también cuenta de ello.

—En fin, Anderson, le diré lo mismo que le he dicho a Marsten —siguió su anfitrión—. No voy a nacionalizarme, aunque conservaré los cinco mil acres que marca la ley, que, por supuesto, incluirán esta casa y los jardines. —Christopher reprimió un gesto de satisfacción—. Sin embargo, voy a vender el resto a un amigo de Wallop, hijo de lord Summers. Crearemos una sociedad de la que yo poseeré el veinte por ciento, que es lo máximo que me permite la nueva legislación. Como él ya habrá obtenido la nacionalidad, todo estará en orden.

—Comprendo.

—Algunos de mis conocidos han optado por marcharse lejos: Sudamérica, África, incluso Australia. Pero a mí me gusta esto, así que me temo que aún me verá por aquí durante muchos años.

—Siempre será un placer, lord Willburn.

—Las cosas seguirán como hasta ahora, aunque quizá no era esa la respuesta que esperaba.

—De hecho, milord, era justo lo que quería saber.

—¿Eh? Me temo que no lo comprendo. ¿No pretendía usted comprar mis tierras?

—Lo cierto es que sí —contestó Christopher con una sonrisa—, aunque mi principal preocupación era que no las comprara Marsten.

—Creí que sus dos familias se conocían desde hacía años. —Lord Willburn le dedicó una mirada sesgada.

—Y así es —contestó él, que no pretendía entrar en detalles—, pero no comulgo con su pasión por las vallas de alambre espinoso.

—Sigo sin comprenderlo, Anderson.

—Si Marsten hubiera adquirido sus tierras, las habría vallado también, impidiendo el paso de mi ganado al río por esa parte. A mí y al resto de los rancheros de la zona.

—Pero es usted consciente de que, tarde o temprano, todos tendremos que delimitar nuestras propiedades de esa forma, ¿verdad?

—Espero haber encontrado una solución aceptable para entonces.

—Es usted un hombre peculiar, no hay duda.

—Parece ser la nueva característica de los Anderson —bromeó Christopher, al tiempo que alzaba su copa.

Lord Willburn soltó una carcajada estridente e imitó su gesto antes de llevarse el licor a los labios.

Christopher y sus hombres habían hecho recuento de las reses que iban a trasladar y habían acordado que serían ochocientas veinte, y eso incluía un par de docenas de bueyes jóvenes. Era consciente de que no se trataba de una cantidad considerable según los números que manejaban los agentes de Armour & Co., pero era un número manejable para seis vaqueros. Eso significaba que no tendrían que contratar a nadie que los ayudase, aunque sí había hablado con Peterssen, su vecino, para que un par de sus empleados patrullaran el rancho en su ausencia. Christopher había acordado hacerse cargo de sus sueldos durante ese mes, y Peterssen, que ya había vendido sus reses y tenía menos trabajo, aceptó el trato encantado.

—Pero eso serán menos ganancias para ti —le había dicho Violet el día anterior, cuando comentaban los detalles del viaje.

Ambos estaban sentados en el porche. Christopher había trabajado en solitario ese día y había regresado un poco antes, y los dos aguardaban la llegada de los demás.

—Aun así, espero ganar mínimo mil quinientos dólares por encima del precio que habría obtenido con Marsten —le dijo él—. Cincuenta o sesenta dólares de inversión no me parecen importantes.

—Pero también están los gastos del viaje, las provisiones... —insistió ella.

—Aquí o en el camino, tendríamos que comer igual —rebatió Christopher.

—E imagino que tendrás que pagar algo más a tus hombres.

—Por supuesto, pero aun así seguirá siendo un negocio rentable. —La miró de soslayo—. Si no te conociera, diría que estás buscando argumentos para hacerme desistir de ese viaje.

—Es solo que... preferiría que no os marchaseis —reconoció ella.

Había utilizado el plural, refiriéndose a todos y no solo a él.

—Aún puedo cambiar de idea con respecto a Liam y dejarlo aquí... —aventuró.

—No, no.

La vio retorcerse las manos con nerviosismo.

—Tienes mi permiso para disparar a Jan si se pone demasiado gruñón —bromeó Christopher.

—Muy gracioso.

—También podrías instalarte en el pueblo si lo prefieres, hasta que volvamos.

—¿En el pueblo? —Lo miró, sorprendida.

—Seguro que Susan te acogería en su casa —contestó él.

—Sí, sin duda.

—O puedes alquilar una habitación en el hotel de Henderson.

—¿Y diezmar aún más esos beneficios? Estaré bien aquí.

Christopher asintió y se recostó contra el respaldo de la mecedora. Durante unos segundos, ella pensó que aquella imagen, con los dos sentados allí y el jardín cubierto de brotes y de las primeras flores a sus pies, era justo lo que había soñado antes de llegar al rancho.

—Violet, sería aconsejable enseñarte a montar antes de irme, por si acaso —dijo Christopher.

—¿Por si acaso qué? —le preguntó, un tanto asustada.

—No lo sé. ¿Y si se estropea la bicicleta y tienes que ir al pueblo con urgencia?

—No creerás que...

—Y a conducir la carreta.

—Eres consciente de que te vas en dos semanas, ¿verdad?

—Sí, maldita sea. Me temo que tendrá que esperar a mi regreso. —Hizo una pausa—. Tendría que haberme ocupado de esto mucho antes.

Christopher la vio hacer una mueca que no hizo sino corroborar sus últimas palabras. Sí, tenía que haberse encargado de ese asunto hacía tiempo.

Al menos, pensó él, Jan estaría por allí. Aunque aún no tenía claro si eso era bueno o no.

Esa tarde, Christopher estaba cepillando su caballo y charlando con Gideon cuando llegaron los demás. Había sido una jornada apacible y todos parecían relajados. Y hambrientos, sobre todo Cody, que le preguntó si sabía lo que su mujer habría preparado para cenar. Lo cierto era que ninguno de ellos había comido tan bien en su vida. Ni siquiera su hermana Leah, cuya destreza en los fogones no era nada desdeñable, se acercaba a la excelencia de Violet, que incluso conseguía que una simple sopa de tomate supiera a gloria.

Mientras iban aproximándose a la casa, Cody y Gideon iban nombrando platos y a Christopher se le hizo la boca agua. De repente, sonaron unos golpes muy fuertes desde el interior, como si alguien estuviera tratando de derribar los muros con una maza. Intercambiaron una rápida mirada y todos echaron a correr, con Jan renqueando tras ellos.

Christopher había visto a su esposa hacer muchas cosas, algunas de ellas un tanto extrañas, pero ni de lejos se la habría imaginado como la vio cuando todos irrumpieron en la vivienda y, siguiendo el sonido, entraron en el salón. Violet estaba de pie sobre una escalera, frente a una de las ventanas, clavando lo que parecían dos soportes. Llevaba un enorme martillo en una mano y varios clavos sujetos entre los labios. Alrededor de su cintura pendía un cinturón de carpintero lleno de herramientas variopintas, algunas de las cuales él ni siquiera conocía. A los pies de la escalera había una caja abierta, y en su interior otra de metal, llena de más utensilios. Reconoció aquella caja. La habían cargado en Chicago. Recordó también que le había preguntado a Violet qué contenía, porque pesaba una barbaridad, y ella le había asegurado que unos libros. ¿Unos libros? Ja.

De repente, ella se volvió y se sobresaltó al encontrarlos allí. Sus mejillas se ruborizaron de inmediato y escupió los clavos sobre la palma ahuecada de su mano.

—¿Ya...? —carraspeó—. ¿Ya habéis vuelto?

—¿Qué diablos estás haciendo? —le preguntó Christopher.

—Pues... colgando las cortinas que he hecho. No pensé que fuera tan tarde...

Junto a la escalera había dos piezas alargadas y Luke cogió una. Era una barra lisa, pulida y brillante, cuyos extremos finalizaban con una especie de pomo en el que se habían grabado unas filigranas. Desde su posición, Christopher apreció que se trataba de un trabajo excelente. Entonces Luke sujetó uno de aquellos pomos y este se desprendió de la barra con un sonido seco.

—Oh, lo siento —se disculpó, contrito—. Creo que lo he roto.

—No... Es así —le dijo Violet desde lo alto de la escalera—. Uno de los pomos puede quitarse y ponerse para que sea más fácil retirar las cortinas cuando haya que lavarlas.

—Ah, un invento muy inteligente. —Luke volvió a mirar la pieza con renovado interés—. Nunca había visto esto en el almacén de Grayson.

—No, tal vez no —dijo ella—. Estos los he fabricado yo.

—¿Qué? —Luke la miró, asombrado.

Jan cogió la pieza de manos de Luke y le echó un buen vistazo.

—No es posible —aseguró—. Ningún hombre que yo conozca es capaz de hacer un trabajo tan fino como este, y mucho menos una mujer.

—Mi padre era uno de los ebanistas más reconocidos de Chicago —le espetó ella, molesta—. Y aprendí mucho de él antes de que muriera.

—Pero entonces... —Jan, atónito, volvió a mirar la pieza—. ¿Cómo ha labrado así el pomo sin astillarlo?

—Con infinita paciencia y con las herramientas adecuadas —contestó ella, señalando con la cabeza la caja que había al pie de la escalera.

—¿Podrías hacer el favor de bajarte de ahí? —le pidió Christopher, a quien le ponía nervioso verla allí subida—. Te recuerdo que la última vez te caíste.

—¿Se cayó de la escalera? —preguntó Sean.

—La he reparado, y no volverá a suceder. Ahora es más segura que nunca —respondió ella—. Mira.

Violet comenzó a balancearse de forma suave, sin que pareciera que la escalera fuera a desestabilizarse.

—Pero ¿cuándo se ha caído? —insistió Sean.

—Violet, por favor, deja de hacer eso —la riñó Christopher.

—Está bien —accedió ella, que dejó de moverse—, aunque deberías confiar un poco más en mí. En Chicago era yo quien se ocupaba de todas las pequeñas obras de la casa.

—Pero ya no estás en Chicago... —le espetó su marido.

—Pues no he visto a nadie quejarse de que la puerta estuviera reparada, o de que Gideon volviera a tener su silla arreglada. —Violet enfrentó su mirada.

—Pensé que la habías arreglado tú, Jan. —Gideon se volvió hacia el capataz.

—Y yo que me estabais tomando el pelo, recordándome mis tareas pendientes —gruñó el viejo.

—Además de limpiar y cocinar, soy una excelente carpintera, y no pienso disculparme por ello —continuó ella.

—Violet... —comenzó a decir Christopher.

—Ni te atrevas a decirme que eso es trabajo de hombres. Mi padre no cesaba de recordármelo, aunque yo fuese mejor que alguno de sus ayudantes. —Violet los miró a todos, aguardando las críticas con el semblante pétreo.

Durante unos segundos, densos como la melaza, nadie dijo nada.

—Ha hecho un trabajo estupendo —reconoció Jan al fin.

—Yo no tengo inconveniente —replicó Cody—. De hecho, uno de los cajones de mi cómoda necesitaría que le echara un vistazo.

—¿Te importaría mirar también la ventana de mi habitación? —preguntó Luke—. Se atasca continuamente y la mitad de las veces no la puedo abrir.

—Pues yo necesitaría que... —comenzó a decir Liam.

—Bueno, ya está bien de encargos —interrumpió Christopher, que miraba el rostro ruborizado y satisfecho de su esposa—. Violet, por favor, ¿podrías bajarte ya de ahí?

—Claro, en cuanto termine —respondió ella—. Luke, ¿me pasas una de las barras?

Luke hizo lo que le pedía. Ella quitó el pomo, cogió la cortina que tenía sobre el hombro y pasó la pieza por las trabillas. Luego volvió a colocar el extremo y la situó encima de los soportes en forma de gancho, hasta que quedó perfectamente encajada. La tela cayó con gracia, un visillo semitransparente de color crema con una cenefa bordada en la parte inferior, la misma que él la había visto coser durante muchas noches. El resultado no podía ser más satisfactorio. De repente, el salón se le antojó una estancia de lo más acogedora.

—Ha quedado muy bien, señora Anderson —reconoció Sean.

Violet le dedicó una mirada de agradecimiento y, con suma agilidad, bajó de la escalera, se quitó el cinturón y guardó sus herramientas. Iba a alzar la caja cuando Luke la sujetó del brazo.

—Yo te la llevo —le dijo—. ¿Dónde la guardas?

—Eh... debajo de mi cama —contestó ella.

—Yo la subiré —intervino Christopher, que soltó un bufido cuando volvió a sentir aquel peso entre los brazos—. No me imagino cómo diablos la has bajado hasta aquí.

—Soy más fuerte de lo que piensas —replicó ella, burlona.

Christopher la miró durante unos segundos, orgulloso. El deseo de besarla justo en ese instante lo sacudió con tanta fuerza que estuvo a punto de dejar caer la carga.

—¿Seguro que no quieres que te ayude? —inquirió su amigo, socarrón.

—Cierra el pico, Luke.

42

Robert Fitzgerald Weston había sido un hombre dado a los aforismos y a las frases rimbombantes, aunque ninguna de ellas le había servido para salvarse de una mala inversión, o de una cadena sucesiva de malas decisiones. De todas aquellas sentencias, Amy siempre recordaba una de forma especial: prepara una estrategia para lograr tu objetivo, admite tus debilidades, aprovecha tus fortalezas y propicia las oportunidades.

Desde que había llegado a Heaven, Amy había tratado de guiarse por ese axioma. Era evidente que el resultado no podía ser menos satisfactorio, prueba de que las máximas de su antiguo esposo no siempre daban el resultado apetecido, por muy bien que quedaran sobre el papel.

En cuatro días se celebraba la Fiesta del Solsticio, y luego Chris se marcharía durante unas semanas. Ella necesitaba que, durante ese tiempo, él fuese incapaz de dejar de pensar en ella, hasta el punto de que, a su regreso, no concibiera otra idea que la de llevar a su mujer de vuelta a Chicago.

Amy decidió obviar sus debilidades y se centró en sus

fortalezas, y la mayor de todas ellas era sin duda el amor que en otro tiempo Chris le había profesado. Por aquel entonces él apenas era capaz de mantener las manos alejadas de ella, y aquel joven fogoso y apasionado aún debía encontrarse en el interior del hombre que ahora era. Propiciar la oportunidad tampoco le supondría problema alguno, y esa mañana envió al rancho a un chico del pueblo con una nota para Chris, citándolo con apremio en su casa esa misma noche.

Aquella iba a ser con toda probabilidad la cita más importante de su vida, y Amy se preparó a conciencia. Con su padre convenientemente sedado con unas gotas de láudano, dispuso de tiempo suficiente para bañarse y acicalarse. Escogió un precioso vestido color crema que decidió usar sin enaguas y se dejó el cabello suelto, que caía en ondas hasta la mitad de su espalda. Cuando comprobó el resultado frente al espejo, no pudo sentirse más satisfecha. La tela se pegaba a sus muslos y marcaba su estrecha cintura y la suave redondez de sus caderas.

Veinte minutos antes de la hora convenida ya se encontraba en el salón, iluminado con luz tenue, aguardando la llegada de Chris, más nerviosa de lo que se atrevía a reconocer. Poco después oyó la llegada de un jinete y se levantó para mirar por la ventana. Necesitaba cerciorarse de que venía solo antes de recibirlo. Una vez más, él no la decepcionó.

—Amy... —la saludó él en cuanto abrió la puerta—. ¿Va todo bien? En tu nota no especificabas...

—Solo quería verte —lo interrumpió—. Te vas en pocos días y estarás mucho tiempo fuera...

—Unas semanas nada más.

—Y estoy preocupada, Chris —continuó, adoptando una expresión triste que, por una vez, no era del todo impostada—. Nunca has hecho esto tú solo y...

—Pienso volver. —Esta vez fue él quien la interrumpió—. Lo sabes, ¿verdad?

Ella lo observó y vio a un hombre seguro de sí mismo, lleno de confianza y fortaleza.

—Sí, por supuesto. —Amy asintió, casi convencida—. Pero voy a echarte de menos.

—¿Por eso me has pedido que vinieras? —Chris alzó una ceja.

—¿No te parece razón suficiente? —inquirió ella con un mohín coqueto—. ¿Vas a entrar o piensas quedarte ahí toda la noche?

Lo vio mirar a un lado y a otro de la calle antes de decidirse y luego cruzó el umbral. Amy lo precedió hasta el salón con un suave contoneo de caderas y, cuando se dio la vuelta, comprobó que él la observaba con deleite. Le ofreció un poco de whisky y él aceptó, así que sirvió dos vasos, le entregó uno y lo vio darle un largo trago. Amy se sentó en el sofá y con un gesto le pidió que se acomodara junto a ella, pero Chris escogió una butaca algo más alejada.

—Le he pedido a la señora Williams que preparara unas galletas de mantequilla. —Amy señaló la bandeja de plata situada sobre la pequeña mesa de centro.

—Hummm, son mis preferidas.

—Lo sé —sonrió ella—. Ya te dije el otro día que lo recordaba todo.

Lo vio coger una y mordisquearla.

—Están deliciosas —aseguró él—. ¿Le darás las gracias de mi parte?

—Claro. Puedes llevarte las que sobren si quieres.

—¿Tú no vas a probarlas?

—Me temo que estoy demasiado nerviosa para comer.

—¿Nerviosa?

Amy se mordió el labio inferior y desvió la mirada con fingido recato.

—¿Has pensado en lo que hablamos? —le preguntó con voz suave.

—¿Qué?

—Supongo que cuando regreses de Denver llevarás a tu mujer a Chicago.

—¿Quién te ha dicho eso? —Chris frunció el ceño.

—Tú mismo, ¿no lo recuerdas? —Ella le dedicó una sonrisa cómplice—. El día que estuvimos en el río.

—Recuerdo haberte dicho que era una posibilidad, y que Violet tomaría esa decisión.

—¿Violet? —Lo miró de forma sugerente—. ¿Acaso tú no tienes nada que decir?

Chris no respondió. Ella se levantó, se sirvió otro dedo de whisky y luego se acercó a él con la botella en la mano. Mientras le rellenaba el vaso, pegó sus piernas al muslo masculino y dejó que él percibiera el calor de su cuerpo. Para su sorpresa, Chris se retiró unos centímetros.

—¿Piensas seguir casado con una mujer a la que no amas y que es evidente que tampoco te ama a ti? —preguntó al tiempo que hundía su mano en la suave melena de Chris.

—Amy, por favor...

Chris echó la cabeza hacia atrás y ella se separó de él y regresó a su asiento. Quizá estaba siendo demasiado directa. Supo que había dado en el blanco cuando poco después él dejó el vaso sobre la mesita auxiliar y se levantó.

—No debería haber venido —musitó.

—¿Qué? —Ella también se levantó—. ¿Por qué no? De hecho, creo que este es exactamente el lugar en el que debes estar, conmigo.

—Nos conocemos desde hace muchos años, Amy, y te considero una amiga, una amiga muy querida. Sabes que haría cualquier cosa por ti, pero no entiendo lo que estás haciendo.

—¿No lo entiendes, Chris? ¿Acaso no comprendes lo que siento por ti? —Amy se acercó a él y posó una mano sobre su pecho—. Nunca he dejado de quererte, ¿lo sabías?

—¿Por eso te casaste con otro? —le preguntó él, mordaz.

—Aquello no tuvo nada que ver con el amor, lo sabes muy bien. —Amy pegó su mejilla a la de Chris.

—Y esto tampoco.

Él la cogió por los brazos y la separó de su cuerpo.

—Entiendo que aún no estés preparado. —Ella le acarició la mejilla—. Ya te dije que te esperaría. Cuando vuelvas de Chicago podemos...

—No sé si Violet va a marcharse —la interrumpió él—, pero, en caso de que lo hiciera, tampoco cambiaría nada.

—¿Qué...? —Amy retrocedió un paso—. ¿Qué quieres decir?

—Tú y yo, Amy —respondió él—. Tal vez habría funcionado entonces, no lo sé. Pero estoy seguro de que ahora no lo haría.

—Ya te he dicho que he cambiado... mucho —insistió ella.

—¿En serio? —La miró de hito en hito—. ¿Quieres hacerme creer que ahora estarías dispuesta a instalarte en el rancho? ¿Limpiar, cocinar, criar a nuestros hijos...?

—Por supuesto que sí —mintió ella, adoptando una expresión de lo más adusta.

—Hummm, tal vez tengas razón —convino él tras unos segundos—, pero hay un problema.

—Oh, seguro que puede solucionarse. —Amy ladeó la cabeza, coqueta.

—Ya no te quiero, Amy. —Lo dijo con tanta vehemencia que ella casi escuchó sus esperanzas hacerse añicos a sus pies—. Te quise, es inútil negarlo, o al menos quise a la niña que fuiste una vez. Ahora eres una mujer muy hermosa, más que nunca me atrevería a decir, y aunque no niego que me siento atraído por ti, no es suficiente.

—Es más de lo que tienes con tu esposa —le espetó, con acritud.

—Probablemente tengas razón —reconoció él—, pero a pesar de ello confío en Violet más de lo que nunca he confiado en ti.

Amy se mordió los carrillos para no replicar y adoptó una postura menos beligerante, cruzando los brazos a la altura del pecho y presentando un aspecto de lo más vulnerable.

—De todos modos, te esperaré —le aseguró—. Quizá cambies de opinión.

—Yo no contaría con ello.

Christopher salió de la habitación y ella se quedó allí, inmóvil, sin saber cómo reaccionar. Lo vio coger la chaqueta y salir por la puerta.

Su plan no había funcionado. No había funcionado en absoluto.

Tal vez, después de todo, debería haber tenido en cuenta también sus propias debilidades, y una de ellas era la impaciencia.

The Heaven's Gazette
21 de junio de 1887

Un año más, nuestra celebración más esperada, la Fiesta del Solsticio, está a la vuelta de la esquina. La señora Ostergard desea recordar a las damas de Heaven que se hayan apuntado para adornar el *midsommarstång* que deben estar a las ocho de la mañana en la explanada situada detrás de la iglesia presbiteriana.

Desde aquí damos las gracias al señor Sidel por haber cedido un año más el prado donde se celebrarán la mayoría de los actos.

Alguien la zarandeaba. Durante unos segundos, Violet pensó que estaba soñando, hasta que abrió los ojos y vio luz. Y a Christopher inclinado sobre ella.

—Violet —la llamó él con suavidad.

—¿Qué haces en mi habitación? —Se incorporó de un salto al tiempo que se subía las sábanas hasta el pecho.

—Acompáñame —fue su única respuesta.

—¿Qué? Oh, Dios, ¿hay fuego? ¿Un incendio?

—¿Un incendio? No, qué cosas dices —le dijo él—. Solo quiero enseñarte una cosa.

—¿En mitad de la noche? —preguntó, recelosa.

—Sí, ahora mismo. Vamos, apresúrate. Ponte las botas y un chal, solo vamos al establo.

¿Al establo?, pensó ella. Violet se pellizcó un brazo, solo para cerciorarse de que estaba despierta, porque aquello parecía uno de esos sueños extraños sin pies ni cabeza. Pero obedeció. Se puso las botas como pudo, se enfundó en su chal y siguió a Christopher escalera abajo.

Fuera hacía algo de fresco, pero la noche era hermosa, con un gajo de luna colgando del cielo y un millar de estrellas acunándola.

—No hagas ruido cuando entremos —la avisó Christopher.

—Claro —contestó ella, sin entender muy bien aquella orden tan insólita.

Su marido abrió la puerta del establo y sostuvo la lámpara de aceite en alto para que ella pudiera ver por dónde pisaba. En cuanto se halló en el interior, descubrió otras luces y, lo más asombroso de todo, a los otros seis hombres del rancho allí reunidos. Lo primero que pensó fue que se trataba de alguna especie de absurda reunión secreta, hasta que vio que formaban un semicírculo frente a uno de los cubículos. Se aproximó con cautela para poder ver lo que ellos estaban observando, y se quedó muda cuando vio a un caballo tumbado en el suelo. Respiraba con rapidez, y lo primero que pensó era que estaba enfermo. ¿Para eso la había despertado Christopher de madrugada? ¿Qué pensaba que podría hacer ella?

Dio un paso más hacia la derecha, hasta que todo el cuerpo del animal estuvo ante su vista. No era un caballo, era una yegua joven y, por lo abultado de su vientre, una que estaba a punto de parir.

El animal miraba nervioso a uno y otro lado, resollando y relinchando. Entonces Cody se aproximó con suavidad, posó una rodilla en tierra y comenzó a acariciarle la cabeza para tranquilizarla al tiempo que le hablaba bajito. Violet había oído hablar de los susurradores de caballos, pero jamás habría imaginado que el chistoso joven fuese uno de ellos. La asombró comprobar que era bueno en su trabajo, porque la yegua pareció relajarse un tanto. No debería haberla sorprendido, pensó a continuación; Christopher jamás habría aceptado en su rancho a un hombre sin aptitudes.

Cody empezó a entonar una melodía, una especie de canción de cuna cuya letra fue incapaz de distinguir. Gideon, sentado enfrente sobre un banco de madera, lo imitó, y luego se unió Liam. Al final, los siete hombres terminaron tarareando en la quietud de la noche, con sus voces roncas y profundas, arropando a una yegua demasiado nerviosa y seguramente muerta de miedo.

Violet, totalmente superada, se recostó contra la pared de madera mientras aquella dulce tonada la envolvía. Miró a Christopher, que cantaba junto a sus hombres sin dejar de observar al animal y, al parecer, sin recordar que la había llevado hasta allí.

La yegua se incorporó entonces con energía, se puso en pie y comenzó a moverse de un lado a otro. Cody continuó acariciándole la testuz, mientras la melodía seguía sonando. Desde donde estaba, Violet vio aparecer las patas del potrillo, envueltas en una especie de telilla semitransparente, y aguantó la respiración. La madre volvió a tumbarse, y luego a levantarse y a dar vueltas por el cubículo, y finalmente se quedó en el suelo, de costado, mientras paría a su criatura. Con suma delicadeza, Cody retiró la membrana que cubría al recién nacido y se alejó. La yegua se removió hacia su retoño y comenzó a limpiarlo con la lengua, y a frotarse contra él.

La melodía había cesado y se sintió extrañamente vacía sin aquel acompañamiento. El potrillo trató de ponerse de pie, pero las piernas, delgadas y poco firmes, no lo sostuvieron y volvió a caer sobre la paja. A Violet se le escapó una risita, y no fue la única. La escena era tan tierna como cómica. No supo cuánto tiempo llevaban allí hasta que el animalito, al fin, pudo sostenerse por sí mismo y aproximarse a su madre, ahora en pie y más tranquila, para alimentarse.

—Ahora debes ponerle nombre —le dijo Christopher, que se había colocado a su lado.

—¿Yo? —Lo miró, sorprendida, y luego vio que todos la estaban observando, aguardando sus palabras—. Pero...

—El potro es tuyo —le dijo él—. Te enseñaré a montar, como te prometí, y ese será tu caballo.

—No, yo no...

—Violet, no pasa nada...

Christopher le colocó una mano sobre el hombro y se acercó un poco más a ella, para que nadie más oyera lo que tenía que decirle.

—Si algún día decides volver a Chicago, podrás llevártelo contigo.

Las emociones de Violet se desbordaron. Sentía el pecho tan oprimido que apenas podía respirar. Se cubrió el rostro con las manos y comenzó a sollozar, apoyada contra el pecho de su marido. Él la rodeó con los brazos y le acarició la cabeza, con tanta ternura que el llanto arreció. Entonces notó cómo el pecho de su esposo vibraba bajo su mejilla. Estaba cantando de nuevo, la misma canción, solo que ahora la cantaba para ella.

—Madrugada —balbuceó Violet al fin, entre hipidos—. Se llamará Madrugada.

Violet miró a los siete hombres parados frente a ella, vestidos para acudir a la fiesta. Estaban todos muy elegantes, ya se había encargado ella de que así fuese. Sobre todo Christopher. Desde la noche en que había nacido el potro no había dejado de pensar en su marido, en la calidez de su abrazo, en todo lo que habían vivido juntos desde que se conocían. Por primera vez desde que había llegado a aquella tierra, se sentía verdaderamente en casa. Echó un vistazo alrededor y vio su propia impronta en todos los rincones. En los números del *Peterson's Magazine* que había colocado sobre la repisa del salón, en las cortinas que adornaban las ventanas, en los nuevos cojines, en el jarrón colocado sobre la chimenea y que, milagrosamente, había sobrevivido a la mudanza...

Se sentía feliz, eso era lo que vibraba en el interior de su pecho. Feliz de estar allí, feliz de pertenecer.

La jornada prometía ser magnífica, no había dejado de oír hablar de aquella festividad, a Susan, a Lorabelle y a los hombres del rancho. Esa noche, además, Christopher y ella dormirían en el hotel de los ingleses, antes de que él tuviera que marcharse a Wyoming. La idea de volver a dormir con él se entremezclaba con la idea de que iba a estar ausente mucho tiempo, y ensombrecía ese cúmulo de sentimientos que bullía entre sus costillas.

—¿Vamos a estar así de pie mucho tiempo? —preguntó Cody, sacándola de su ensimismamiento.

—No, claro que no —respondió ella, con una sonrisa—. Solo quería comprobar lo guapos que estáis.

Vio a los más jóvenes mirarse unos a otros, muy ufanos, con el pecho hinchado como gallos de pelea.

—Recordad todo lo que habéis aprendido estas semanas —les dijo.

—Sí, señora Anderson.

Violet asintió, conforme, y todos abandonaron la casa.

El trayecto fue ameno y hasta Jan participó en las bromas de los más jóvenes. Iba subido a su caballo, algo bastante inusual, pero la distancia no era mucha y no había querido viajar en la carreta con ellos, alegando que él volvería al rancho después de la fiesta.

Cuando entraron en Heaven, Violet contuvo el aliento. La avenida principal estaba adornada con coronas de flores —que ella misma había ayudado a confeccionar el día anterior— y cintas de colores. Se dirigieron hacia la iglesia presbiteriana, donde se adornaría el poste cuyo nombre todavía era incapaz de pronunciar. En el prado situado un poco más allá, cedido por uno de los rancheros, se habían levantado ya varias carpas y, pese a lo temprano de la hora, el lugar estaba bastante concurrido.

Violet se reunió con sus compañeras del club y participó en la tarea de adornar los troncos trenzando los tallos de las flores unos con otros, hasta que estuvieron cubiertos por completo excepto un buen trozo en la base, que sería el que quedaría bajo tierra.

Luego, junto a las demás mujeres, vio cómo algunos de los hombres de Heaven tomaban aquella cruz floreada con suma delicadeza. Todos ellos eran rubios o con el cabello claro, sin duda los descendientes de los primeros habitantes suecos del pueblo. Christopher, Luke y Jan formaban parte del grupo y, con gran ceremonia, llevaron el poste hasta el centro del prado y lo clavaron en el suelo, entre los vítores de los asistentes.

Vio que Christopher la buscaba con la mirada en cuanto finalizó la ceremonia e intercambiaron una sonrisa.

Sin duda iba a ser un día memorable.

43

El día transcurrió con placidez. Grandes trozos de carne se asaban en las barbacoas improvisadas mientras los más pequeños participaban en las actividades de la mañana. Las danzas y canciones alrededor de la cruz floreada se sucedieron durante toda la jornada. Algunas se entonaron en sueco y otras en inglés, a las que se añadieron casi todos los habitantes de Heaven. Jan había hecho sus famosas albóndigas, que Violet encontró sabrosas, aunque un poco secas, y una ensalada de patata aderezada con una crema agria que también le pareció aceptable. Pensó en que, algún día, le pediría la receta de ambas cosas y trataría de cocinarlas ella misma. Siempre le había gustado probar platos nuevos y aquellos formaban parte de la tradición de los Anderson.

Cuando la tarde comenzó a declinar dio comienzo el baile, y los jóvenes del rancho formaron una piña mientras observaban a las muchachas bailar con los demás.

—¿Os vais a quedar toda la noche en un rincón? —les preguntó Violet.

—Tengo intención de pedirle un baile a Miriam Valentine —comentó Liam, mirando a la joven morena de ojos azules a la que ya se había acercado en el Festival de Primavera.

—¿Valentine? —Violet miró a la chica—. Me suena ese apellido...

—Su hermana ha ganado un concurso de relatos —dijo el gemelo—. Lo anunciaron en la gaceta.

—Cierto. Pues ya sabes lo que tienes que hacer.

En cuanto el joven que bailaba con Miriam la dejó junto a sus amigas, Liam hizo amago de acercarse, pero el hijo del farmacéutico se le adelantó y el gemelo regresó a su lugar. La operación volvió a repetirse de nuevo cuando esa pieza finalizó, y Violet comprendió que los «prominentes», como le había dado por llamarlos mentalmente, no iban a consentir que aquellos vaqueros bailaran con las muchachas.

—¿Y bien? —les preguntó al resto—. ¿Os vais a quedar ahí plantados hasta la madrugada?

Los cuatro vaqueros intercambiaron una mirada, se acercaron juntos al grupo de chicas y formaron una especie de parapeto que las distanció de sus rivales. Violet no pudo sentirse más orgullosa cuando comprobó cómo ponían en práctica lo que les había enseñado, solicitando una pieza con exquisita elegancia y luego bailando con bastante soltura en la parte central. Incluso vio cómo las bonitas jóvenes sonreían entre los brazos de los muchachos, prueba evidente de que habían logrado encontrar un tema de conversación que las satisfacía.

—Eres una pequeña bruja —musitó Christopher en su oído.

—Lo sé —contestó ella con una sonrisa.

—¿Crees que ya podemos bailar nosotros también?

—Solo si me lo pides como debe ser.

Christopher la miró divertido, pero se inclinó y extendió su mano.

—Señora Anderson, ¿me haría el honor?

—Será un placer, señor Anderson —aceptó ella.

La noche había caído y el prado, salpicado de farolillos, parecía un manto de luciérnagas. Susan había pasado casi todo el día en compañía de Lorabelle y la pequeña Betty, que en ese momento se caía de sueño. Cuando su amiga anunció que ella y su hija daban la fiesta por concluida, se aproximó hasta Violet, que apenas se había despegado de los hombres del rancho. En ese momento tomaba un refrigerio junto a lady Willburn y dos de las mujeres inglesas que ese año acompañaban a la familia. Los ingleses siempre acudían a la festividad, al menos a una parte de ella, y alternaban con los vecinos del pueblo. Cuando se acercó, oyó a lady Willburn hablar sobre el jubileo de la reina Victoria, que se había celebrado por todo lo alto en Inglaterra y en todas partes del mundo solo dos días atrás. En ese momento, la dama comentaba que ellos habían asistido a un oficio en la catedral episcopaliana de St. John in the Wilderness, en Denver, donde el deán, de origen británico, incluso había escrito un himno para la ocasión.

—¿Cómo celebraste tú el jubileo de la reina? —le preguntó Susan a Violet en un aparte, en tono de chanza.

—Hummm, creo que cociné un estofado —rio su amiga.

—Al menos yo me comí unos bombones.

—No hay duda, tú lo celebraste por todo lo alto.

Cogidas del brazo, ambas se despidieron del grupo que rodeaba a las inglesas y caminaron por el prado.

—No he visto a Amy Weston en todo el día —susurró Susan.

—Llegó hace un rato —comentó Violet—. No mires, pero está en diagonal a nosotras, en compañía de Diane Mitchell, su esposo y su hijo, que la contempla como si fuese una diosa griega.

Con disimulo, Susan miró en la dirección indicada y vio a la mujer allí. ¿Por qué diablos tenía que ser tan absolutamente preciosa? Llevaba un vestido color crema adornado con pedrería, que reflejaba el resplandor de las lámparas y los fuegos repartidos por doquier. Ciertamente, parecía una diosa bajada del Olimpo para hechizar a los simples mortales.

Casi por inercia buscó al marido de su amiga con la mirada, y le agradó comprobar que se encontraba con Luke y Jan, y que no parecía en absoluto interesado en la deslumbrante deidad. Se fijó un poco más en Luke, que estaba rabiosamente atractivo. Llevaba el cabello peinado hacia atrás y en su rostro bronceado destacaban sus enormes y cálidos ojos verdosos. Cuando comprendió que Violet la encaminaba precisamente en su dirección, se puso tan nerviosa que trastabilló con sus propios pies.

Al llegar, los tres hombres las saludaron y le pareció que Luke, incluso, la miraba con más atención de la acostumbrada, aunque sin duda se trataba de imaginaciones suyas. Entonces, Christopher Anderson la invitó a bailar y ella, por supuesto, no se negó. Antes de aceptar su brazo, sin embargo, dirigió una mirada lánguida al objeto de sus desvelos y deseó con todo su ser que el hombre que la acompañaba hasta la zona del baile fuese otro bien distinto.

—Susan es una mujer encantadora —comentó Violet a Luke.

Jan se había levantado para ir en busca de una de aquellas mortíferas bebidas que no habían dejado de circular en todo el día y ambos se habían quedado solos.

—Lo sé, hace años que la conozco —contestó el joven capataz.

—¿Años? —Lo miró con una ceja alzada.

—Desde que llegó al pueblo.

—Claro. Pues espero que esta noche la invites a bailar.

—¡¿Qué?!

—Luke, no me cabe duda de que como capataz eres un hombre muy válido —le dijo Violet, con una sonrisa—, aunque en otros asuntos eres un redomado idiota.

—Gracias, Violet —bromeó él—. Tú también me gustas.

—¿Me permites que te dé un consejo?

—¿Tengo forma de negarme? —Luke hizo una mueca divertida.

—Pídele un baile a la señorita Miller —le dijo.

—Bueno...

—Y luego otro.

—Pero...

—Y no la sueltes.

Luke volvió a mirar a Christopher bailando con Susan.

—¿Estás... segura?

—En toda mi vida nunca he estado tan segura de algo.

—De acuerdo —asintió él, convencido—. ¿Te importa si ahora...?

—Por favor.

Luke se alejó de ella y, tal y como había hecho en el Festival de Primavera, interrumpió la pieza y le robó la pareja a su mejor amigo. Susan enrojeció hasta la raíz del cabello, pero pareció aceptar de buena gana el cambio. Desde su rincón, Violet los contempló a ambos y sonrió.

Seguía pensando que hacían una preciosa pareja.

Amy no había dejado de observar con disimulo a Christopher y a su esposa, con una rabia sorda latiéndole en las sienes. La culpa de todo la tenía Robert Fitzgerald Weston, se dijo. En primer lugar, por haber permitido que se arruinaran. Y en segundo lugar por no haberle concedido el divorcio en cuanto ella se lo pidió. De haber llegado a Heaven unos días antes de que Chris viajara a Chicago, las cosas podrían haber sido muy distintas.

Recordaba todas y cada una de las palabras que el ranchero le había dicho en su casa y le costaba creer que él no la quisiera. La había amado desde el principio, durante años. ¿Cómo era posible que un amor como ese hubiera desaparecido para siempre? No, se negaba a aceptarlo. Estaba convencida de que, si esa mujer desaparecía de su vida, ambos tendrían una posibilidad. Tal vez le costara un poco más de tiempo del que había previsto en un inicio, pero tenía plena confianza en sí misma.

Aguardó una oportunidad para abordarla a solas y la encontró al fin. Christopher se había unido a Jan para probar uno de aquellos mejunjes que los lugareños preparaban con tanto ahínco —y que ella encontraba detestables—, y la vio alejarse en dirección a la carreta, alejada del bullicio, seguramente para descansar un rato.

—Bonita noche, ¿verdad? —le dijo, al acercarse por detrás.

La señora Anderson dio un respingo. Como había supuesto, estaba cómodamente sentada en un taburete, junto a la carreta, con las piernas estiradas. Se había quitado los botines, que descansaban junto a la rueda delantera, y se puso de pie para recibirla.

—Señora Weston... —la saludó.

—Esta fiesta siempre me ha encantado —continuó Amy—. Imagino que en Chicago no habrá nada parecido.

—No, la verdad es que no.

—Sin duda será una historia interesante para contar a su regreso.

—¿A mi regreso? —Violet la miró con una ceja arqueada.

—Vuelve a Chicago si no tengo mal entendido, ¿no es así?

—¿Quién le ha dicho eso?

—Chris, por supuesto. ¿Quién sino? —preguntó ella, con la mirada perdida en el bullicio de la fiesta, como si aquella fuese una conversación banal y no una de las más importantes de su vida—. Una vez regrese de llevar al ganado. Ese era el trato, ¿verdad?

—No... no hemos hablado de eso —balbuceó la mujer.

—Oh, ya conoce a Chris. A veces es demasiado honorable y es evidente que él no se lo va a pedir. Sospecho que está esperando a que usted lo haga. Los hombres, en ocasiones, son un poco cobardes para estas cuestiones.

—No sé cómo está usted tan bien informada acerca de los asuntos que atañen a mi esposo y a mí, pero...

—¿A su esposo? —Amy clavó en ella sus ojos castaños—. Vamos, señora Anderson, deben ustedes ser el matrimonio menos convencional de todo el estado. ¿Cree que no sé que ni siquiera duermen en la misma cama? Vaya, de hecho, no duermen ni en la misma casa.

—¿Cómo...? ¿Cómo sabe usted eso?

—¿De verdad necesita que se lo diga?

Con esas palabras, Amy pretendía sugerir que la información provenía del propio Christopher, aunque no era cierto. En realidad, el viejo Jan había sido el origen de ese jugoso dato. Durante su primera visita al rancho, el viejo había presumido de conocer aquel hecho, como si Chris fuese capaz de ocultarle algo a esas alturas. Que no se lo hubiera mencionado nunca, añadió, no significaba que no lo supiera. Se lo había contado sin malicia alguna, como si quisiera dar a entender que aún era alguien importante en aquel lugar.

—No pretendo herirla, señora Anderson. —Amy adoptó un tono condescendiente—. Solo trato de ahorrarle un sufrimiento innecesario. Usted sabe tan bien como yo que este no es su sitio.

—¿Y el suyo sí? —Violet contestó con aspereza.

—Lo fue hace años, y ahora vuelve a serlo —aseguró.

—No crea que desconozco que mi marido ha estado un par de veces en su casa —señaló la mujer—, pero eso no significa nada.

—¿Un par de veces? —Amy rio—. ¿Le ha dicho que la última fue hace un par de noches?

—¿Esta... semana?

—¿Y que nos hemos besado? ¿También le ha hablado de eso?

—Miente...

—¿De verdad lo cree? —Amy clavó en esa mujer sus grandes ojos castaños—. Un hombre tan apasionado como Chris Anderson tiene necesidades, y si usted no se las proporciona, otra lo hará.

Amy vio que el rostro de la mujer se descomponía y, durante un breve segundo, casi sintió pena por ella. Sin embargo, aquello se trataba de su propia supervivencia y en la guerra no había sitio para la piedad.

—Chris y yo nos hemos amado desde niños y, si usted no hubiera aparecido de improviso, ahora estaríamos felizmente casados —continuó, con el deseo de rematar aquel asunto—. Dicen que el amor es la fuerza más poderosa del mundo, ¿no está de acuerdo?

La mujer ni siquiera contestó y Amy decidió que su tarea había finalizado.

—Le deseo mucha suerte en Chicago, señora Anderson —le dijo a modo de despedida.

Amy se dio la vuelta y desapareció por el mismo lugar por el que había llegado, con el corazón martilleando victorioso en su pecho.

Violet se sentía aturdida. Aquella odiosa mujer acababa de poner su vida patas arriba en un santiamén, la vida que ella creía estar conquistando al fin. En un principio, se había negado a creerla, decidida a continuar confiando en Christopher. Pero que conociera algunos detalles de su relación era una prueba más que evidente de que no mentía, y de que había sido una ilusa. Otra vez. Y estaba cansada, mentalmente agotada de aquel continuo vaivén entre su marido y ella que no parecía conducir a ningún lado.

Cuando Christopher se reunió con ella un rato más tarde, le preguntó si le pasaba algo y ni siquiera fue capaz de mirarlo a los ojos. Se limitó a decirle que no se encontraba bien y que quería volver a casa.

—¿Seguro que no has bebido demasiados vasitos de licor? —bromeó él.

Ella torció el gesto.

—Esta noche tenemos una habitación reservada en el hotel de los ingleses, ¿lo has olvidado? —continuó Christopher, acercándose un paso más a ella y elevando su brazo para tocarla.

Violet retrocedió.

—Quiero volver al rancho —insistió.

—Violet, ¿qué sucede? —Su tono de voz reflejaba preocupación.

—Ya te lo he dicho, no me encuentro bien.

—Claro —accedió él al fin—. Déjame avisar a los demás.

Christopher la dejó sola unos minutos, minutos en los que ella tuvo que hacer un gran esfuerzo para no echarse a llorar y luego para no arrancarle los ojos en cuanto regresó a su lado y ató los caballos a la carreta.

Hicieron el viaje en completo silencio. A Violet le habría encantado gritarle, acusarlo de ser un hombre despreciable y ruin, pero se guardó para sí toda su amargura. Él siempre hallaba la forma de excusarse y ya estaba cansada de sus mentiras, de aquel juego en el que ella siempre había tenido las cartas equivocadas.

Cuando llegaron al rancho, la ayudó a bajar y ella sintió el calor de aquellas manos atravesando su ropa.

—¿Estás mejor? —le preguntó él, con dulzura.

—Lo estaré.

—Bien. —Christopher le acarició la mejilla—. Ya habrá otras noches para alojarse en el hotel de los ingleses cuando vuelva.

—No lo creo.

—¿Qué? —Él se retiró un paso.

—Quiero volver a Chicago. En cuanto vendas el ganado, me voy a casa.

—¡Esta es tu casa! —exclamó, molesto.

—No, Christopher, esta no es mi casa. Nunca lo ha sido.

—Eres mi mujer, Violet...

—¡Basta! —le gritó, ahora sí—. No soy tu mujer, nunca lo he sido, y está visto que nunca voy a serlo.

—¿Pero se puede saber qué rayos te ocurre ahora?

—¿A mí? —le espetó—. ¿Qué me ocurre... a mí?

—Todo esto no son más que los nervios —le aseguró él—, porque nos vamos mañana y estás inquieta.

—Por favor, no seas paternalista conmigo —le pidió, cáustica—. Este matrimonio ha sido una equivocación desde el principio y ya es hora de que le pongamos fin.

—¿Y no tengo nada que decir al respecto? —inquirió, mordaz.

—No hay nada de qué hablar, he tomado mi decisión. Me prometiste que me llevarías de vuelta, aunque no creo que sea necesario. Puedo viajar sola.

—Pero ¿por qué?

—No me gusta estar aquí, no me gusta trabajar para ti, y no me gusta estar casada contigo. ¿Necesitas más motivos? —le soltó, con toda su rabia.

—No. Supongo que no... —contestó él, con los labios apretados y convertidos en una fina y pálida línea—. Tienes razón, quizá ya es hora de que continuemos con nuestras vidas.

Sin añadir nada más, Violet desapareció en el interior de la casa.

Solo cuando estuvo a solas en su cuarto pudo llorar a gusto.

Y lloró durante horas.

44

Violet no abandonó su habitación en toda la mañana. Desde la ventana vio a los hombres antes de marcharse. Sean conducía la carreta, aunque no se trataba de la que usaban para ir al pueblo. Esta parecía algo más grande e iba cargada con agua y víveres para varias semanas. Por lo que sabía, se irían turnando para conducirla.

Le pareció ver que Gideon tenía un ojo morado y que Cody lucía un corte en el labio, pero desde esa distancia no pudo asegurarlo del todo. Tal vez solo se trataba de la sombra que proyectaban las alas de sus sombreros. Liam se reía de algo que su hermano había dicho y Luke departía con Christopher, seguramente ultimando los detalles. Junto a ellos, el viejo Jan permanecía atento e intervenía de tanto en tanto. Violet los contempló a todos a través de las lágrimas, a aquellos hombres que se habían convertido en una parte tan importante de su vida y a los que tanto iba a extrañar.

Antes de que subieran a sus caballos y se alejaran, Christopher elevó la cabeza y sus miradas se encontraron. Fue solo un instante, un segundo nada más, suficiente sin embargo para que ella sintiera el mundo resquebrajarse bajo sus pies.

¿Cómo diablos iba a encontrar de nuevo tierra firme, por segunda vez? ¿Cómo iba a volver a su antigua vida sabiendo que allí dejaba una parte de sí misma, una parte que no recuperaría jamás?

Cuando al fin bajó un par de horas después, se limitó a limpiar por encima, sin ganas de hacer mucho más, y luego se sentó en el porche. Vio a Jan en el cercado con los caballos y sintió el impulso de ir a visitar a Madrugada. El potrillo ya se sostenía en pie sin problemas y era la cosa más bonita que había visto nunca, con el pelaje cobrizo y los botines y las crines negras. Decidió que no se lo llevaría a Chicago, ¿qué haría con él allí? ¿Y cómo separarlo tan pronto de su madre? No, era absurdo, y Christopher debería haberlo sabido antes de comentarlo siquiera.

Admiró su jardín, donde ya habían brotado las primeras plantas y las primeras flores, blancas, azules y rosadas, y pensó que con el tiempo aquel pequeño rincón luciría esplendoroso, tal como ella lo había imaginado. Se preguntó si Amy Weston se ocuparía de él en el futuro.

El recuerdo de esa mujer le puso la piel de gallina en el día más caluroso desde que había llegado a Heaven, y regresó al interior. Allí se recreó en la contemplación de las mejoras que había hecho y en cómo brillaban las superficies de todos los muebles, y de repente se vio arrancando cortinas y dejando que la suciedad volviera a llenar los rincones, hasta dejar la casa en el mismo estado en el que la había encontrado. Sabía que sería incapaz de hacer algo así, pero, durante un rato, fantaseó lo bastante con la idea como para sentirse un poco mejor.

A media tarde, apareció Jan con otra cesta de verduras del huerto.

—No es necesario que se moleste en hacer cena para mí, señora Anderson —le dijo—. Yo mismo me prepararé cualquier cosa.

—No es molestia, Jan.

—Está bien… —Hizo una pausa—. Creo que aún quedan sobras del pícnic de ayer. Albóndigas y ensalada de patata.

—Estaba todo muy bueno, no sé si se lo comenté.

—La carne estaba un poco seca, sé hacerlas mejor —comentó el hombre a la defensiva.

—No me cabe la menor duda —le confirmó.

El hombre asintió con una mueca de satisfacción mal disimulada y le entregó la cesta antes de volver a desaparecer por la puerta.

Violet contempló las hermosas verduras, y mientras se dirigía a la cocina pensó en unas cuantas recetas para los próximos días. Hasta que tuviera que marcharse tenía intención de continuar haciendo su trabajo. Aunque solo fuese para Jan y para ella.

The Heaven's Gazette
25 de junio de 1887

Aunque el final de la Fiesta del Solsticio se vio empañado por una descomunal pelea entre los rancheros y los jóvenes del pueblo, por suerte no hubo que lamentar ningún herido de gravedad.

Según ha podido averiguar este diario, la discusión comenzó entre uno de los vaqueros del Rancho Anderson y el hijo del señor Henderson, dueño del hotel, a causa de una joven cuyo nombre no ha trascendido.

El episodio, sin embargo, no logró empañar una jornada marcada por el buen hacer de los vecinos de Heaven, quienes, un año más, han celebrado con éxito su fiesta más emblemática.

El padre de Violet siempre le decía que uno nunca podía fiarse de las apariencias. Que un simple trozo de madera podía convertirse, en las manos adecuadas, en un objeto bello y delicado. Eso fue justo en lo que pensó cuando esa mañana entró en los establos y vio a Jan junto al cubículo de Madrugada y su madre. El viejo vaciaba un cubo de agua fresca en el abrevadero al tiempo que le dedicaba al potrillo palabras de aliento.

—En unas semanas, muchacho, te sostendrás en pie sin esfuerzo y podrás recorrer la pradera al galope, ya lo verás. —El viejo acarició con ternura la cabeza del animal—. No seas impaciente.

Violet lo vio dejar el cubo y coger una buena brazada de heno fresco para colocar en el comedero.

—Puedo cantarte un rato si quieres —le dijo—. No lo hago tan bien como Cody, pero puedo intentarlo. ¿Qué te parece? ¿Eh?

Jan comenzó a entonar una melodía y, con las manos ya libres, siguió acariciando al potrillo. Violet retrocedió un par de pasos y se ocultó entre las sombras. Aquel momento le pareció tan íntimo que no quiso interrumpirlo, y se quedó allí, dejando que aquella tonada la sosegara a ella también.

Le resultaba increíble que el hombre con el que apenas había cruzado dos frases la noche anterior durante la cena fuese el mismo que en ese instante mostraba tal empatía y vulnerabilidad con un potrillo.

Cuando el viejo finalizó y pareció retomar sus quehaceres, Violet se escabulló y se quedó fuera unos minutos, recuperando el ritmo normal de su respiración. Una vez volvió a sentirse ella misma, pronunció el nombre de Jan en voz alta, como si anduviera buscándolo, y entró de nuevo en el establo.

—Buenos días, señora Anderson —la saludó tras una rápida mirada.

—Buenos días, Jan.

—¿Ha venido a ver a Madrugada?

—Eh, sí, aunque también quería hablar con usted —contestó ella.

—¿Conmigo?

—He pensado que tal vez necesite ayuda.

—¿Ayuda con qué? —El viejo la miró con desconfianza.

—Ahora que están todos fuera, imagino que tendrá usted mucho trabajo.

—Puedo apañármelas.

—Lo sé, no pretendo insinuar lo contrario —dijo ella, que no deseaba ofenderlo—. Durante estos días, si quiere, puedo ocuparme de las gallinas, y del huerto. Así dispondrá de más tiempo para los caballos.

—Hummm.

—O puedo limpiar las cuadras —se ofreció—. En fin, lo que precise...

—No es necesario.

—Son muchos caballos, Jan.

El viejo echó un vistazo alrededor y contempló el enorme establo, y ella hizo lo propio. En realidad, esa posibilidad no se le había ocurrido hasta que lo había visto con Madrugada. Solo en ese momento se había dado cuenta de que, con todos los demás fuera, Jan estaría desbordado mientras ella se lamentaba por su futuro y deambulaba por la casa como un alma en pena.

—No pretendo inmiscuirme en su trabajo —insistió—, pero, en fin, estos días no voy a tener mucho que hacer...

Jan la miró de arriba abajo, con una ceja alzada, como si estuviera valorando su propuesta.

—Soy más fuerte de lo que imagina —añadió ella.

—De acuerdo —cedió al fin tras mirarla de arriba abajo—. Quizá podría echarme una mano aquí, y con el huerto.

—Lo que quiera. —Violet trató de refrenar su entusiasmo.

—Vaya a ver a su potro. Cuando vuelva sacaremos fuera algunos caballos y limpiaremos sus cubículos.

—Está bien.

—Se manchará sus preciosos botines —dijo él con una mueca.

—No me importa —reconoció ella.

—Coja unos guantes de ahí —señaló un rincón donde se acumulaban todo tipo de aperos—, o se destrozará las manos.

—Claro.

—Y una última cosa —añadió, mirándola con fijeza—. Me gusta trabajar en silencio.

—Por supuesto.

Jan asintió, conforme, y Violet se mordió los carrillos para no sonreír.

Violet regresaba de los establos, con los hombros doloridos de manejar la pala y la horca, y las manos, que los guantes no habían protegido del todo, llenas de ampollas. No le extrañó encontrarse a Holly Peterssen sentada en los escalones que daban acceso al porche, con su aspecto habitual.

—Estás horrible —le dijo la chica.

—Yo también me alegro de verte —replicó Violet con sorna.

—¿Qué has estado haciendo? —le preguntó—. Hueles como si hubieras dormido en los establos.

—Limpiando las cuadras.

—Bromeas.

—¿Te lo parece?

—¿Jan lo sabe? —inquirió, con una ceja alzada.

—He estado con él toda la mañana.

Violet estaba cansada, pero se sentía pletórica de energía. Jan y ella habían trabajado codo con codo, en silencio, como él le había pedido.

—¿Quieres ver mi potrillo?

—¿Qué? —Holly se puso en pie—. ¿Tienes un potro?

—Sí —rio Violet—. Nació la semana pasada y se llama Madrugada. Por cierto, en la fiesta no tuve oportunidad de decirte que estabas muy guapa. —Violet había visto a la joven en compañía de sus padres la noche del baile, ataviada con un bonito vestido de color verde pálido.

—Odio llevar vestido —contestó la chica con una mueca.

—¿De verdad? —Violet alzó una ceja—. Pues deberías ponértelos más a menudo, te favorecen mucho.

—Seguro.

—Al menos sé de alguien que está de acuerdo conmigo —sonrió ella.

—¿Gideon? —preguntó la muchacha, esperanzada.

—Bueno, sin duda él también lo apreció —respondió Violet, algo dubitativa—, aunque me refería a un muchacho que no dejó de observarte. Uno bastante alto, con el cabello castaño y unos ojos muy bonitos. Llevaba una camisa azul, creo.

—Bah, seguro que era Martin Friedman.

—Pues es un muchacho bien parecido.

Holly se encogió de hombros.

La muchacha abandonó la escalera y enfiló hacia el establo. Antes, sin embargo, le echó un vistazo a las flores del jardín.

—¿Te gustan? —le preguntó Violet.

—No están mal.

—Me contaron que, en la Fiesta del Solsticio, las chicas recogen siete flores diferentes y las colocan bajo la almohada. Dicen que esa noche sueñan con el amor de su vida. Quizá el año que viene podrías intentarlo.

—Es una tradición estúpida —bufó Holly.

—Bueno, las tradiciones... —Violet se detuvo y la cogió del brazo—. Un momento, ya lo has hecho, ¿verdad?

—¿Y qué si lo he hecho? Ya te he dicho que es una tontería.

—Comprendo.

—¿Qué es lo que comprendes? —La chica se revolvió—. No te he contado nada.

—Imagino que no soñaste con Gideon.

Holly esquivó su mirada y Violet supo que había acertado.

—Hummm, ¿con quién entonces? —preguntó.

—¿Vamos a ir a ver el potro o no? Porque puedo volver a mi casa...

—Sí, claro, vamos.

Era evidente que la muchacha no estaba preparada para hablar sobre aquel asunto. Violet se preguntó cómo acabaría aquella historia en el futuro y si Holly olvidaría su encaprichamiento con Gideon.

Con un pellizco en el corazón, comprendió que ella no estaría presente para asistir al desenlace.

Conducir una manada de casi mil reses no era una tarea sencilla y requería de una sincronización absoluta. A primera hora, uno de los más jóvenes se adelantaba para escoger el camino que debían recorrer y los demás seguían la ruta, moviéndose alrededor de los animales para que no se desperdigaran. La carreta iba en primer lugar, cada día con alguien distinto en el pescante, y se detenía a mediodía para preparar el almuerzo. Esas horas también servían para que las reses descansaran, ya que eran las más calurosas. No convenía agotar a las bestias o perderían demasiado peso durante el trayecto, y eso supondría una importante merma en los ingresos que obtuvieran con la venta.

Por la noche se repetía el proceso, y se establecían guardias por si se presentaba algún problema o los animales se inquietaban. De momento, todo parecía ir sobre ruedas.

Esa noche, a Christopher le tocó la primera guardia y escogió un pequeño promontorio salpicado de arbolillos. Reclinó la espalda contra uno de ellos y observó la masa amorfa que conformaban las reses, apelotonadas en círculo.

Luke se acercó hasta él y se sentó a su lado.

—Has estado muy callado desde que salimos del rancho hace tres días —le dijo.

—No me apetece hablar —contestó Christopher.

—Bueno, espero que al menos quieras escuchar —bromeó su amigo—. ¿Qué opinas sobre Susan Miller?

—¿La maestra?

—Sí.

—Me parece una buena mujer, inteligente y con sentido del humor.

—Y preciosa. ¿No te parece preciosa?

—Sí, es muy guapa. —Christopher rio—. ¿Estás tratando de buscarle pareja a alguno de esos descerebrados?

—¿Descerebrados? —Luke miró hacia la pequeña fogata en torno a la cual dormían los cuatro jóvenes.

—¿A quién se le ocurre organizar una pelea en la Fiesta del Solsticio? —inquirió—. De haber estado aún allí, te garantizo que eso no habría sucedido.

—En su defensa, debo decir que los otros chicos los provocaron.

—Ya, bueno. La verdad es que Violet tiene la culpa.

—¿Eh?

—Si no les hubiera enseñado a bailar, nada de eso habría sucedido —replicó, con cierta acritud.

—Ah, claro, por supuesto. Es preferible que nuestros chicos se queden siempre en un rincón, sin molestar a nadie —comentó Luke, socarrón.

—Sabes que no pretendía insinuar nada semejante.

Ambos se quedaron en silencio, contemplando el cielo estrellado y escuchando los mugidos intermitentes del ganado.

—Entonces te gusta la señorita Miller —insistió Luke.

—Si estás tratando de encontrarme una nueva esposa para cuando Violet se marche, estás muy...

—¡¿Qué?! —lo interrumpió Luke, que le puso una mano en el brazo—. ¿Violet se marcha? ¿A dónde?

—Quiere volver a Chicago —musitó.

—Pero... no lo entiendo. Parecía feliz. ¿No lo parecía?

—Sí, yo también lo creía, pero mi juicio no parece funcionar muy bien estos días.

—¿Le has pedido tú que se fuera? —Los ojos de Luke brillaron en la oscuridad.

—¡Claro que no! —Christopher se revolvió—. Dice que no le gusta estar aquí, y que no le gusta estar casada conmigo.

—Maldita sea, Chris. ¡No puedes dejar que se vaya!

—¿Y qué quieres que haga? —preguntó, con más tristeza de la que pretendía.

—No lo sé, pero será mejor que pienses en algo —respondió Luke—. Porque esa mujer es lo mejor que te ha pasado en la vida. Lo mejor que nos ha pasado a todos desde que Leah se fue.

Volvieron a quedarse en silencio, durante tanto rato que Christopher pensó que su amigo se había dormido.

—Y si Violet se marcha —le dijo al fin—, ¿eso significa que tú y Amy...?

—No, entre Amy y yo no hay nada, nada en absoluto.

—Bien, me alegra saberlo —confesó Luke—. Porque esa mujer te haría un hombre desdichado.

Christopher no se atrevió a decir que ya era un hombre desdichado, y no precisamente a causa de Amy Reid.

O no solo por ella.

45

Ya hacía una semana que Christopher y sus hombres se habían marchado, y el rancho se había convertido en un lugar mucho más triste. Por suerte, Violet jamás se había sentido tan cansada. Desde que amanecía hasta que se acostaba, su jornada era una sucesión de tareas. Después de desayunar y dejar la casa en condiciones, acompañaba a Jan en los establos y luego, mientras él se ocupaba del gallinero, ella regaba el huerto, arrancaba las malas hierbas y recogía las verduras ya maduras.

A última hora de la tarde regresaba al interior a preparar la cena, que ambos compartían casi en silencio. Apenas intercambiaban otra información que no tuviera que ver con el rancho o con las faenas que les aguardaban al día siguiente. Luego se sentaban un rato en el salón. Él bebía su vasito de whisky y ella leía o cosía un rato. Extrañaba las bromas de Cody, el silencio concentrado de Sean, las pullas entre los gemelos o la serenidad de Luke. Y sobre todo extrañaba a Christopher, esa presencia que parecía llenarlo todo y esos ojos que la incendiaban a su paso.

A veces, en cambio, se limitaba a permanecer absorta, pensando en su regreso a Chicago y en cómo sería su vida a partir de entonces. Entonces sentía un agujero en el pecho que cada vez se iba haciendo más y más grande, sin que hubiera modo alguno de llenarlo. ¿Por qué le habría hecho caso en primer lugar a aquel impulso de marcharse de su ciudad? ¿Y por qué había tenido que recordar la historia de Gabrielle Montroe, su antepasada, y dejarse inspirar por ella? A Gabrielle al final le había ido bien, había encontrado un hogar en Escocia y formado su propia familia. Violet, sin embargo, tendría que regresar al punto de partida, porque no se encontraba con ánimos para plantearse cualquier otra cosa. En ese momento también extrañaba a su madre y a su hermana. Aún no les había dicho que volvía a casa; ni siquiera ella lo creía aún. Tampoco le había dicho nada a Leah, con la que había comenzado a escribirse con cierta asiduidad y por la que ya sentía cierto afecto. Todavía no había comenzado a empacar sus cosas, otra vez. Disponía de tiempo suficiente y aguardaría hasta el último momento. No soportaba la idea de ver cajas por todas partes, ni de pensar en lo que eso significaba.

Esa noche, mientras el viento soplaba con fuerza y arrastraba el pegajoso calor del día, se notaba especialmente melancólica y no tenía intención de dejarse vencer por el desánimo.

—Hace días que no veo a Lobo —le dijo a Jan, sentado en el sofá.

—Ni lo verá hasta que vuelva Chris.

—¿Tampoco usted sabe a dónde va cuando Christopher no está?

—No, pero de tanto en tanto debe de pasarse por aquí, porque el comedero está vacío.

—Es un animal extraño —comentó ella.

—Es un lobo. Desconfiado y solitario, pero leal.

«Como tú», estuvo a punto de decir ella.

Violet no podía asegurar que su relación con Jan hubiera mejorado de forma sustancial, pero al menos parecía respetarla y la noche anterior incluso había alabado su pollo con ciruelas y patatas.

Era un comienzo. Un comienzo que, por desgracia, llegaba un poco tarde.

Esa mañana estaba terminando de lavar la ropa antes de reunirse con Jan cuando escuchó una carreta y se asomó por la ventana de la cocina. Susan Miller estaba allí y trató de componer su mejor sonrisa para salir a recibirla.

—¡Susan! —exclamó al verla—. ¿Hoy no tienes clases? Su amiga la miró, extrañada.

—Violet, sabes que ya estamos a dos de julio, ¿verdad?

—Sí, claro.

—Y que ya han comenzado las vacaciones escolares.

—Es verdad —rio sin ganas. Violet la invitó a entrar y ambas fueron a la cocina, donde colocó una tetera sobre el fuego.

—¿Te encuentras bien? —Susan la observó con expresión preocupada—. Pareces cansada.

—Tengo mucho trabajo —le aseguró.

—Creí que, con Christopher y los vaqueros fuera, habría menos que hacer.

—Estoy ayudando a Jan con el rancho. Es demasiado para una persona sola.

—Lo entiendo. —La maestra hizo una mueca—. Había venido a verte y a preguntarte si ibas a acompañarnos a Lorabelle y a mí a la fiesta del 4 de Julio.

—Me temo que no.

—No creo que a Christopher le importe que te tomes un descanso —le dijo su amiga—. Ni siquiera creo que le importe a Jan.

—Lo sé, pero... no me apetece.

—No hemos sabido nada de ti desde la fiesta. Christopher y tú os fuisteis muy pronto.

—No me encontraba bien —se disculpó—. Lo siento, ni siquiera pensé en despedirme.

—No importa. ¿Ya estás mejor?

Violet sintió ganas de decirle que no, que no estaba mejor, y que cada día que pasaba era un día menos que iba a estar allí, un día menos para dejar atrás todo aquello para siempre. Y eso la incluía a ella, la primera amiga que tenía en años.

Pero se contuvo. No estaba preparada para una despedida, ni para explicarle los motivos por los que se marcharía de Heaven en menos de un mes.

El trabajo duro había conseguido mantener a raya la tristeza que se le colaba hasta los huesos, y por las noches se metía en la cama en tal estado de agotamiento que no tenía tiempo para pensar en ello. En ocasiones le daba la sensación de que estaba viviendo una especie de paréntesis y que, cuando este finalizara, llegarían las decisiones de verdad, las que cambiaban una vida por completo. Sin embargo, ese momento aún no había llegado.

—¿Violet? —insistió su amiga.

—Estoy bien, Susan. —Le apretó la mano con afecto.

—Sabes que mientes fatal, ¿verdad?

—No... Ahora no quiero hablar de ello.

—De acuerdo, pero cuenta conmigo cuando te sientas preparada.

Dos días más tarde, Violet estaba llenando un cubo de agua en la bomba situada junto a los establos cuando vio llegar una carreta. No podía tratarse de Susan otra vez, y menos en aquel vehículo. Dejó el cubo y se acercó. Era Paul Grayson, el dueño del almacén.

—Buenos días, señora Anderson —la saludó al tiempo que bajaba del pescante.

—Señor Grayson, no lo esperaba.

—Sí, bueno, tenía que traerle un paquete que ha llegado al almacén con carácter urgente.

—¿A mí?

—Es un encargo de Christopher —respondió el hombre— aunque sí, es para usted.

Violet alzó una ceja y lo vio descargar una pesada caja.

—¿Dónde la pongo? —preguntó el señor Grayson.

Ella reaccionó con rapidez y lo precedió hasta el interior de la casa, donde le pidió que dejara el bulto sobre la mesa del comedor. Una vez se despidió del dueño del almacén, regresó dentro y se tomó unos minutos para inspeccionar aquella entrega. Grayson le había asegurado que era algo para ella, solo que no se le ocurría de qué podía tratarse.

Cogió el atizador de la chimenea e hizo palanca, hasta que la tapa se desprendió con un crujido. En cuanto retiró las primeras capas de papeles de periódico y briznas de paja contuvo el aliento.

Notó las lágrimas ascender por su garganta mientras el agujero de su pecho se ensanchaba hasta engullirla por completo. Las piernas comenzaron a temblarle de tal forma que tuvo que apoyarse sobre la mesa mientras los sollozos la sacudían de la cabeza a los pies, hasta que se dejó caer sobre una de las sillas.

Era una vajilla de doce servicios. Una vajilla de porcelana francesa, y mucho más bonita que la que ella había adquirido por piezas con tanto esfuerzo. Christopher se la había comprado para sustituir a la que había llegado hecha añicos.

Odiaba a ese hombre, pensó, acongojada. Con toda la fuerza de su corazón.

La noche era apacible, pensó Christopher. Tumbado sobre la manta junto a la fogata, pensó que estaban teniendo un buen viaje. Los cauces de agua por los que habían pasado, aunque reducidos, les habían permitido dar de beber al ganado y, pese a las altas temperaturas, había hierba suficiente como para que fuera alimentándose por el camino. En tres días a lo sumo llegarían a Cheyenne y la parte más difícil del trabajo habría concluido.

Cerró los ojos al fin y se dejó vencer por el sueño. Tuvo la sensación de que no había transcurrido ni una hora cuando oyó unos disparos. Se levantó de un salto y comprobó que los demás hacían lo mismo y que corrían hacia los caballos, que se agitaban nerviosos.

«Ladrones de ganado», pensó, mientras montaba de un salto.

Apenas había luna y no pudo apreciar de dónde provenían los tiros, aunque tampoco podría haber hecho mucho al respecto. Su prioridad, como la de sus hombres, era controlar al ganado, que en ese momento se movía enloquecido de un lado a otro, chocando entre sí. Si no lograban controlar la estampida, las reses echarían a correr y les costaría varios días reunirlas de nuevo.

En las jornadas previas a la partida, habían ensayado aquella maniobra hasta la saciedad, en previsión de que los sorprendiera alguna tormenta. Los hombres se movieron con celeridad y comenzaron a trazar un gran círculo alrededor de las bestias, cantando a voz en grito para calmarlas, un remedio que solían emplear en esas situaciones, casi siempre con bastante acierto. Sin embargo, no fue suficiente y, cuando sonaron otro puñado de disparos, un grupo se desgajó del principal y echó a correr a través de la pradera.

Christopher estuvo a punto de ser arrollado por la estampida, que logró esquivar por poco. Cody, Luke y Gideon salieron tras los animales para tratar de detener su avance, mientras los demás se reagrupaban para tratar igualmente de efectuar aquella maniobra. Christopher distinguió las siluetas de tres jinetes sobre una suave colina y espoleó su caballo para dirigirse hacia ellos. Era preciso impedirles que continuaran disparando o perderían gran parte del rebaño. Sonó una nueva andanada y una de las balas pasó silbando muy cerca de su oreja derecha. Christopher desenfundó a su vez y comenzó a devolver el fuego, hasta que vio que los cuatreros daban media vuelta y se alejaban al galope. Era inútil perseguirlos, se dijo, con el corazón desbocado. Detuvo su montura, que corcoveó, tan nerviosa como él.

Su padre había muerto en una situación muy similar a aquella, pensó mientras regresaba con sus hombres. ¿Y si a él le hubiera sucedido lo mismo? Lo sorprendió descubrir que lo único que de verdad habría lamentado sería no volver a ver a Violet. Le resultaba impensable no poder contemplar de nuevo su rojo cabello ni sus increíbles ojos grises. No volver a escuchar su voz, ni su risa, ni aquel modo extraño que tenía de afrontar las cosas, ni aquel gesto tan suyo de cogerse las manos cuando estaba nerviosa.

Les llevó casi toda la noche tranquilizar al ganado. Totalmente agotados, ninguno dejó su puesto y, para mantenerse despiertos, se frotaron los ojos con tabaco, que escocía como si se los estuvieran abrasando. Cuando el sol despuntó sobre la línea del horizonte, todos los hombres presentaban un aspecto lamentable, con los ojos enrojecidos y la voz ronca a fuerza de cantar.

Una vez hicieron recuento de las reses, descubrieron con satisfacción que no habían conseguido sustraerles ni una sola. Como ladrones de ganado, pensó Christopher, dejaban mucho que desear.

Esa jornada se la tomaron con calma y fueron dormitando sobre los caballos a medida que avanzaban. Por la noche, hicieron dobles turnos de guardia, y se apostaron sobre puntos elevados para ver llegar a los bandidos, si es que decidían regresar.

Christopher se negó a dormir e hizo guardia toda la noche, y no fue solo el ganado lo que ocupó su cabeza. La imagen de Violet no había abandonado su pensamiento ni una sola vez.

No podía dejarla marchar, se dijo. No sin antes confesarle que la amaba. Que en algún momento entre su viaje a Chicago y esa aciaga noche, se había enamorado de ella con todo su ser.

Decían que el Club Cheyenne se había constituido a comienzos de la década para albergar a los nobles británicos, magnates ganaderos, grandes banqueros, políticos y empresarios que hacían negocios en Wyoming. El elegante edificio de ladrillo, de dos pisos, estaba decorado con tanto lujo que rivalizaba con los mejores clubes de Londres. Dos grandes escaleras comunicaban ambas plantas, cuyos suelos se cubrían con alfombras turcas. Un cocinero de renombre preparaba todo tipo de exquisiteces para sus ilustres invitados, y uno podía cerrar un trato lo mismo en una mesa del lujoso comedor como en las salas de billar, en las de fumadores e incluso en las de lectura.

Christopher había llegado al fin a su destino y, tras acomodar a las reses en un buen lugar para que se recuperaran del viaje, y tomarse él mismo un buen descanso, se dirigió al famoso enclave. Según le habían dicho en el modesto hotel en el que se alojaban él y sus hombres, el distinguido club parecía estar perdiendo su estrella debido a las cuantiosas pérdidas que aquel invierno había provocado, y que habían hecho que muchos de sus clientes habituales abandonaran, arruinados, el otrora lucrativo negocio ganadero.

Aun así, el edificio todavía no había perdido ni un ápice de su esplendor y, ataviado con sus mejores ropas —que había hecho lavar y planchar en el hotel—, cruzó las puertas y se internó en aquel desconocido mundo de lujo y glamur. No le costó mucho localizar al agente de ganado de Armour & Co., que parecía sentirse a sus anchas en aquel ambiente. Mientras se dirigía hacia él, se preguntó cuánto ganado gestionaba aquel individuo de aspecto rudo como para que la compañía pudiera permitirse alojarlo en un lugar como aquel.

El trato se cerró con mucha más celeridad de la esperada. Apenas le había dado un sorbo al excelente whisky que le habían puesto delante cuando el hombre extendió una mano para sellar el negocio. Aceptaba sin rechistar el precio que había acordado con el señor Bradford en Chicago, sin preguntas, sin regateos. Eso sí, el precio solo se mantendría si, tras ver el ganado, el agente consideraba que respondía a los estándares que se esperaban de él. Christopher seguía siendo consciente de que aquella venta era una insignificancia para los números que manejaban aquellos hombres, pero se congratuló de haber tomado la decisión acertada.

Ahora solo tenía que esperar unos días hasta que la venta se hiciera efectiva y volver a casa, un trayecto que ahora, sin las reses, se haría mucho más corto.

Aunque no lo suficiente para su gusto.

The Heaven's Gazette
12 de julio de 1887

El señor Oliver Armstrong, su esposa Clarice y sus hijos Benjamin y Lucille, acaban de instalarse en nuestra preciosa localidad. El señor Armstrong, proveniente de un pueblecito de Pensilvania, tiene intención de inaugurar en breve una nueva herrería para ocuparse de la creciente demanda de servicios que su primo, el señor Zachary Yates, se ve incapaz de atender.

Desde aquí les deseamos mucha suerte y les damos la bienvenida a Heaven.

A primera hora de la mañana, para evitar las horas de más calor, Violet pedaleaba en dirección a Heaven. A esas alturas, los vecinos del pueblo ya se habían habituado a verla subida a ella en tantas ocasiones que apenas si le prestaban atención, algo que agradecía enormemente: se había convertido en una más de las excentricidades de aquel enclave.

Pasó frente a las obras ya iniciadas de la nueva iglesia católica, cuyos fondos se habían obtenido gracias a la colecta promovida por el reverendo Cussack y a varias donaciones anónimas. El padre Stevens la saludó con la mano cuando llegó a su altura, y ella le devolvió el gesto, pero no se detuvo. Una vez alcanzó su destino, dejó la bicicleta bajo la sombra de un árbol, se recompuso el peinado y el vestido y se tomó unos minutos para recuperar el resuello. Solo entonces se acercó a la entrada de aquella casa.

—Señora Anderson. —Amy Weston en persona le abrió la puerta, sorprendida de encontrarla allí—. ¿Ha venido a despedirse?

—En realidad, no —contestó Violet.

No le agradaba encontrarse un peldaño por debajo de

aquella mujer, ya de por sí más alta que ella. Le producía cierta sensación de vulnerabilidad que la incomodaba, pero no tenía más remedio.

—¿Quiere pasar? —Amy abrió un poco más—. Puedo pedir que nos preparen té.

—No es necesario. No me quedaré tanto tiempo.

—Usted dirá entonces.

—No voy a marcharme de Heaven.

—¿Cómo dice?

—No voy a volver a Chicago, solo quería que lo supiera.

—Está usted en su derecho, por supuesto, aunque...

—Aún no he terminado —la interrumpió Violet, con un tono de voz enérgico—. No me importa que mi esposo haya venido a su casa, ni siquiera que la haya besado, como usted asegura. —Violet hizo una pausa para aclararse la garganta—. Christopher es mi marido, y lo será hasta el día en que me muera. Tal vez nunca llegue a amarme tanto como la amó a usted, pero le juro que voy a intentarlo mientras me queden fuerzas. Y si quiere que me marche, tendrá que pedírmelo él mismo. ¿Me he expresado con claridad?

—Sí...

—Bien, porque no quiero volver a verla por el rancho.

—Señora Anderson, usted no tiene derecho a...

—Por supuesto que sí —volvió a interrumpirla—. El rancho ahora también es de mi propiedad y si vuelvo a verla poner un pie en él, yo misma le pegaré un tiro. ¿Lo ha comprendido?

Amy Weston abrió los ojos, atónita, y se llevó una mano al pecho.

—Es usted una salvaje... —musitó la mujer.

—Y usted una zorra —apostilló Violet—. Creo que estamos en paz.

Violet se dio la vuelta y bajó los escalones, con las mejillas ardiendo y el pulso latiéndole desbocado en las sienes. Dio la vuelta a la casa y se subió de nuevo en la bicicleta, todavía incapaz de creer que hubiera utilizado palabras tan ofensivas.

La tarde anterior, sentada en el porche tras un largo día de trabajo, Violet había recordado su llegada al rancho, con aquel manto de nieve cubriendo la pradera y escarchando los tejados y las ramas de los árboles. En pleno mes de julio, y con las temperaturas superando con creces los treinta y cinco grados, el paisaje seguía pareciéndole tan sublime como entonces. Aquella era una tierra de nieve y fuego, dura, hermosa, implacable. Y Christopher la había convertido en un hogar para ella.

Ese hombre, que la había llevado hasta allí con medias verdades, le había ofrecido una nueva familia, un lugar al que pertenecer, un propósito, y unas manos fuertes y honestas con las que construir un futuro. La llegada de la vajilla, que aún no había sacado de la caja, era el último detalle de una larga lista que ella se había empeñado en ignorar, tal vez con la vana esperanza de proteger su corazón. Solo que su corazón, comprendió de pronto, hacía ya mucho tiempo que pertenecía al hombre con el que se había casado.

La súbita revelación, sin embargo, no le robó el aliento, como si supiera desde hacía mucho que aquella era la consecuencia natural de todo lo ocurrido entre ellos. Amaba a Christopher Anderson, aunque no supiera ubicar el momento exacto en el que se había colado hasta sus huesos, aunque fuera incapaz de identificar la mirada, la risa o la palabra que habían marcado la diferencia.

Por eso supo lo que tenía que hacer, y por eso había ido a ver a Amy Weston en primer lugar.

Mientras pedaleaba de regreso al rancho, con el corazón más ligero, pensó que todavía le faltaba la parte más difícil: hablar con Christopher.

Todavía no sabía montar a caballo ni conducir una carreta, pero Violet acababa de tomar las riendas de su vida y no iba a consentir que nadie se las volviera a arrebatar.

Olió el humo antes de verlo, antes de asomarse siquiera a la ventana de su cuarto y ver aquel cielo de color naranja que se le atravesó en la garganta y en las pupilas. Durante un segundo, creyó haber regresado a 1871, cuando un tercio de la ciudad de Chicago ardió hasta los cimientos. El miedo le trepó por las piernas y la paralizó por completo. Veía el granero arder, pero era incapaz de moverse, ni de emitir sonido alguno. El establo estaba muy cerca, y también el gallinero. Y, si el viento soplaba, las brasas podrían alcanzar incluso la casa. Pero ni así logró ordenar a sus piernas que se movieran, como si hubieran echado raíces sobre el entarimado. Solo se arrebujó aún más en el chal con el que había cubierto sus hombros.

La noche era oscura, aunque no sabía qué hora podía ser. Si cerraba los ojos, pensó, descubriría que aquello solo era una pesadilla y que estaba a salvo en su cama. Comenzó a impacientarse cuando comprobó que eso no ocurría.

Entonces vio una figura moverse frente al granero.

Una figura renqueante que identificó de inmediato como el viejo Jan.

46

Samuel Marsten se sirvió otro vaso de whisky y volvió a ocupar su butaca más cómoda. Irse a dormir se le antojaba inútil; sabía que no podría pegar ojo en toda la noche. Desde el día anterior una rabia sorda no había dejado de retumbar en el interior de su pecho hasta alcanzar una dimensión hasta entonces desconocida. Mike Ross había aparecido a media tarde, sudoroso y lleno de polvo y, por una vez, Marsten ni siquiera le preguntó si se había limpiado los pies antes de entrar.

—¿Y bien? —inquirió en cuanto se materializó en su despacho.

—Hicimos lo que nos pidió y nos apostamos en el camino a Denver, pero no aparecieron por allí.

—¿Qué quieres decir con que no aparecieron?

—Pues eso mismo —contestó Ross—. Así que comenzamos a recorrer la zona. Nunca imaginé que resultaría tan difícil localizar a mil malditas vacas en medio de la pradera.

—¡Ve al grano!

—Cuando dimos con ellos estaban a dos o tres días de Cheyenne.

—¿Anderson ha llevado las reses a Wyoming? —Marsten alzó las cejas—. ¿Estás seguro de que era él?

—Completamente.

—¿Hiciste lo que os pedí?

—Lo hicimos. Disparamos hasta provocar una estampida, aunque no nos quedamos a ver el resultado. Uno de los jinetes, creo que el propio Anderson, salió en nuestra persecución.

—Maldita sea.

—No pudimos volver a acercarnos sin ser vistos —le aseguró Ross—, y me temo que la maniobra no dio resultado. Desde una distancia segura, me pareció que no habían perdido reses suficientes.

—Sois un hatajo de inútiles —ladró Marsten.

—Sí, señor.

Durante unos minutos, Marsten rumió aquella información. Así que Cheyenne. Con razón su hombre no había logrado averiguar nada en Denver. Pero ¿cómo había entablado negocios Anderson con los agentes de Cheyenne? Y entonces ató todos los cabos. El muy hipócrita sí que había ido a Chicago después de todo, a renegociar la venta de sus reses, y allí había conocido a aquella mujercita suya. Lo que no lograba entender era cómo había conseguido que, con una cantidad tan irrisoria de cabezas de ganado, alguien le hubiera escuchado siquiera.

Una cosa estaba clara: había subestimado a aquel muchacho.

—Habrá que pensar en otro plan —le dijo a Ross.

—Lo que usted mande.

Marsten hizo un gesto con la mano indicándole que podía marcharse, y se pasó toda la tarde y parte del día siguiente ideando una nueva estratagema.

En ese momento, mientras se llevaba el vaso de nuevo a los labios, vio a través de la ventana un resplandor anaranjado hacia el oeste.

Y se preguntó, durante una milésima de segundo, si tal vez no había dejado que esa rabia lo llevara demasiado lejos.

Fue el sonido de un disparo lo que sacó a Violet de su estupor. Allí abajo Jan no estaba solo. Una segunda figura había aparecido de improviso, y vio cómo el viejo trataba de resguardarse tras uno de los árboles de la parte delantera de la casa.

Ni siquiera se tomó unos segundos para pensárselo. Bajó la escalera como una exhalación y entró en el despacho de Christopher. Sabía que en el segundo cajón guardaba un revólver y rogó para que no se lo hubiera llevado también. Suspiró de alivio cuando lo encontró allí, con una caja de munición al lado. Con las manos temblorosas, lo cargó a toda velocidad, como Holly le había enseñado a hacer. Tuvo que realizar varios intentos hasta que el tambor estuvo lleno, maldiciendo en voz baja por el tiempo que estaba perdiendo en algo tan sencillo. Y entonces salió al porche.

«No mires el fuego», se dijo mentalmente. Pero era imposible. El incendio era tan colosal que habría sido inútil tratar de ignorarlo. Se amparó en las sombras de la casa y evaluó la situación. Distinguía a Jan con bastante claridad, pero no al otro hombre. Un nuevo disparo arrancó parte de la corteza del árbol junto al que se cobijaba, y Violet se tiró al suelo, muerta de miedo. ¿Qué diablos podía hacer ella en una situación como esa?

Jan devolvió el disparo sin abandonar su refugio, aunque ella seguía sin poder ver a quién iban dirigidas las balas. Entonces, aterrada, vio que las llamas estaban a punto de alcanzar el techo del establo y oyó relinchar a los caballos, presas del pánico. Su primer pensamiento fue para

Madrugada y los ojos se le llenaron de lágrimas. Tal vez, pensó, no estaba en su mano localizar al monstruo que había provocado aquello, pero sí que podía intentar salvar a los animales.

Recorrió el perímetro de la casa hasta la parte trasera, con la espalda sudorosa pegada a las paredes y el corazón latiéndole tan deprisa que pensó que se escaparía de su pecho. Se agachó y echó a correr, rezando cuanto sabía para que el resplandor del fuego no delatara su presencia. Trazó un amplio círculo para evitar ser vista, con los pulmones a punto de estallar y las piernas quejándose por el esfuerzo.

Alcanzó el establo en menos tiempo del que había supuesto y se agachó de nuevo. Desde allí no veía a Jan, ni a nadie más de hecho, aunque un nuevo disparo hizo que el cuerpo comenzara a temblarle sin control. Cerró los ojos con fuerza, deseando despertarse en su cama y a salvo. A través de los párpados distinguía el resplandor del fuego y pensó que no podría volver a moverse nunca más, que se convertiría en cenizas acurrucada junto a aquel edificio. Tenía tanto miedo que había comenzado a sollozar y solo quería hacerse un ovillo y esperar a que todo terminara.

Sobre el estruendo del incendio y de sus propios pensamientos volvió a escuchar los relinchos frenéticos de los caballos. Dedujo que no habían dejado de oírse, solo que su propio miedo le había impedido oírlos. Bien, se dijo, si tenía que morir que así fuese, pero al menos trataría de salvar al mayor número posible.

Se metió el arma en el amplio bolsillo del camisón y abrió las puertas del establo, cuyo techo ya había comenzado a arder. Los caballos golpeaban sus cubículos con las pezuñas, totalmente enloquecidos, y, durante un breve instante, no supo ni por dónde empezar. Luego echó a correr, primero por un lado, descorriendo los cerrojos a toda velocidad y esquivando a duras penas la salida enardecida de las bestias. Repitió la operación por el otro lado, y le alegró comprobar que Madrugada salía junto a su madre, con cierta dificultad, pero ileso.

Una parte del techo, la situada al fondo, comenzó a hundirse frente a sus ojos. Volvió a tener la sensación de estar de regreso en Chicago, a sus doce años, con aquel rugido atronando sus oídos. Se quedó inmóvil, con las piernas de nuevo convertidas en profundas raíces, como si aguardara a que el fuego fuese a reclamarla, después de tanto tiempo. Pensó en su padre, en su madre y sus hermanas, en los hombres del rancho, en Susan y Lorabelle, y sobre todo en Christopher y en sus ojos del color del cielo. «No», se dijo, reaccionando al fin. No iba a consentir que aquel monstruo se la llevara, ya le había arrebatado demasiadas cosas.

Con el pulso encabritado, se cercioró de que no quedaba ningún caballo dentro antes de salir ella también. Los animales se habían alejado hasta un extremo del cercado, y se habían apiñado allí, corcoveando y relinchando, excitados y tan nerviosos como ella misma se sentía. Pasó por debajo de la cerca y recorrió el perímetro por la parte exterior, notando en cada zancada el golpeteo del revólver contra su muslo. Una vez alcanzó el portón que comunicaba el cercado con la pradera, levantó el pasador que lo mantenía cerrado y los caballos salieron en estampida, alejándose del horror. Madrugada trotó junto a su madre, con las patas temblorosas y las orejas erguidas, rezagados, aunque lejos del desastre, y solo entonces Violet se tomó unos segundos para respirar a grandes bocanadas el aire áspero y caliente.

El establo ya era una bola de fuego, pero aún se mantenía en pie. Una de las paredes del granero, sin embargo, se había venido abajo. Jan aún estaba allí, cerca, y esperaba que a salvo.

Violet aguzó el oído. ¿Hacía rato que no se escuchaba ningún disparo o había estado tan inmersa en su propio miedo que no los había oído? Sin detenerse a pensar, corrió de nuevo, desandando el camino que había seguido para llegar al establo. Aún le faltaban unos metros para alcanzar la seguridad de la casa cuando las detonaciones rompieron la noche. Una sucesión de varios disparos que la dejaron momentáneamente helada en el sitio.

Violet se echó al suelo y se cubrió la cabeza con las manos, respirando con dificultad. Permaneció así unos segundos, hasta que se atrevió a alzar la vista. Contra el resplandor del incendio vio la figura del viejo capataz, de pie frente al cuerpo de un hombre, una masa informe e inmóvil. Al parecer, Jan había logrado abatir al pistolero. Se echó a llorar de puro alivio, se puso en pie y corrió hacia él.

—¡Jan! —lo llamó a gritos—. ¡Jan!

—¡Señora Anderson! —El viejo elevó la mirada y, tan extrañado como preocupado, la vio dirigirse en su dirección—. ¿Se encuentra bien?

Apenas le faltaban diez metros para llegar a su altura cuando sonó otro disparo. El cuerpo de Jan se arqueó y se alzó levemente sobre las puntas de sus pies antes de caer al suelo. Violet sintió una sacudida y se detuvo, horrorizada. ¿Qué...? ¿Qué había sucedido?

Entonces lo vio. Había otro hombre allí, cuya silueta se recortaba contra el resplandor rojizo de las llamas. Era Mike Ross, el hombre de confianza de Marsten, y había disparado a Jan por la espalda.

Violet metió la mano en el bolsillo, la cerró en torno a la culata del revólver y lo sacó para apuntar directamente a Ross. Este, que había relajado el brazo, volvió a colocarlo en alto. Ella supo que no tendría nada que hacer contra un tirador como él, ni con todas las clases o consejos que Holly hubiera podido ofrecerle.

—Señora Anderson, será mejor que baje el arma —le dijo él.

—¡Has matado a Jan, bastardo!

—El viejo no tendría que haberse levantado de la cama —anunció Ross, como si la culpa de todo hubiera sido del capataz.

—Tú y tu jefe sois unos canallas —le espetó.

—Señora, esto no va con usted —contestó el hombre—. Será mejor que vuelva a su casa de Chicago, con su familia.

Violet avanzó un paso, con la furia reventándole los tímpanos y el fuego ardiendo frente a sus ojos.

—¡Esta es mi casa! —bramó, fuera de sí—. ¡¡¡Y esta es mi familia!!!

Violet amartilló el arma, dispuesta a usarla, aunque fuese lo último que hiciese en la vida, y, por la mirada que le dirigió Ross, supo que él iba a hacer exactamente lo mismo. De repente, una sombra surgió de la nada y reconoció a Lobo, cuyo pelaje brillaba dorado y rojizo. El animal se abalanzó sobre Mike Ross y casi al mismo tiempo sonaron un grito y un disparo. Justo a continuación, un hondo y lastimero aullido.

—¡Lobo! —gritó Violet.

Corrió hacia al animal y, antes de acercarse, lanzó un rápido vistazo a Ross, que se desangraba por un profundo desgarro en el cuello, que trataba inútilmente de cubrir con sus manos. Sus miradas se encontraron apenas un segundo y supo que, aunque intentara salvarlo —de haber querido hacer algo así—, ya no había nada que pudiera hacer por él. A un par de pasos, el cuerpo del animal tampoco se movía, aunque seguía emitiendo unos quejumbrosos gemidos que le partían el alma en dos. Sin ningún tipo de duda, aquella bestia le había salvado la vida.

Nunca hasta entonces había estado tan cerca de aquella criatura. Mientras se arrodillaba junto a ella, su frenética mente registró su enorme tamaño y la alarmante longitud de sus colmillos. Sin embargo, tuvo la seguridad de que no le haría daño y hundió los dedos en su pelaje para localizar la herida. De un orificio en su costado manaba abundante sangre, que enseguida empapó sus manos.

—Oh, Lobo —lloró, sin saber cómo podía ayudarlo, sin saber si era posible salvarlo.

Le acarició la cabeza y le dio las gracias entre hipidos, mientras su embotado cerebro trataba de pensar en lo que debía hacer a continuación. Sentía todo el cuerpo dolorido, sobre todo el brazo izquierdo, y solo entonces se dio cuenta de que ella también estaba herida. ¿Cómo había sucedido? No parecía muy grave porque, aunque dolía, podía moverlo un poco. La imagen del cuerpo de Jan cayendo frente a ella se reprodujo en su pensamiento. Con toda probabilidad la bala de Mike Ross lo había atravesado para acabar incrustándose en ella.

Con los ojos empañados, miró en dirección al viejo, y le pareció incluso que su cuerpo se movía. No podía ser más que el reflejo de las llamas, se dijo, hasta que vio que el gesto se repetía.

Se levantó de un salto y corrió hacia él. ¡Estaba vivo!

Violet se arrodilló a su lado y miró su pecho ensangrentado.

—¡Jan! ¿Me oye? —le preguntó.

—Señora Anderson... —musitó el hombre.

Violet se desató con cierta dificultad el chal que aún cubría sus hombros y lo dobló hasta formar un grueso cuadrado, que apretó contra el pecho de Jan.

—Todo saldrá bien —le dijo ella.

No tenía ni idea de lo que podía hacer. Aunque cogiera la bicicleta y lograra ir a pedir ayuda, el viejo se habría desangrado para cuando regresara, y Lobo también. Pensó en el botiquín que guardaban en el interior y en que quizá encontrara algo de utilidad en él.

—Jan, tiene que apretar esto con fuerza, ¿me oye? —le dijo.

—No te marches.

—Vuelvo enseguida.

—No... no te marches del rancho.

—Jan...

—Has dicho que esta era tu casa. —Habló quedo y luego escupió algo de sangre.

—Esta es mi casa, y vosotros sois mi familia —repitió ella, con los ojos anegados.

El viejo la cogió de la mano, con más energía de la que ella esperaba.

—Chris tenía razón —musitó él.

—¿Qué?

—Tú no eres... como Meribeth. No eres como su madre. Debí haberle creído.

Jan cerró los ojos y ella lo zarandeó un poco.

—¡Jan! ¡Tiene que mantenerse despierto! —lloró ella—. ¡No se atreva a dejarme!

Le pareció que el viejo sonreía y ella guio sus manos hasta el improvisado apósito.

—Sujételo con fuerza —le ordenó—. Ahora mismo vuelvo.

Violet se puso en pie y sintió un leve mareo. Miró su brazo, cuya manga estaba ya cubierta de sangre, y un dolor agudo la recorrió por entero mientras trataba de moverlo. Sacudió la cabeza para despejarse, y a continuación corrió hacia la casa y entró como una tromba en el salón. Localizó el botiquín, cogió también una de las mantas que había sobre el respaldo de uno de los sofás y volvió a salir.

Regresó junto a Jan, que aún respiraba, y comprobó que mantenía el apósito en su lugar. Luego fue hacia Lobo y extendió la manta junto a él.

—Tengo que moverte, pequeño —le dijo.

Con sumo cuidado, logró pasar la tela por debajo del cuerpo del animal. Violet estaba bañada en sudor, y el brazo le dolía como si se lo estuvieran arrancando. Se puso en pie, cogió los dos extremos de la manta y trató de arrastrarla, pero al primer intento se cayó de culo.

—¡¡¡Maldita sea!!! —gritó, furiosa.

El brazo izquierdo apenas le respondía ya, y las manos, llenas de sangre, resbalaban por la superficie de lana. Aun así, volvió a intentarlo, y soltó un grito de triunfo cuando logró su objetivo. Colocó a Lobo junto a Jan y ella se arrodilló en medio. Abrió el botiquín y miró su contenido, pero no se le ocurrió cómo podía utilizar aquellas cosas para curar dos orificios de bala. Lo único que podía hacer, reconoció, era tratar de mantener las heridas taponadas para evitar que ambos se desangraran y rezar para que alguien acudiera en su ayuda.

Con las pequeñas tijeras del botiquín hizo un corte en su camisón y luego le desgarró todo el bajo hasta obtener una larga tira de tejido. La dobló hasta lograr un apósito similar al que había hecho para Jan, y lo colocó sobre la herida de Lobo, que gimió ante su contacto. Colocó una mano sobre el pecho del viejo, la otra sobre el costado del animal, y presionó.

Comenzó a rezar en voz baja, encadenando una oración con otra, mientras las lágrimas barrían la sangre de sus manchadas mejillas. Los sollozos la sacudían sin control y la mucosidad resbalaba por su nariz y por la comisura de sus labios sin que pudiera hacer nada por impedirlo.

No supo cuánto rato permaneció en esa posición, pero el sonido de los cascos de varios caballos la espabiló de golpe. Buscó el revólver con la mirada y lo localizó donde había estado el cuerpo de Lobo. Se puso en pie con dificultad, con las piernas entumecidas, y renqueó hasta hacerse con él. Luego regresó junto a los heridos, dispuesta a defender sus vidas hasta el final. Con la mano temblorosa, apuntó hacia la oscuridad y esperó.

—¿Señora Anderson? ¡No dispare! —escuchó una voz que le resultó familiar.

Frente a ella apareció la figura del señor Peterssen, que venía acompañado de varios de sus hombres.

—Hemos visto el resplandor del fuego... —comenzó a decir el ranchero.

Solo entonces Violet bajó el arma.

Y permitió que la oscuridad se la llevara.

47

The Heaven's Gazette
16 de julio de 1887

Samuel Marsten ha sido detenido hoy por el sheriff
Wallace tras los trágicos hechos acaecidos en el Rancho Anderson dos días atrás, que se cobraron la vida de dos de sus
hombres. Mike Ross y Eddie Bold provocaron un incendio en la propiedad de Anderson y allí fueron abatidos por
Jan Ehrstrom, antes de que este fuese herido de gravedad.

Las autoridades todavía no han cerrado la investiga-
ción, aunque todo apunta a que ambos hombres seguían
instrucciones de Marsten, sin que hayan trascendido aún
los posibles motivos que podrían haberle llevado a come-
ter semejante delito.

Violet cerró el ejemplar de la gaceta del día anterior y
lo dejó sobre su regazo. La información del señor Mulligan no era del todo correcta, pero no iba ser ella quien lo
sacara de su error. Con gran acierto, Peterssen le había
sugerido a Violet que no mencionara a nadie que había
sido Lobo quien había matado a Mike Ross. Aunque para

ellos ese acto lo había convertido en uno de los héroes de aquella historia, no todo el mundo se sentía cómodo con la presencia de un lobo en las cercanías, aunque fuese uno domesticado. Que hubiera matado a un ser humano, aunque fuese a uno tan despreciable, no contribuiría a mejorar las cosas.

El doctor Brown, que fue quien se ocupó de los cadáveres, aceptó por buena aquella explicación, aunque Violet intuía que el médico no se había dejado engañar. Había sido él quien se había ocupado de Jan, a quien había operado de urgencias aquella madrugada, y de ella, a la que le había extraído una bala del brazo justo después.

En los días que habían transcurrido desde aquella terrible noche, Violet no se había separado del lado de Jan, que ocupaba una de las camas en la pequeña clínica del médico, más que para cruzar la calle y visitar a Lobo, que el veterinario cuidaba con cierta desconfianza, pero con esmero.

El viejo había recuperado la consciencia el día después de la operación. La bala lo había atravesado limpiamente por debajo del hombro derecho y, por suerte, no había provocado daños irreparables. Desde que había abierto los ojos, no había dejado de insistir en que quería volver a su casa, gruñendo a todas horas, y Violet nunca habría imaginado alegrarse tanto por escucharlo maldecir. El doctor Brown, no obstante, no se dejó convencer hasta que no considerara que estaba fuera de peligro y, aun entonces, insistió en que él mismo supervisaría el traslado.

Violet no había logrado dormir ni una sola noche entera. Preocupada por si Jan empeoraba de repente, procuraba mantenerse despierta, acomodada en una butaca junto a su cama. Si por fortuna lograba hallar unas horas de descanso, las pesadillas la asaltaban sin piedad, pesadillas llenas de fuego y sangre, de las que despertaba bañada en un sudor

frío que nada tenía que ver con las altas temperaturas vera-
niegas. Las ojeras bajo sus ojos habían adquirido una tonalidad violácea que contrastaba con su perenne palidez.

También ella sentía deseos de regresar a su hogar, aunque eran deseos teñidos al mismo tiempo de una sombría
inquietud. No sabía si volvería a sentirse segura en aquel
lugar, no al menos hasta que Christopher y sus hombres
hubieran regresado. Sabía que, con Marsten fuera de escena, era imposible que algo como lo sucedido volviera a repetirse. Se lo decía a sí misma continuamente, a todas horas, sin haber logrado todavía alejar aquel temor.

Susan y Lorabelle se habían volcado con ella, y la visi-
taban con frecuencia. Lauren Brown, la esposa del médico,
también estaba pendiente a todas horas, e incluso le había
prestado algo de ropa para que pudiera cambiarse porque
Violet no se atrevía a pedirle a ninguna de sus amigas que se
acercara al rancho a buscar sus cosas.

Cuando cinco días después del incendio el doctor accedió al fin al traslado, Violet experimentó emociones encon-
tradas, que no la abandonaron durante todo el trayecto.
Jan viajaba en la parte de atrás de la carreta, cómodamente
instalado y con Lobo tendido a su lado. El vehículo se movía con lentitud y, si por ella hubiera sido, aún lo habría
hecho más despacio. Temía lo que fuese a encontrarse al
llegar. La tierra frente a la casa, ¿estaría aún cubierta de
sangre? ¿Los escombros del granero y el establo aún hu-
mearían? ¿Habrían vuelto los caballos? Y, de ser así, ¿quién
se estaría ocupando de ellos?

—¿Hemos llegado ya? —gruñó Jan desde la parte trasera—. Le juro que jamás había visto a nadie conducir tan
despacio, matasanos.

Violet intercambió una rápida mirada con el médico,
que no parecía en absoluto afectado por los modales del
viejo, a quien ignoraba con evidente serenidad.

Cuando la carreta enfiló el camino que conducía al rancho, casi una hora después, el cuerpo de Violet se tensó. No había estado allí desde aquella noche, pero se prometió mantener la compostura. Los próximos días iban a ser difíciles, tal vez los más duros desde su llegada. Echó un vistazo a la parte de atrás para comprobar el estado de Jan, que se había adormilado, y de Lobo, que en ese momento alzó las orejas.

Violet sintió un pellizco en el alma cuando el tejado de la casa se dibujó contra el horizonte en solitario, sin las conocidas figuras del granero y el establo arropándola por un costado. Pero pese a todas las imágenes que se habían conjurado en su cabeza en los días precedentes, nada la había preparado para lo que se encontró al llegar. En la explanada frente a la casa pululaban al menos treinta personas, todas ocupadas en alguna tarea. Los escombros del establo y del granero no eran más que un puñado de ruinas ennegrecidas. Varios hombres construían en ese momento un establo improvisado para los caballos no lejos de donde había estado el anterior. Los animales se movían por el cercado bajo la supervisión de un par de vaqueros desconocidos a los que, según pudo distinguir, Holly Peterssen dirigía con su desparpajo habitual. Aparentemente, todos parecían estar bien, aunque fue incapaz de distinguir a través de las lágrimas si Madrugada se encontraba entre ellos.

Otro grupo limpiaba los restos del incendio donde antes había estado el granero, y una carreta cargada hasta los topes con maderas carbonizadas y cenizas aguardaba junto a ellos.

Violet miró al doctor Brown, con la garganta cerrada.

—Son sus vecinos, señora Anderson —le dijo él—. Hombres de Peterssen, pero también de Sidel, Clark y Bedford, e incluso algunos empleados de Marsten que no sabían nada de lo que tramaba su jefe —le explicó—. También hay algunos habitantes de Heaven. Se han estado turnando para venir a ayudar.

A través de las lágrimas, Violet distinguió la figura del señor Mulligan, remangado y usando una pala para quitar los escombros. Junto a él trabajaba el señor Grayson, el dueño del almacén. El padre Stevens, con las mejillas encarnadas por el esfuerzo, se limpiaba el sudor de la frente con un pañuelo.

La puerta de la casa se abrió en ese instante, y Susan apareció en el umbral. Junto a ella salieron la señora Peterssen y la señora Adams.

—¿Qué pasa? —preguntó Jan desde la parte de atrás, despierto de nuevo.

—Ya hemos llegado —anunció el médico.

—¿Violet? —insistió el viejo.

—Estamos... Estamos en casa —balbuceó ella.

Violet estaba sentada en una de las butacas del salón, con Lobo tumbado no lejos de ella. La tarde languidecía y la casa se había quedado en silencio. Lorabelle y Ethel Ostergard, cuyo esposo había estado acarreando escombros junto a los demás, se habían marchado hacía menos de una hora. Muchas personas habían acudido en los tres días transcurridos desde su regreso, una afluencia constante de gente dispuesta a ayudar que había superado todas sus expectativas; hasta lord Willburn había enviado a algunos de sus peones.

Jan, convertido en el héroe del momento, disfrutaba de las atenciones de sus vecinos y, aunque permanecía la mayor parte del tiempo acostado en su cama, nunca le faltaba compañía. Pese a ello, no se extendía en explicaciones desde que, la mañana de su llegada, había intercambiado una significativa mirada con ella y comprendido que Violet no deseaba airear los detalles de aquella

noche. Entre ambos se había establecido un acuerdo táci-
to y ambos lo respetaban.

A mediodía y por las noches, ella subía la comida para
los dos, cualquier cosa de las ingentes cantidades de alimentos que les traían a diario, como si allí se hubiera asen-
tado un ejército en lugar de tres heridos con ganas de la-
merse las heridas en soledad. Violet llevaba el brazo en
cabestrillo y, aunque el dolor había remitido hasta límites
soportables, seguía sintiéndose débil. El doctor Brown le
había asegurado que era debido a la abundante pérdida de
sangre y que no tardaría en recuperarse.

—Violet, mañana podríamos comer abajo —le sugirió
Jan, por segunda vez esa noche. Era el tercer viaje que ella
hacía cargada con las cosas de la cena.

—Necesitas descansar —aseguró ella.

—¿Y tú no?

Jan la tuteaba desde que se había despertado en la clínica y la había visto sentada a su lado. En aquel momento, la había tomado de la mano y, aunque no había movido los labios, le había dado las gracias con la mirada y
con aquellos dedos que se habían aferrado a los suyos con
fuerza.

—Estoy bien —suspiró Violet.

—Eres una mujer muy testaruda.

—Tiene su gracia que seas tú quien me acuse precisamente de eso.

—Las pelirrojas tienen un carácter de mil demonios
—gruñó él.

—También los suecos de cierta edad —contratacó ella.

—Mañana almorzaremos abajo —insistió el viejo.

—Ya veremos.

Después de cenar, Violet se sentó un rato en el salón a
hacerle compañía a Lobo. Fuera ya no se escuchaban los
ruidos de los hombres trabajando y la noche no tardaría en

caer. No hacía ni diez minutos que Peterssen había entrado a despedirse y estaban solos por completo. El ranchero le había ofrecido a alguno de sus hombres para que se quedara allí de forma permanente, pero ella se había negado. Bastante hacían ya todos.

Se había adormilado cuando un ruido la alertó. Lobo, con las orejas alzadas, se había levantado después de varios días totalmente apático, en los que ni siquiera había comido. Lo vio salir del salón cojeando y parecía extrañamente alerta, tanto que la sangre de Violet comenzó a correr más deprisa, hasta casi ahogarla. Tanteó con la mano hasta que localizó el revólver en uno de sus bolsillos y lo sacó de allí con el pulso más firme de lo que esperaba. No se separaba de él desde que habían vuelto. Se levantó de la butaca, salió al vestíbulo y se colocó frente a la escalera. Escuchó varias pisadas, enérgicas y decididas, antes de que la puerta se abriera de súbito.

Alzó el brazo, con el arma apuntando hacia la entrada y el pulso atronándole los oídos.

—¿Violet?

Aquella voz. Conocía aquella voz. El miedo la había cegado de tal modo que ni siquiera había visto quién acababa de entrar en la casa. O quiénes.

—Christopher...

Violet dejó caer el brazo. Frente a ella se encontraba su esposo, con una mano sobre la cabeza de un Lobo súbitamente feliz, rodeado por sus hombres. Lo vio avanzar hacia ella con el semblante sombrío.

—¿Estás bien? —le preguntó—. Violet, dime algo...

Pero ella no era capaz de responder, con la garganta abrasada por las lágrimas, el miedo y el alivio.

—Nos hemos encontrado con Peterssen... —le decía él, mientras la sujetaba con un brazo y con el otro le acariciaba el rostro.

—¿Chris? ¿Eres tú? —La voz de Jan sonó desde lo alto de la escalera.

Violet reaccionó y se volvió. No podía ver a Jan, únicamente la parte inferior de su cuerpo, y el Colt que sostenía en la mano, pegada a su muslo. Pese a su estado, él también había tratado de protegerla.

—Sí, viejo, soy yo —gritó su marido para hacerse oír.

—Ya era hora de que volvierais —gritó también el capataz.

Christopher la miró de nuevo, como si necesitara cerciorarse de que ella se encontraba a salvo.

—Violet...

—Estoy bien —susurró ella, que apoyó la frente contra el torso masculino—. Ahora estoy bien.

En el camino de vuelta al rancho, Christopher y sus hombres se habían encontrado con Peterssen y con dos de sus vaqueros, y había creído morir mientras los ponía al corriente de lo sucedido en la última semana. Tuvo que echar mano de toda su fuerza de voluntad para no cabalgar hasta Pueblo y linchar a Samuel Marsten.

Aunque su vecino le había asegurado que tanto su mujer como Jan estaban bien, necesitaba cerciorarse. Cabalgaron hasta el rancho como si el mundo se fuese a acabar esa noche y, una vez allí, apenas dedicaron una mirada a las cicatrices que el fuego había dejado sobre el terreno. Como una exhalación entraron todos en la casa.

La imagen de Violet frente a la escalera, sosteniendo un arma, con un brazo en cabestrillo y el rostro demacrado, le descosió el alma. Después de todo, se dijo, tal vez sí que debería haber ido hasta Pueblo a arrancarle la piel a tiras a aquel tipo.

Cuando al fin la tuvo pegada a su pecho, dejó escapar

un largo suspiro y con gusto no se habría separado de ella hasta que sus huesos se convirtieran en polvo.

La voz de Jan, sin embargo, reclamó su atención. Aun así, no la soltó. Con ella de la mano, y seguido por sus hombres, subieron al piso de arriba.

El aspecto del capataz todavía era peor. Parecía haber envejecido una década en solo unos pocos días.

—Tienes un aspecto horrible, viejo —bromeó Cody.

—Pues tendrías que ver a los otros —rio Jan, que sufrió un breve ataque de tos.

—Jan, sabes que todavía no puedes moverte —lo riñó Violet—. Vuelve a la cama.

—Sí, Violet —contestó el hombre, que se dio la vuelta, obediente.

—¿Te dieron también en la cabeza? —inquirió un Liam atónito y burlón.

—En la cabeza te daré yo a ti en cuanto pueda moverme —gruñó el viejo, que miró a Christopher por encima del hombro—. ¿Cómo fue en Cheyenne?

—Todo según lo previsto.

—Bien —sonrió—. Sabía que lo harías.

Jan se metió en la cama y miró a sus compañeros, más conmovido de lo que era capaz de disimular.

—¿Alguien me va a traer un vaso de whisky? —pidió a voz en grito—. Tengo que remojar el gaznate antes de contaros nada.

—Podemos esperar hasta mañana —apuntó Luke.

—¡Y un cuerno! —gruñó el viejo—. Llevo una eternidad esperándoos.

Durante más de media hora, Christopher escuchó el relato pormenorizado de todo lo que había sucedido aquella noche, con el alma haciéndosele jirones y sin soltar la mano de su mujer.

Violet estaba exhausta. Era más de medianoche y apenas se sostenía en pie. Mientras Jan les explicaba cómo sus vecinos y amigos se habían volcado para ayudarlos, ella decidió retirarse a su habitación. No sin dificultad, se quitó la ropa, se lavó y se puso un camisón limpio. Y se sentó a esperar a Christopher.

Unos minutos después, lo vio abrir la puerta y quedarse allí unos segundos antes de entrar y cerrar tras él, como había hecho tantas otras veces en los primeros tiempos.

—¿Qué tal tu brazo? —le preguntó con cautela.

—Mejor, ya me has preguntado por él dos veces.

—Yo... lo siento.

—¿Qué?

—Siento no haber estado aquí. —Christopher se pasó las manos por el cabello—. Todo esto ha sido culpa mía.

—No digas tonterías. Marsten es el culpable.

—Pero si yo hubiera estado aquí...

—Ahora tal vez estarías muerto.

Él la miró. Sus ojos azules relampagueaban.

—Violet, quizá no es el momento, pero tenemos que hablar...

—No quiero volver a Chicago —lo interrumpió.

—¿Qué?

—No me pidas que me vaya —le suplicó, con los ojos llenos de lágrimas.

—¿Yo? —Se acercó hasta ella—. Pensé que eras tú la que quería irse...

—Sé que nunca podrás quererme tanto como a Amy, pero...

—Un momento, ¿de qué estás hablando? —Christopher la miró con el ceño fruncido.

—Amy y tú...

—No hay nada entre Amy y yo, Violet. Lo hubo hace un millón de años. La quise, es cierto, pero ni la mitad de lo que te quiero a ti.

Violet contuvo la respiración y se puso de pie.

—Repítelo.

—No hay nada entre Amy y yo, te lo juro, aunque sí es verdad que...

—Eso no.

—¿Eh?

—¿Me quieres? —Violet lo miró con los ojos brillantes.

—Más que a mi vida, más que a nada que haya querido jamás. —Christopher la atrajo hacia su cuerpo—. Te amo tanto que no soy capaz de pensar en otra cosa. Te construiré una casa nueva si esta no te gusta —le aseguró—, venderé el rancho si es lo que quieres y viviremos en Chicago o en cualquier otro lugar que tú elijas. Te compraré un millar de bicicletas y aprenderé a montar contigo, daremos la vuelta al mundo si es tu deseo...

—No necesito nada —lo interrumpió, pegándose a su pecho—, y no quiero estar en ningún otro lugar que no sea aquí, contigo. Con todos vosotros.

Christopher inclinó la cabeza y atrapó sus labios, primero con suavidad, como si estuviera aprendiendo a conocerlos, y luego con una pasión que hizo que las piernas de ella temblaran.

Él comenzó a desvestirla con calma, dejando un reguero de besos a su paso y, cuando ya no quedó más que la camisola, se detuvo, como sabía que era su deseo.

Violet lo miró a los ojos un instante y luego dejó caer la prenda a sus pies, por primera vez. Su primer instinto fue cubrirse con las manos, pero se mantuvo firme para que él pudiera verla bien. Los ojos azules de su esposo viajaron hasta su costado izquierdo, cubierto de viejas cicatrices y con la piel apergaminada.

—Violet... —musitó él.

—Fue durante el incendio de Chicago —dijo ella, con un hilo de voz—. Por eso no quería que me vieras... así.

—¿Ese es el motivo por el que no te acercas al fuego? —preguntó él, mirándola de nuevo a los ojos—. ¿Ni enciendes nunca la chimenea de nuestra habitación?

—Me da pavor.

—Pero entonces... ¿cómo hiciste cuando el establo...?

—No tuve otra opción.

Los ojos azules de Christopher recorrieron su rostro, como si pretendiera aprendérselo de memoria.

—Sé que es desagradable y... —comenzó a decir ella.

—No. —Christopher colocó un dedo sobre su boca, para impedirle continuar hablando—. Eres preciosa, la mujer más hermosa que he visto nunca. Y ahora eres aún más bella que antes.

—Te amo, Christopher, como no pensé que sería posible amar a nadie.

—Más te vale, esposa mía, porque ahora no hay granero donde pueda dormir.

—Creo que ya no vamos a necesitarlo —confesó ella—, al menos para eso.

Christopher la tomó en brazos y, mientras la llevaba hasta la cama, Violet supo que ese día comenzaba de verdad su nueva vida en Heaven, Colorado.

Epílogo

6 de diciembre de 1887

En los cinco meses que habían transcurrido desde el incendio, algunas cosas habían cambiado en Heaven. Samuel Marsten había muerto seis semanas después en Denver, de un ataque al corazón en la penitenciaría del estado, mientras aguardaba su juicio. Su hijo, que se había criado en el Este y que jamás había sentido aquello como un hogar, se apresuró a vender la herencia de su padre. Christopher le prestó dinero a su hermana Leah y a su cuñado Stephen para adquirir la mitad de la propiedad, que incluía la casa, y también a Luke para adquirir el resto. Su capataz había comenzado a cortejar a Susan Miller y a no mucho tardar también necesitaría una vivienda.

Amy Weston también había desaparecido del pueblo tras el fallecimiento de su padre, acaecido solo unos días después del desastre en el Rancho Anderson. Christopher había acudido al entierro, por supuesto, pero apenas había intercambiado con ella un puñado de frases banales. Un mes después, Amy se casaba con el hijo de Robert Mitchell, el banquero, un joven al menos diez años menor que ella, y ambos se habían instalado en Denver.

El pueblo había continuado creciendo y en breve se iniciarían los trabajos que llevarían el ferrocarril hasta Heaven.

Las bicicletas parecían haberse hecho muy populares en la localidad, y rara era la semana en la que los Grayson no vendían una. Mujeres, hombres y niños por igual, se desplazaban por sus calles arboladas para hacer sus recados, asistir a la iglesia o al colegio, o hacer sus compras. El fenómeno había llamado la atención incluso de un periódico de Denver, que se había desplazado a la localidad para escribir un reportaje al respecto. Ernest Mulligan, el redactor de la gaceta, había hecho de cicerone y, según aseguraba, le habían ofrecido un puesto en el diario de la capital, que había rechazado porque, según decía, sabía que en ningún lugar se sentiría más a gusto que allí.

Donde más habían cambiado las cosas, sin embargo, era en un pequeño rincón de la pradera, donde cinco meses atrás un incendio había estado a punto de destruirlo todo.

Christopher salió de los nuevos establos y, con Lobo trotando a su lado, siguió el sonido de los martillazos que provenían del pequeño taller de ebanistería que él y sus hombres habían construido para Violet. Esta había aceptado algunos trabajos para varias de sus amigas, y su fama comenzaba a extenderse por la zona. Christopher se preguntó a qué nuevo encargo se estaría dedicando en ese momento. Nunca dejaban de asombrarle la calidad y la originalidad de sus diseños, y no podía sentirse más orgulloso de ella. Violet insistía en que no deseaba dedicarse a esa tarea a jornada completa y que solo lo hacía para entretenerse, pero él era consciente del mimo que ponía en cada pieza.

Abrió la puerta y asomó la cabeza. Su mujer estaba tan

concentrada en lo que hacía que ni siquiera lo oyó llegar. En cuanto se acercó y vio lo que estaba terminando de ensamblar, se le secó la boca.

—Violet...

—¡Christopher! —Ella se sobresaltó y trató de colocarse delante de su trabajo—. ¡No podías verla todavía!

—Es...

—Una cuna, sí.

Violet sonrió y Christopher, emocionado, la tomó en brazos y cubrió su rostro de besos.

—Todavía tengo que barnizarla y pintarla, pero estará lista en un par de días —le dijo ella—. ¿Te gusta?

—Es... perfecta —respondió él, tan conmovido que tuvo que tragar saliva un par de veces.

A veces, pensó, hasta los sueños más increíbles se cumplían.

Violet esperó a que todos ocuparan sus lugares acostumbrados en el salón y se aclaró la garganta antes de empezar a hablar.

—Yo... quisiera comentar una cosa.

—No hemos hablado durante la cena con la boca llena, ¿verdad? —le preguntó Gideon a su gemelo.

—No se trata de eso —se apresuró a contestar—. El caso es que es preciso hacer algunos cambios en la casa.

—Odio los cambios —gruñó Jan.

—Como sabéis —continuó ella, ignorando al viejo—, en dos semanas llegan Leah y Stephen, y se alojarán aquí unos días antes de instalarse en su nuevo hogar.

—Aunque no todos los cambios —rectificó Jan.

—El caso es que vamos a necesitar alojarlos en algún lugar. —Violet se retorció las manos e intercambió una mirada con su marido—. Como sabéis, he estado arreglando la antigua vivienda de los padres de Christopher, y creo que sería un lugar ideal para los más jóvenes.

Violet miró a Cody, Sean, Gideon y Liam de forma alternativa.

—Creo que se refiere a nosotros —comentó Cody, burlón.

—Dispondréis de más intimidad —siguió Violet—. Continuaréis cenando aquí todas las noches, por supuesto, y desayunando también. Tengo la sensación de que Luke no tardará mucho en independizarse y, aunque espero que en el futuro Susan y él vengan a cenar con frecuencia, sospecho que no se quedarán a dormir.

—¿Y yo? —preguntó Jan, con sorna—. ¿A mí también me vas a echar?

—No estoy echando a nadie. —Violet miró a los chicos, contrita—. Por favor, no penséis eso. Es solo que... vamos a necesitar más espacio. En cuanto a ti, Jan, confío en que quieras quedarte en tu cuarto como hasta ahora. Nuestro hijo va a necesitar un abuelo cerca.

Violet pronunció las últimas palabras con la mano posada sobre su vientre. Christopher se levantó, se colocó a su lado y le pasó un brazo por los hombros. En cuanto los demás captaron el significado de sus palabras, se levantaron entre risas y gritos para felicitarlos.

—No me puedo creer que por fin no vaya a compartir habitación con este cafre —comentó Sean mientras daba un golpe a la espalda de Cody.

—Ni yo que no vaya a volver a escuchar tus ronquidos...

—¡Yo no ronco!

—Entonces, ¿vamos a tener un sobrino? —preguntó Gideon.

—O una sobrina —contestó Violet con un guiño.

—¡Yo le enseñaré a montar! —exclamó el joven.

—Eso le corresponderá a su abuelo —señaló Jan, con la voz ronca y los ojos brillantes.

Mientras todos discutían sobre qué iba a corresponderle a cada uno, Luke los abrazó a ambos.

—Creí que no podía ser más feliz de lo que ya era —les dijo—, pero es evidente que me equivoqué.

—No le comentes nada a Susan todavía —le pidió Violet—. He quedado con ella y con Lorabelle pasado mañana en el pueblo y me gustaría decírselo en persona.

—¿Aún no lo sabe? —preguntó él.

—Primero quería contárselo a la familia —respondió ella.

Luke asintió, con el mismo brillo en los ojos que Jan.

Más tarde, al fin solos, Christopher colocó una mano sobre el vientre de su esposa, con infinita ternura.

—¿Sabes? —le preguntó ella, mirándolo—. Creo que va a ser una niña.

—Ojalá se parezca a su madre. —Christopher la besó—. Habrá que pensar en un nombre.

—Espero que no te importe, pero ya he pensado en uno.

—Por favor, dime que no será una flor.

—No —rio ella, que colocó su mano sobre la de su marido—. No será una flor.

The Heaven's Gazette
8 de junio de 1888

Hoy ha llegado al mundo un nuevo miembro de nuestra creciente comunidad, y desde aquí queremos darle la bienvenida a Gabrielle Anderson. Su madre, Violet Anderson (de soltera Montroe), nos ha hablado del origen de su nombre, que parece ser un homenaje a una antepasada suya del siglo XIV.

Les contamos su historia en las páginas centrales de la gaceta.

Nota de la autora

Esta novela, como tal vez muchos lectores hayáis descubierto, es un homenaje a la película *Siete novias para siete hermanos*, una comedia musical dirigida en 1954 por Stanley Donen.

He respetado algunas cosas de ella, especialmente un par de escenas que siempre me parecieron memorables, pero he cambiado todo lo demás en un intento por darle mi propio toque.

También me he permitido añadir un guiño a mi novela *Viento de otoño*, donde una joven Gabrielle Montroe viajaba a Escocia en busca de su desconocida familia, un viaje que inspira a Violet para realizar el suyo propio.

Siete novias para siete hermanos siempre ha sido una de mis películas favoritas, como lo era de mi madre.

Y es al mismo tiempo una de las preferidas de mi editora, Aranzazu Sumalla, y también de su madre. Así que esta novela también va por ti, Aranzu.